Zigzag amoureux

Du même auteur
aux Éditions J'ai lu

En poche :
Malentendus, *J'ai lu* 3685
Pour la magie d'un baiser, *J'ai lu* 3779
Troublante différence, *J'ai lu* 3904
Sac d'embrouilles, *J'ai lu* 4758
Méli-mélo, *J'ai lu* 5555
Sens dessus dessous, *J'ai lu* 5680
Vent de panique chez Daisy, *J'ai lu* 6824

En grand format :
Les mésaventures de Miranda, 2002
Dingue de toi, 2002
Ça suffit, Suzy !, 2003
La reine des gaffeuses, 2003

Jill Mansell

Zigzag amoureux

Traduit de l'anglais par Florence Szarvas

J'AI LU

Titre original :

NADIA KNOWS BEST
Headline Book Publishing,
a division of Hodder Headline, London

À Lydia et Cory, avec toute mon affection.

Mais je n'ai pas pour autant dit oui
à une autre partie de Monopoly !

Remerciements

Un grand merci à Jeanette et Mike Groark, ainsi qu'à Mark Andrews, pour leurs précieux conseils juridiques. Je remercie également Garth Harrison, virtuose du barbecue, de m'avoir prêté son étonnante demeure. Je dois encore remercier Anne Evans, Lorraine Wilson et Val Curtis, qui ont su déchiffrer mon horrible écriture et travailler sans relâche contre la montre pour transformer mes gribouillis en un manuscrit dactylographié et lisible. (À propos, je ne remercie pas la poste britannique, qui s'est empressée d'égarer ledit manuscrit...)

Enfin, merci à Pearl Harris, la reine des détectives privés.

1

— Oh !

Épouvantée, Nadia se rendit compte qu'elle était en train de revivre une scène de *Bambi*. Une terrible et interminable scène de glissade sur la glace. À cette différence près que, contrairement à Bambi, elle n'avait pas la possibilité de s'arrêter en se laissant choir sur son postérieur.

Sa voiture continuait de déraper au ralenti sur la route enneigée. En théorie, elle était censée *ne pas* appuyer sur le frein et manœuvrer *dans le sens* du dérapage. Pourtant, ses mains tournaient frénétiquement le volant en sens inverse : autant essayer d'écrire en se regardant faire dans un miroir que de manœuvrer dans le sens d'un dérapage et... Seigneur, un mur !

Cccrunchh.

Silence.

Ouf, vivante... Victoire !

Ouvrant les yeux, Nadia décolla ses mains du volant et se félicita d'être toujours en un seul morceau. La voiture était un peu de guingois, à cause d'un fossé placé juste avant le mur, mais, malgré les efforts évidents déployés par la neige pour l'envoyer dans ce mur, sa vitesse n'avait pas été suffisante pour causer des dégâts importants.

Et maintenant, qu'est-ce qu'on fait ?

Enfonçant son bonnet jusqu'aux yeux, prête à affronter le froid, Nadia s'extirpa de la Renault noire et examina son aile avant froissée. Encore heureux qu'elle n'ait pas emprunté le petit bijou de sa grand-mère pour effectuer ce voyage : la moindre égratignure sur la Maserati de Miriam lui aurait valu des coups de bâton et le coin pendant des semaines.

Devant l'attaque de flocons féroces qui volaient à basse altitude, elle regagna l'intérieur de la voiture. Au moins, elle avait son portable. En composant le 999, la police viendrait à son secours... Le seul problème, c'est qu'il y avait de fortes chances qu'on lui demande où elle se trouvait exactement.

Hum.

Elle pourrait peut-être appeler à la maison, pour que sa famille sache au moins qu'elle était dans un fossé, cernée par le blizzard, quelque part dans un coin sombre du Gloucestershire. Ou plutôt, dans un coin complètement blanc du Gloucestershire...

Cela dit, l'obscurité n'allait pas tarder à venir.

Elle cessa de se demander qui appeler lorsqu'elle découvrit que son portable ne fonctionnait plus. Donc, il lui restait deux options. Abandonner sa voiture et se frayer à grand-peine un chemin dans cette neige plus épaisse d'instant en instant, afin de rejoindre la civilisation. Ou bien rester là en espérant que quelqu'un – de préférence pilotant un tank Sherman ou un hélicoptère – vienne la sauver.

La civilisation se trouvait peut-être à plusieurs kilomètres de là, et elle avait mal aux pieds d'avoir dansé toute la nuit. Aussi Nadia attrapa-t-elle son sac de couchage sur la banquette arrière, s'y glissa en se tortillant comme un vers géant et se prépara à attendre.

Pauvre Laurie ! Il avait manqué une soirée géniale. Nadia sourit en songeant au coup de fil qu'elle avait reçu la veille. Quelle température faisait-il en ce moment même en Égypte ? Laurie avait-il oublié de ne boire que de l'eau en bouteille ? Avait-il réussi à visiter la tombe de Toutankhamon avant de reprendre l'avion pour Milan ?

Ce qu'elle avait faim ! Sortant un bras de son cocon, elle ouvrit la boîte à gants. Elle contenait un paquet de chocolats et un sachet à moitié vide de bonbons acidulés. Devait-elle, comme les randonneurs prisonniers de la montagne, se rationner à raison d'un chocolat par jour ? Ou bien, cédant à la tentation, tout engloutir en une seule fois ?

Mais elle n'était pas coincée en haute montagne et ne risquait pas de mourir de faim. En guise de compromis, elle mangea trois chocolats et une demi-douzaine de bonbons, puis alluma la radio... juste au moment où l'animateur annonçait joyeusement que les routes étaient de plus en plus encombrées par la neige.

L'ennui avec les tanks Sherman, c'est qu'ils ne sont jamais là quand on a besoin d'eux...

Moins d'une demi-heure plus tard – ce qui lui parut beaucoup plus long –, Nadia poussa un cri, mettant fin à son duo avec Sting sur *Don't stand so close to me.* Un individu venait de frapper au carreau.

Homme ou femme ? Difficile de le dire avec ce qui tombait. Cette veste Barbour, ce pull épais et ce jean cachaient soit un homme, soit une femme athlétique de plus d'un mètre quatre-vingts.

Priant pour qu'il ne s'agisse pas de l'abominable homme des neiges, Nadia descendit la vitre, et regretta aussitôt de ne pas porter une tenue plus sexy qu'un gros sac de couchage en nylon parsemé de débris du papier doré des chocolats.

Elle aurait aussi préféré savoir chanter plus ou moins juste.

— Vous n'avez rien ?

Il avait des cheveux noirs, des yeux noisette et des flocons de neige accrochés dans ses cils raides.

— Ça va. Je suis bien au chaud. J'ai dérapé et quitté la route, expliqua-t-elle.

Idiote ! Cela ne se devinait-il pas, à la position plutôt originale de la voiture ?

— J'avais remarqué, fit l'inconnu en hochant la tête.

— Vous avez eu un accident vous aussi ? dit-elle en contemplant la route déserte, derrière lui.

— Non. Je me suis montré plus raisonnable, fit-il d'un air amusé. J'ai abandonné mon véhicule au pied de la dernière colline.

— Un chocolat ? proposa-t-elle en lui tendant le paquet par la vitre entrouverte.

Inutile de dire que ce n'était pas le dernier du paquet.

— Non, merci. Écoutez, il y a un village à un kilomètre par là. Voulez-vous y aller à pied avec moi ?

— Vous êtes du coin ?

D'abord soulagée, Nadia se ravisa aussitôt. Minute : et si, malgré ses dehors tout à fait normaux et amicaux, ce parfait inconnu qui lui offrait son aide en plein milieu de nulle part allait soudain, derrière la remise à bois, se planter devant elle avec un regard fou et une hache affûtée ?

Combien de fois avait-elle vu ce film ?

Il secoua la tête, envoyant voltiger des flocons autour de lui.

— Non, j'habite Oxford.

— Alors, comment savez-vous qu'il y a un village là-bas ?

Elle n'allait tout de même pas s'aventurer dans le blizzard sur un coup de tête.

Le tueur fou à la hache sembla amusé par son air hésitant.

— Je fonctionne beaucoup à l'intuition.

Mon Dieu, c'était bel et bien un malade !

— Parfait. Et vous êtes déjà venu par ici ?

Il sourit et tapota la poche de sa veste.

— Non. Mais, contrairement à vous, j'ai une carte.

— J'ai l'impression d'être une réfugiée, grommela Nadia tandis qu'ils avançaient péniblement le long de la route étroite, dans la neige qui craquait sous leurs pas.

Ayant renoncé, pour des raisons pratiques, à effectuer le chemin en sautant debout dans son sac de couchage, elle l'avait roulé sous son bras et tenait son bagage dans l'autre main.

— Vous avez effectivement l'air d'une réfugiée. Allez, donnez-moi ça, dit-il en souriant.

Elle connaissait son nom à présent : Jay Tiernan. Il s'était présenté pendant qu'elle s'extirpait à grand-peine de son sac de couchage.

Elle lui tendit son bagage. Son nez s'était teinté d'un rose assorti, ses yeux coulaient, elle ne sentait plus ses orteils. Paul-Émile Victor n'avait rien à craindre : elle ne risquait pas d'aller lui faire concurrence dans l'Antarctique.

— Vous m'avez menti, fit-elle, haletante, quarante minutes plus tard. Ce village n'était pas à un kilomètre.

— Qu'importe, puisque nous y sommes enfin.

— En outre, ce n'est pas un village.

— Bien sûr que si. Seulement, il s'agit… d'un très petit village.

À travers les flocons de neige, elle scruta l'unique rue, déserte. Aucune lumière dans la rue ni à l'intérieur des maisons. Pas la moindre boutique. Juste une boîte aux lettres, un abribus et une cabine téléphonique.

Et un pub.

— Le Willow Inn, annonça Jay en cillant des yeux pour déchiffrer l'enseigne décrépie. Allons voir.

La porte était fermée. Après avoir tambouriné plusieurs minutes, ils entendirent à l'intérieur un tintement de clefs et le bruit des verrous qu'on ouvrait.

— Nom de Dieu, marmonna le patron, projetant sur eux une haleine qui empestait le whisky. Marie, Joseph et le petit Jésus ! Ça fait drôle de vous retrouver ici.

Sans doute avait-il pris pour un bébé le sac de couchage roulé qu'elle serrait contre elle. D'ailleurs, l'homme semblait tellement ivre qu'elle aurait pu continuer à le lui faire croire.

— Salut, fit Jay. Je me demandais si...

— Fermé, vieux. À six heures qu'on ouvre, dit l'homme entre deux âges en tapotant sa montre d'un doigt mal assuré. Vous pourriez essayer de repasser à cette heure-là. Et pas de gamins, c'est pas un établissement familial ici. Les mômes, je peux pas les blairer.

— Écoutez, les routes sont bloquées, nous avons dû abandonner nos véhicules et marcher pendant des heures, s'écria Nadia. Nous avons besoin de nous arrêter quelque part. Et, ajouta-t-elle en déroulant le sac de couchage, nous n'avons aucun enfant avec nous.

D'habitude, il lui suffisait de battre des cils et d'écarquiller ses grands yeux bruns pour obtenir l'effet désiré. Mais, apparemment, le patron du Willow Inn était trop saoul pour y être sensible.

Un instant, elle songea que fondre en larmes pourrait marcher. En cas d'échec, elle pourrait toujours l'assommer, le ligoter et l'enfermer dans la cave.

Heureusement, partisan de méthodes beaucoup plus compatibles avec la loi, Jay intervint.

— Nous avons besoin de nous mettre à l'abri et de manger quelque chose. Bien entendu, nous vous paierons.

Aussitôt, les yeux injectés de sang du bonhomme s'illuminèrent.

— Cent unités.

— Parfait.

— En liquide. Et tout de suite.

— Affaire conclue, approuva solennellement Jay.

À neuf heures, les maisons demeuraient plongées dans le noir à cause d'une coupure de courant. Le pub, éclairé par des bougies vacillantes, s'était progressivement rempli d'autochtones chassés de chez eux par l'absence de télévision, ainsi que d'une demi-douzaine de voyageurs bloqués par la neige et en quête d'un toit.

Miraculeusement, Pete, le patron, qui buvait encore, était toujours dans un état conscient. Enfin presque. Cindy, la barmaid, confia à Nadia que la dernière petite amie de celui-ci l'avait quitté trois semaines auparavant, entraînant cette cuite monumentale. À présent, apparemment tiré de sa tristesse par les sommes qu'il extorquait aux infortunés voyageurs, Pete oscillait dangereusement sur un tabouret de bar, laissant tout le travail à Cindy.

À cause de la coupure de courant, le dîner se composa d'épaisses tranches de pain rôties au feu de bois, de raviolis en boîte, d'entames de fromage, d'oignons au vinaigre gros comme des mandarines et de biscuits rassis.

— Miam, fit Nadia qui s'était passé d'oignons.

— Un dîner aux chandelles, quoi de plus romantique ? déclara Jay en désignant leur table branlante. Il ne sera pas dit que je ne sais pas faire passer une agréable soirée à une dame. Un œuf ?

Nadia sourit. Il avait une belle voix et elle avait toujours eu un faible pour les belles voix.

— Non, merci. Nous devons régler le problème de la chambre. Vous ne pouvez pas dormir ici, en bas.

L'insistance avec laquelle Pete avait exigé de se faire payer l'unique chambre libre en liquide avait laissé Nadia confrontée à un dilemme. Étant donné qu'elle n'avait plus que quinze livres en poche, c'était Jay qui avait déboursé le plus gros de la somme – cent livres, un « prix d'ami ». Mais lorsque Pete leur avait montré cette chambre glaciale, jonchée d'immondices et qu'un grand lit défoncé suffisait à remplir presque entièrement, Jay avait murmuré :

— D'accord. Je dors en bas.

Or, c'était bien avant que tous les autres n'arrivent et ne transforment le pub en camp de réfugiés improvisé. Deux d'entre eux étaient secoués d'une vilaine toux. Il aurait été injuste qu'elle s'approprie la chambre que Jay avait largement contribué à payer.

— Le lit vous revient, dit-elle. Je serai très bien en bas, je vous assure.

— Peut-être, mais vous n'arriverez jamais à dormir.

— Je me sentirais coupable si nous faisions autrement, insista-t-elle pendant qu'il remplissait à nouveau leurs verres de vin rouge.

— Nous pourrions dormir tous les deux dans ce grand lit…

Nadia hésita. Certes, c'était la solution la plus commode. Quel dommage que Jay ne soit pas raisonnablement moche, au lieu d'être gentil et carrément craquant !

Dangereusement craquant, même.

Non qu'elle ait été tentée par quoi que ce soit de défendu, mais elle ne voulait pas qu'il la croie éventuellement tentée. Or l'expérience lui avait enseigné que, pour les garçons craquants, cela allait toujours de soi.

— On dort et rien d'autre. Pas d'embrouille. Nous garderons nos vêtements et je me mettrai dans mon sac de couchage.

— Pas de problème.

Jay esquissa un sourire. Bonté divine, il n'avait tout de même pas imaginé qu'elle avait des vues sur lui ?

— J'ai un petit ami, expliqua-t-elle sur un ton ferme. Et nous nous aimons *vraiment*.

Jay hocha la tête.

— Moi aussi.

2

Ce que les gays pouvaient être mignons ! Ils avaient vraiment un petit quelque chose, songea Nadia, ravie, deux heures plus tard, comme ils étaient allongés l'un près de l'autre. Avec eux, on pouvait rester détendue, bavarder de tout et de rien, sûre qu'ils n'avaient aucune intention cachée. Elle avait parlé à Jay de son boulot à la jardinerie, de sa famille à Bristol et de la soirée de la veille à Oxford.

À présent, il lui posait des questions sur Laurie. Trop heureuse de s'étendre sur le sujet, elle se redressa sur un coude.

— Il est fantastique, c'est le meilleur petit ami qu'on puisse imaginer. Si vous le voyiez, vous en pinceriez pour lui, vous aussi. Il est modèle. Le mois dernier, il a fait la couverture de *OK Magazine*.

— Je suis très impressionné, dit Jay en la voyant si fière. Et comment vous êtes-vous rencontrés ? Lors d'une soirée strass et paillettes ? Lors d'un dîner chez Madonna et Guy ? Ou bien a-t-il débarqué un jour à la jardinerie, cherchant désespérément une clématite ?

À travers son duvet, elle lui envoya pour rire un coup de pied vengeur.

— Pas du tout. Nous nous connaissons depuis l'enfance et avons pratiquement grandi ensemble. Laurie – ce n'est pas original – habite la maison voisine de la mienne. Enfin, pas tout à fait la maison voisine, mais plus loin dans la même rue. Nous allions pêcher des têtards ensemble. Il m'a appris à faire du vélo sans les mains, je lui ai appris à piquer des Pick'n Mix dans les grands magasins Woolsworth...

— C'est Bonnie and Clyde en culottes courtes ! Et vous êtes ensemble depuis combien de temps ? Depuis l'âge de sept ans ?

— Oh, non ! Nous étions de simples amis à l'époque. À dix-huit ans, je suis partie à la fac. Laurie est parti l'année suivante. Deux ans plus tard, quand nous sommes revenus, un seul regard et ce fut le coup de foudre. Bang ! Comme ça ! Nous n'en revenions pas, tellement ça avait été brutal. Et depuis, nous sommes ensemble.

— Je ne vous suis plus. Quand a-t-il commencé sa carrière de modèle ?

Il semblait très intéressé. Caressait-il l'espoir de se lancer dans cette carrière, lui aussi ? Impossible, à vingt-neuf ans. Devait-elle lui faire comprendre en douceur qu'il avait largement passé la date de péremption ?

— Je l'ai lancé là-dedans à l'occasion d'un concours télévisé, expliqua-t-elle. Le gagnant remportait un contrat dans une agence de top-modèles. J'ai envoyé sa photo sans le lui dire. Un mois plus tard, il recevait un coup de fil lui annonçant qu'il était sélectionné pour la finale.

— A-t-il été surpris ?

— Surpris ? Il a piqué une crise ! Pour lui, c'était un métier de pédés – oh, désolée, mais ce sont ses propres mots...

— Il n'y a pas de mal.

— Bref, nous lui avons expliqué qu'il se trompait, *bien entendu,* et il a accepté de participer à la finale, surtout pour avoir la paix, je crois. Mais quand il a rencontré les organisateurs et appris les sommes qu'il pouvait gagner, il a compris que le jeu en valait la chandelle. Il a gagné le concours, l'agence l'a engagé et sa carrière a démarré en trombe. Avant, il avait suivi une formation d'agent financier, ce qu'il détestait. Maintenant, il voyage dans le monde entier pour les photos et les campagnes publicitaires. C'est fantastique, une tout autre vie.

— Grâce à vous. Aucun regret ?

On lui avait déjà posé cette question un millier de fois.

— Pourquoi le regretterais-je ? Nous sommes toujours ensemble. Laurie est toujours le même. Nous ne nous voyons peut-être plus aussi souvent, mais il revient dès qu'il le peut. De plus, cela ne durera pas éternellement, nous le savons bien. À trente ans, un mannequin est déjà fini.

Voilà, elle l'avait glissé incidemment, au cas où Jay aurait songé à se lancer.

— Si mon téléphone fonctionnait, je pourrais l'appeler, poursuivit-elle. Nous nous appelons tout le temps. Il vient de passer quelques jours en Égypte pour une campagne de photos pour une grande marque de jeans.

Jay semblait légèrement sceptique.

— Et vous avez confiance en lui ?

Celle-là non plus, ce n'était pas la première fois qu'on la lui posait.

— Bien sûr. À cent pour cent.

— Et lui ? Il vous fait confiance ?

— Laurie sait très bien que je ne le tromperais jamais.

Avec un sourire satisfait, Nadia redonna du volume à son oreiller, puis changea de sujet.

— À votre tour, maintenant. Parlez-moi de votre petit ami.

Sur la table de chevet, la bougie vacilla, faisant tourbillonner les ombres sur le mur d'en face.

— À dire vrai, je ne suis pas gay.

Seigneur !

— Pourquoi avez-vous prétendu l'être, tout à l'heure ?

— Pour vous mettre en confiance. Et ça a marché, dit-il, l'œil pétillant d'amusement.

— Quel tricheur ! Je vous faisais confiance et vous m'avez menti.

— Que dire pour ma défense ? Je fais comme tous les autres hommes.

Pardon ? Essayait-il d'insinuer certaines choses concernant Laurie ?

— Si vous cherchez à...

— D'accord, je suis désolé, l'interrompit Jay en levant les mains. Mais avouez que ça vous a calmée. Vous avez cessé de vous dire que vous risquiez de passer la nuit avec un homme qui tenterait peut-être d'abuser de vous.

— Pourquoi me dire maintenant que vous n'êtes pas gay ? N'était-il pas plus logique de continuer à mentir ? Vous auriez au moins pu attendre demain matin pour m'avouer que vous êtes hétéro.

— C'est ce que je voulais faire. Jusqu'à ce que vous me demandiez de vous parler de mon petit ami. Quoi qu'il en soit, vous n'avez aucune raison de vous inquiéter. Je ne vais rien entreprendre pour vous séduire. Vous êtes en parfaite sécurité.

— Bien. Puisqu'il en est ainsi... fit Nadia en se fourrant de nouveau dans son sac de couchage.

Tout en affectant l'indifférence, elle aurait préféré qu'il s'invente un petit ami. Elle aurait préféré le savoir gay. Bien qu'elle n'ait jamais trompé Laurie, cela ne l'empêchait pas d'éprouver de l'attirance pour un beau garçon.

— Je veux bien vous parler de ma petite amie, si vous voulez, proposa Jay.

— Allez-y, parlez-moi d'elle.

— Nous avons rompu il y a deux mois.

Tiens donc.

— Vous voyez : vous recommencez. Jamais vous ne m'auriez dit cela, si vous aviez persisté à être gay.

— C'est parce que je n'aurais pas eu de petite amie avec laquelle rompre. Allons, ne commencez pas à être sur la défensive, puisque je vous ai dit que je ne tenterais rien avec vous.

— Oui, mais là, vous flirtez – et ne me dites pas le contraire.

— Et alors ? J'ai bien le droit de flirter : vous ne vous gêniez pas pour le faire, quand vous pensiez que j'étais gay.

— Pas du tout ! Pourquoi aurais-je voulu flirter ?

Heureusement que l'éclairage était succinct, car elle se sentait rougir.

— Parce que vous me croyiez sans danger.

Les yeux marron de Jay pétillaient d'amusement. Avait-il donc raison ? Avait-elle flirté avec lui ? Elle ne s'en était même pas rendu compte. Quelque chose se serra au creux de son estomac.

— Et maintenant, poursuivit Jay, vous faites machine arrière toute, ce qui doit signifier que je vous plais au moins un petit peu.

Il n'avait pas le droit !

— Si vous ne me plaisiez pas du tout, je ne serais pas là. Je préférerais dormir dans la neige que de partager le lit de ce type, dit-elle en indiquant la chambre voisine, où le patron ronflait comme un gros phoque.

— Dans ce cas, je suis très flatté. Du moins, je crois.

— Au fait, peut-être que vous ronflez aussi.

— Pas du tout. Je suis un parfait gentleman au lit. Personne ne s'est jamais plaint d'avoir passé la nuit avec moi, fit-il avec un sourire espiègle.

Nadia n'en doutait pas une seconde. Elle se sentit la bouche sèche. C'était un compagnon agréable, possédant une grande assurance, du charisme. Pour être franche, s'il n'y avait pas eu Laurie, elle aurait été tentée par l'aventure. D'ailleurs, pourquoi pas ? Ils étaient là, coupés du reste du monde, prisonniers d'un pub bloqué par la neige. Personne ne saurait jamais...

Ciel, elle était en train de l'imaginer pour de bon, de se représenter la scène, de se figurer les sensations qu'elle éprouverait en glissant sa main sous son pull marine... Que lui arrivait-il ? Quelle dévergondée ! Stop. Stop !

Suppression de cette vision.

Elle avait déjà Laurie. Que vouloir de plus ?

Effrayée par ses propres pensées, elle se rallongea brusquement et souffla la bougie. Éperdument reconnaissante que Jay ne puisse lire dans ses pensées – et redoutant terriblement qu'il ait cette faculté –, elle déclara :

— Maintenant, je dors. Bonne nuit.

Le lendemain, Pete, le patron, s'étonna de se réveiller avec une gueule de bois carabinée – la routine – et de voir le pub rempli d'inconnus aux yeux bouffis. Après un scotch bien tassé, il se mit en devoir de découvrir ce que ces gens fabriquaient là.

À l'étage, Nadia se brossait les dents en remerciant le Ciel de l'avoir aidée à surmonter le moment de faiblesse de la nuit précédente. Rares sans doute étaient les filles capables de partager le lit de Jay Tiernan sans avoir à en rougir le lendemain. Il est vrai que rares étaient les filles qui devaient se coucher près de lui en jean, chaussettes, gros pull et débardeur informe.

Chaussée de ses bottes, elle descendit lourdement l'escalier, pour s'apercevoir qu'un vent polaire soufflait dans le pub, dont la porte était grande ouverte. Tous étaient sortis applaudir le chasse-neige, qui se frayait un passage le long de l'artère principale en soulevant de grands jets de neige.

Elle retrouva Jay dans la foule.

— Nous voilà sauvés. Nous n'aurons pas besoin de nous dévorer mutuellement. Quel soulagement ! Comment vais-je sortir ma voiture du fossé ?

— La cavalerie est là, dit-il en désignant la dépanneuse qui avançait dans le sillage du chasse-neige.

Elle fit halte devant le pub, et un fermier solidement charpenté en descendit.

— Je viens de voir des voitures, là-bas, qui ont besoin d'être remorquées.

Avisant le visage plein d'espoir de Nadia, il poursuivit :

— L'une d'elles est-elle la vôtre, mon p'tit ? Je parie que vous avez besoin d'un coup de main.

Pour un peu, elle lui aurait sauté au cou. Son sauveur avait la cinquantaine et conduisait une dépanneuse crasseuse. Ce village était providentiel. Tout le monde s'y serrait les coudes, s'entraidait. Il y avait tant de gens adorables, de héros anonymes, prêts à vous aider par pure bonté d'âme !

— Oui, en effet, dit-elle avec une joie et un soulagement non dissimulés. Ma voiture est la Renault noire. C'est si gen…

— Pas de problème, mon p'tit. Ça vous fera cinquante billets.

Rien que ça ? Autant se faire détrousser. Les gens de la campagne étaient vraiment moches.

— Ne me dites pas qu'il faut vous payer en liquide, marmonna-t-elle.

Avec un regard lourd de sens à l'adresse de Pete, elle ajouta :

— Je vais vous faire un chèque.

— Je vais vous la sortir de là en moins de deux, mon p'tit.

Le fermier la gratifia d'un clin d'œil. Les affaires étaient les affaires. Les blizzards soudains faisaient peut-être le malheur et la détresse des autres, mais ils lui permettaient d'arrondir ses fins de mois.

Comme la Renault, sans autre dégât que de la tôle froissée, venait d'être sortie du fossé, Jay, qui était allé voir sa propre voiture, arriva sur les lieux.

— Soyez prudente, dit-il à Nadia qui faisait chauffer le moteur.

— L'autoroute n'est qu'à cinq kilomètres ; je serai chez moi dans une heure.

— Je suis ravi d'avoir fait votre connaissance, assura Jay, le sourire au coin des yeux. Ça aurait pu être encore mieux, mais tant pis. Nous avons passé un bon moment.

Nadia hocha la tête. À la froide lumière du jour, un bon moment valait mieux qu'une aventure. Si elle avait cédé à la tentation la nuit dernière, elle serait à présent rongé par la culpabilité. Surtout, qu'elle ne parte jamais en vacances dans un hôtel-club à Ibiza !

— Merci pour tout. Au revoir.

La neige crissa sous ses pneus pendant qu'elle manœuvrait pour se mettre dans la bonne direction.

— Votre petit ami a de la veine. Dites-le-lui de ma part, ajouta Jay en posant sa main sur le toit de la voiture.

Un instant, elle crut qu'il allait se pencher et l'embrasser sur la joue. Il semblait prêt à le faire. Comme elle attendait, lui donnant tout loisir de se décider, elle se rendit compte qu'elle retenait son souffle. Rien qu'un petit bisou amical, pas un gros sur la bouche. Elle n'aurait rien eu contre un petit bisou…

Encore eût-il fallu qu'il l'embrassât.

— Remontez la vitre et restez bien au chaud, conclut-il. Et n'allez pas atterrir dans un autre fossé.

— Oui, chef. Vous aussi.

Tout en remontant la vitre, Nadia fit un salut militaire, puis sourit en lui faisant adieu de la main.

— À un de ces jours !

Pourquoi les gens disent-ils toujours cela, sachant pertinemment qu'ils ne se reverront jamais ?

3

À l'aéroport de Bristol, le vol en provenance de Barcelone avait atterri depuis un quart d'heure, et Nadia piaffait devant la porte d'arrivée des voyageurs. D'une seconde à l'autre, les premiers passagers allaient franchir les portes coulissantes en verre fumé. Elle avait le trac – un trac gigantesque – et serrait la rambarde chromée à s'en faire craquer les doigts. Telle la bière dans une soirée d'étudiants, l'adrénaline coulait à flots dans ses veines. Y avait-il des infirmiers à proximité ? La plupart des gens qui attendaient le retour d'un être aimé ressentaient-ils la même chose ? Beaucoup s'effondraient-ils, terrassés par une crise cardiaque et… La porte ! Enfin !

Tétanisée, Nadia vit une femme d'affaires ultrachic passer en faisant claquer ses talons aiguilles vertigineux, suivie d'un troupeau de vacanciers, eux-mêmes talonnés par des individus de type estudiantin, quelques hommes d'affaires et une jeune femme d'une vingtaine d'années, l'air complètement épuisée, portant un bébé hurlant et traînant un enfant en bas âge.

À un cri poussé derrière elle, la jeune femme se retourna et eut une exclamation de soulagement en voyant Laurie franchir la porte, une vieille girafe en peluche à la main.

— Je l'ai trouvée par terre, près du chariot à bagages.

Laurie montra la girafe au bébé, qui s'en empara aussitôt en le dévisageant avec un effroyable manque de gratitude.

— C'est pour cela qu'il hurlait. Je ne m'étais même pas aperçue qu'il l'avait perdue. Merci beaucoup, dit la jeune femme, le visage rayonnant de reconnaissance.

— Je vous en prie, répondit Laurie en lui décochant cet éblouissant sourire qui était sa marque de fabrique.

De son poste d'observation, Nadia se rendit compte qu'elle l'aimait précisément pour cela : il était gentil, attentionné, prêt à aider n'importe qui. Si bien des hommes auraient ramassé une girafe en peluche pour courir après une jolie femme portant un bébé en pleurs, combien en revanche se seraient donné la peine d'en faire autant pour une fille sans charme, maigrichonne, avec de vilaines dents et des cheveux ternes et gras ?

Laurie, lui, n'aurait même pas eu l'idée de faire autrement. Voilà le genre de garçon adorable qu'il était.

À présent il avançait vers elle, tendant les bras.

— Nad !

Complètement ramollie, elle se jeta dans ses bras et se sentit décoller du sol quand il la fit tourner en l'air. Une fraction de seconde avant qu'il ne pose ses lèvres sur les siennes, elle entrevit le visage envieux de la fille sans charme. Puis Laurie l'embrassa, et ils devinrent le centre d'attraction. Tout le monde les regardait, goûtant le spectacle qu'ils offraient. Rien de tel que des retrouvailles romantiques dans un aéroport pour vous rendre foi en l'humanité. Ce fut tout juste s'ils ne furent pas applaudis.

— Tu m'as tellement manqué, fit Laurie en la serrant bien fort contre lui.

Puis, prenant du recul pour mieux la regarder :

— Tu es magnifique.

— Toi aussi. Chiffonné, mais magnifique.

Le sourire aux lèvres, elle caressa ses blonds cheveux ébouriffés, décolorés par le soleil, puis sa barbe naissante couleur des blés. Pour un modèle professionnel, Laurie n'avait aucune coquetterie, alors que tout autre que lui aurait succombé au narcissisme. Il portait un pantalon noir *baggy* qui semblait sorti du rebut d'un fripier, quoiqu'il ait sans doute coûté une fortune, un pull gris pâle troué aux coudes qui avait autrefois appartenu à son père, des baskets dernier cri archicrasseuses. Il avait aussi un énorme bleu à l'avant-bras gauche et une tache – vraisemblablement de jus de fruit – sur la manche droite.

Une résignation bon enfant se lisait dans ses grands yeux verts écarquillés. Son agent, les journalistes et les directeurs de casting n'arrêtaient pas de lui faire des réflexions.

— Je sais, je sais, je ne suis pas présentable. C'est juste du jus de myrtille. Dans l'avion, j'ai joué à pierre-ciseaux-papier avec un gosse qui a renversé son verre sur moi.

— Et ce bleu ?

— Oh, ce n'est rien. Je suis tombé de jet-ski sur un rocher.

Intrépide, Laurie était abonné aux accidents. Il l'embrassa de nouveau.

— Allons-y. Comment va tout le monde ? Est-ce que ce satané perroquet est toujours en vie ?

Harpo, le perroquet de Miriam, la grand-mère de Nadia, entretenait avec Laurie une vieille relation d'amour-haine.

— Bien sûr qu'il est toujours là. Tu me poseras encore la question dans soixante ans. Tu lui as terriblement manqué.

Laurie hissait ses bagages sur son épaule avec les gestes d'un vieil habitué.

— Il a reçu ma carte postale ?

Celle-ci représentait un perroquet dans une mini-chaise longue, un petit mouchoir noué aux quatre coins sur la tête.

— Nous l'avons fixée à sa cage. Il y a fait des trous en râlant contre l'exploitation et les sévices dont sont victimes les perroquets.

— C'est parce qu'il n'a aucun sens de l'humour ! Quand nous serons arrivés, je vais lui entourer le bec de scotch.

Tout en échangeant les dernières nouvelles, ils quittèrent le terminal et se dirigèrent vers le parking réservé au stationnement de courte durée. Arrivé devant la Renault, Laurie avisa l'aile froissée que Nadia n'avait pas encore eu le temps de faire redresser.

— Pas mal, fit-il en se penchant pour l'examiner de plus près. Donc tu étais là, dans le fossé, quand ce parfait inconnu a surgi de nulle part et t'a persuadée de passer la nuit avec lui. Tu crois qu'il s'agit d'une nouvelle technique de drague ?

Nadia, qui avait glissé un bras sous son pull troué, le pinça sous les côtes.

— Ma voiture a dérapé sur la neige. Ce n'était pas ma faute. Il est venu à mon secours. Je lui étais reconnaissante. J'ai pensé que la moindre des choses était de coucher avec lui... aïe !

— Très drôle, fit Laurie qui venait de la pincer à son tour.

Nadia contempla un avion qui montait vers le ciel. Laurie suivit des yeux l'appareil qui disparut bientôt dans un ciel de plomb.

— Je serai là-dedans demain. Destination Paris, fit-il d'un air résigné.

— Mais ce sera seulement demain soir. Nous avons un jour et demi devant nous, répliqua Nadia en le serrant contre elle.

— Je sais, admit-il en baissant les yeux vers elle, avec un demi-sourire.

Au cours des vingt minutes de trajet qui les ramenèrent à Bristol, Nadia, tout en conduisant, sentit ses entrailles se nouer. Une vague sensation de malaise lui disait qu'il y avait anguille sous roche. En apparence, ils bavardaient allégrement et sans discontinuer, comme d'habitude, mais quelque chose couvait qui lui faisait peur.

Elle eut beau attendre que cette sensation disparaisse, le malaise persista.

Enfin, ils parvinrent à destination. Quand elle s'engagea dans l'allée devant chez elle, Nadia avait retenu deux possibilités.

— Bon, crois-tu sérieusement que j'ai passé la nuit avec ce type au pub ? Je veux dire : crois-tu sérieusement que j'ai couché avec lui ? Parce que c'est faux, je te le jure. Je te l'ai dit seulement pour plaisanter.

— Je le sais bien, et j'ai bien compris que tu plaisantais…

L'air profondément mal à l'aise, il passa une main dans ses cheveux.

Bon. Courage. Maintenant, il fallait qu'elle lui pose la seconde question, celle qu'elle n'avait pas du tout envie de poser.

— Et toi ? Est-ce que tu as rencontré quelqu'un ?

Après une hésitation, Laurie secoua la tête.

— Non. Je ne t'aurais jamais fait ça.

Ouf ! Quel soulagement ! Comme elle avait des picotements dans les doigts, elle expira profondément.

— Pourtant, quelque chose ne va pas ? insista-t-elle.

— Absolument pas. Tout va bien.

C'étaient les mots qu'elle souhaitait entendre. Malheureusement, ils sortaient de la bouche du plus mauvais menteur du monde. Peut-être Laurie ne fréquentait-il pas une autre fille, mais quelque chose clochait.

— Laurie, cesse de me dire que tout va bien et explique-moi…

— Le voici enfin de retour ! Mon cher enfant, laisse-moi te regarder !

Miriam ouvrit la portière et prit le visage de Laurie entre ses mains. Des diamants brillaient à ses doigts, il y avait encore de la pâte à gâteau sous ses ongles vernis et, pour une frêle vieille dame de soixante-dix ans, elle avait une poigne étonnante.

Cela dit, Miriam Kinsella n'était guère représentative des vieilles dames de soixante-dix ans. Elle portait avec un même panache des vêtements couture ou de vieux pantalons de velours côtelé avec une chemise d'homme. Ses cheveux noirs étaient retenus en chignon et, comme d'habitude, un épais trait d'eye-liner soulignait ses yeux sombres. Comme les effluves de L'Heure bleue de Guerlain emplissaient peu à peu l'habitacle, Nadia se rappela que sa grand-mère ne se lançait jamais dans une journée de jardinage, au cours de laquelle elle était capable de monter à l'assaut des haies juchée sur une échelle, ou encore de décimer énergiquement des buissons envahissants, sans s'être préalablement aspergée de son parfum de prédilection.

Combien de vieilles dames de soixante-dix ans s'étaient déjà fait arrêter par la police pour excès de vitesse sur la A38 ? Et surtout, combien d'entre elles avaient, d'un battement de cils, persuadé les policiers de la laisser partir sans amende ?

— Toujours aussi beau ! décréta Miriam après avoir déposé une marque de rouge à lèvres sur les joues creuses et bronzées de Laurie. Allons, suis-moi. Tu as faim ? Ton père ne devrait pas tarder à rentrer de la clinique... Mon chéri, es-tu sûr qu'on te paie pour te pavaner devant les objectifs ? Ne me dis pas que tu n'as pas les moyens de t'offrir autre chose comme pantalon ?

Edward Welch, le père de Laurie, était neuro-psychiatre. Âgé de soixante-six ans, il n'avait pas supporté d'être mis à la retraite par le ministère de la Santé. C'est pourquoi il donnait encore des consultations deux fois par semaine dans une clinique privée de Bristol – ce qui lui permettait, disait-il, de rester intellectuellement actif, d'échapper à l'ennui et de ne pas se limiter aux mots croisés du journal.

Et aussi de poursuivre vainement Miriam de ses assiduités, songea Nadia en suivant cette dernière à l'intérieur. Après la mort de sa femme Josephine, survenue cinq ans auparavant, et après une incontournable période de deuil, Edward n'avait pas tardé à laisser transparaître ses sentiments à l'égard de Miriam. Il ne s'en était même pas caché du tout. Quel bel homme d'âge mûr, intelligent et brillant, n'aurait-il pas été attiré par Miriam ?

Seul problème, cette dernière s'entêtait à ne pas vouloir partager ses sentiments. Selon elle, Edward avait beau être un homme merveilleux, un ami très cher et un voisin, cela s'arrêtait là. Ils aimaient la compagnie l'un de l'autre, se livraient à des parties de canasta endiablées, allaient au théâtre ensemble, se promenaient longuement dans la campagne, mais Miriam avait été catégorique : leur relation n'irait pas plus loin. Edward avait été bien obligé d'accepter. Mieux valait encore être l'ami de Miriam que d'être exclu de sa vie. Les autres femmes, plus accommodantes, qui lui faisaient régulièrement des avances ne l'intéressaient pas. Nulle ne pouvait rivaliser avec Miriam.

— À présent, tu dois reprendre des forces. Je peux te préparer un steak avec des champignons et des pommes de terre sautées, dit-elle en ouvrant l'énorme réfrigérateur. Sinon, il reste du sauté de poulet d'hier soir, ou une de ces soles sauce crevette à réchauffer au micro-ondes, mais c'est de l'allégé.

Le ton qu'elle adoptait indiquait clairement ce qu'elle pensait des plats allégés à réchauffer au micro-ondes : ce n'était pas assez bien pour Laurie. Elle poursuivit son inventaire :

— Il y a aussi du *crumble* que j'ai fait la semaine dernière...

— Miriam, le sauté de poulet ira très bien, fit Laurie en se retenant de rire. J'ai déjà mangé dans l'avion.

— Mais tu as besoin...

— Et j'invite Nadia au restaurant ce soir. Je ne veux pas me gaver. Chez Markwick, j'ai déjà réservé une table, ajouta-t-il à l'intention de Nadia.

C'était l'un de ses restaurants préférés. Laurie agissait-il comme ces maris coupables qui offrent bouquet de roses et chocolats à leur épouse ? Le tout acheté à la station-service ? Mais elle avait tort de lui attribuer de telles intentions. Ne l'invitait-il pas dans un grand restaurant à chacun de ses retours ?

À cette différence près que, cette fois, elle avait comme un pressentiment.

Quoi qu'il en soit, cela pouvait attendre quelques heures. Miriam était là, Edward n'allait pas tarder à arriver, puis Clare et Tilly. Car Laurie n'était pas rien qu'à elle : il faisait partie de la famille.

4

Son mariage avec Leonie avait été probablement le premier et dernier acte impulsif que James Kinsella ait commis dans toute sa vie. Il avait vingt et un ans et n'avait pas terminé ses études de comptabilité quand un soir, en rentrant du travail, il l'avait aperçue au bord de la route, dans les collines de Clifton, où elle tendait mollement la main pour faire du stop. Épouvanté, il s'était arrêté pour lui faire la leçon sur un ton docte, lui expliquant que le stop était un acte irréfléchi qui pouvait se révéler dangereux.

Riant de son air sérieux, Leonie avait rejeté en arrière ses longs cheveux blonds avant de demander :

— Êtes-vous un homme dangereux ?

Comprenant qu'elle se moquait de lui, vraisemblablement parce qu'il portait des lunettes et conduisait une Morris Minor, il avait répliqué :

— Bien sûr que non. Mais qui sait si le prochain automobiliste ne le sera pas ?

Non sans aplomb, Leonie avait alors ouvert la portière et s'était glissée dans l'auto en déclarant :

— Emmenez-moi, alors. Avant qu'il ne se présente.

Trois mois plus tard, elle lui annonçait qu'elle était enceinte. Deux mois plus tard, ils se mariaient.

James n'avait jamais rencontré quelqu'un comme elle. Il ne savait même pas que des gens comme elle existaient. Rien ne faisait peur à Leonie ; c'était un esprit totalement libre, avec un époustouflant appétit de vivre. James était sous le charme, et heureux comme jamais il ne l'avait été.

Il ne lui fallut pas longtemps pour comprendre que les esprits totalement libres ne faisaient pas nécessairement de bonnes mères. Ni de bonnes épouses, d'ailleurs. Après la naissance de Nadia, Leonie entama une période mère poule qui fit long feu. Un soir, peu après le premier anniversaire de la petite, comme il rentrait du travail, elle lui refila le bébé en hurlant :

— Pourquoi personne ne m'a-t-il jamais dit que le métier de mère est aussi foutrement ennuyeux ?

James avait rassemblé son énergie pour la calmer et la persuader de ne pas les quitter. Cahin-caha, ils avaient encore tenu un an et demi. Puis, alors que leur mariage touchait le fond et qu'une séparation semblait inévitable, Leonie avait découvert, épouvantée, qu'elle était à nouveau enceinte. Après la naissance de Clare, la situation avait empiré. Leonie se sentait piégée comme une souris de laboratoire. Elle avait beau aimer ses enfants, elle était incapable de répondre à leurs exigences incessantes. Elle avait vingt-trois ans, était mariée à un comptable – un comble ! – et mère de deux enfants.

Un jour qu'elle se trouvait dans Canford Park, par une belle matinée de juin, elle avait fait la connaissance de Kieran Brown. Elle venait de découvrir que Nadia, âgée de trois ans, essayait de manger les têtards avec lesquels Clare et elle jouaient depuis un moment. C'est alors que Kieran, venu jouer près de la mare avec son fils de quatre ans, avait engagé la conversation avec elle. C'était un acteur au chômage ; il avait beaucoup de charme. Séduite par ses attentions, Leonie avait aussitôt tout laissé tomber – à savoir ses efforts pour persuader Nadia de ne pas s'empiffrer de bébés grenouilles – et avait convenu d'un rendez-vous avec Kieran pour aller prendre un verre en fin de journée. Lorsque James lui avait demandé où elle allait, elle avait répondu :

— Voir quelqu'un qui me comprend.

Quinze jours plus tard, elle pliait bagage et partait en Crète avec Kieran Brown, dont la petite amie était franchement ravie d'être débarrassée.

Devant l'état de choc et le désespoir de James – duquel, en son for intérieur, elle avait prédit dès le début que le mariage finirait mal –, Miriam avait pris les choses en main et insisté pour que les enfants viennent vivre avec elle. Veuve mais riche, elle possédait une maison suffisamment grande. En outre, s'occuper de Nadia et de Clare lui éviterait de sombrer dans le désœuvrement. À quarante-sept ans, elle avait encore l'énergie de ses vingt ans et les enfants l'adoraient. C'était la solution qui s'imposait, avait-elle décrété devant son fils hébété.

James avait accepté cette offre généreuse qui ne l'étonnait pas venant de sa mère. Les enfants s'étaient adaptées à leur nouvelle vie avec la souplesse qui convenait à leur jeune âge. James était profondément soulagé d'avoir pris cette décision. Dans un an ou deux, leur situation s'améliorerait et ils se trouveraient un logement à eux.

Vingt-trois ans plus tard, ils n'avaient toujours pas déménagé, et leur peu conventionnelle famille s'était même agrandie avec l'arrivée de Tilly, après que Leonie eut un jour débarqué à la maison avec un bébé d'un an, né de père inconnu, et fut repartie peu après en le laissant.

Nadia se sentait comme une kamikaze portant une bombe cachée sur elle. Mais quelqu'un d'autre détenait le détonateur. Le suspense devenait insoutenable.

— Tu ne manges rien, observa Laurie. Allons, goûte le canard. Il est délicieux.

— Je ne veux pas goûter le canard, fit-elle à voix basse – car on était tout de même chez Markwick. Je veux que tu essaies de me dire la vérité.

Il lui prit la main.

— Si nous nous contentions de déguster ce repas ?

— Je vois mal comment je ferais, étant donné que je n'arrive pas à en avaler une bouchée.

De toute évidence, le moment était venu de procéder toute seule à la mise à feu de la bombe.

— Laurie, soit tu me dis ce qui ne va pas, soit je monte sur cette chaise et je me mets à hurler en te jetant des choses à la figure.

— Vas-y, sourit Laurie.

Il ne la croyait pas. Les gens ne venaient pas chez Markwick pour faire une scène et se jeter des objets à la figure. Retirant sa main de celle de Laurie, elle s'empara de la corbeille à pain, recula sa chaise et se leva.

À son visage, il comprit qu'elle ne plaisantait pas.

— OK, arrête et assieds-toi, dit-il au moment où le bras gauche de Nadia – celui qui tenait la corbeille – commençait à prendre son élan. Je vais tout te dire.

Laurie, qui était tout le contraire d'un caractériel, avait horreur des scènes.

Nadia se figea. Avait-elle réellement envie d'entendre ce qui allait suivre ? Mais, d'un autre côté, comment vivre sans savoir ? Elle se rassit brusquement, consciente que des regards s'étaient braqués sur elle.

Il n'était vraiment pas normal pour un cœur de battre aussi vite.

— Vas-y.

Hésitant, Laurie se passa une main dans les cheveux. Mais, cette fois, Miriam n'était pas là pour ouvrir brusquement la portière et venir à son secours, telle Wonderwoman.

— OK.

Silence.

— Je crois qu'il vaut mieux que nous nous en tenions là, dit-il. Nous ne nous voyons pratiquement plus. C'est injuste pour toi.

Ce fut comme plonger dans une piscine gelée où l'on s'attend à trouver de l'eau chaude. Un sifflement strident résonnait dans les oreilles de Nadia. Pas assez fort, hélas, pour l'empêcher d'entendre ses paroles.

Mais à quoi s'attendait-elle ? Ce qui venait de se passer n'était-il pas toujours ce qui se passe lorsqu'on appuie sur le détonateur ?

— Injuste pour moi, ou pour toi ? fit Nadia, étonnée de pouvoir encore parler.

— Pour nous deux. Je regrette. Je regrette vraiment. Je ne voulais pas en arriver là.

Alors, pourquoi y était-il arrivé quand même ?

— Et pourtant, nous y sommes, dit-elle.

— C'est mieux comme ça. Aujourd'hui, tout a changé. Nos vies ont changé… Tu n'as rien fait de mal. C'est juste que… Oh, Nad, tu sais bien ce que je veux dire. Cela n'a rien à voir avec toi.

Nadia se réjouit de ne pas lui avoir jeté la corbeille de pain à la figure. Ce n'était pas assez ignoble pour lui. De la bonne vieille porcelaine, voilà ce qu'il aurait fallu. Des assiettes susceptibles de se briser à grand bruit, de préférence après lui avoir fait bien mal et en l'éclaboussant au passage de ces sauces amoureusement préparées.

Mais à quoi cela l'aurait-il avancée ?

Dans un effort pour se reprendre, elle répondit :

— Pourquoi ne m'en as-tu pas parlé cet après-midi ?

— Tout bêtement parce que je voulais que notre dernier week-end ensemble se passe bien. Que voulais-tu que je fasse ? Que je t'appelle de Barcelone pour tout te dire au téléphone ? Que je te l'annonce à peine descendu d'avion ? Je ne suis pas salaud à ce point.

— Mais tu comptais sérieusement faire comme si tout allait bien ?

Un muscle tremblait sous la joue de Laurie.

— Je voulais essayer. Je pensais que nous pourrions au moins passer ces deux derniers jours ensemble. Enfin, ce jour et demi.

— Et quand exactement comptais-tu m'annoncer la nouvelle ? Demain après-midi, en allant à l'aéroport ? Seigneur, je n'arrive pas à y croire. Pendant que je me figurais que nous étions heureux, tu te préparais à ça ! Depuis combien de temps as-tu pris cette décision ?

— Nad, je t'en prie. Je me sens déjà suffisamment mal comme ça… Ces dernières semaines, je pense.

Il avait l'air vraiment malheureux.

— Ces dernières semaines ? Génial. De sorte que l'autre jour, quand je me suis retrouvée bloquée par la neige et que j'ai raconté à ce type quel bonheur indicible était le nôtre, tu avais déjà prévu de me plaquer ! Te rends-tu compte à quel point je me sens bête ? Si tu m'avais avertie par mail, j'aurais couché avec lui. Je te prie de croire que je ne me serais pas gênée.

— Écoute, je regrette. J'ai pensé qu'il valait mieux te le dire comme ça.

— Parfait, absolument parfait. Je suis enchantée que tu aies choisi cette manière de me l'annoncer, et j'en savoure la moindre seconde ! Mon petit ami a eu la délicate attention de choisir mon restaurant préféré pour me plaquer. En outre, je suis pratiquement sûre qu'il a quelqu'un d'autre, bien qu'il n'ait pas le cran de me l'avouer et…

— Il n'y a personne d'autre.

— Et la cerise sur le gâteau, c'est que je n'ai rien fait de mal, paraît-il. Grâce à cela, je me sens beaucoup mieux, vraiment.

Nadia avala sa salive. Elle tremblait, et ses yeux étaient brûlants.

— C'est absolument merveilleux, conclut-elle.

— Mais nous ne pouvons pas continuer ainsi, sans nous voir. Mon agent va me faire travailler non stop pendant les huit prochains mois. Un peu partout en Europe, en Australie, au Japon, aux States…

— Parfait. Inutile de te justifier. Je ne vais pas me mettre à genoux, si c'est ce qui t'inquiète.

Nadia avait eu son compte. Elle avait mal au cœur. Soudain, une pensée lui vint qui lui donna encore plus mal au cœur.

— Et tu ne m'aurais rien dit avant demain.

Quel égoïste !

— Nous aurions…

Non, pas « fait l'amour » !

— … *couché* ensemble et tu aurais su que c'était la dernière fois. Tandis que moi, je n'aurais rien su, puisque tu ne me l'aurais pas encore annoncé. Quelle délicate attention finale ! Quel dommage que cela ne puisse plus arriver maintenant. Nous allons tous deux devoir faire une croix sur cette dernière fois.

À ce stade, il aurait fallu quitter dignement le restaurant et disparaître dans la nuit noire. Dans un film, c'est ce qu'elle aurait fait.

Mais ce n'était pas un film. C'était la vraie vie et il pleuvait dehors. Et puis, franchement, pourquoi serait-ce à elle de payer le taxi ?

Tu parles d'un petit ami.

Enfin, d'un ex-petit ami…

La situation prenait une tournure surréaliste.

— Je veux partir. Il me faut un taxi. Donne-moi vingt livres.

— Non.

— Salaud.

— J'aimerais vraiment que nous restions amis.

— Pas moi. Dégage.

— Nadia, cette décision n'a pas été facile à prendre. Je fais cela uniquement parce je pense que ça vaut mieux.

Voilà qu'il recommençait.

— Sois honnête, s'il te plaît. Tu me plaques parce que tu as envie de passer les huit prochains mois à coucher à droite à gauche entre Paris, Milan, New York, Sydney et Tokyo. Parce que tu es devenu une star et que les stars ne couchent qu'avec des filles en vue et des top-modèles.

— Ce n'est pas ça du tout.

— Vraiment ? De toute façon, je m'en moque.

Évidemment, c'était un énorme mensonge. Mais c'était inévitable, qu'elle s'en moque ou pas. Son bonheur était en train de s'émietter sous ses yeux comme un morceau de sucre dans une tasse de café, et elle ne pouvait s'en prendre qu'à elle-même.

Foutu concours de mannequins !

Nadia baissa la tête. Elle avait terriblement envie de pleurer, maintenant. De pleurer à grand bruit et à grand renfort de reniflements. De pleurer furieusement, violemment. Mais elle voulait bien être pendue si elle donnait ce plaisir à Laurie.

Il avait beau avoir l'air malheureux, il n'avait pas la moindre idée de ce qu'elle ressentait.

Fini avec Laurie ? C'était comme un trou noir insondable.

Relevant la tête, elle le dévisagea à travers ses cils.

— D'accord, c'est fini. Mais tu disais avoir quand même envie de coucher avec moi ce soir…

Elle fit une pause en soutenant son regard.

— … une dernière fois…

Nouvelle pause, suivie d'un pauvre petit sourire.

— Tu en as toujours envie, dis ?

C'était aussi imparable que de proposer à un gosse de cinq ans d'ouvrir ses cadeaux de Noël une semaine à l'avance. Elle vit le soulagement se peindre dans le regard de Laurie, qui lui prit la main et la serra.

— Bien sûr que j'en ai envie.

Dans toute l'histoire de l'humanité, s'était-il jamais trouvé un seul homme pour répondre non ?

Pour la première fois de la soirée, Nadia sentit qu'elle détenait un certain pouvoir et comprit que, parfois, cela valait le coup de se payer le taxi. Elle se leva et lâcha d'un ton glacial :

— Dommage. Car c'est hors de question.

5

C'est fou ce que la vie de quelqu'un peut changer en l'espace de quinze mois. Du moins, la vie de certaines personnes, songeait Nadia en faisant la queue à la caisse du supermarché. Son panier contenait un flacon de démêlant – là, pas de changement, ses cheveux frisaient toujours de manière incontrôlable –, un tube d'Immac et une boîte de Tampax. Sa précieuse journée de congé, à quoi la passait-elle ? À se démêler les cheveux, à s'épiler les jambes et à regarder la femme qui la précédait dans la queue feuilleter d'une main distraite un exemplaire d'*OK Magazine*.

Grâce à sa tendre et généreuse sœur, Nadia savait déjà qu'en page 27 se trouvait une photo de Laurie en smoking, arrivant aux Oscars main dans la main avec l'une des nominées pour le meilleur second rôle féminin. Clare, qui épluchait tous les magazines de stars, ayant repéré ce cliché la veille, avait eu la délicate attention de se précipiter hors de sa chambre pour montrer à Nadia combien la vie de Laurie avait changé.

— Tu imagines ? Les Oscars ! Avec une fille comme celle-là ! Je parie qu'elle n'a pas acheté sa robe chez Top Shop. On parle de lui comme du modèle devenu acteur… Nadia, j'essaie de te montrer et tu ne regardes même pas.

Nadia avait songé un instant à battre sa sœur à mort, à l'aide du fer à repasser qu'elle tenait. Mais Clare ne faisait pas exprès d'être cruelle : elle possédait seulement l'exquise sensibilité d'un tyrannosaure. Aussi ne lui serait-il jamais venu à l'idée que Nadia n'ait pas envie de voir son ex-petit ami photographié dans un magazine au bras d'une fille sensationnelle.

Qui plus est, nominée pour les Oscars.

Oui, Laurie vivait à présent une vie de rêve. Grâce à son emploi du temps démentiel, il n'était pas revenu chez lui depuis des mois. Il s'était même lancé dans le cinéma, aussi accidentellement qu'il était devenu modèle. Son agent l'avait envoyé faire de la figuration dans un clip, puis, lors d'une soirée quelques semaines plus tard, un réalisateur qui avait vu le clip l'avait reconnu et aussitôt engagé pour son prochain film. À Hollywood, les soirées sont bourrées d'aspirants acteurs cherchant désespérément à percer. Laurie, qui ne cherchait rien du tout, s'était vu offrir un rôle sur un plateau. Bien qu'il s'agisse d'un rôle modeste, son charme britannique et son sens inné du burlesque lui avaient permis de s'en acquitter plus qu'honorablement. On l'avait remarqué. Avec la chance qu'il avait, songeait Nadia, dans un an il serait lui aussi nominé aux Oscars.

— Avant, cette fille sortait avec Johnny Depp, avait repris Clare en bavant devant l'article. Tu ne trouves pas ça supercool ? Tu as couché avec quelqu'un qui a couché avec quelqu'un qui a couché avec Johnny Depp !

— Ça ne va pas m'empêcher de te roussir les oreilles ! avait grondé Nadia en la menaçant de son fer.

— Oh, madame a ses nerfs !

Se tournant vers la cage de Harpo, Clare avait poursuivi :

— Crois-tu qu'elle serait flattée, Harpo ? Bien sûr que non ! Qu'est-ce qu'elle a, Nadia ? Hein ? Qu'est-ce qu'elle a, Nadia ?

Elle avait mis des heures à le lui apprendre.

— Brrrk ! avait gloussé Harpo, tout excité. Nadia a un gros derrière !

En quittant le supermarché, Nadia alla se promener dans Princess Victoria Street. Elle dépassa les bijouteries, les galeries d'art et les boutiques de chaussures aux prix effarants, dont elle n'osait même pas regarder les vitrines rutilantes. Elle s'approcha dangereusement de la pâtisserie Charlotte, dont les éclairs au chocolat blanc semblaient l'encourager tout bas à succomber à la tentation. Certes, ils n'étaient pas donnés non plus, mais comparés aux sandales italiennes…

— Nadia !

Tout à la perspective de mordre dans l'un de ces éclairs onctueux et fondants, elle remarqua à peine qu'on venait de la héler et sursauta lorsqu'une main se posa sur son épaule.

Seigneur ! Avait-elle piqué quelque chose par mégarde au supermarché ? Un agent de sécurité baraqué l'avait-il suivie jusque-là pour lui annoncer qu'il allait la reconduire de force au magasin, qu'elle était en état d'arrestation, accusée de…

— Oh, c'est vous !

Un immense soulagement l'envahit. Non qu'elle ait jamais volé à l'étalage – les Pick'n Mix ne comptaient pas – mais sait-on jamais, un instant de distraction… Or, quand on était aussi étourdie que Nadia, il y avait de quoi se faire du souci.

Jay Tiernan secoua la tête d'un air amusé.

— Je vous ai vue passer devant la galerie d'art. Enfin, j'étais presque sûr que c'était vous. C'est drôle, je pensais justement à vous, l'autre jour.

Flattée, Nadia rentra son ventre.

— Vraiment ? Pourquoi ?

— Ma belle-sœur a esquinté sa voiture. L'aile avant enfoncée, exactement comme vous. Elle était en train de se mettre du rouge à lèvres en se regardant dans le rétroviseur, lorsqu'un mur mal intentionné a surgi et lui est rentré dedans. Vous auriez dû voir votre tête quand j'ai posé ma main sur votre épaule. Vous avez bondi.

— C'est vrai. Je vous avais pris pour un agent de sécurité, dit-elle en brandissant le sac du supermarché.

— Vous avez volé quelque chose ?

— Non, seulement...

— J'espère au moins que ça en valait la peine. Du homard et du caviar, au moins, pas des haricots en boîte premier prix et de la pâtée pour chats.

Après lui avoir pris le sac des mains et avoir passé rapidement en revue son contenu ô combien peu glamour, il secoua la tête d'un air désolé.

— Vous ne connaissez vraiment rien au vol à l'étalage. C'est lamentable, vraiment lamentable. Comment peut-on avoir ne serait-ce qu'envie de voler des trucs pareils ?

— Très drôle, marmonna-t-elle en reprenant son sac.

La situation aurait pu être pire : elle aurait pu avoir acheté une crème contre les hémorroïdes.

— Au fait, que faites-vous ici ? reprit Nadia.

— Ici à Bristol, ou ici dans le quartier ?

— Les deux.

— Eh bien, je vis à Bristol maintenant. J'ai quitté Oxford il y a quelques mois. Et en ce moment même, du moins jusqu'à ces trente dernières secondes, j'étais planté comme ça (il prit la pose de l'indécis se tenant le menton) devant deux tableaux, en train de me demander lequel acheter.

— Dans la galerie Harrington ?

C'est de là qu'il avait dû l'apercevoir.

— Si vous achetiez le moins cher et glissiez l'autre sous votre veste ?

Les yeux noisette de Jay pétillèrent à cette suggestion.

— Excellente idée. Je vois que vous apprenez vite. Malheureusement, le directeur de la galerie ne m'a pas lâché d'une semelle, de peur que je ne commette une imprudence. Cela dit, si j'avais un complice, nous aurions eu une chance. Vous pourriez détourner son attention, éprouver vos premières contractions, par exemple. Pendant ce temps-là, je glisserais les deux tableaux sous ma veste et prendrais mes jambes à mon cou.

— Les deux ? Vous devenez gourmand. En outre, dit-elle en tapotant son ventre plat – enfin, presque plat –, je ne suis pas à un stade suffisamment avancé de ma grossesse pour avoir des contractions.

Jay changea légèrement d'expression.

— À combien de mois en êtes-vous ?

— Zéro. Je vous ai bien eu !

Eut-il l'air soulagé ? Difficile à dire.

— Venez, dit Jay en lui prenant le bras. C'est sans doute la destinée qui a voulu que je tombe sur vous. Vous avez le devoir de m'aider à prendre une décision. À moins que vous ne soyez vraiment pressée de rentrer chez vous ?

Il parut soudain inquiet. Nadia haussa les épaules et secoua la tête.

— Rien ne presse.

— Vous en êtes sûre ? Promettez-moi que les poils de vos jambes ne vont pas se mettre à pousser comme ceux d'un loup-garou pendant que nous converserons, dit Jay en lorgnant le sac contenant le tube de crème dépilatoire.

— Oh, ceci n'est pas pour moi, fit Nadia avec un sourire éblouissant. Chaque fois que je rencontre un homme qui se croit irrésistiblement drôle, j'aime me glisser chez lui la nuit et verser de l'Immac dans son shampooing.

Elle aurait pu dire à Jay à quel point elle connaissait la galerie Harrington. Pas au point d'avoir couché avec le directeur, mais on l'y avait traînée un certain nombre de fois pour des vernissages.

Cependant, elle préféra se taire et Jay l'entraîna à l'intérieur.

— Celui-ci ? dit-il en l'amenant devant un premier tableau.

Quelques instants plus tard, il la fit pivoter vers la gauche et elle se retrouva devant un second tableau.

— Ou bien celui-là ?

Nadia ouvrit la bouche pour parler, puis la referma sans un mot.

Cela s'appelait le destin.

Le tableau de droite, le plus grand des deux, représentait un panorama de montagnes spectaculaires assorti d'un ciel lie-de-vin, transpercé çà et là de quelques rayons de soleil. Beaucoup d'atmosphère. Presque biblique. Du moins, jusqu'à ce que votre regard soit attiré vers le coin en bas à gauche, où un couple s'embrassait dans une vieille cabine téléphonique rouge.

Nadia sourit. L'idée était jolie. En vente au prix de sept cent cinquante livres, le tableau était dû à un artiste qu'elle ne connaissait pas.

Le second, dont le prix s'élevait à cinq cent vingt livres, était de la main de Clare, sa sœur.

Si tels étaient les tableaux qui séduisaient Jay, il avait sans aucun doute le sens de l'humour. Clare possédait un style excentrique, truculent, qui ne manquait pas de caractère, à la Botero – les tonnes de gras en moins. Ce tableau, une aquarelle soulignée d'encre, représentait une noce avec de vilains enfants d'honneur, un marié lubrique, des invités cancaniers, la mère de la mariée dans le cirage, effondrée sur la table, une bouteille à la main. Quant à la mariée, elle s'envoyait le serveur près de la porte.

Le titre : *Ils vécurent heureux et eurent beaucoup d'enfants.*

C'était Clare tout craché.

Non qu'elle fût particulièrement cynique. Elle faisait simplement ses délices des malheurs d'autrui.

— Alors ? s'enquit Jay.

— Hum...

Nadia examina le tableau de sa sœur sous tous les angles. À l'autre bout de la galerie, derrière son bureau, Thomas Harrington l'aperçut alors qu'il raccrochait le téléphone. Nadia capta son regard et lui fit savoir d'un discret mouvement de tête qu'elle préférait qu'il ne vienne pas la saluer comme une vieille connaissance. Ou, du moins, comme la sœur de l'un des artistes exposés.

Clare avait fait ses études aux beaux-arts dans le style rebelle qui était le sien ; il avait semblé presque injuste qu'elle s'en sorte avec une note honorable alors que d'autres étudiants, qui avaient fait preuve de plus de zèle, obtenaient des notes largement inférieures. Puis, lorsqu'elle avait commencé à vendre ses tableaux – pas beaucoup, mais tout de même suffisamment – cela avait paru encore plus injuste. Combien de diplômés des beaux-arts atteignaient ces cimes grisantes ? Dix pour cent, à tout casser. Incapable de se consacrer deux journées d'affilée au travail, telle était Clare.

Mais Nadia devait se garder de sombrer dans l'amertume pour autant.

— Honnêtement ?
— Honnêtement.
Nul ne savait, mieux que Nadia, faire preuve d'honnêteté.
— Si j'avais cette somme à dépenser, j'achèterais des chaussures italiennes à talons aiguilles de dix centimètres incrustés de strass dans cette boutique, un peu plus bas.
— Mais j'aurais l'air ridicule en talons aiguilles, observa gravement Jay.
— Sans compter que ça peut être dangereux lorsqu'on n'est pas habitué à marcher avec. Effectivement, vous feriez peut-être mieux de vous cantonner à la peinture...
— C'est aussi mon avis. Alors ?
— C'est votre argent. C'est à vous de décider.
Puis, se remémorant les commentaires de Clare louchant sur la photo du magazine :
— Mais puisque vous me demandez mon avis, je préfère le tableau à la cabine téléphonique.
— Vraiment ?
— C'est inattendu. On ne la voit pas tout de suite. L'autre est d'un humour complaisant, un peu tarte à la crème.
Enfin, pour nuancer son verdict, un remords de dernière minute aidant :
— Mais il est très bon aussi. Et moins cher.
— Bien, tout est dit. Si je choisis celui-là maintenant, je passe pour un radin.
Jay se tourna vers Thomas Harrington et déclara d'un ton enjoué :
— Je vais prendre celui à la cabine téléphonique.
Lequel aurait-il choisi, si le tableau de Clare avait coûté neuf cents livres ? Telle était la question.

6

Lorsque Jay eut joué de sa carte de crédit et que Thomas Harrington eut glissé à l'oreille de Nadia un « je ne voudrais pas me mêler de ce qui ne me regarde pas mais votre sœur va vous étriper si elle apprend ça », elle accepta de prendre un verre en terrasse pour fêter cette acquisition.

— Bien. Dites-moi ce que vous devenez. Au fait, sommes-nous en lieu sûr ?

Jay, qui de toute évidence s'amusait, désigna l'étalage de magazines du marchand de presse situé de l'autre côté de la rue.

— Êtes-vous certaine que votre petit ami ne va pas surgir d'une page de *OK Magazine* et me passer à tabac ?

En son for intérieur, Nadia était au supplice. Elle s'était vantée de l'amour profond, de la confiance absolue que Laurie et elle éprouvaient l'un pour l'autre !

— C'était il y a une éternité. Nous avons rompu. Et ne dites pas que vous me l'aviez bien dit, ou je verse du sel dans votre café ! Et pas de sourire en coin, ajouta-t-elle en voyant frémir les coins de sa bouche. Laurie et moi ne sommes plus ensemble, et je trouve ça très bien comme ça. Et vous ?

— Je trouve ça très bien aussi.

Il couvrit aussitôt sa tasse de café de sa main.

— Et je ne souris pas en coin. Je suis content de vous avoir croisée.

Quand Nadia regarda à nouveau sa montre, une heure s'était écoulée comme par magie. Elle avait eu le temps d'apprendre que Jay habitait le quartier, juste au coin de la rue en fait, dans Canynge Road. Toujours dans l'immobilier, il achetait et rénovait des maisons mal entretenues – du moins, il employait une équipe pour faire le boulot à sa place – puis les revendait en réalisant un joli bénéfice, dans le meilleur des cas.

Étant donné qu'il pouvait se permettre d'acheter sur un coup de tête des tableaux comme celui qui reposait, enveloppé de plastique à bulles, contre la table du café, il devait se débrouiller plutôt bien.

— Et votre travail ? Vous travailliez dans un jardin d'enfants – non attendez, corrigea Jay en claquant des doigts. Dans une jardinerie. C'est bien ça ?

Légèrement vexée qu'il ait dû réfléchir pour se rappeler où elle travaillait, alors qu'elle lui avait demandé sans hésiter s'il rachetait toujours des maisons, Nadia acquiesça.

— Oui, du côté d'Almonsbury. J'y travaille toujours. C'est super. J'adore ce boulot.

Totalement exagéré. Elle avait un boulot correct, tendance fastidieux. Si les plantes et les fleurs ne l'ennuyaient pas, en revanche les clients qui venaient se plaindre que le fuchsia acheté un an auparavant venait de mourir – comme si elle y avait elle-même versé de l'herbicide – l'incitaient à se demander si on ne devrait pas instaurer un permis de posséder des plantes. Quant aux nains de jardin…

— Vous l'adorez ? Quel dommage !

— Pourquoi ? Pourquoi est-ce dommage ?

Nadia se redressa aussitôt et tenta de comprendre pourquoi il secouait la tête d'un air désolé.

— Je ne l'adore pas tant que ça, vous savez…

— Sur une échelle de un à dix, quelle note donneriez-vous à votre boulot ?

— Deux, fit-elle aussitôt.

— Deux ? En effet, vous ne l'adorez pas tant que ça !

— C'est à cause des nains de jardin. Nous vendons des nains de jardin, expliqua-t-elle avec une mimique censée lui faire comprendre l'étendue du problème. Qui plus est, je ne voulais pas avoir l'air d'être de ces gens qui se plaignent d'avoir un boulot ennuyeux, mais qui ne sont pas fichus de se bouger les fesses pour en trouver un meilleur.

Encore que ce soit là un résumé assez exact de sa situation.

— Mais vous vous y connaissez bien en jardinage ?

— À fond, assura-t-elle avec un agréable pressentiment. Pourquoi ?

— Vous en avez déjà conçu un vous-même ?

— Un jardin ? Allez, supplia-t-elle, dites-moi à quoi vous pensez.

— Peut-être à rien. Je cherche un jardinier, c'est tout.

Il cherchait un jardinier ? Il l'avait trouvé !

— Mais c'est génial ! Je peux vous faire ça sans problème. Combien de temps auriez-vous besoin de moi ? Deux heures par semaine ?

— Beaucoup plus.

Fichtre, il devait avoir un jardin immense…

Jay, qui semblait réprimer l'envie de sourire, se cala dans sa chaise.

— Lorsque j'achète une maison en piteux état pour la restaurer, elle s'accompagne généralement d'un jardin en piteux état. J'ai besoin de quelqu'un qui puisse me faire quelque chose de superbe à partir de rien. Il ne s'agit pas seulement de tondre la pelouse et d'arracher les mauvaises herbes. Il s'agit de tout déblayer, de redessiner, de planter : la totale.

— Je sais faire ça ! J'ai étudié l'art du paysage. Je travaille dur, et je suis plus robuste que j'en ai l'air.

Bon sang. Jay avait parlé de destinée, tout à l'heure. Si *ça* ce n'était pas la destinée...

— Je travaillais avec une entreprise de Winterbourne, mais on ne pouvait pas compter sur eux. Ils m'ont laissé en plan une ou deux fois.

— Je ne vous laisserai pas en plan.

Certes, elle avait vaguement l'impression de perdre son sang-froid, de paraître horriblement emballée. Et même très servile, en fait. Mais bon...

— Je ne vous laisserai jamais en plan, je vous le promets.

Jay hésitait. De toute évidence, il ne voulait pas lui donner ce travail sur-le-champ.

— J'ai fait paraître une annonce dans le journal local, la semaine dernière. J'ai eu un certain nombre de réponses...

— Peut-être, mais aucun de ces gens n'a couché avec vous, contrairement à moi. Ça compte.

Elle savait bien qu'elle aurait dû coucher pour de bon avec lui !

À en juger par la lueur amusée de ses yeux noisette, on aurait dit qu'il pensait exactement la même chose.

Nadia retint son souffle. Si elle ne décrochait pas ce boulot, ce serait la faute de Laurie. Sa faute et celle de ses promesses de fidélité. Si seulement elle pouvait le haïr autant qu'il le méritait.

— Je vous en prie, dit-elle. Je suis une jardinière hors pair.

Jay réfléchit.

— Pourriez-vous me montrer l'un de vos jardins ?

Il avait laissé refroidir devant lui son troisième café, inachevé. Apparemment, il n'avait aucun rendez-vous urgent. D'ailleurs, cela ne prendrait pas longtemps. Sentant qu'elle avait tous les atouts en main, Nadia saisit son sac, se leva et déclara :

— Allons-y.

La destinée était de la partie. Il fallait en profiter.

Il eût été préférable que la maison fût déserte, mais c'était rarement le cas chez Nadia. Faisant de son mieux pour avoir l'air de traiter une affaire et non d'amener son petit ami pour la première fois à la maison et de le présenter à sa famille, elle fit entrer Jay dans la cuisine en déclarant :

— Gran, je te présente Jay Tiernan. Il cherche un jardinier et je voulais lui montrer de quoi je suis capable. Jay, je vous présente Miriam Kinsella, ma grand-mère. Et voici Edward Welch, notre voisin.

Miriam et Edward regardaient les courses hippiques à la télévision, tout en finissant un déjeuner tardif composé de *garlic bread,* de salami italien et d'une bouteille de vin. Parier sur les chevaux était la dernière passion en date de Miriam, qui pouvait adopter un langage très coloré lorsqu'elle perdait. Comme elle s'entêtait à parier uniquement sur les chevaux dont les jockeys portaient une casaque assortie à sa tenue du jour, son langage était fréquemment coloré.

Ce jour-là, elle portait un chemisier émeraude et un pantalon blanc. Elle pivota dans son siège en agitant les doigts.

— Je ne vous serre pas la main. Mes doigts sont sales et sentent l'ail. Je comprends pourquoi Nadia aimerait travailler pour vous. Voulez-vous un verre de vin ? Edward, pourquoi n'ouvrirais-tu pas une autre bouteille. Allons, prenez un siège et joignez-vous à nous.

Elle poursuivit en aparté :

— Nadia, *bravo*. Et ces yeux ! Exactement ce qu'il te faut pour te remonter le moral. Où l'as-tu trouvé ?

Nadia ferma un instant les paupières. Pourquoi sa bonne fée ne lui avait-elle pas donné une adorable et normale grand-mère aux joues ridées comme une pomme reinette, avec un petit chignon gris et un tablier ? Heureusement qu'elle adorait Miriam. Sans cela, elle l'aurait enfermée au grenier depuis belle lurette.

Jay arborait un large sourire.

— Et si vous trouvez cela embarrassant, imaginez ce que j'ai dû endurer à l'âge de quatorze ans, lui dit Nadia.

— Ajoute deux verres, ordonna Miriam à Edward, qu'elle avait tendance à traiter comme un majordome.

— Non, ne vous dérangez pas ! Nous ne restons pas. Juste cinq minutes pour voir le jardin. Ensuite, Jay doit partir. Ton cheval vient de faire une chute.

Le débit du commentateur s'emballa brusquement tandis qu'un jockey couleur émeraude, roulé en boule, échappait de justesse au piétinement des autres chevaux.

— Franchement, fit Miriam d'un air dégoûté – et avec une remarquable sobriété de langage –, j'espère qu'il s'est cassé les deux jambes.

Nadia entraîna Jay vers le jardin sans plus attendre.

— Désolée pour ma grand-mère. Elle a aussi de bons côtés, quoique aucun ne me revienne en mémoire pour l'instant.

— Cela ne m'a pas dérangé.

Jay traversa la terrasse et se planta, poings sur les hanches, devant le jardin.

Des arbres adultes – des hêtres, un frêne et un cèdre – dessinaient la toile de fond. Au premier plan, des plates-bandes aux formes irrégulières accueillant herbes de la pampa, pavots et delphiniums, bordaient la pelouse. Du bassin de nénuphars situé sur la gauche, un filet d'eau partait en sinuant pour rejoindre un bassin plus vaste, à l'extrémité opposée du jardin. Des touffes de fuchsias exhibaient leurs lampions roses et violets. Tout avait été conçu afin de recréer un effet naturel. C'était l'équivalent d'un top-modèle savamment décoiffé ayant monopolisé cinq coiffeurs durant trois heures d'affilée. Tout en observant Jay à la dérobée, Nadia croisait les doigts. Elle avait mis tout son cœur dans ce jardin, qu'elle estimait parfait.

Mais allait-il penser la même chose ?

— C'est vous qui avez fait tout ça ? dit-il enfin.

— Absolument. Je suis partie d'une simple pelouse. J'ai des photos à l'appui. C'était il y a trois ans. J'ai tout fait moi-même, y compris transporter ces dalles, précisa-t-elle en martelant du pied les dalles de la terrasse.

Elle était sortie de ce chantier épuisée, mais cela, Jay n'avait pas besoin de le savoir. Mieux valait qu'il la prenne pour Superwoman.

— Je suis impressionné, avoua-t-il.

Ouf. Soulagement.

— Je le savais. Sans cela, je ne vous aurais jamais amené ici. Alors ? Vous me donnez ce travail ?

— Je dois voir les autres candidats. J'ai déjà pris rendez-vous avec eux.

— Annulez. Vous n'avez plus besoin de les voir, maintenant que vous m'avez trouvée.

Tout en disant cela, elle se rappela soudain une bribe de conversation : Janey, l'une de ses collègues à la jardinerie, lui avait confié devant un café qu'elle avait répondu à une annonce de l'*Evening Post* cherchant un jardinier.

— Cela ne se fait pas, dit Jay. Mais d'accord : marché conclu.

Bingo ! Nadia avait devant elle un homme qui réagissait dans l'instant, n'y réfléchissait pas à deux fois et n'hésitait pas à enfreindre les règles et à laisser tomber les autres. Bref, le genre de type dont il ne fallait surtout pas tomber amoureuse.

Grâce à son côté raisonnable, Nadia nota précieusement ces informations dans un coin de son cerveau. Mais son côté incorrigible la faisait déjà frissonner d'impatience et se demander à quoi il pouvait ressembler, une fois nu.

Parce qu'elle était pratiquement sûre qu'il avait des vues sur elle. C'est une chose qui se voit, en général.

— Fantastique ! fit-elle, toute joyeuse.

— Content que vous soyez contente. Maintenant, comme j'ai bu plusieurs cafés…

Il fit un geste vers l'intérieur de la maison.

— … pourriez-vous m'orienter vers les toilettes ?

L'orienter ? Fichtre. Était-ce une lance à incendie qu'il avait dans le pantalon ?

Mais étant donné qu'il était désormais son patron, Nadia se dispensa de faire cette réflexion à haute voix.

7

Après avoir conduit Jay aux toilettes du rez-de-chaussée, Nadia retourna s'installer sur un banc dans le jardin inondé de soleil, afin d'y rédiger mentalement sa lettre de démission.

Cher monsieur Blatt,
J'ai l'immense plaisir de vous informer que je me suis vu proposer un poste beaucoup plus attrayant que l'abominable et ennuyeux boulot que je me tape depuis deux ans chez vous, et que je vais travailler pour un beaucoup plus bel...

— Alors, qu'as-tu fait de lui ?

Nadia sursauta à cette voix. Flûte. Clare avait pourtant dit qu'elle ne serait pas là, cet après-midi.

— De qui parles-tu ?

— Je viens d'apprendre que tu avais amené un homme ici. Il paraît même que c'est un très beau garçon. Évidemment, il fallait que je vienne contempler cette merveille de mes propres yeux. Alors ? Où est-il ? Dans le tas de compost ? ligoté à un arbre ? enchaîné par des menottes à la tondeuse, dans la cabane de jardin ? Nadia, combien de fois faudra-t-il te répéter que ce n'est pas ainsi que tu empêcheras un homme de s'enfuir : il faut qu'il ait *envie* de rester.

Nadia savait parfaitement qui elle avait envie d'enchaîner à la tondeuse.

— Il est allé au petit coin et, dès qu'il aura fini, nous partirons.

Elle était bien décidée à quitter la maison avec lui en trois secondes chrono.

— Au fait, poursuivit Nadia, je croyais que tu sortais cet après-midi. Tu ne devais pas déjeuner avec Josie et aller faire du shopping ensuite ?

— Nous en avions l'intention, jusqu'à ce que son patron la surprenne en train d'en parler au téléphone. Il a dit que la prochaine fois qu'elle partirait faire du shopping pendant trois heures, c'était la porte. Elle n'a droit qu'à cinquante minutes. Non mais, tu te rends compte ? Que peut-on faire en cinquante malheureuses minutes ?

Nadia se leva, pressée de partir.

— Je crois que je ferais mieux...

— Oh, le voilà ! s'exclama Clare en se levant encore plus vite. Nous pensions que vous vous étiez enfui ! Salut, j'ai beaucoup entendu parler de vous.

C'était absolument faux, songea Nadia. Mais il était trop tard. Déjà, sa sœur se présentait, jaugeait le nouveau venu du regard et jacassait à propos de menottes et de tondeuses à gazon. Elle n'avait jamais été à proprement parler timide.

Parfois, on commet un acte irréfléchi dans le feu de l'action, puis on passe six mois ou six ans à le regretter et à prier pour que personne jamais ne le découvre. Comme le fait de persuader un quasi-inconnu dans une galerie d'art de ne pas acheter le tableau de votre sœur. Honnêtement, quelle probabilité y avait-il que Clare apprenne un jour ce qu'elle avait fait ?

Malheureusement, Nadia n'attendit que six secondes pour le savoir.

— Je viens de voir le tableau accroché dans le séjour, déclara Jay. Pourquoi ne m'avez-vous pas dit que vous possédiez une toile du même artiste ?

Et m…

— Dans notre séjour ? fit Clare, intriguée.

— Je ne jouais pas les curieux, je vous assure. Je l'ai aperçue par la porte ouverte.

Tandis que Jay souriait, Nadia le bombardait de messages télépathiques lui enjoignant de ne plus ajouter un mot.

— J'ai rencontré Nadia par hasard cet après-midi et l'ai entraînée à la galerie Harrington. Je n'arrivais pas à choisir entre deux tableaux. Elle m'a dit lequel acheter.

La télépathie n'ayant apparemment pas fonctionné, Nadia intervint en bredouillant :

— C'est faux, je ne vous ai pas dit…

— Et alors ? l'interrompit Clare, l'œil brillant, le visage d'une pâleur effrayante. Quel tableau vous a-t-elle conseillé d'acheter ? Celui peint par le même artiste que le tableau accroché dans le séjour ?

Interminable pause.

— Ou bien l'autre ?

— L'autre.

Puis Jay, à son tour, se mit à hésiter.

— Euh… j'ai fait une gaffe ? Cet artiste est de vos amis ?

— C'est vrai, ça. Dis-nous un peu, Nadia : cet artiste est-il de tes amis ?

— Je… euh… je…

— Espèce de peau de vache ! rugit Clare. Cet artiste, c'est moi ! C'est moi qui ai peint ces tableaux ! Et c'est ainsi que ma propre sœur me soutient ! Mais qu'ai-je fait pour mériter ça ?

Ce qu'elle avait fait ? Rien, à un million de choses près.

— OK, OK, j'aurais peut-être dû dire à Jay que je te connaissais. Mais alors, il se serait senti obligé d'acheter ton tableau. Il m'a demandé lequel je préférais et je lui ai dit la vérité.

— Quelle garce ! Et lequel était-ce ?

Concurrence professionnelle oblige, Clare était obligée de poser la question.

— Celui avec les montagnes immenses et la minuscule cabine téléphonique.

— Tu veux dire cette nullité sans nom ?

— Je vais le rapporter à la galerie, proposa Jay. Pour l'échanger contre le vôtre.

— Tu vois ? enchaîna Nadia. Il se sent coupable à cause de toi. Il est prêt à rapporter le tableau qui lui plaît à cause de ta réaction complètement infantile. J'espère que tu as honte.

— J'ai honte d'avoir une sœur comme toi !

Les yeux luisants de haine, Clare se retourna vers Jay.

— Elle est jalouse, voilà l'explication. Parce que je sais peindre, et pas elle. Nadia passe ses journées à vendre des nains de jardin et à porter des sacs de gravillons jusqu'aux voitures des clients. Elle n'est même pas capable de garder ses petits amis : ils s'enfuient en courant, et comme on les comprend ! C'est encore une raison pour laquelle elle est jalouse de moi. À votre place, je m'en irais tout de suite en remerciant ma bonne étoile d'avoir découvert qui elle était avant qu'il ne soit trop tard.

Sur ces mots, elle rentra dans la maison.

— Intéressant, fit Jay au bout d'un moment.

— Désolée, marmonna Nadia, faute de mieux.

— Nous ferions peut-être mieux d'y aller ?

— Oui.

Afin d'éviter tout nouveau contact avec un membre de la famille, Nadia lui fit faire le tour de la maison jusqu'à sa voiture. Tandis qu'elle se battait avec son trousseau de clefs, la fenêtre du séjour s'ouvrit en grand et Harpo s'écria :

— Nadia a un gros derrière !

Jay parut interloqué.

— C'était votre sœur ?

— Non, le perroquet de ma grand-mère.

Elle regretta aussitôt de ne pas avoir répondu oui.

Puis la voix de Clare jaillit, toujours par la fenêtre :

— Vous savez, elle crève d'envie de se marier et d'avoir des bébés !

Là, c'en était trop.

— Excusez-moi. J'en ai pour un instant, déclara Nadia en rebroussant chemin.

Consciente que Jay la suivait des yeux, elle remonta l'allée et entra furieusement dans la maison en claquant la porte derrière elle.

— Oh ! s'écria Clare en se tenant la joue.

Elle voulut rendre sa gifle à Nadia, mais celle-ci fut plus rapide. Elle ressortit moins de cinq secondes plus tard après avoir mené sa mission à bien.

— Désolée pour cet incident, dit-elle en démarrant.

— Je ne vous crois aucunement désolée.

Heureusement, Jay ne semblait pas trop choqué.

— Elle l'a bien mérité. Parfois, rien ne vaut une bonne gifle. Entre sœurs, ça se fait. C'est ce que Laurie appelait la scène de l'oasis.

— J'ai pigé : vous êtes Noël, elle est Liam. Elle vous fouette, vous répliquez ; mais, au fond, vous vous aimez.

— Je suppose que oui. De toute façon, ce qu'elle a dit était faux. À propos du mariage et des bébés.

Je ne veux pas dire que je suis contre, mais, contrairement à ce qu'elle aimerait faire croire, je ne suis pas dans une situation désespérée.

C'eût été le moment idéal pour Jay de faire remarquer qu'en outre, elle n'avait pas non plus un gros derrière, ce qui était la stricte vérité. Mais il se contenta de hocher la tête.

Complètement démoralisée, Nadia le raccompagna jusqu'à sa voiture. Comme il y installait le tableau protégé par son plastique à bulles, elle reprit :

— Je suppose que maintenant, vous n'avez plus l'intention de m'offrir ce boulot. Vous devez hésiter à embaucher une folle qui gifle sa sœur.

— Juste une chose : pourquoi m'avez-vous conseillé d'acheter ce tableau ?

— Honnêtement ?

— Honnêtement.

— Parce que je le préférais à l'autre. Et aussi parce que ce matin, Clare m'a charriée sur mon ex-petit ami. Elle savait qu'elle remuait le couteau dans la plaie et s'en est régalée. Mais très franchement, je préfère ce tableau.

— OK.

— OK ?

— Vous pouvez donner votre démission à la jardinerie.

Nadia poussa un soupir de soulagement, et un sourire béat fendit son visage.

— Vous êtes sûr ?

— Vous savez, je sais ce que c'est : j'ai un frère. Nous nous battions tout le temps.

Au prix d'un effort héroïque, elle réprima son envie de le prendre dans ses bras.

— Vous vous battiez ? Vous ne vous battez donc plus ?

— Non.
— Oh, merci !
— Bien. Appelez-moi dans un jour ou deux, dit-il en lui tendant sa carte.
— Vous ne le regretterez pas. Je ne giflerai aucun de vos clients, je vous le promets, assura Nadia en serrant la carte contre son cœur comme s'il s'agissait d'un billet de loterie gagnant.
— Heureux de l'apprendre. À propos, vous feriez peut-être bien de vérifier que votre crème dépilatoire ne s'est pas mystérieusement transvasée dans votre shampooing.
Elle allait adorer travailler avec lui. Sans cesser de sourire comme une idiote, elle regagna sa voiture.
— Une dernière chose, lui lança Jay de loin.
— Laquelle ?
Il avait observé sa démarche.
— Ce perroquet a tort.

8

La lettre était arrivée le matin même. Seule dans sa chambre, assise devant sa coiffeuse, Miriam la déplia avec précaution et la lut pour la troisième fois.

Le problème dans le monde actuel, c'était l'omniprésence des technologies de l'information. Tout un chacun avait accès aux ordinateurs, et les ordinateurs en savaient un sacré bout sur tout.

Cinquante et quelques années auparavant, les choses étaient beaucoup plus simples. Quelqu'un pouvait disparaître s'il le souhaitait. Il suffisait d'aller s'installer dans une autre région et de tourner la page sur son passé. Le monde continuait de tourner, et l'on pouvait refaire sa vie. Une vie heureuse.

Et Miriam s'était refait une vie heureuse, elle n'en doutait pas une seconde.

Aussi, pourquoi faire remonter à la surface cette vieille histoire ?

Relevant la tête, elle inspecta son reflet dans le miroir biseauté, à la recherche d'un indice. Les yeux, bien sûr. C'étaient ses yeux qui l'avaient trahie. Elle avait soixante-dix ans, et le reste de son corps donnait des signes d'usure. Mais ses yeux n'avaient pas changé, eux.

Cet imbécile d'Edward. Tout était de sa faute. Lui et sa brillante carrière de neuropsychiatre à la noix.

Lorsqu'il avait été invité à la cérémonie d'inauguration d'un nouveau centre de recherche dans le Berkshire, Miriam n'avait pas songé un instant que le fait de l'accompagner puisse avoir des conséquences graves. Aussi, quand un reporter les avait photographiés ensemble, elle lui avait donné son nom sans hésiter.

Qui aurait pu songer que quelqu'un repérerait son visage dans le journal, ferait le rapprochement – car c'est ce qui avait dû se passer –, et parviendrait à remonter la piste grâce aux listes électorales consultables sur Internet ?

Miriam poussa un soupir où l'irritation se mêlait à la peur. Plus personne ne respectait donc la vie privée, de nos jours ? Les gens qui fabriquaient ces sites Internet prenaient-ils le temps de réfléchir aux ennuis qu'ils pouvaient provoquer ?

Tout cela remontait à cinquante-deux ans, au nom du Ciel ! Un petit accident de parcours, rien de plus. Cinquante-deux ans après, ne pouvait-on pas raisonnablement s'estimer à l'abri des conséquences d'un petit accident de parcours ?

Bien que la tentation fût grande de déchirer la lettre et de la jeter à la poubelle, ce n'était pas une solution. Avec mille précautions, elle prit son stylo, recopia l'adresse de l'expéditeur sur le devant de l'enveloppe et barra la sienne. Elle ajouta : *INCONNU À CETTE ADRESSE. RETOUR À L'EXPÉDITEUR.* Puis elle remit la lettre dans l'enveloppe, qu'elle referma à l'aide de scotch.

Mieux valait ne pas la mettre dans la boîte aux lettres de la rue : quand le facteur du quartier la verrait, il risquerait de penser qu'elle avait perdu la boule et d'insister pour la lui rendre. Elle la posterait plus tard, dans un endroit susceptible de préserver son anonymat.

Elle allait se remettre une couche de rouge à lèvres, lorsque la porte de sa chambre s'ouvrit brusquement.

— Tu vois une marque sur mon visage ? s'écria Clare. Une empreinte de doigts ?

— Non, ma chérie.

— Ici, insista Clare en pointant un doigt frénétique sur sa joue gauche.

Il y avait bien une légère marque, une vague rougeur.

— Ma pauvre enfant, dit Miriam en lui tapotant la main. Partons tout de suite pour les urgences et exigeons le meilleur spécialiste de chirurgie esthétique.

— Ne te moque pas. Ça fait mal. Nadia m'a giflée, grommela Clare en se tripotant la joue devant le miroir, accentuant du même coup la rougeur.

— Vraiment ? Quoi qu'il en soit, ma chérie, je suppose que tu l'avais mérité.

— Absolument pas, je puis te l'assurer ! enragea Clare. Je suis montée dans ta chambre pour y trouver un peu de sympathie, mais je vois que tu es de son côté. J'aurais dû lui arracher jusqu'à son dernier cheveu. Au fait, qui était ce type qu'elle a amené ici ?

Devant son miroir, Miriam appliqua le rouge à lèvres puis pressa ses lèvres l'une contre l'autre.

— Hmm ? Tu veux parler de ce garçon plutôt agréable à regarder ?

— Je n'ai pas fait attention à cela, mentit Clare.

— Nadia a vaguement parlé d'un nouveau boulot. Je dois dire qu'il a l'air charmant.

— Il était sur le point d'acheter l'une de mes toiles à la galerie Harrington, et Nadia l'a convaincu de n'en rien faire !

— Elle avait sûrement ses raisons. Peut-être as-tu fait quelque chose qui l'a énervée.

— Absolument pas !

— Comme parler sans cesse de Laurie, par exemple...

— Je lui ai seulement signalé qu'il était à la cérémonie des Oscars.

— Tu sais pourtant qu'elle déteste ça.

— Ce n'est pas ma faute si elle a ses nerfs.

— Tu as vingt-trois ans, Nadia vingt-six, et vous vous querellez toujours comme des gamines de huit ans. La prochaine fois, je vous lance un seau d'eau froide, dit Miriam en vaporisant ses poignets et son cou de L'Heure bleue.

— C'est parce que nous avons eu une enfance perturbée.

— Foutaises ! Vous avez été pourries gâtées. Tu devrais t'attaquer aux pommes de terre : Tilly et ton père seront là vers six heures.

Clare abandonna. Elle ne trouverait ici nul réconfort. Quant à éplucher les pommes de terre... Beurk.

— Tu veux que je te poste ça ? dit-elle en désignant l'enveloppe, pour changer de sujet.

Miriam posa la main sur l'enveloppe dans un geste protecteur, repoussa son siège et se leva. Au moins, l'expéditeur habitait Édimbourg, à une distance suffisante pour avoir la paix.

— Non, merci.

Deux fois par semaine, au lieu de prendre le bus de seize heures, Tilly restait au lycée. Le mardi, c'était pour des leçons de français, le vendredi pour le basket. Ensuite, elle parcourait à pied les cinq cents mètres qui la séparaient des bureaux où

James travaillait comme comptable, et celui-ci, qui finissait vers dix-sept heures trente, la ramenait en voiture à la maison.

Aux premiers temps de cet arrangement, elle l'attendait à l'accueil, au rez-de-chaussée de l'immeuble de bureaux, là où il y avait des canapés en cuir et des hôtesses très professionnelles avec leurs chignons et leurs hauts talons. Les revues mises à la disposition des visiteurs, toujours impeccablement disposées sur des tables basses en verre, se composaient d'un assortiment de numéros du *Financial Times,* du *Telegraph* et de la dernière édition d'une revue réservée aux comptables.

Bref, rien que ses magazines préférés.

À présent, Tilly préférait attendre en flânant chez le marchand de journaux installé au coin de la rue, à une centaine de mètres. Elle achetait toujours un petit quelque chose, des chewing-gums ou des Tic Tac, pour acquérir son droit de séjour. Puis elle s'installait près des rangées de magazines, qu'elle feuilletait en prenant toujours grand soin de ne pas froisser les pages et de ne pas abîmer la reliure.

C'était un charmant endroit pour attendre, encombré et chaleureux, douillet et accueillant. Ayant enfin compris que Tilly n'était pas l'une de ces adolescentes chapardeuses, l'employée qui tenait la caisse avait cessé de s'en faire et la laissait bouquiner en paix jusqu'à ce que James arrive, environ un quart d'heure plus tard, pour acheter son journal du soir avant de rentrer à la maison.

Tilly avait une préférence pour les articles consacrés aux adolescents à problèmes : c'était toujours réconfortant de lire les vies gâchées d'autrui. À côté de certains, elle s'en était vraiment bien sortie.

Les témoignages autobiographiques qu'on lisait dans certains magazines féminins l'attiraient aussi, ceux où des mères révélaient comment elles avaient un jour risqué leur peau, d'une façon ou d'une autre, pour sauver leurs enfants. Non sans masochisme, Tilly dévorait ces récits enrichis en drame et en dévotion maternelle. D'un côté, elle enviait ces femmes au point qu'elle sentait presque la jalousie poindre en elle. D'un autre côté, elle ne pouvait s'empêcher de songer qu'un jour, la même chose lui arriverait peut-être. Et si sa mère et elle se retrouvaient prisonnières de leur voiture après un accident ? Et si les pompiers n'avaient pas le temps de les délivrer toutes les deux, avant que le moteur n'explose ? Et si Leonie s'écriait « Sauvez mon enfant, ne vous occupez pas de moi ! » ?

Ou encore, dans un registre moins radical, si elle avait besoin d'une greffe de rein ou quelque chose dans le genre, et que sa mère soit le seul donneur compatible ; et qu'elle s'expose à un réel danger de mort en acceptant l'opération ; et que, malgré tout, elle tienne à faire ce don : « Tilly, dirait-elle, tu es la chose la plus importante au monde à mes yeux, et tout ce qui compte pour moi c'est que tu recouvres la santé » ? Dans ses rêves, Leonie restait quelque temps entre la vie et la mort, puis finissait par s'en sortir – évidemment – et toutes deux vivaient ensuite heureuses, à l'image de ces courageuses et aimantes familles qui peuplent les journaux à sensation.

Tout le monde avait bien le droit de rêver, non ? Même si les autres filles de son âge rêvaient plutôt de Robbie Williams.

Tandis que les clients entraient et sortaient, Tilly continuait de tourner soigneusement les pages de *Take-a-Break*. Elle avait appris que l'employée s'appelait Annie grâce aux habitués qui passaient acheter leurs quotidiens, magazines, billets de loterie et autres cigarettes. Un certain nombre d'entre eux la saluaient par son prénom avant de bavarder une minute ou deux, en général de la pluie et du beau temps, du dernier scandale à la une des journaux, ou du fait que leur dernier billet de loterie ne leur avait rien fait gagner.

— Faites un effort cette fois, Annie, disaient-ils lorsqu'elle s'excusait pour rire.

Annie était âgée – probablement la quarantaine, selon Tilly. Néanmoins, elle avait un visage doux, un sourire facile et des cheveux blonds attachés à la diable qui semblaient éternellement hésiter entre le lisse et le frisé.

En entendant tinter la clochette placée au-dessus de la porte, Tilly se retourna, s'attendant à voir James. Mais ce n'était qu'une très vieille femme, drapée dans un manteau qui lui descendait jusqu'aux chevilles. Elle traversa la boutique en traînant les pieds, le visage tendu, anxieux, vers Annie.

— Bonsoir, mon enfant. Vous pouvez peut-être m'aider. Je cherche mon mari. Est-il venu ici ?

Elle portait un grand sac fourre-tout, et ses pieds étaient chaussés de pantoufles usées.

Changeant de visage, Annie quitta précipitamment sa caisse et vint à la rencontre de la vieille femme.

— Non, je regrette, Edna. Je ne l'ai pas vu de la journée. Ne vous en faites pas, je suis sûre qu'il ne va pas tarder à rentrer.

Passant un bras sous celui de la vieille, elle poursuivit gaiement :

— Pourquoi ne traverseriez-vous pas la rue ? Vous pourriez rentrer chez vous et vous faire une bonne tasse de thé ?

En les voyant sortir, bras dessus bras dessous, Tilly se demanda un instant s'il ne s'agissait pas d'une séquence de caméra cachée, destinée à voir si elle n'allait pas se bourrer les poches de chocolats dès qu'elle se croirait seule dans la boutique. Pour prouver sa bonne fois, elle remit en rayon le numéro de *Take-a-Break* qu'elle feuilletait, et ne bougea plus, tout en laissant ses mains soigneusement en évidence.

Bien qu'apparemment aucune caméra ne fût cachée dans la boutique, mieux valait ne pas prendre de risque. La semaine précédente, à la télévision, elle avait vu un documentaire sur un Américain condamné à la chaise électrique, dont on n'avait découvert l'innocence que trois ans après sa mort.

Moins d'une minute plus tard, Annie était de retour, haletante.

— Heureusement que vous êtes toujours là ! Mon patron m'étranglerait, s'il apprenait que j'ai laissé le magasin sans surveillance ! Or, d'une certaine façon, ce n'est pas le cas puisque vous étiez là... Pauvre vieille Edna, elle me fait pitié. C'est la cinquième fois cette semaine qu'elle vient ici.

— Mais où va son mari ?

— C'est bien là le problème : il ne va nulle part. Il est mort.

— Mort ? Alors pourquoi ne lui dites-vous pas ?

— Je le lui ai dit. Mais elle n'a plus toute sa tête. Chaque fois que je le lui dis, elle se met dans un état ! Il est plus simple de ne pas en parler. De toute façon, elle l'aura oublié avant d'arriver chez elle.

Quelle horreur ! Tilly se demanda ce que pouvait ressentir cette femme à errer sans fin dans la rue, à la recherche de son mari. Un jour, lorsqu'elle avait six ans, elle s'était perdue dans un grand magasin, pour s'être éloignée de Nadia et Clare, occupées à essayer des boas en plumes. Elle se rappelait encore l'horrible et glaciale sensation de panique qui s'était emparée d'elle dans le rayon des chapeaux et bonnets où elle déambulait à l'aveuglette, le cœur battant de plus en plus vite, se demandant si elle reverrait jamais ses sœurs. Environ trente secondes plus tard, alertée par ses hurlements stridents, Clare la coinçait près du présentoir des gants et lui pinçait l'oreille en lui ordonnant d'arrêter son vacarme…

Un autre client fit son entrée, un homme jovial en bleu de travail. Il acheta un magazine sur la pêche et un billet de loterie, puis plaisanta avec Annie sur son billet de la semaine précédente, encore perdant.

— Vous devez en avoir marre que les gens vous disent ça, hasarda Tilly quand l'homme fut sorti.

— Ne m'en parlez pas ! Le pire, c'est qu'ils se croient drôles et originaux en disant cela. Il suffit de sourire et de jouer le jeu, comme si ce n'était pas la dix millionième fois qu'on vous faisait le coup. Mais ce sont de braves gens. Ils cherchent juste à plaisanter. Je préfère encore ça aux gens qui ne vous disent pas un mot.

— J'aime bien cet endroit, c'est agréable. J'espère que ça ne vous ennuie pas que j'attende ici.

— Ne dites pas de bêtises. Bien sûr que non. Vous êtes mieux ici que dans la rue, surtout lorsqu'il pleut… Voilà votre père.

— Ça va, pigeon ? Tu es prête ?

Tilly aimait que James la surnomme pigeon, presque autant que cette façon qu'il avait de passer un bras paternel autour de son épaule. Elle attendit pendant qu'il cherchait au fond de sa poche de la monnaie pour acheter son *Evening Post*.

— Ça te dirait d'acheter un billet de loterie ? fit-elle ingénument.

— Je n'achète jamais de billet de loterie. C'est un gaspillage d'argent. J'ai joué une fois et je n'ai rien gagné.

Tilly et Annie échangèrent un sourire.

— Qu'est-ce que j'ai dit de drôle ? protesta James.

— Rien.

— Allons, rentrons à la maison et voyons ce qu'on nous a préparé pour le dîner.

— Au revoir, dit Annie.

— À bientôt, répondit timidement Tilly en lui faisant un signe.

9

— Bon alors, qui est ce type ? fit Clare en se postant à l'entrée de la chambre de Nadia. En dehors d'un pauvre nul, tellement incapable de se décider qu'une fille doit lui dire ce qu'il doit faire ?

Néanmoins, au ton de sa voix, Nadia comprit que le pire était passé. Clare était en train de lui faire savoir qu'elle était disposée à lui pardonner. Sans doute parce qu'elle voulait lui emprunter une tenue, car elle sortait avec Piers, ce soir.

— Il s'appelle Jay Tiernan et c'est mon nouveau patron.

Du moins, elle l'espérait. Elle était allée remettre sa démission l'après-midi même à la jardinerie.

— En outre, ce n'est pas un pauvre nul, mais un promoteur immobilier.

N'était-il pas important de prouver sa loyauté envers un nouvel employeur ?

— Parfait. Toi qui en avais assez de la jardinerie et des nains de jardin.

Clare se dirigea vers la garde-robe, dont elle se mit à passer en revue le contenu.

— Il est marié ?

— Sais pas. Je ne lui ai pas posé la question.

Pourvu que non !

— Il te plaît ?

— Non !

Clare eut un petit sourire entendu. Le problème, quand on a une sœur, c'est qu'on ne peut rien lui cacher.

— Je t'assure que non, insista Nadia en rougissant un peu.

— Il doit être marié, décréta Clare l'expert. Et il doit en faire voir de toutes les couleurs à sa femme.

Un peu comme l'aurait fait Clare si elle avait eu un mari. L'arrogance et la cruauté dont elle faisait preuve à l'égard de ses cavaliers lui auraient valu depuis longtemps la visite de la SPA s'il s'était agi d'animaux.

— Pas mal, reprit-elle en sortant de la penderie un corsage citron vert gansé de velours. C'est nouveau ?

— Oui. C'est d'ailleurs pour cette raison que l'étiquette est encore dessus.

Nadia regarda sa sœur poser le corsage contre elle et feignit d'ignorer ce qui allait se passer ensuite.

— Tu me le prêtes pour ce soir ?

Le moment était venu de conclure la paix. Clare avait fait le premier pas en amorçant le processus de réconciliation. En échange, Nadia devait accepter de lui prêter son corsage.

— OK, soupira-t-elle.

— Génial. Et la prochaine fois que tu tombes sur un type qui te traîne à la galerie, aie un peu l'esprit de famille, d'accord ? Je ne suis qu'une pauvre artiste qui rame.

Pour le coup, c'était une belle contre-vérité. Clare était une artiste paresseuse qui n'avait jamais ramé de sa vie. Mais à quoi bon relever ?

— Ce n'est pas un type que je viens de rencontrer dans la rue. Tu te souviens de la fois où je me suis retrouvée bloquée dans une tempête de neige, l'an dernier ? C'est avec lui que j'ai partagé ma chambre au pub.

Le visage de Clare s'illumina lentement d'un sourire.

— Je comprends comment tu as décroché ce job : tu as couché avec le patron !

Harpo avançait à petits pas chassés le long du dossier de la banquette placée sous la fenêtre du salon, quand le téléphone se mit à sonner.

— Allez décrocher ce foutu téléphone, allez décrocher ce foutu téléphone ! fit-il en imitant à la perfection la voix lasse de Miriam.

— Si tu essayais de le faire toi-même, ce serait déjà ça, marmonna Miriam.

Elle décrocha d'un air tendu. Installée par terre, Tilly la vit hésiter avant de répondre brusquement :

— Oui ?

Aussitôt, sa grand-mère se détendit.

— Oui, oui, bien sûr qu'elle est là. Je vous la passe. Tilly, ma chérie, c'est ta mère.

C'était bien la première fois que Miriam semblait soulagée d'entendre Leonie au téléphone. D'habitude, elle réagissait plutôt comme si un clochard lui avait craché au visage. Peut-être avait-elle redouté que cet appel ne provienne une fois de plus de Mme Trent-Britton, qui la harcelait pour la convaincre de rejoindre son œuvre de bienfaisance.

Tilly sut exactement combien de temps avait duré ce coup de fil, car le téléphone avait sonné au début d'un épisode d'*East Enders* et que le générique de fin était apparu au moment où elle raccrochait.

Leonie se manifestait à intervalles irréguliers. Parfois, elle pouvait rester jusqu'à trois mois sans donner de nouvelles. Mais parfois, surtout lorsqu'elle avait un homme dans sa vie, et donc le besoin d'en parler pendant des heures, elle appelait Tilly deux fois par semaine. Malheureusement, à chacun de ces appels, Tilly bondissait presque avec autant de joie que si on venait de lui apprendre qu'elle avait été sélectionnée pour participer à un sondage sur les produits d'entretien.

Leonie était amoureuse, une fois de plus. Apparemment, elle venait de rencontrer un mec fabuleux – pourquoi fallait-il toujours qu'elle emploie ce mot de mec ? – et n'avait jamais connu un tel bonheur. Cette perle se prénommait Brian, travaillait dans l'industrie du disque – il devait être caissier chez un disquaire – et c'était quelqu'un d'absolument étonnant. Par-dessus tout, il avait une fille de treize ans : n'était-ce pas *hallucinant* ? Brian avait hâte que les deux adolescentes fassent connaissance.

Leonie avait encore beaucoup à dire, principalement les mêmes choses rabâchées avec quelques variantes. Quand elle était enthousiaste, elle avait tendance à se répéter.

Ce fut avec des sentiments confus que Tilly raccrocha : le plaisir de savoir que sa mère avait très envie de lui présenter Brian et sa fille, la peur de ne pas plaire à ces derniers. Enfin, un sentiment de malaise, car les liaisons de sa mère étaient toujours si fragiles qu'il suffisait d'un rien pour que tout se termine horriblement mal.

— Ça va, ma chérie ? fit Miriam en lui montrant la place vacante près d'elle, sur le canapé.

— Mouais. M'man va passer un de ces jours, avec son nouveau copain.

— Merveilleux.

— Il amènera sa fille. Elle a le même âge que moi. Son prénom, c'est Tamsin.

— Tilly et Tam : on dirait le titre d'une de ces sitcoms américaines, commenta Miriam sans se troubler.

Tilly sourit. Sa grand-mère, à qui rien ni personne ne faisait jamais peur, avait l'art de lui remonter le moral.

— Allons, ne fais pas cette tête-là. Je regrette, mais je n'arrive pas à aimer ta mère. Tu préférerais sans doute qu'il en soit autrement, mais voilà, je suis comme ça, dit Miriam en l'embrassant sur le front.

— Je sais.

Non seulement Miriam ignorait la peur, mais elle était aussi profondément honnête, et Tilly l'admirait pour cela. Franche comme l'or, telle était sa grand-mère.

— D'ailleurs, elle a aussi de bons côtés, poursuivit Miriam.

— Ah bon ?

— Ma chérie, James, mon fils, était un garçon intelligent. Puis, un jour, il a momentanément perdu la tête et a épousé ta mère. Mais grâce à elle, nous avons trois filles ravissantes.

Peut-être. Mais seules deux d'entre elles étaient de James.

Soudain Harpo, qui venait de perdre l'équilibre sur l'étroite tringle à rideaux, se rattrapa dans un grand battement de plumes bleues en criant :

— La vache !

— Pauvre toqué, lui lança amoureusement Miriam.

— Embrassons-nous, croassa le perroquet.

Puis, penchant la tête de côté, il ajouta sur un ton péremptoire :

— Mais défense de mettre la langue !

— Je vais étrangler Clare, soupira Miriam.

Dans le taxi qui la ramenait chez elle, Clare fut bien forcée d'admettre que les choses ne se déroulaient pas précisément selon ses plans. Deux mois auparavant, lorsqu'elle avait rencontré Piers pour la première fois dans une soirée, il avait été indéniablement séduit. Et elle l'avait tout de suite beaucoup aimé.

Mais d'ordinaire, ses aventures se déroulaient selon un scénario bien précis qui la satisfaisait entièrement : le garçon était plus amoureux d'elle, qu'elle de lui. Clare adorait dominer la situation. Or, comme son seuil d'ennui était particulièrement bas, c'était toujours elle qui se lassait la première, en général au moment même où son partenaire commençait à penser qu'elle était la femme de sa vie. Par conséquent, quand elle mettait fin à leur liaison, celui-ci était ordinairement effondré.

Clare aimait contrôler les opérations. Ainsi, elle se sentait forte et désirable. Tandis que la liste de ses ex s'allongeait, elle voguait, telle Madonna, vers un prochain défi.

Mais pourquoi cela ne marchait-il pas, cette fois-ci ? Pourquoi Piers la traitait-il de cette façon ?

Pire : pourquoi cela avait-il pour effet de la rendre encore plus folle de lui, et non le contraire ?

Sur la banquette arrière du taxi, dans la pénombre, Clare tiraillait nerveusement l'ourlet de son corsage couleur citron vert – ces taches de curry partiraient-elles jamais ? –, tout en passant en revue les événements de la soirée. Piers et elle s'étaient donné rendez-vous à vingt heures chez Po Na Na, un café situé sur Whiteladies Road. Or, Piers lui avait infligé l'humiliation de n'arriver qu'à pratiquement vingt et une heures. Elle avait beau savoir exactement comment réagir en de telles circonstances, à savoir quitter les lieux à vingt heures quinze précises, elle n'avait pu se résoudre à le faire. De même, lorsqu'il était enfin arrivé, elle aurait dû lui jeter son cocktail à la figure et sortir dignement. Mais cela non plus ne s'était pas produit. Au contraire, elle s'était mise à songer : OK, il est là maintenant, c'est tout ce qui compte. Elle s'était même sentie soulagée qu'il ne lui ait pas tout bonnement posé un lapin.

Clare se mordit la lèvre. C'était comme si Piers lui avait jeté un sort, avec son accent traînant de la haute société, son humour caustique et sa coupe de cheveux élève d'école privée. Oh, et peut-être aussi sa Ferrari bleu électrique…

Cela dit, il conduisait rarement son fichu carrosse. En tout et pour tout, elle n'y était montée que deux fois. Obsédé par la crainte d'être arrêté pour conduite en état d'ivresse et de se faire confisquer son permis, il ne sortait qu'en taxi avec elle.

Du café, ils s'étaient rendus au Clifton Tandoori, bien qu'elle ne raffole pas de la cuisine indienne. Quand elle avait émis une objection, Piers avait décrété qu'elle n'était qu'une rabat-joie et qu'il avait pour sa part une irrésistible envie de curry.

Un peu plus tard, comme il venait de lui lancer une fourchette pour rire et d'éclabousser son corsage de sauce, il avait raillé ses tentatives d'essuyer les taches :

— Que d'histoires ! On dirait une ménagère des années 1940. Je ne serais pas étonné que tu te mettes à repriser les chaussettes !

Mais ce n'était que de l'humour, et non de la pure méchanceté. Bizarrement, Clare se sentait encline à l'indulgence envers lui. Il ne pensait pas vraiment ce qu'il disait ; c'était la marque de son éducation. Ils sortaient ensemble et s'amusaient. N'était-ce pas le principal ?

Piers était âgé de vingt-cinq ans, sortait d'Eton et travaillait comme conseiller financier. Il avait un visage taillé à la serpe, un ensorcelant regard bleu marine, et des parents richissimes qui habitaient dans le Surrey. Comme il devait se lever de bonne heure le lendemain, Clare, au lieu de passer la nuit avec lui dans son appartement du quartier de Clifton, se retrouva à vingt-trois heures trente dans un taxi, direction la maison.

— La course est pour moi, avait-il lancé négligemment au chauffeur.

Clare avait eu l'impression d'être une prostituée. À cette différence près qu'ils n'avaient même pas couché ensemble.

Du moins, ils avaient déjà passé maintes nuits fantastiques au lit. Mais pas ce soir.

Voilà ce qui l'intriguait le plus : cette faculté qu'il avait de la prendre et de la quitter aussi aisément. Lorsqu'elle lui avait proposé d'aller chez lui, il avait refusé. Par conséquent, la prochaine fois qu'il l'autoriserait à passer la nuit avec lui, elle aurait l'impression d'avoir décroché le gros lot et ferait un effort particulier pour lui montrer qu'il avait eu raison de l'inviter.

Clare n'était pas une idiote. Elle savait pertinemment que Piers jouait avec elle, qu'il inversait la distribution des rôles afin de lui tenir la dragée haute, sans doute parce qu'il avait eu vent de sa réputation avec les hommes.

En tout cas, ce stratagème fonctionnait à merveille : elle était bel et bien à ses pieds. Mais, tôt ou tard, elle allait rétablir l'ordre des choses, lui montrer qui dominait véritablement la situation, le forcer à...

— Nous y sommes. Latimer Road. Quel numéro, mon petit ?

— Là-bas, au bout. Trois réverbères plus loin, sur la gauche.

— Et voilà, fit le chauffeur en s'arrêtant sous le réverbère indiqué.

— Merci.

Comme elle ouvrait la portière, le plafonnier s'alluma.

— Faites-le bien tremper dans de l'Ariel.

— Pardon ?

Le chauffeur ventripotent hocha la tête en lorgnant son corsage.

— Vos taches de curry. C'est pas gagné d'avance, remarquez. Vous allez peut-être être obligée de vous racheter un corsage...

Les railleries de Piers lui revinrent en mémoire.

— Ce n'est pas grave, il n'est pas à moi, dit-elle négligemment.

Maudits chauffeurs de taxi qui croient tout savoir. Celui-ci pouvait toujours attendre, s'il espérait qu'elle allait lui raconter sa vie !

10

Ce lundi-là, lorsque Nadia ralentit devant la maison située dans le quartier de Clarence Gardens, Jay Tiernan l'attendait déjà sur le trottoir.

C'était vraiment trop injuste : il n'était que neuf heures moins dix. Le rendez-vous étant fixé à neuf heures, elle avait voulu arriver la première, pour faire bonne impression. Mais il l'avait devancée.

Maintenant, elle n'avait plus d'autre atout que son porte-bloc-notes à pince tout neuf.

Cet objet coincé avec assurance sous son bras, elle descendit de voiture et se dirigea vers Jay. Il portait un tee-shirt blanc, son éternel jean et des Timberland.

— Venez, je vais vous faire faire le tour du propriétaire. Mais essayez de ne gifler personne, d'accord ?

C'était une demeure victorienne de cinq pièces, dont l'ancien propriétaire, un homme âgé de condition fragile, n'avait pas davantage su s'occuper que de sa propre santé. Il était décédé peu après son départ pour une maison de retraite. Deux mois plus tard, la maison était mise aux enchères. À présent, l'équipe de maçons – Bart, Kevin et Robbie – était en train de la rénover de fond en comble. Nadia nota, non sans soulagement, que ces derniers ne semblaient pas du genre dragueurs un peu lourds. Bart et Kevin se comportaient comme le père et le fils qu'ils étaient respectivement. Quant à Robbie, il paraissait d'une timidité maladive. Pendant que Jay lui faisait visiter la maison, ils continuèrent à défoncer des cloisons et à évacuer des monticules de gravats.

Le jardin situé derrière la demeure avait tout du champ de bataille. Un champ de bataille datant de la dernière guerre, sur lequel la végétation avait eu tout loisir de pousser. Il était clair que le précédent occupant n'avait même pas essayé de l'entretenir. S'il y avait jamais eu une pelouse, il n'en restait plus aucune trace. Les mauvaises herbes arrivaient à la taille de Nadia, et les abords immédiats de la maison étaient jonchés d'ordures. De toute évidence, le vieil homme préférait jeter par la fenêtre de la cuisine boîtes de pâtée pour chats, barquettes de plats cuisinés et briques de lait, plutôt que de les mettre à la poubelle.

— Alors ? fit Jay en l'observant.

— Alors, quoi ?

— Ça ne vous fait pas peur ?

— Vous plaisantez ? J'adore cet endroit. C'est comme si vous me demandiez de lifter Charles Bronson pour qu'il ressemble à George Clooney.

— Cela ne vous semble pas au-dessus de vos capacités ?

— Non. Sauf si vous voulez que j'aie terminé à la fin de la semaine prochaine.

— L'idée, c'est de mettre cette maison en vente dans six semaines.

— Pas de problème, assura Nadia en essuyant ses mains moites sur son jean. Il me faudrait une benne vendredi matin pour évacuer un premier tas de cochonneries.

— Je m'en occupe. Entassez tout ça près de la grille et on vous l'enlèvera.

— Lorsque j'aurai vu à quoi ressemble le terrain, je dessinerai un plan. Ensuite, nous verrons combien vous êtes prêt à dépenser.

Quel dommage de ne pouvoir se servir de ce bloc-notes de pro, pour esquisser un premier plan du jardin ! Étant donné l'état du terrain, c'était malheureusement hors de question.

D'ailleurs cela valait mieux, vu qu'elle avait oublié d'apporter un crayon...

Trois heures plus tard, Robbie apparut dans le jardin et lui cria quelque chose. Nadia coupa le moteur de la tronçonneuse, releva ses lunettes de protection, retira ses gants et essuya la sueur de son menton. Quoi de plus glamour que le jardinage ?

— Désolée, je n'ai rien entendu, dit-elle.

— Euh... hésita Robbie comme un écolier. Euh... nous venons de faire chauffer de l'eau. Bart se demandait si vous vouliez du thé...

— Oui, excellente idée, fit Nadia avec un grand sourire, pour le mettre à l'aise.

La cuisine était assez infâme. Près de la bouilloire électrique, posée à même le sol, une boîte de thé en sachets, une brique de lait entamée, un paquet de sucre en poudre et une cuiller d'une propreté douteuse traînaient dans la poussière. Robbie lui montra le tout, puis disparut sans un mot.

Bon.

— Ça va, mon p'tit ? fit Bart quelques instants plus tard, en apparaissant avec sa blague à tabac et une énorme tasse pleine de thé. Vous avez bossé comme une forcenée, pas vrai ? On vous a regardée par la fenêtre. C'est *Massacre à la tronçonneuse* que vous nous faites ! Vous devez avoir une de ces soifs.

Âgé d'environ cinquante-cinq ans, Bart avait des cheveux rares et un visage sympathique. Il apprécia à grand bruit une gorgée de thé, puis s'essuya la bouche d'un revers de sa main boudinée.

— C'est vrai, admit Nadia. Y a-t-il d'autres tasses ?

— Désolée, mon p'tit. Vous n'avez pas apporté la vôtre ? C'est pas grave.

Après avoir englouti le reste de son thé, Bart retourna sa tasse, la secoua énergiquement et l'essuya sommairement à l'aide de son tee-shirt rougi par la poussière de brique. Puis il la lui tendit généreusement.

— Vous pouvez prendre la mienne.

C'était un peu comme être invité chez un cheik arabe et se retrouver devant un plat d'yeux de mouton. Mais peut-être s'agissait-il d'un test. Avec bravoure, Nadia saisit la tasse ébréchée, y jeta un sachet de thé et le recouvrit d'eau bouillante.

Maintenant, elle faisait vraiment partie de la bande.

Lorsqu'elle retira le sachet et le lança dans l'évier avant de reposer la cuiller sur le sol, près de la bouilloire, Bart eut un hochement de tête approbateur.

— Vous êtes une rude travailleuse. Jay aussi vous a regardée, tout à l'heure. Je dois dire que vous l'avez épaté. Il doit être content de vous avoir trouvée, après les deux autres. Deux belles tapettes que c'étaient. Ils voulaient bien planter des primevères, mais dès que ça devenait plus difficile, y avait plus personne.

Rien qu'à sa voix, Nadia devina qu'il n'avait pas dû partager sa tasse avec eux. Aussi se sentit-elle ridiculement flattée.

— Vous travaillez pour Jay depuis longtemps ?

— Kevin et moi, depuis quatre mois. Depuis qu'il est arrivé à Bristol. Robbie nous a rejoints y a deux mois.

— Robbie semble très… discret.

En son for intérieur, elle le soupçonnait d'être un peu simplet.

— C'est un brave gars. Il a pas grand-chose à dire, mais il est réglo. Il a un diplôme de physique. Tu parles d'un détail !

— Il trouvait pas de boulot, poursuivit Bart entre deux bouffées de sa cigarette roulée à la main. Entre nous, je crois qu'il s'en sort mal dans les entretiens d'embauche. Mais il travaille bien. C'est le principal, pas vrai ?

— Et Jay ? Comment est-il ? Je veux dire : c'est un bon patron ? s'enquit Nadia en priant pour ne pas rougir.

— Il est OK.

D'après l'expression de Bart, cela devait être un compliment.

— Si vous lui faites pas d'embrouille, il vous en fait pas non plus. Il travaille dur. S'amuse beaucoup aussi. Vous voyez le genre : le mec célibataire qui court après les filles. C'est son portable qui doit en entendre de belles, moi je vous l'dis. Parfois, elles le poursuivent jusque sur les chantiers. Ça, on peut dire qu'il a du succès auprès des dames. Je me demande comment j'aurais tourné si les portables avaient existé, dans le temps. Mais puisqu'ils existaient pas… J'ai rencontré ma femme au club local, on s'est fréquentés pendant deux ans – à l'ancienne, vous voyez – et à dix-neuf ans, on s'est mariés avec un marmot en route.

Par conséquent, pas si « à l'ancienne » que ça.

— Il a le sens des affaires. Il s'y entend pour faire de l'argent. C'est pour ça qu'il doit être content de vous avoir. J'parie que vous êtes rudement moins chère que ces paysagistes qui ont des dépliants sur papier glacé et un site Web.

Fallait-il le prendre comme un compliment ? Nadia se leva, termina son thé et sourit.

— Merci.

Sur le présentoir des magazines, la rangée du haut n'était pas la préférée d'Annie. Comme elle détestait les clients qui venaient acheter leur revue porno ! Cela dit, elle détestait encore plus ceux qui entraient, feuilletaient pendant dix minutes en silence, puis ressortaient sans rien acheter.

Quoi qu'il en soit, le dernier numéro de *Playboy* venait d'arriver, et son travail consistait à le mettre en rayon. Profitant d'un moment où la boutique était vide, elle traîna le tabouret de la caisse jusqu'au rayon et s'y hissa, une pile de *Playboy* sous le bras.

Soudain, la porte du magasin s'ouvrit. Au même moment, la guêpe fit irruption dans son champ visuel. Avec un cri de frayeur, elle tenta de la chasser en agitant sa main libre. Excédée, la guêpe se mit à décrire un cercle puis fonça en piqué sur Annie, qui recula d'un pas, voyant que l'insecte visait sa joue.

— Redressez-vous ! fit une voix masculine.

Mais Annie ne pouvait plus se redresser. Dans le vide, son pied cherchait un appui désespérément absent. La pile de magazines s'échappa de ses mains tandis qu'elle moulinait l'air de ses bras, telle une débutante apprenant le dos crawlé. Avec un total manque de dignité, elle alla choir sur le sol dans un cri perçant, heurtant au passage le présentoir de confiseries. Mars, bonbons Mentos et boîtes de Tic Tac se mirent à pleuvoir sur elle comme des confettis, en plus douloureux.

Le coup de grâce fut infligé par le tabouret, qui lui tomba quelques instants plus tard sur le tibia.

— Restez où vous êtes, ne bougez pas, lui ordonna la voix.

Celle-là même qui, quelques secondes auparavant, lui avait si obligeamment suggéré de se redresser.

En se retournant, Annie put constater que cette voix émanait du père de la jeune fille qui venait parfois attendre dans la boutique qu'il sorte du travail. Évidemment, s'il avait été Superman, il aurait littéralement volé à son secours, à temps pour lui épargner cet atterrissage indigne.

— Je n'ai rien. Du moins, je crois, dit-elle en fermant les yeux.

L'homme enjamba prudemment les débris et vint s'agenouiller près d'elle.

— Vous saignez. Regardez votre jambe.

Rouvrant les yeux, Annie fit la grimace. Non point tant au spectacle de sa jambe, mais à cause des numéros de *Playboy* éparpillés autour d'elle, ouverts sur des photos de femmes nues avec des seins gros comme ça et des culottes incroyablement minuscules.

Du moins, pour celles qui n'avaient pas oublié d'en mettre une.

11

Annie, qui portait pour sa part une bonne culotte bien couvrante, se mit à tirer sur sa jupe afin qu'il n'entrevoie pas ses dessous.

— Je n'ai rien, je vous assure. Ce n'est qu'une égratignure. C'est l'*Evening Post* que vous cherchez?

Question complètement idiote, s'adressant à un homme qui venait chaque soir sans exception acheter l'*Evening Post*.

— Laissons cela. Occupons-nous de vous.

— Les magazines… murmura Annie.

Elle rougit en apercevant une autre fille, photographiée dans une pose abracadabrante, à cheval sur une panière à linge. Voilà qui devait être vraiment inconfortable.

— Je m'en occupe.

Bien qu'il paraisse lui-même un peu gêné, l'homme prit son attitude la plus professionnelle, referma un par un les magazines, puis les rassembla et les plaça sur le rayon derrière une pile de magazines féminins. Ensuite, il entreprit de récupérer toutes les barres de Mars.

Soudain, la porte s'ouvrit de nouveau et sa fille fit irruption à l'intérieur.

Avec une exclamation de dégoût, elle fit habilement virevolter son cartable, si bien qu'elle chassa la guêpe hors de la boutique. Puis elle écarquilla les yeux en avisant son père, occupé à ramasser des Mentos et des Tic Tac sous les jambes écartées de l'employée du magasin.

— Cette guêpe a essayé de m'avoir aussi, expliqua Annie en tentant de se redresser quelque peu. Je suis tombée de ce tabouret. Votre père m'aide à tout ramasser.

Pour appuyer ses dires, elle attrapa le dernier Mars et le tendit à l'homme. Au moins, les *Playboy* étaient maintenant hors de vue.

— Vous êtes-vous fait mal ? Vous êtes-vous cassé la jambe ? J'ai mon diplôme de secouriste.

— Attention à ce que vous allez dire, marmonna le père. C'est une maniaque du bandage. Elle vous transformera en momie avant que vous n'ayez le temps de dire ouf.

Ses yeux noirs rencontrèrent le regard d'Annie, qui sourit aussitôt.

— Ma jambe va bien.

L'adolescente parut déçue.

— Pas même une entorse à la cheville ? Je suis superdouée pour les compresses froides.

— C'est juste une égratignure. Dans ma chute, j'ai heurté le coin d'une étagère métallique.

Le plus contrariant, c'était le trou infligé à ses collants. Car, naturellement, il fallait que cela arrive un jour où elle avait mis des collants neufs.

Lorsqu'il eut tout nettoyé autour d'elle, l'homme aida Annie à se lever. Elle avait très mal aux fesses – il fallait s'attendre à y voir un bleu énorme demain – mais garda pour elle cette information, certaines parties du corps ne souffrant pas l'application publique de compresses froides.

Sauf, bien sûr, quand on pose pour une double page de *Playboy*.

— Nous sommes lundi, dit l'homme à sa fille. Pourquoi n'as-tu pas pris le bus ?

— J'avais oublié l'entraînement supplémentaire au basket. Ça s'est terminé plus tard que je ne le pensais. À ton bureau, on m'a dit que tu étais déjà parti. Alors je suis venue ici ventre à terre pour te rattraper, avant que tu ne prennes la voiture.

Elle hésita un instant.

— Ça ne te gêne pas, au moins ?

— Non, bien entendu. Tu sais que je passe toujours prendre le journal, répliqua-t-il en lui ébouriffant les cheveux.

— Mais si je n'étais pas tombée de mon piédestal, vous auriez raté votre carrosse, intervint Annie en songeant au tableau parfait que formaient le père et la fille.

— Le malheur des uns fait le bonheur des autres, déclara cette dernière, tout sourires.

Annie regagna la caisse. Dans un tiroir, elle trouva une boîte de pansements. À l'aide d'un mouchoir en papier, elle tamponna doucement le sang à travers le trou de ses collants ruinés.

— Laissez-moi faire.

Avec des façons de bonne sœur expérimentée, l'adolescente extirpa le pansement de son emballage, retira les protections de l'adhésif et le lui colla sur la jambe.

Heureusement que la blessure n'était pas suffisamment profonde pour nécessiter des points de suture : des nécessaires à couture étaient en vente près de la caisse…

— Et voilà, fit l'infirmière, satisfaite de son œuvre.

— Bravo, Tilly, tu as fait du beau travail, approuva le père.

Après avoir consulté sa montre, il se tourna vers Annie.

— Vous fermez à dix-huit heures, je crois ? Vous sentez-vous capable de rentrer chez vous, ou voulez-vous qu'on vous raccompagne en voiture ?

Annie était très touchée et terriblement tentée. Vraiment.

— Oh, c'est gentil à vous, mais ça ira. Merci tout de même.

Tilly et son père quittèrent le magasin ; il était temps de commencer à fermer boutique. Quand ce fut chose faite, Annie alla chercher ses sacs de commissions dans l'arrière-boutique, ferma la porte à triple tour et partit pour l'arrêt de bus. Si son genou lui faisait à peine mal, son postérieur avait tout du punching-ball de Mike Tyson. Elle avançait clopin-clopant, grimaçant à chaque pas à cause de la douleur qui remontait du bas de ses reins, et regrettant que l'arrêt de bus ne fût pas plus près. Était-ce ainsi qu'on se sentait, lorsqu'on avait quatre-vingt-dix ans ?

Une voiture klaxonna derrière elle. Elle ne se retourna pas pour autant.

Puis la voiture s'arrêta juste devant elle, et la vitre s'abaissa.

— Vous boitez, déclara Tilly. Vous pouvez à peine marcher.

Le père se pencha pour ouvrir la portière arrière.

— Allez, grimpez.

Annie parvint à hisser à bord ses sacs et sa carcasse, et à prendre place sur la spacieuse banquette arrière de la Jaguar.

— Merci, mais il ne fallait pas m'attendre...

Assise à l'avant, Tilly se retourna avec un grand sourire.

— Nous ne vous avons pas attendue, répliqua-t-elle. Il y avait la queue pour sortir du parking. Ensuite, je vous ai aperçue de loin, boitillant avec vos sacs.

Comme c'était gênant, toutefois, de se dire qu'ils l'avaient peut-être bel et bien attendue !

— J'ai plus mal que je ne le pensais. J'ai dû me cogner le dos.

Tilly lui lança un regard très « je vous l'avais bien dit ».

— Vous devriez peut-être passer une radio.

Zut ! Ces quelques pas avaient rouvert son égratignure et le sang débordait du pansement. Épouvantée à l'idée de tacher les sièges de cuir crème, Annie croisa les jambes en toute hâte.

— Alors, où vous dépose-t-on ?

— À Kingsweston, fit-elle, en priant pour que cela ne les oblige pas à un détour de plusieurs kilomètres. Merci, euh...

— Il s'appelle James. Et moi Tilly.

— Moi, c'est Annie.

— Comme la petite orpheline de la comédie musicale ! Êtes-vous orpheline ?

— Tilly !

Dans le rétroviseur, Annie vit le père lever les yeux au ciel.

— Ben, quoi ? C'est juste une question.

— Eh bien, en quelque sorte, admit Annie. J'ai perdu mon père il y a plusieurs années. Ma mère est décédée en janvier dernier. Mais je suis probablement trop âgée pour être considérée comme une orpheline.

— Pourquoi ? Quel âge avez-vous ?

Nouveau regard du père vers le ciel.

— Trente-huit ans.

— Oh. Je vous aurais donné plus.

À présent, James secouait la tête, l'air effondré.

— C'est que... je n'ai pas eu une vie facile.

— Moi aussi, j'ai perdu mon père, annonça Tilly. Il a quitté ma mère quand j'étais bébé.

Quoi ?

— Oh, fit Annie, plus gênée que jamais.

En bavardant avec Tilly, n'avait-elle pas dit « votre père » en parlant de James ?

— Excusez-moi, je croyais...
— Que James était mon père ? Non.
— C'est donc votre beau-père ? hasarda Annie.
— Même pas. C'est un peu compliqué. Mais il fait tout comme un vrai père : il m'oblige à faire mes devoirs, se plaint de mes goûts musicaux... tout ça, quoi.
— Le fait d'avoir élevé tes sœurs m'a conféré une certaine expérience, remarqua sèchement James.
Pour le coup, Annie y perdait son latin. Mais elle pouvait difficilement les bombarder de questions. Avec un réflexe typique des ados, Tilly extirpa un CD de son sac et persuada James de le mettre dans le lecteur.
Le reste du trajet se déroula au son du rap américain, James se plaignant çà et là qu'il ne comprenait pas un mot et qu'une vieille chanson dont on pouvait fredonner la mélodie avait tout de même du bon.
— Vous voyez ce que je veux dire quand je dis « tout comme un vrai père » ?
— Le mien se plaignait aussi, quand j'écoutais des trente-trois tours de David Bowie, révéla Annie.
— Qu'est-ce que c'est qu'un trente-trois tours ?
Dans le rétroviseur, James lança à Annie un regard éloquent, du genre « voyez ce que je dois endurer ».
Ils arrivèrent à Kingsweston.
— C'est là, sur la droite, la petite rangée de cottages. J'habite à l'angle, près de la cabine téléphonique.

— Au nom du Ciel ! s'exclama Miriam en s'emparant de l'*Evening Post*.
Elle traversa le séjour à grands pas, visa la fenêtre et tua d'un coup la mouche qui vrombissait depuis un moment contre la vitre.

— Pas fâchée de constater que je n'ai pas perdu la main.

Satisfaite, elle rendit à James son arme de guerre.

— Mon chéri, je ne sais pas pourquoi tu achètes ce journal. Tu ne l'ouvres même pas, la plupart du temps.

— Si, mentit James.

Pour le prouver, il ouvrit le journal.

— Tu vois ? Il y a là un article sur... l'ouverture de ce restaurant dans le quartier de Stoke Bishop. Ce sont des clients à nous. Une nouvelle du plus haut intérêt.

— Très bien. Dans ce cas, pourquoi ne t'abonnes-tu pas ? Cela t'éviterait d'aller l'acheter tous les soirs en sortant du travail.

James se réfugia aussitôt dans la rubrique nécrologique. Il ne voulait pas trouver son journal dans sa boîte aux lettres. Il aimait aller chez le marchand de journaux, qu'il faille ou non y prendre Tilly.

— Veux-tu que je m'en occupe ? insista Miriam.

— Non, merci.

— Mais...

— Non !

James avait beau être conscient de tout ce qu'il devait à sa mère, il arrivait parfois qu'elle l'exaspère.

— Je continuerai à l'acheter moi-même. Je ne vois pas où est le problème.

— Si tu le dis. J'essayais seulement de t'aider, répliqua Miriam.

Ses yeux ourlés de khôl se mouillèrent. Cela ne ressemblait vraiment pas à James de lui parler sur ce ton.

12

Nadia était contente d'elle-même. Le projet de jardin qu'elle venait de dessiner était réussi. Elle s'était même acheté une nouvelle boîte de feutres très chers afin de rendre les couleurs éclatantes du futur jardin. Cela lui avait pris plusieurs heures, la veille au soir, couchée sur son lit jonché d'esquisses et de paquets de chips vides. Si les gens savaient tout ce qu'il faut prévoir pour dessiner un plan !

Malheureusement, Jay Tiernan n'était pas là pour ressentir toute la valeur de ce dessin.

C'était un homme fort occupé. Outre qu'il devait planifier l'aménagement de la cuisine et de la salle de bains, c'était aussi à lui de s'assurer qu'électriciens, plombiers et menuisiers seraient là en temps utile. Il était également en contact avec les agents immobiliers et les notaires, qui se chargeraient de vendre la maison une fois la rénovation achevée, et prospectait déjà pour acheter la prochaine. Par conséquent, il était toujours par monts et par vaux. Or, tout aurait été pour le mieux si son portable n'avait pas été aussi souvent éteint.

— Toujours pas de succès, mon p'tit ? fit Bart comme elle tapotait sur son téléphone.

Nadia secoua la tête. Elle avait déjà laissé deux messages à Jay, en vain.

— Il m'a dit qu'il avait loué un camion, expliqua-t-elle en désignant le monticule de déchets entassé près de la grille. Il est presque midi, je n'ai encore vu personne et je ne sais même pas s'il a effectivement prévu quelque chose.

— S'il a dit qu'il le ferait, il a dû le faire, assura Bart en se roulant une cigarette.

— Mais s'il a oublié ? Dire que je lui avais apporté mes plans.

Elle brandit son porte-documents tout neuf.

— Je dois les lui montrer avant d'entamer la prochaine phase de mon travail. Où peut-il être, à la fin ? Que fabrique-t-il ? Pourquoi son foutu téléphone est-il toujours éteint ?

Bien que Bart se soit abstenu de lui donner un grand coup de coude accompagné d'un clin d'œil, elle comprit à son visage ce que, d'après lui, Jay devait être en train de faire en ce moment même.

Il tira longuement sur la cigarette qu'il venait d'allumer.

— Je vous l'ai dit : il est très pris. Les femmes. Y avait quelque chose entre lui et la dame qui nous a vendu la maison précédente. Sais pas s'ils se voient toujours, mais si ce n'est celle-là, c'est donc sa sœur !

Bart essayait-il de lui dire que tout espoir était vain ? De lui faire savoir de façon subtile que toute tentative de flirt de la part de Jay devait être accueillie avec des tonnes de prudence ?

— Sa vie sentimentale ne m'intéresse pas. Tout ce que je demande, c'est qu'on me débarrasse de ces déchets et que Jay me donne le feu vert pour attaquer le jardin.

— Vous savez quoi ? Il est midi. Pourquoi n'allez-vous pas déjeuner ? Il sera peut-être là quand vous reviendrez.

Nadia s'absenta vingt minutes. Lorsqu'elle revint avec son sandwich, ses chips et sa barre chocolatée, elle apprit que Jay était passé et reparti.

— Vous l'avez manqué, mon p'tit. Il est arrivé juste après votre départ.

— Vous plaisantez ?

— Je lui ai dit ce que vous vouliez. Il a rappelé le transporteur qui sera là vers treize heures. Et il est parti avec vos plans, en disant que vous pouviez commencer la terrasse.

Elle avait l'impression d'avoir six ans et de douter de l'existence du Père Noël. Jay était-il réellement venu, ou Bart inventait-il cela pour lui faire plaisir ? Ses plans, achevés au prix de tant d'efforts, n'avaient-ils pas tout simplement atterri au fond de la besace où Bart rangeait son casse-croûte et son tabac ?

Nadia passa la tête par la porte du séjour où Kevin, son fils, gâchait du plâtre.

— Vous avez vu Jay ?

— Comment ?

— Est-ce qu'il est passé tout à l'heure ?

— Euh… oui.

Bien sûr, Bart avait dû lui faire la leçon.

— Comment était-il habillé ?

— Hein ?

Il n'en savait rien, et pour cause.

— Jean et tee-shirt ? hasarda Kevin.

Quel trait de génie !

— Non : il portait un polo vert et un pantalon noir.

— Oui, c'est bien ça. Je me le rappelle, maintenant.

Ce cher vieux Kevin. Pas très futé, mais toujours prêt à faire plaisir.

Aussi, lorsque le camion arriva peu après treize heures, Nadia se demanda si Bart ne l'avait pas appelé lui-même…

Miriam et Edward se trouvaient dans le jardin de ce dernier, quand il lui fit sa demande en mariage. Pour la énième fois.

Miriam ferma les yeux un instant. Pourquoi lui infligeait-il cela ? Ne comprenait-il pas que la réponse serait toujours non ?

— Je suis très sérieux, insista Edward. Je ne vois pas où est le problème. Je t'aime et désire t'épouser.

— Et moi, je veux que tu cesses de me demander ma main. Nous sommes heureux comme cela.

— J'aime faire les choses en bonne et due forme. C'est pourquoi je veux me marier.

— Il n'en est pas question.

Bien sûr, elle aurait le dernier mot. Elle avait toujours le dernier mot, car sa décision était arrêtée depuis longtemps et Edward ne pouvait l'obliger à en changer. Cependant, il tenait à lui rappeler que la situation ne le satisfaisait pas. C'est pourquoi il se leva en soupirant et s'éloigna de la table. Les mains croisées dans le dos, il alla d'un pas raide jusqu'au muret du jardin, afin d'y admirer ostensiblement un rosier grimpant dont les fleurs s'épanouissaient au soleil.

Comment réagirait-il si elle lui avouait les vraies raisons pour lesquelles elle refusait de l'épouser ? Le pire, c'était qu'il s'en moquerait probablement, une fois le premier choc passé.

Mais qu'il connaisse ou non les raisons pour lesquelles elle ne l'épouserait jamais, ce refus du mariage était le châtiment qu'elle s'était imposé après… disons, après l'événement. Et lorsqu'on fait un tel serment, on s'y tient.

Ironie du sort, Edward se trouvait en ce moment même à l'endroit précis où la chose s'était produite.

Le lendemain, un mardi, le temps était chaud quoique pluvieux. Vêtue d'une veste et d'un short, sous la pluie, Nadia nivelait le sol près des baies vitrées donnant sur le jardin. Des gouttes d'eau coulaient le long de ses anglaises, des paquets de boue collaient à ses bottes. Bref, elle était horrible à voir et s'en moquait complètement. L'effort lui était bénéfique, et personne n'était là pour la voir dans cet état. Du moins, personne d'important.

Le portable de Jay était toujours éteint. Il devait être au moins en Nouvelle-Zélande.

À midi et demi, il apparut. Nadia continua de travailler sous la pluie tandis qu'il inspectait l'avancement des travaux à l'intérieur, avec Bart.

Enfin, il vint voir l'extérieur. Il portait les plans du jardin sous un bras et son portable dans l'autre main.

— Vos plans sont corrects. Continuez. J'ai versé un acompte à la pépinière pour que vous puissiez aller chercher ce qu'il vous faut.

Pas le moindre salut amical. Pas de « coucou, comment allez-vous, désolé de vous avoir manquée hier ». Pas même un sourire.

Nadia s'accouda à sa bêche. Sans savoir pourquoi, elle s'attendait à un peu plus d'enthousiasme à l'égard de ses plans.

— Vous allez bien ? s'enquit-elle.

Il n'avait pas l'air d'aller bien. Il semblait ailleurs, et à bout de nerfs.

— Bien sûr, fit-il froidement.

Disparu, l'adepte du flirt. Elle avait à présent devant elle l'autre Jay Tiernan, ce terrible homme d'affaires qui était en réalité un robot.

Peut-être leurs rapports allaient-ils être de ce type, maintenant qu'elle travaillait pour lui.

— Tant mieux.

Des louanges appuyées étaient sans doute trop demander. Pourtant, elle persistait à penser qu'il aurait pu qualifier ses plans d'autre chose que « corrects ».

— Puis-je faire une remarque ? reprit-elle.

Son indignation se mua en franche colère lorsqu'elle le vit consulter sa montre.

— Allez-y, dit-il avec un haussement d'épaules.

— Nous nous moquons de savoir où vous passez la journée et ce que vous faites quand vous n'êtes pas là.

Non sans adresse, elle incluait Bart et les autres dans ses doléances.

— Mais vous ne pouvez pas laisser votre téléphone éteint en permanence. Hier, je n'ai pas réussi à vous joindre. Ce matin, je n'ai *toujours pas* réussi.

— Bien.

La pluie gouttait des cils de Nadia. Que voulait-il dire ? Était-ce là sa conception des excuses ?

— Je ne plaisante pas. Ce n'est pas professionnel de votre part. Nous devons pouvoir vous joindre.

Le visage fermé et impassible, tel un chef indien, Jay répliqua :

— Il ne vous est pas interdit de faire preuve d'initiative. Si vous étiez vraiment dans l'embarras, vous pouviez louer un autre camion. Je dois y aller, maintenant. Dites à Bart que nous parlerons demain de l'électricien.

Il partit sans ajouter un mot. Les mains sur les hanches, Nadia le regarda franchir la grille.

Quelques instants plus tard, elle l'entendit démarrer. Elle l'avait à peu près autant impressionné avec ses doléances que si elle avait été une fourmi.

Que se passait-il donc ? Jay Tiernan était-il un salaud déguisé en type bien ? Ses affaires étaient-elles dans une mauvaise passe, était-il au bord de la faillite ?

Ou bien lui faisait-il comprendre que, si elle avait des vues sur lui, elle perdait son temps ?

— Je vais chercher des *fish and chips*. Vous en voulez ? hurla Kevin par la fenêtre de la cuisine.

Il était treize heures. Nadia, qui aurait dévoré une montagne de cabillaud et de frites, retrouva un tout petit peu le moral.

Règle numéro un de l'employé : si vous constatez que votre patron est une ordure, offrez-vous un bon déjeuner.

13

Le lendemain matin, comme elle se rendait à la cuisine, Nadia prit le courrier au passage. Clare était déjà levée, ce qui laissait supposer soit un miracle, soit qu'elle venait seulement de rentrer. Miriam faisait le café, un café atrocement fort, comme d'habitude.

Nadia fit l'inventaire des lettres, qu'elle tenait en éventail à la main.

— Facture, facture, pub, facture... Tiens, Clare, tu viens de gagner un demi-million de livres, dit-elle en jetant un prospectus à sa sœur.

Clare se retourna et fit la grimace.

— Quel dommage ! Ils voulaient me donner un demi-million de livres, mais ils ont demandé son avis à ma sœur qui leur a conseillé de les donner à quelqu'un d'autre.

— Une lettre pour toi, Gran. Une grosse. Tiens, attrape.

Miriam attrapa l'enveloppe au vol. Ouf ! songea-t-elle. Ce n'était qu'une missive de cette chère Emily Payne qui, deux fois par an, expliquait en long et en large à ses deux cents meilleurs amis que ses enfants étaient plus exceptionnels que les leurs. À Noël, Miriam avait failli lui écrire en lui annonçant qu'à l'issue d'une récente opération, James avait changé de sexe et se faisait désormais appeler Janice.

— P'pa, encore deux lettres pour toi. Une ennuyeuse brochure sur les voitures et… Oh ! Voilà qui m'a l'air beaucoup plus excitant : papier ivoire épais, adresse écrite à la main… la classe !

James savait déjà de quoi il retournait. Plusieurs de ses collègues avaient reçu la même, la veille. Il prit la tasse de café que lui offrait Miriam, glissa l'enveloppe sous son assiette et reporta son attention sur la brochure BMW.

— Allez, p'pa. Dis-nous ce qu'il y a dans cette enveloppe, fit Clare en passant les bras autour de ses épaules.

— Je l'ouvrirai plus tard.

— Et si je l'ouvrais moi-même ? dit Clare en s'enfuyant avec l'enveloppe.

— Elle m'est personnellement adressée. C'est une chose privée, rétorqua James en tentant de faire preuve d'autorité parentale.

— Oh, ne fais pas ton important. Tout le monde peut voir que c'est une invitation.

Elle ouvrit l'enveloppe et fronça le nez en lisant la carte, imprimée en relief.

— Moi qui m'attendais à quelque chose d'excitant. C'est une invitation à dîner chez Cedric et Mary-Jane. Quelle horreur ! Je préférerais encore manger de la pâtée pour chiens.

James était entièrement de cet avis. Cedric Elson était son patron, fondateur et directeur de « Elson & Cie, comptables agréés ». Quant à Mary-Jane, c'était sa liposucée d'épouse. Et leurs dîners étaient un cauchemar.

— C'est écrit « James et sa compagne », remarqua Clare.

Les invitations de Cedric et Mary-Jane portaient toujours cette mention.

— Je leur ai déjà dit que je n'avais pas de compagne, soupira James. Mais Mary-Jane prétend que j'en trouverais une, si je faisais un effort.

— Elle n'a peut-être pas tort, intervint Miriam en fixant son chignon à l'aide du Bic réservé aux mots croisés. Après tout, voilà des années qu'ils t'invitent, et tu ne t'es jamais rendu chez eux accompagné de quelqu'un.

— Je ne vois pas qui je pourrais amener.

Depuis le couloir, où elle essayait de fourrer sa tenue de sport dans son sac déjà archi-plein, Tilly entendit Clare suggérer :

— Tu n'as qu'à t'adresser à une agence. Amène une de ces *escort girls,* une fille à tomber par terre. Ils n'en reviendront pas.

— Surtout si elle se met à distribuer sa carte professionnelle, se moqua Nadia.

— Il n'est pas question que je loue les services de quelqu'un. D'ailleurs, je n'irai pas à ce dîner. J'appellerai à la dernière minute pour dire que j'ai la grippe.

— Tu t'es déjà servi de cette excuse l'année dernière, objecta Miriam. Cette fois, tu dois y aller. Tu pourrais emmener Eliza ?

C'était la secrétaire d'Edward.

— Pas question.

— Elle demande toujours de tes nouvelles, poursuivit Miriam. Tu sais pourtant qu'elle t'aime bien... James, ne fais pas cette tête : on ne te demande pas de l'épouser, juste d'aller dîner en ville avec elle.

— Je vais être en retard au travail.

Tilly entendit le grincement d'une chaise qu'on repoussait.

— Tu dois y aller avec quelqu'un, insista Miriam.

James prit sa sacoche et ses clefs dans le couloir, puis déposa un baiser dans les cheveux de Tilly, toujours agenouillée devant son sac.

— Salut, pigeon. À tout à l'heure.

Tilly venait enfin de réussir à fermer son sac.

— Tes chaussettes sont bizarres, constata-t-elle.

James regarda ses pieds. Il portait une chaussette bleu marine et une autre noire.

— Surtout, ne dis rien à ta grand-mère.

Tilly entra chez le marchand de journaux.

— Salut. Comment allez-vous ? lui lança Annie avec un grand sourire.

— Ça va. Un peu couverte de boue.

Elle venait de s'entraîner sur un stade inondé.

— Votre genou va mieux ?

— Oui, très bien, répondit Annie.

Quant à ses fesses, elles étaient d'un beau bleu profond.

— Des chewing-gums ?

Tilly hocha la tête et compta soigneusement sa monnaie, qu'elle remit ensuite à Annie. Puis, inspirant un grand coup :

— Je sais que ce n'est pas poli de demander ça… mais avez-vous une moitié ?

— Une moitié de quoi ?

— Ben, vous savez : un compagnon, un mari, un ami… je ne sais jamais comment il faut dire.

— Oh. Non, pas vraiment.

— Qu'est-ce que vous entendez par « pas vraiment » ?

— Euh… je veux dire non. Pourquoi ?

— Comme ça. Je me demandais, répliqua Tilly en entamant gaiement son paquet de chewing-gums. Donc, théoriquement, si un homme vous proposait de venir avec lui dîner chez son patron samedi prochain, vous n'y verriez aucun inconvénient ?

Annie sentit son cœur s'emballer, comme une vieille guimbarde brusquement sommée de commettre des excès de vitesse.

— Tout dépendrait de l'homme en question.

— Mais si c'était un chic type, vous diriez oui ?

— Euh... oui, je suppose que oui. Théoriquement.

— Super. Génial.

Littéralement rayonnante, Tilly lui offrit un chewing-gum. Derrière elle, la porte de la boutique s'ouvrit et James apparut. Le cœur un peu rouillé d'Annie se mit à vrombir comme une Ferrari. Elle dut se cramponner à la caisse tandis que James prenait son journal, faisait l'appoint et lui lançait en souriant :

— Dure journée ?

— Mmm. Oui, plutôt.

— Bien. Il est temps d'y aller.

James pointa son journal roulé entre les omoplates de Tilly et la poussa vers la sortie.

— Allons, il est temps d'affronter les embouteillages. Bon week-end.

— À vous aussi, fit Annie, sur pilote automatique.

Elle avait un peu l'impression que le facteur venait de passer devant chez elle sans s'arrêter, le jour de son anniversaire.

La porte de la boutique se referma sur eux. Elle se passa une main dans les cheveux. Voilà qui lui apprendrait à s'emballer pour rien. Où Tilly avait-elle donc voulu en venir ?

— Tu n'as tout de même pas fait ça, Tilly ? Dis-moi que c'est une blague, fit James, tout pâle.

En chemin vers le parking, Tilly avait négligemment lâché sa bombe. James s'arrêta net. C'était un cauchemar. Un véritable cauchemar.

— Ce n'est pas une blague : c'est la solution. Tu cherches une compagne pour te rendre à ce dîner, et Annie affirme qu'elle irait avec plaisir. Je suis sûre que c'est quelqu'un de bien. D'ailleurs, si tu n'emmènes pas Annie, Miriam va te coller l'horrible Eliza.

— Mais… mais…

— Eliza a tout d'une jument. Elle a un rire chevalin, des dents de cheval, une crinière de cheval. Tu n'as aucune envie de l'emmener. Tu ne peux pas non plus feindre la maladie encore une fois. Allez, je me suis donné du mal. Tu n'as plus qu'à inviter officiellement Annie, et tu sais déjà qu'elle va dire oui.

S'il avait eu un mur de brique sous la main, James s'y serait volontiers cogné la tête.

— Tilly, tu as treize ans. Je sais que tu essaies de me rendre service, mais ce n'est pas ainsi que ces choses-là se passent. Je ne connais même pas cette femme. Elle me vend le journal, point. On n'entre pas chez son marchand de journaux pour inviter tout de go la caissière à dîner chez son patron !

— Et pourquoi pas ?

— Parce que… Ah, au nom du Ciel ! Parce que ça ne se fait pas !

Comme il fermait les yeux un instant, James songea que, lorsqu'il était entré dans la boutique, Annie avait dû s'attendre à ce qu'il aborde le sujet. Quelle histoire ! Quelle fichue situation ! Et maintenant, c'était à lui de rattraper le coup.

— Je lui dois des explications, dit-il d'un air las. Reste ici, je reviens dans cinq minutes. C'est déjà assez gênant comme cela. Et ne refais *jamais* une chose pareille.

Lorsqu'il revint dans la boutique, Annie servait un autre client. En le voyant, elle rougit et détourna les yeux. Le client parti, James allait ouvrir la bouche quand une jeune femme entra, flanquée de deux bambins. Pendant que ces derniers hésitaient sans fin sur les friandises qu'ils désiraient, James fit semblant de s'intéresser aux revues automobiles.

Enfin, ils se retrouvèrent seuls.

— Rebonsoir, fit Annie, la voix hésitante et les joues en feu.

James aurait préféré être obligé de se couper une jambe. Prenant son courage à deux mains, il se lança :

— Écoutez, je suis extrêmement gêné…

— Il n'y a pas de quoi.

— Tilly vient de m'apprendre ce qu'elle vous avait dit. J'ignorais tout de ses intentions. Cela a dû être terriblement gênant pour vous. Toutes mes excuses. J'ai expliqué à Tilly qu'elle ne devait pas faire des choses pareilles, et je regrette vraiment cet incident. Je vous supplie d'oublier ce qu'elle a dit. Et encore une fois, toutes mes excuses.

Annie l'avait écouté très attentivement.

— Bien. Parfait, répondit-elle en coinçant ses cheveux derrière son oreille.

— Les enfants d'aujourd'hui… on se demande ce qui leur passe par la tête.

— Je ne vous le fais pas dire. Vous devez vous demander ce qu'elle va bien pouvoir inventer ensuite !

— C'est vrai.

James devait partir, mais comment s'y prendre sans la froisser ?

— Vous savez, Tilly ne cherche qu'à rendre service, mais elle ne comprend pas la situation. Ces dîners avec des collègues de travail, vous savez ce que c'est : tout le monde vient en couple et, si vous arrivez seul, le plan de table s'en trouve complètement bouleversé. Vous vous rendez compte : si les invités sont en nombre impair, deux hommes vont devoir s'asseoir côte à côte ! Je ne veux même pas y penser !

— Quelle horreur ! approuva Annie avec un sourire forcé. Vous avez raison de ne pas vous croire obligé d'amener quelqu'un.

— Oh, non, corrigea-t-il. Je dois trouver quelqu'un. On voit que vous ne connaissez pas mon patron : venir seul serait un suicide, professionnellement parlant.

— Je suis sûre que ce sera une excellente soirée... Mon Dieu, déjà six heures ?

Annie se mit à compter frénétiquement les journaux restants.

Il était temps de partir. James tourna les talons et passa entre les rangées de magazines. Soudain, une revue sur la chasse à courre attira son regard et lui rappela la chevaline Eliza. Fichtre, il avait certes résolu un problème, mais ne savait toujours pas qui emmener à ce fichu dîner.

Arrivé à la porte, il se retourna.

Puis s'éclaircit la voix.

— Naturellement, si vous acceptiez de m'accompagner, ce serait parfait. Non que je vous croie trop polie pour refuser, mais je pense que vous passeriez une agréable soirée... Encore que... hum... non, je ne crois pas. Ne vous en faites pas...

— Je serais ravie de vous accompagner, assura Annie, qui ne fut pas la moins surprise de sa propre réponse.

James avait du mal à croire ce qu'il venait de faire.

— Vraiment ? Vous êtes certaine ?

— Pourquoi pas ? Si vous êtes sûr de vouloir m'inviter.

— Ce ne sera peut-être pas très amusant…

Mieux valait qu'elle sache à quoi s'attendre.

— Mais cela pourrait le devenir.

Cela faisait une éternité que James s'était absenté. En tout cas, beaucoup plus que cinq minutes.

— Je te présente mes excuses, dit Tilly quand il fut enfin de retour.

— OK.

— Tu étais gêné ?

— Oui.

— Elle était fâchée ?

— Elle a fait de son mieux pour le cacher.

— Je te présente vraiment toutes mes excuses.

— Je sais.

Les yeux de Tilly se remplirent de larmes. Même lorsqu'il était en colère contre elle, James ne s'énervait jamais.

— Qui vas-tu inviter à ce dîner, alors ?

Il la dévisagea d'un air surpris.

— Annie, voyons.

14

Vendredi soir, à dix-huit heures trente, Nadia travaillait encore, bien que les maçons fussent partis depuis longtemps. Elle profitait d'un temps enfin clément pour niveler le sol de la future terrasse. Un travail certes peu glamour, mais néanmoins nécessaire : lundi, elle commanderait les dalles, la bétonnière, et…

Elle entendit le cliquetis de la grille. Jay apparut, vêtu d'un tee-shirt anthracite, d'un jean noir et de lunettes noires. Genre Dark Vador, en moins gai.

— Salut, fit Nadia en essuyant ses mains pleines de terre.

Avait-il oublié comment sourire ?

Dark Vador en *nettement* moins gai.

— Je terminais mon travail. Ce n'est pas interdit, j'espère ? poursuivit-elle.

Elle avait dit cela sur un ton léger, histoire de lui faire comprendre qu'une repartie humoristique serait la bienvenue en retour. Mais Jay ne sembla pas saisir l'intention.

— Évidemment, ce n'est pas interdit. Je passais juste pour voir l'avancement des travaux.

Les mains dans les poches, il examina les fenêtres fraîchement repeintes à l'arrière de la maison. Agacée par ces lunettes noires, qui l'empêchaient de savoir quand il la regardait, Nadia demanda :

— Excusez-moi… ai-je fait quelque chose de travers ?

— Pardon ? firent les verres opaques en se braquant sur elle.

— Moi. Fait quelque chose de travers. Est-ce que c'est ça ? D'habitude, vous êtes… différent.

D'habitude, il n'avait pas l'air d'avoir avalé un manche à balai.

— Ne vous inquiétez pas pour cela, dit-il en agitant nerveusement son trousseau de clefs. Je vais faire un tour à l'intérieur, ensuite je m'en irai. On se voit lundi.

— Si je ne t'ai pas réglé ton compte avant, marmonna Nadia dans sa barbe.

Les lunettes noires pivotèrent de nouveau.

— Pardon ?

— Rien.

Se comporter comme une gamine de cinq ans n'avait pourtant jamais été un atout de séduction chez une femme adulte.

Mais à qui la faute, si elle se comportait ainsi ?

Un quart d'heure plus tard, Nadia enfermait ses outils en lieu sûr et franchissait la grille du jardin. La voiture de Jay était toujours garée le long du trottoir d'en face, alors qu'elle le croyait parti depuis longtemps.

En descendant l'allée, elle se retourna vers la maison. Il était là, debout près de la fenêtre du séjour, en train de téléphoner de son portable.

Ainsi donc, il daignait allumer cet appareil de temps à autre. Pourvu que le destinataire de cet appel apprécie à sa juste valeur l'insigne honneur qui lui était fait ! Lorsque Jay l'aperçut en train de l'observer, il n'eut pas un sourire ni un signe de la main. Il se contenta de se retourner légèrement, tout en continuant de parler au téléphone.

Si encore il faisait cela pour des raisons de stratégie amoureuse, du genre « sois dur et fais-les languir ». Malheureusement, Nadia savait qu'il n'en était rien.

Enfin, c'était vendredi. Elle venait de terminer sa première semaine au service de Jay Tiernan. Ou du moins, au service de l'étrange mutant qui se faisait passer pour Jay Tiernan. Si elle travaillait encore pour lui en décembre, la fête de fin d'année entre collègues promettait d'être sinistre à souhait.

Elle sortait du quartier de Clarence Gardens quand elle se rappela qu'elle était presque à cours de carburant. Elle fit demi-tour en priant pour rejoindre la station-service avant de tomber en panne.

Tout arriva sans crier gare. Ils surgirent de nulle part comme des projectiles poilus zigzaguant sur la chaussée. Elle n'avait aucune chance de les éviter. Avec un cri d'horreur, elle enfonça la pédale de frein. Une fraction de seconde plus tard, c'était l'impact d'un corps contre son véhicule.

La Renault s'arrêta brusquement dans un hurlement de pneus. Choquée, Nadia sortit en titubant et posa une main tremblante sur sa bouche. Le chat, une bête rousse, gisait allongé sur le flanc dans le caniveau.

Mort, pour ainsi dire.

— Oh non, non ! s'écria-t-elle en tombant à genoux, en larmes.

Les yeux verts de l'animal étaient restés entrouverts. De toute évidence, la mort avait été instantanée.

— Allons, tout va bien, fit une voix rassurante derrière elle.

Jay s'était agenouillé près d'elle et cherchait le pouls de l'animal sous sa fourrure.

— Non, tout ne va pas bien : je viens de tuer le chat de quelqu'un ! fit-elle dans un sanglot.

— « Tommy », lut Jay sur la plaque de l'animal. C'est ainsi qu'il s'appelait.

— Est-ce censé me réconforter ? rétorqua-t-elle en cherchant un mouchoir dans sa manche.

— Non, je vous le dis, c'est tout. Et vous ne l'avez pas tué : il s'est précipité sur la chaussée à la poursuite d'un autre chat. J'ai tout vu depuis la fenêtre.

— N'empêche qu'il est mort.

— Vous ne pouviez pas l'éviter. Allons, ne pleurez pas. Ce n'est vraiment pas votre faute.

Nadia s'essuya les joues d'un revers de main, mais ses larmes continuaient de couler. Si étonnant que cela puisse paraître, Jay passa les bras autour de ses épaules, l'air sincèrement désolé.

Presque… gentil.

— C'est… c'est la première fois que je tue un être vivant. Sauf les vers de terre, mais même ça je déteste le faire… Mon Dieu, dire qu'il est mort.

Elle souleva doucement l'animal et le posa sur ses genoux, où elle se mit à le caresser tout en le berçant. Dire qu'il courait joyeusement après l'un de ses congénères et que l'instant d'après… plus rien.

À part Jay, personne n'était accouru. Peut-être personne d'autre n'avait-il assisté à l'accident. À contrecœur, elle retourna la plaque de l'animal et y vit l'adresse du propriétaire.

— Felstead Avenue, lut Jay à haute voix. C'est juste derrière cette rue.

Nadia se voyait déjà annonçant la nouvelle au maître de Tommy. Quel cauchemar ! Elle n'y arriverait jamais. Allons, un petit effort…

— Je pourrais leur dire que je l'ai trouvé mort. Ils ne sont pas obligés de savoir que je l'ai tué.

— Oui, vous pourriez. C'est ce que vous allez faire ?

— Non. Je vais leur dire la vérité. Regardez sa belle petite tête. C'est trop horrible. Quel numéro, dans Felstead Avenue ?

— Le 14. Mais vous n'allez pas y aller maintenant.

Tandis qu'elle caressait le chat, Jay lui massait le cou. Ce bras qu'il avait passé autour de ses épaules la réconfortait vraiment, d'autant que c'était un geste totalement inattendu.

— Ils vont se demander où est passé leur chat.

— Quelques minutes de plus n'y changeront rien. Venez.

Jay prit le chat et la ramena à la maison. Il fit bouillir de l'eau et lui prépara un café noir pour apaiser ses nerfs éprouvés.

— Si vous voulez, je peux ramener le chat moi-même. Je leur dirai que c'est moi qui conduisais.

Nadia hésita. C'était tentant. Elle ne cessait de s'imaginer annonçant la terrible nouvelle à une fragile petite veuve âgée et seule au monde, ou à un gosse aux grands yeux éplorés qui chérissait Tommy depuis qu'il était chaton.

— Non. Merci, mais je vais le faire.

— Je viens avec vous.

— D'accord. C'est vraiment gentil à vous.

— Ne prenez pas cet air surpris : je ne suis pas un ogre.

Elle se retint de lui dire que justement, depuis une semaine, il avait tout d'un ogre. Il était clair que Jay n'avait absolument pas conscience de son comportement étrange et distant.

— Je suis prête. Allons-y.

— Voilà, dit-elle dix minutes plus tard. C'est fait.

Jay essuya une larme sur sa joue.

— Ne pleurez plus. C'est fini, maintenant.

— Je ne pleure pas pour moi, mais pour ce chat. On ne fait pas plus ignoble que ce sale type.

Le sale type en question, celui qui leur avait ouvert la porte au 14, Felstead Avenue, était chauve, entre deux âges et avec des manières brusques. Son chat avait eu son compte ? Pas étonnant. Cette bête stupide n'avait jamais fait attention dans la rue.

Quand Nadia avait eu fini de bredouiller son récit des événements, ses excuses bouleversantes et sa promesse de régler les frais d'inhumation et l'achat d'un nouvel animal, les yeux du type s'étaient mis à briller.

— Ouais. Deux cents tickets devraient faire l'affaire.

— Cent, avait répliqué Jay.

Pleine de haine contre cet homme, mais prise au piège, Nadia avait gribouillé un chèque. Le type l'avait empoché sans attendre.

— Merci, ma p'tite.

Puis il leur avait fermé la porte au nez.

À présent, elle en venait presque à regretter que le propriétaire du chat n'ait pas été une petite vieille éplorée : tout aurait été plus facile à digérer que la froide indifférence de cet individu.

— Je parie qu'il ne va pas le faire inhumer. Il va le jeter à la poubelle. Il y a des gens à qui on devrait interdire d'avoir des bêtes.

Voilà qu'elle se montait à nouveau la tête, s'imaginant en train de dénoncer ce type à la SPA. Sauf que c'était elle qui avait tué Tommy...

— Écoutez, les pubs sont ouverts, dit Jay en consultant sa montre. Si nous allions prendre un verre, pour nous remettre de nos émotions ?

Mais c'est qu'il continuait à être gentil ! Emplie de gratitude devant la compréhension dont il faisait preuve, Nadia s'essuya les yeux d'un revers de manche et hocha la tête. Un verre, c'était exactement ce dont elle avait besoin…

Le téléphone de Jay sonna. Dans sa hâte à répondre, il ne vit même pas qu'elle acceptait l'invitation. Avec un terrible pressentiment, elle le regarda changer de visage. Quelques « quand ? », « oui » et « non » plus tard, il raccrochait.

— Désolé, il faut que j'y aille. Vous sentez-vous capable de rentrer toute seule en voiture ?

Nadia acquiesça. Cela lui était complètement égal, vraiment.

— Bien. Au revoir.

Et ce fut tout. Il grimpa dans sa voiture, remonta la colline et disparut de sa vue.

En fin de compte, était-il gentil, oui ou non ? Elle en était encore à se le demander.

15

Clare peignait dans son atelier. Si seulement elle avait pu cesser de penser à Piers ! Pas définitivement, bien sûr. Mais il était décidément gênant de ne pas parvenir à se concentrer sur une toile, sous prétexte qu'elle se demandait où il était en ce moment, ce qu'il faisait et quand elle le reverrait.

On était samedi midi, le soleil entrait à flots par les fenêtres mansardées. Dehors, dans l'allée, Tilly aidait James à laver la voiture. Nadia, cette grosse marmotte, dormait encore. Dans la salle de bains, Miriam apportait une dernière touche à son maquillage, avant qu'Edward ne vienne l'enlever pour l'emmener déjeuner à l'hôtel Painswick.

Clare se rassit sur son tabouret et observa la toile en cours. Elle représentait un troupeau de femmes, coiffées de chapeaux lourdement ornés, qui s'amusaient comme des folles aux courses hippiques. Elle allait l'intituler *Petits paris, grandes émotions*. Le tableau ne comportait aucun cheval, car elle n'arrivait pas à dessiner les chevaux – ils semblaient toujours avoir des jambes dans le dos. En revanche, à l'arrière-plan, un bookmaker miteux louchait sous les jupes étroites des dames.

Lorsqu'elle était inspirée, Clare pouvait peindre plusieurs heures d'affilée. Mais tel n'était pas le cas aujourd'hui. Elle était bien trop distraite pour prendre goût à ce qu'elle faisait. La veille, Piers s'était rendu à Londres pour une conférence. À présent, bien qu'il soit midi, il ne l'avait pas encore appelée.

Ses regards se perdirent au loin. Elle n'était certes pas habituée à cela, ni du genre à rappeler les garçons en pleurnichant. En fait, elle se faisait même un plaisir de *ne pas* les appeler – car elle savait qu'ils finissaient toujours par lui téléphoner.

Donc, pas question de rappeler Piers. Cependant, elle allait peut-être se trouver dans l'obligation de le faire : quel autre moyen existait-il de convenir d'un rendez-vous avec lui ?

Elle essuya son pinceau, le jeta dans un bocal de térébenthine et descendit de son tabouret. La simple pensée d'appeler Piers et d'entendre sa voix la rendait tout chose. Elle n'avait jamais eu ce genre de sensations auparavant.

— Oui ?

— Salut, c'est moi. Je me demandais ce que tu faisais.

Elle avait étudié son texte. C'était gentil et anodin, cela ne faisait pas geignard et dénotait une certaine distance. Les « tu avais promis de m'appeler » affolés, très peu pour elle !

— Salut.

D'après sa voix, Piers était encore au lit et souriait. Elle l'imaginait parfaitement : un bras replié sous sa tête, son beau torse bronzé dénudé.

— Je pensais justement à toi, dit-il.

Surtout, ne pas avoir l'air flattée, ne pas minauder.

— C'était comment, Londres ?

— Pas trop mal. Assez crevant, en fait. Et toi ?

Elle n'était pas assez folle pour lui avouer qu'elle avait passé la soirée devant la télé.

— On est sorties hier soir. On a terminé dans une soirée complètement délirante. Je suis vannée, moi aussi. Je me sens incapable de me lancer dans quelque chose de trop fatigant cet après-midi…

Pause, pour lui donner le temps de saisir la perche qu'elle lui tendait.

— Pareil pour moi. Il y a un match de rugby à la télé. C'est tout l'effort dont je me sens capable.

Clare détestait cordialement le rugby.

— Du rugby ? J'adore le rugby ! Ça te dirait que je vienne te rejoindre avec une bouteille, si tu ne veux pas regarder le match tout seul ?

Cela sonnait-il trop empressé ? Cela dénotait-il la fille désespérément en manque ? Non, bien sûr. C'était une simple suggestion en passant, rien de plus. Regarder un match à la télé était toujours plus amusant à plusieurs…

— D'accord, si tu en as envie, fit Piers, surpris mais pas mécontent. Oui, bonne idée. Mais n'apporte pas de vin. Plutôt des bières.

Il souhaitait vraiment qu'elle vienne le rejoindre. En outre, il avait dit « si tu en as envie », et non « puisque tu insistes ».

— Tu passes me chercher ? fit-elle, rassurée.

— Non, répliqua-t-il en riant. À vrai dire, je n'ai même pas l'intention de m'habiller, aujourd'hui. Je suis sûr que tu vas savoir te débrouiller pour venir. Tu n'as qu'à prendre un taxi.

Clare raccrocha avec un geste théâtral. Et voilà le travail ! Ce n'était pas plus difficile que ça : elle avait appelé Piers, qui était ravi d'avoir de ses nouvelles, et elle allait passer le reste du samedi avec lui. Tandis que si elle ne l'avait pas appelé, elle en serait encore à ronger son frein et à se demander ce qu'il fabriquait. Ce qui, n'ayons pas peur des mots, eût été absolument pathétique.

Vite, des vêtements ! songea-t-elle gaiement en essuyant ses mains sur son pantalon de treillis incrusté de taches de peinture. Elle fonça vers son armoire. Des vêtements pour un après-midi de détente à deux devant la télé. Quelque chose de décontracté, bien sûr, et néanmoins sexy… Jeans ? Non. Jupe et corsage à bretelles ? Encore moins. Tee-shirt et pantalon ? Quelconque. Que mettre pour l'impressionner vraiment ? Quelle tenue qu'il n'ait pas déjà vue ?

En dehors, bien sûr, de sa chemise de nuit et de ses pantoufles.

Au sortir de la douche, Clare sécha grossièrement ses cheveux, les attacha, se maquilla et chaussa des mules de cuir rose à hauts talons.

Puis elle laissa tomber la serviette qui la ceignait, s'aspergea d'Eau svelte de Dior, et attrapa son imper dans sa garde-robe.

Elle prit la pose devant son miroir. C'était parfait. Sensuel avec candeur, sexy mais avec une touche d'humour. Bien qu'elle ne l'ait jamais porté, cet imper était une merveille. En PVC rose, il était doublé de fausse fourrure et s'arrêtait juste au-dessus du genou. Une fois boutonné et la ceinture bien serrée, personne ne soupçonnerait qu'elle ne portait rien en dessous.

Malgré elle, Clare se mit à sourire en imaginant la tête de Piers lorsqu'elle ouvrirait son imper. Il allait adorer. Ce serait l'un de leurs souvenirs les plus mémorables. Dans vingt ans, quand leurs enfants les feraient enrager, ils échangeraient un sourire complice et Piers dirait :

— Tu te rappelles ce jour où tu as débarqué chez moi vêtue en tout et pour tout d'un imper ? Ce jour-là, j'ai su que tu étais la femme de ma vie…

Bon, d'accord, ce n'était qu'un rêve. Mais pourquoi pas ? Le problème avec les hommes, c'est qu'on ne savait jamais ce qui se passait dans leur cervelle.

— Nous y sommes, mon p'tit. Ça vous fera huit livres cinquante, fit le chauffeur de taxi avec l'air satisfait de celui qui est certain d'obtenir un pourboire.

— Gardez la monnaie, marmonna Clare.

La monnaie sur dix livres, tu parles d'une arnaque. Mais à quoi bon en faire toute une histoire ? Elle était enfin arrivée devant l'immeuble de Piers, et rien d'autre ne comptait. Chargée de ses provisions – de la bière pour lui, du vin pour elle –, elle monta les quelques marches jusqu'à l'interphone.

— Oui ? fit la voix désincarnée de Piers.

— C'est moi.

— Salut, fit-il en se radoucissant. Tu as les bières ?

Elle avait même mieux que ça !

— Oui.

— Qu'attends-tu alors ? Monte.

Dans l'escalier, avant d'arriver au deuxième étage, elle eut comme l'impression que quelque chose n'allait pas. Il régnait une drôle d'odeur, plutôt ténue, sur laquelle elle ne parvenait pas à mettre un nom.

Ce fut au moment où Piers lui ouvrit la porte que l'odeur la frappa de plein fouet. Ne l'eût-elle pas identifiée, les voix animées de plusieurs mâles en provenance du salon l'eussent renseignée.

L'air était chargé des effluves émanant de corps gorgés d'alcool. Par la porte du salon, elle les voyait affalés sur les sièges ou allongés par terre.

— Que se passe-t-il ? Quand sont-ils arrivés ? dit-elle en reculant d'un pas.

— Hier soir. Enfin, ce matin. Quand je suis rentré de Londres vers minuit, ils ont insisté pour que je les rejoigne au club. Ensuite, nous sommes tous venus ici et nous nous sommes écroulés. Laisse-moi te débarrasser.

Il prit le sac de commissions et en sortit les bières.

— Exactement ce qu'il nous fallait : du carburant.

— Je croyais que nous serions seuls tous les deux…

Clare aurait voulu pleurer, ou trépigner de rage. C'était tout le contraire de ce qu'elle avait imaginé. À moins que…

— Est-ce qu'ils vont partir ?

— Tu plaisantes ? Le match commence dans dix minutes.

— Bien. Dans ce cas, je reviendrai plus tard.

— Ne sois pas idiote. Tu es là, maintenant. Tu as le droit de rester.

Tout en disant cela, il fourra son nez dans son cou.

— J'adore ton parfum.

Elle sentait certainement meilleur que les autres invités. Seigneur, pourquoi fallait-il que cela soit ainsi ? Elle désirait rester plus que tout au monde, mais en tête à tête avec lui. Tous ses amis effroyablement bruyants, avinés et bons à rien ne pouvaient-ils donc pas déguerpir ?

— Allez, viens. Tu restes, un point c'est tout, décréta Piers.

Il la poussa vers le salon, tout en brandissant le sac comme un trophée.

— Eh, les gars ! Voyez ce qu'on nous apporte : de la bière et… pouah ! Du vin ? Je t'avais dit « pas de vin ». Nous sommes des mecs, nous ne buvons pas de vin.

— C'est pour moi.

— Je suis une femme déguisée en homme, déclara Eddie, l'un des meilleurs amis de Piers. Ne t'énerve pas, mon chou, je prendrai volontiers un verre de vin. Clare, viens t'asseoir près de moi.

Il tapota le canapé crème sur lequel il gisait, vêtu de ses vêtements de la veille, tout froissés.

— Laissons les garçons regarder leur vilain match à la télé et causons entre filles, tu veux ? Nous pourrions parler... vernis à ongles ?

Eddie était un gros cochon aux mains baladeuses qui ne laissait pas passer une occasion de vous peloter. Clare pouvait annoncer tout de suite : « au fait, les gars, je suis complètement nue sous mon imper », car il ne faudrait pas plus de dix secondes à Eddie pour le découvrir et le clamer haut et fort.

— Je suis très bien où je suis, répliqua-t-elle en s'asseyant sur une chaise inconfortable près de la fenêtre, à distance respectable d'Eddie.

— Enlève ton manteau. Tu n'as pas chaud ? dit Piers en décapsulant une bière.

— Bien sûr qu'elle doit avoir chaud. Très chaud, même, insista Eddie en la lorgnant.

— Non, pas du tout. J'ai froid. Je préfère garder mon imper, merci.

Au cours des quatre-vingt-dix minutes qui suivirent, Clare dut livrer un combat contre elle-même. Persuadée que, dès la fin de ce stupide match, tout le monde rentrerait chez soi, elle s'astreignit à rester assise jusqu'au bout. Ou plus exactement à suer jusqu'au bout. Sous le soleil qui tapait sur la fenêtre du salon, exposé plein sud, elle sentait la sueur lui couler dans le dos. Or, on ne pouvait pas ouvrir cette fenêtre car l'un des garçons – aucun ne se rappelait lequel, au juste – avait avalé la clef la veille, à cause d'un pari. La doublure en fausse fourrure lui collait à la peau. Tout cela au milieu de ces hommes qui rugissaient des encouragements devant l'écran de télé, engloutissaient des bières et traitaient l'arbitre de pédale à chaque fois qu'il accordait une pénalité à l'équipe adverse.

Quand le match fut fini, Eddie se leva.

— Bon, tout le monde se cotise et je vais chercher d'autres bibines.

Non ! Écarlate de colère et d'indignation, Clare prit Piers à part dans la cuisine.

— Ne pourrais-tu pas leur demander de partir ? Elle serrait tellement les dents qu'elle pouvait tout juste parler.

— Comment ? Les mettre à la porte ? Je ne peux pas faire ça.

— Je veux que tu le fasses.

— Là, je ne te trouve pas raisonnable. Mon ange, il s'agit de mes amis. Cela ne les dérange pas que tu sois là.

— Ils sont saouls. Je pensais que nous pourrions nous détendre et passer un moment tous les deux...

Piers semblait tomber des nues.

— Tu ne pouvais pas le dire ?

Maintenant, elle avait vraiment envie de pleurer.

— En plus, j'avais une surprise pour toi.

— Vraiment ? Qu'est-ce que c'est ?

— Tu n'es pas près de la voir.

— Je vois, tu es fâchée. Tant pis, j'ai déjà des montagnes de cravates.

— Ce n'était pas une cravate. De toute façon, je vais y aller.

Piers haussa les épaules.

— OK.

Elle aurait dû le haïr. Pourquoi ne le haïssait-elle pas de la traiter ainsi ? Même maintenant, s'il l'avait suppliée de rester, elle aurait probablement accepté.

Le seul problème, c'était que Piers ne suppliait jamais.

— Coucou ! Que se passe-t-il là-dedans ? Arrivé-je au beau milieu d'une scène scabreuse ? fit Eddie en brandissant une poignée de billets.

— Non. J'allais partir.

— Partir ? Mais tu ne peux pas ! Je ne le permettrai pas !

Plus débile qu'Eddie, tu meurs. Afin de donner à Piers la mesure de son dégoût, Clare leva les yeux au ciel et déclara d'un ton acerbe :

— Bye.

Puis elle se dirigea vers la porte de la cuisine.

— Noooon ! Il n'en est pas question. Reste avec moi ! glapit Eddie.

Comme il la rattrapait par le dos de son imper, elle laissa échapper un cri et tira sur le bas du vêtement.

Hélas, elle avait réagi une fraction de seconde trop tard. Un lent sourire idiot se peignit sur le visage d'Eddie.

— Waouh ! Salut, beauté. Ou dois-je t'appeler Sharon ? Dis-moi un peu : ai-je vraiment vu ce que je viens de voir ?

Piers, lui, n'avait rien vu car Eddie s'interposait entre elle et lui.

— Qu'est-ce que tu as vu ? Et qui est Sharon ?

— Sharon Stone. Tu te rappelles, dans *Basic Instinct* ?

Avec un sourire de plus en plus large, Eddie revint à Clare.

— Voilà donc pourquoi tu voulais garder ton imper...

Leurs rires la poursuivirent jusqu'en bas de l'escalier. Lorsqu'elle déboucha dans la rue, de brûlantes larmes d'humiliation coulaient de ses yeux.

Elle héla un taxi qui passait par là. L'intérieur du véhicule empestait le poulet au curry et le désodorisant bon marché.

— Alors, mon p'tit ? On croyait qu'il allait pleuvoir, pas vrai ? Vous devez cuire, là-dedans.

Comme elle ouvrait la fenêtre, le chauffeur ajouta en se retournant vers elle :

— Croyez-moi, vous vous sentirez mieux quand vous aurez enlevé ça.

16

Le problème avec les agendas électroniques, c'était que Nadia ne savait pas s'en servir.

Avant de disparaître tout l'après-midi, Jay avait oublié le sien sur le plan de travail nouvellement installé de la cuisine. Après l'avoir retourné dans tous les sens, Nadia avait songé avec nostalgie à l'époque du bon vieux Filofax, dont il suffisait d'ouvrir la languette pour accéder au contenu et fouiner tout son saoul.

Pourquoi fallait-il que les agendas électroniques fussent aussi imprenables ? Ils avaient dû être inventés par le roi des rabat-joie. Qui sait quels secrets stupéfiants reposaient à l'intérieur de cette boîte ? Nadia le secoua, au cas où cela suffirait à l'ouvrir et à lui faire cracher de fascinants détails sur la vie privée de son propriétaire. Soudain, entendant des pas dans l'escalier, elle le fourra précipitamment dans son sac. Si Bart l'apercevait, il était capable de proposer de le déposer chez Jay en rentrant du travail.

Qu'il ne se donne surtout pas cette peine : elle pourrait le faire elle-même…

Six heures venaient de sonner quand elle s'engagea dans Canynge Road. La voiture de Jay était là, ce qui était une bonne chose. Non qu'elle ait la moindre intention inavouable. Mais n'était-il pas…

intéressant de voir où vivait quelqu'un, de savoir à quoi ressemblait son intérieur ? Elle allait enfin savoir où il avait accroché le tableau à la cabine téléphonique, découvrir ses autres toiles, constater s'il était un maniaque de la propreté ou vivait en bohème…

Bonté divine ! Cela signifiait-il qu'elle avait l'âme d'une espionne ?

Mais une espionne se serait-elle donné un coup de peigne et remaquillée, avant de rendre visite à sa victime ?

Rassurée sur son propre compte, sûre qu'elle n'éprouvait qu'une curiosité bien naturelle, Nadia sortit de sa voiture.

La porte d'entrée était laquée de vert sombre et comportait une boîte aux lettres et un heurtoir en cuivre. En ouvrant la porte, Jay parut surpris, comme s'il attendait quelqu'un d'autre.

— Tiens, bonsoir. Qu'y a-t-il ?

Malgré cet accueil d'un enthousiasme modéré, Nadia le gratifia d'un éblouissant sourire. Il avait troqué sa tenue de travail contre un pantalon bleu marine et un polo grenadine que peu d'hommes auraient pu se permettre. En outre, il avait de nouveau l'air épuisé.

— Vous avez oublié ceci. Je l'ai trouvé dans la cuisine, dit-elle en brandissant l'agenda électronique.

— C'est vrai. Merci. Merci de me l'avoir rapporté, fit-il avec un soupir de soulagement.

Bonté divine ! N'avait-il jamais lu *Le Petit Chaperon rouge* ? N'allait-il pas l'inviter à entrer ?

— Je vous en prie. Cela ne m'a pas obligée à un trop grand détour. D'ailleurs, je ne suis pas spécialement pressée de rentrer chez moi…

Comment lui demander, mine de rien, si le tableau à la cabine téléphonique lui plaisait toujours ? Soudain, Jay s'éclaircit la voix :

— Écoutez, je vous aurais volontiers invitée à entrer, mais il se trouve que j'allais partir. J'ai un rendez-vous.

— Oh non, non... Je vous en prie. De toute façon, il ne faut pas que je traîne, bredouilla-t-elle. Je dois passer prendre ma sœur pour aller acheter... un hamster.

Quelle ne fut pas sa stupeur d'entendre ces mots sortir de sa propre bouche. Jay, lui aussi, parut interloqué.

— Votre sœur peintre ?

Un hamster ! Pourquoi ? Mais pourquoi donc ?

— Non, pas Clare. Mon autre sœur. Elle a treize ans. Vous savez comment sont les adolescents avec les hamsters. Tilly fait une fixette dessus et j'ai promis de l'emmener dans une ferme où l'on en vend. Il faut que j'y aille. Sinon, elle va se demander où je suis passée.

Ou plutôt, se demander pourquoi elle a une sœur aussi stupide, pensa Nadia en regagnant sa voiture. La prochaine fois que Jay oublierait quelque chose, elle ferait bien de ne pas y toucher. Tu parles d'un hamster !

Elle était en train de déballer un chewing-gum lorsqu'elle remarqua un taxi qui s'arrêtait devant la maison de Jay. Une femme aux longs cheveux blonds en sortit, paya le chauffeur, attendit la monnaie. De loin, elle semblait avoir la trentaine et être du genre beauté glaciale. Un peu comme ces mannequins qui défilent en se déhanchant d'un air profondément las, songea Nadia en la voyant rejeter ses cheveux en arrière. La pauvre. Elle avait besoin d'urgence qu'on lui raconte une bonne blague.

Quand le taxi s'éloigna, dévoilant la jeune femme en entier, Nadia découvrit ce qu'elle n'avait encore pu voir.

Cette femme était enceinte.

Surprise, Nadia la vit aller jusqu'à la porte de Jay, sonner. Lorsque celui-ci ouvrit la porte, elle le regarda et lui dit quelques mots avant d'entrer. Puis la porte se referma derrière eux.

Vu la grosseur du ventre qu'elle portait sous sa robe jaune, elle devait être enceinte de sept ou huit mois. Nadia se laissa retomber au fond de son siège, trop stupéfaite pour mâcher son chewing-gum. Si cette blonde était la petite amie de Jay – et plus précisément sa petite amie enceinte –, les employés de ce dernier n'auraient-ils pas dû en entendre parler ?

Et s'il s'agissait de son ex ? Cela expliquerait qu'elle n'ait pas l'air aux anges. Il y avait de quoi. Elle attendait un enfant alors que tout partait en eau de boudin avec le père. Il y avait là largement de quoi perdre le moral.

Stop. Elle s'emballait, une fois de plus. Ce n'était pas parce qu'une femme enceinte entrait chez Jay qu'il était nécessairement le père de l'enfant. Peut-être était-ce sa femme de ménage, une personne qui venait repasser à domicile, ou encore son professeur de piano.

La porte s'ouvrit à nouveau.

Nadia se recroquevilla sur son siège. Mais était-ce vraiment nécessaire ? Certes, s'il avait regardé dans sa direction, Jay aurait immédiatement reconnu sa voiture. Mais il ne regardait pas vers la gauche. Un bras autour des épaules de la femme enceinte, il portait une petite valise à l'autre main. Il ouvrit sa voiture, aida la jeune femme à s'asseoir à la place du passager et lui pressa la main.

Tout bien réfléchi, se dit Nadia en regardant la voiture s'éloigner, ce ne devait pas être son professeur de piano.

— Mais je ne veux pas d'un hamster ! se défendit Tilly le lendemain soir.

— Qu'en sais-tu ? Tu n'en as jamais eu. Tu ne sais pas à côté de quoi tu passes, répliqua Nadia, tel un professionnel du porte-à-porte.

— Nettoyer du pipi de hamster dans une cage puante, tu parles d'un plaisir ! Et encore, s'il faisait quelque chose d'intéressant, à part copuler. Mais il faut avoir deux hamsters pour ça.

Qu'avait fait Nadia pour avoir une sœur aussi égoïste et peu coopérative ? La veille, trop occupée à imaginer Jay en futur père, elle avait complètement oublié le hamster.

Aussi, ce matin, lorsque, en arrivant au travail, Jay lui avait demandé le plus naturellement du monde : « Vous en avez trouvé un ? », n'avait-elle pas compris de quoi il voulait parler.

— Un hamster, avait-il précisé devant son air absent.

— Oh ! Oui. Nous en avons trouvé un. Magnifique. Tilly est enchantée.

— Comment est-il ?

Comment ?

— Euh… blanc.

Existait-il des hamsters blancs, ou confondait-elle avec les rats ?

— Enfin, plutôt clair. En fait, il est beige. Avec une de ces fourrures ! Il s'appelle Gerald. Et, hum, il n'arrête pas de faire pipi.

Si Jay avait paru se satisfaire de ces informations, Tilly, en revanche, se montra récalcitrante.

— Beurk ! Je déteste les hamsters. On dirait des rats.

— Bon, d'accord. Mais je veux que tu me promettes une chose : si un inconnu te demande des nouvelles de ton hamster, fais comme si tu avais un hamster beige nommé Gerald.

— Je te trouve bizarre…

— Je sais. Mais je n'en suis pas moins adorable… Fichtre, que vient faire Michael Schumacher devant chez nous ?

Par la fenêtre du séjour, elle vit un engin carburant à la testostérone qui rugissait dans l'allée.

— C'est pour moi, lança Clare du haut de l'escalier. C'est Piers. Quelqu'un peut-il le faire entrer ?

Clare voulait dire par là qu'elle était bien trop sûre d'elle-même pour être prête à l'heure.

En ouvrant la porte, Nadia se retrouva nez à nez avec un individu qui, à l'évidence, se considérait comme remarquable.

Et même irrésistible.

— Salut. Clare descend dans une minute.

Bien qu'elle ne l'ait jamais vu auparavant, Nadia connaissait ses semblables : transpirant la confiance en soi par tous les pores. D'instinct, elle eut comme l'impression qu'il lui déplaisait.

— Vous devez être Nadine. J'ai beaucoup entendu parler de vous.

Elle mourait d'envie de l'appeler Peter, mais s'abstint néanmoins.

— Et vous devez être Piers. Venez dans le salon. Clare ne sera pas longue.

Tilly, installée sur le canapé, se retourna avec un grand sourire.

— Elle n'arrive jamais à décider ce qu'elle va mettre.

— Ne m'en parlez pas, fit Piers avec un clin d'œil. Sans parler des fois où elle ne met rien du tout.

Nadia le regarda d'un air idiot.

— Clare ne vous a pas parlé de samedi dernier ? dit-il.

— Non. De quoi aurait-elle dû me parler ?

Des pas résonnèrent lourdement dans l'escalier, puis Clare fit irruption, tout essoufflée, dans le salon.

— Je suis prête ! On y va ?

La Ferrari bleu électrique roulait dans Whiteladies Road. Ravie, Clare constatait que Piers et elle attiraient l'attention sur leur passage. Elle adorait voir les gens se retourner, fascinés, se demandant sans doute qui elle était et ce qu'elle avait fait pour mériter de rouler dans une voiture pareille.

Après les événements humiliants de samedi après-midi, elle avait sérieusement envisagé de rompre avec Piers. Mais, lorsqu'il l'avait appelée lundi, il s'était montré absolument charmant et s'était confondu en excuses. En outre, ce n'était pas sa faute à lui, ainsi qu'elle s'était empressée de se le rappeler. Pourquoi lui reprocher les bêtises de ses amis ?

C'est pourquoi elle avait accepté de sortir avec lui ce soir, ce qu'elle ne regrettait certes pas pour le moment. Piers était aux petits soins : il était venu la prendre en voiture pile à l'heure, et était vraiment très beau en chemise blanche dans ce luxueux costume bleu marine assorti à ses yeux. Comment ne se serait-elle pas sentie aux anges en sa compagnie ? Ils formaient un couple digne d'un magazine sur papier glacé. Enfin, il l'emmenait à la soirée d'inauguration d'un nouveau club, où un tas de gens importants allaient les voir ensemble. Ils allaient tous en crever de jalousie.

— Tu n'aurais pas une brosse à cheveux là-dedans ? fit Piers en désignant la pochette qu'elle tenait sur ses genoux.

— Si. Tu veux que je te la prête ?

— C'est pour toi. Je préfère quand tes cheveux sont lâchés.

Clare se retint de rétorquer que c'étaient ses cheveux, et qu'elle avait mis des heures à élaborer cette coiffure. Piers avait l'œil pour ces choses-là : il avait un sens inné de l'allure. S'il estimait qu'elle serait plus belle les cheveux détachés, il devait avoir raison.

Elle sortit sa brosse et entreprit de retirer une à une les épingles de son chignon.

— C'est bien, ma grande.

Il klaxonna devant une bande d'étudiants qui traversaient la rue un peu trop lentement à son goût.

Soudain, une horrible idée effleura Clare.

— Eddie ne sera pas là ce soir ?

— Ne t'en fais pas, tout ira bien, répliqua-t-il avec un sourire. Eddie ne s'en est pas encore remis. Cela dit, portes-tu quelque chose sous cette robe moulante ? ajouta-t-il en glissant une main le long de sa cuisse nue.

— Une culotte. Très très couvrante. Et je dois absolument rentrer chez moi ce soir, précisa-t-elle, juste pour lui montrer qu'elle n'était pas du genre à s'imposer.

— C'est hors de question ! Je veux que tu viennes chez moi.

Clare sourit pour elle-même. Elle avait enfin repris les commandes, et ses cuisses la picotaient agréablement sous la caresse de Piers.

— Soit. Nous verrons, admit-elle.

17

Postée devant la fenêtre de sa chambre, Tilly éprouvait un mélange d'excitation et d'appréhension. C'était samedi midi et, d'une minute à l'autre, sa mère allait arriver avec son nouveau compagnon et la fille de celui-ci. Brian et Tamsin : surtout, ne pas oublier leurs prénoms. Bien que ce soit encore de parfaits inconnus, ils pouvaient un jour devenir sa famille.

Tilly gratta quelques éclaboussures de peinture séchée restées sur la vitre. Pourvu que les nouveaux venus lui plaisent. Lorsqu'elle n'avait pas vu Leonie depuis des mois, il était facile de railler son côté brouillon et tapageur. Mais lorsqu'elle était là en chair et en os, tous ses défauts semblaient n'avoir plus aucune importance.

Quand la voiture s'engagea dans l'allée, elle inspira à fond, la gorge serrée. À quoi bon espérer que Brian et Tamsin lui plaisent, si *elle* ne leur plaisait pas ?

— Oh, mon bébé, viens m'embrasser... Mais comme tu as grandi !

Leonie lui tendit les bras dans un cliquetis de bracelets. Elle portait une robe ample avec un ourlet en dents de scie qui lui descendait jusqu'à la cheville, des créoles en argent grandes comme des soucoupes, et un parfum boisé et épicé. Comme elle la serrait contre sa poitrine, Tilly songea que sa mère ne portait jamais deux fois le même parfum. Un peu comme pour ses petits amis.

— Mais regardez-moi ça ! poursuivit Leonie en la tenant à bout de bras. Qu'est-ce que c'est que ce jean et ce drôle de vieux tee-shirt. Et tu es d'une maigreur ! J'espère que tu manges bien ?

— Évidemment que je mange bien.

Tilly coinça ses cheveux derrière ses oreilles. Elle se sentait terne et ordinaire. Leonie, en revanche, avec ses longs cheveux platine, ses yeux lourdement maquillés et ses vêtements voyants, avait une allure originale, dans le style criard et un peu fête foraine qui était le sien.

— Je suis si heureuse de te revoir. Les autres sont là ?

— Ils sont dans la cuisine.

— Je pense qu'il est plus poli d'aller leur dire bonjour. Oh, mais les présentations d'abord : ma chérie, je te présente Brian.

Bras dessus, bras dessous, Leonie lui fit faire le tour de la voiture afin de lui présenter l'autre occupante du véhicule.

— Et voici Tamsin, la fille de Brian. Je te présente Tilly, ma magnifique petite dernière... Bon, je vous laisse faire plus ample connaissance pendant que je vais bavarder un instant à l'intérieur. James s'est-il enfin fait poser un piercing dans le nez ?

— Quoi ?

— Je plaisantais, chérie. J'en ai pour une minute. Ensuite, nous pourrons y aller.

Tilly regarda sa mère s'éloigner. Elle détestait que Leonie la laisse seule avec des gens qu'elle venait juste de lui présenter. Mal à l'aise, elle se retourna vers les occupants du véhicule. Brian avait de longs cheveux, un peu clairsemés sur le haut du crâne. Il portait une veste en cuir, comme on en porte lorsqu'on n'est plus de la première jeunesse et qu'on travaille dans le show-business. Assise en tailleur sur la banquette arrière, un baladeur sur les genoux, Tamsin la détaillait sans dissimuler sa curiosité. Avec ses yeux verts brillants et son visage en forme de cœur, elle était étonnamment jolie. Elle portait une veste en jean couverte de gribouillis.

— Salut. Ça va ? fit Tilly, faute de mieux.

Brian tambourinait activement sur le volant, improvisant aux percussions sur un rythme mystérieux.

— Tu es végétarienne ? s'enquit Tamsin.

— Euh, non.

— Tiens. Je trouvais que tu avais une tête de végétarienne.

Lors du déjeuner, dans une pizzeria bondée de Park Street, l'atmosphère se décrispa quelque peu. Leonie, qui était dans une forme éblouissante, entretenait la conversation. Tilly se détendait et commençait à se dire que Tamsin n'était pas si mal, en fin de compte. Malgré sa réflexion sur les végétariens, elle semblait moins à craindre qu'elle ne l'avait redouté. Brian aussi avait l'air correct, bien qu'il ne soit guère bavard. Il avait cependant hâte d'aller voir de vieux amis de Bristol, ainsi que Leonie l'expliqua tandis que Tilly finissait son tiramisu.

— Alors, qu'en penses-tu, ma chérie ? Si nous disparaissions une heure ou deux pour aller faire un saut chez eux ? Cela vous permettrait, à toi et à Tamsin, de rester ensemble pour faire plus ample connaissance. Ensuite, nous pourrions vous retrouver ici, disons vers... cinq heures ?

Cela ressemblait à un rendez-vous avec un inconnu, encore que Tilly ne soit jamais sortie avec un inconnu. Dans un élan de désespoir, elle demanda :

— Mais qu'allons-nous faire jusqu'à cinq heures ?

— Ma chérie, vous êtes des adolescentes. Que font les filles de votre âge le samedi après-midi ? Amusez-vous, parlez musique, faites du shopping !

Tout en parlant ainsi, Leonie caressait la nuque de Brian.

— On peut pas, intervint Tamsin en suçant sa cuiller d'un air sinistre. On n'a pas d'argent.

— Nous vous en donnerons, déclara Leonie. Rendez-vous à cinq heures.

— Dix livres chacune, grommela Tamsin en sortant du restaurant. Même pas de quoi me payer des cigarettes.

— C'est mieux que rien.

Tilly pensait sincèrement que dix livres étaient une somme rondelette.

— La vache, on peut dire que tu te contentes de peu. Ma mère serait heureuse avec toi, elle qui se plaint toujours de ce que je lui coûte. J'aime bien ta mère, en revanche. Elle est marrante.

— Je suppose.

Malgré elle, Tilly se sentait flouée. Depuis quinze jours, elle se montait la tête en prévision de la visite de sa mère, et voilà que tout était déjà pratiquement terminé. À dix-sept heures, ils se retrouveraient et iraient grignoter quelque chose. Vers dix-neuf heures, Leonie commencerait à parler de rentrer, arguant du long trajet qui les attendait pour regagner Brighton. À dix-neuf heures trente, ils auraient filé.

— Elle veut voir comment nous nous entendons toutes les deux, reprit Tamsin en lui offrant une Marlboro Light. Tu ne trouves pas un peu bizarre de vivre avec un type qui n'est même pas ton père ?

Aussitôt, Tilly fut sur la défensive.

— Pas du tout. Je l'aime bien.

— Alors, qu'est-ce qui s'est réellement passé ? Leonie nous a raconté que ton vrai père s'était fait la malle quand tu étais bébé, mais elle est restée un peu vague sur la suite.

Et pour cause !

— Ma mère a d'abord eu mes deux sœurs. Puis elle les a laissées à James pour s'en aller en Crète avec un type. Quand elle a rompu avec lui, elle en a rencontré un autre. Et après avoir rompu avec celui-là, elle a rencontré le suivant. Ma mère a un seuil de lassitude assez faible. Bref, elle vivait avec un fabricant de meubles qui s'appelait Liam, quand elle a découvert qu'elle était enceinte de moi. Après mon premier anniversaire, Liam est parti. Puis, comme le bail du logement qu'elle louait avec lui se terminait et qu'elle n'avait nulle part où aller, elle s'est pointée chez James avec moi dans les bras, en l'implorant de l'héberger quelques jours. James est tellement gentil qu'il n'a pas eu le cœur de refuser.

— Alors, ils se sont remis ensemble ? fit Tamsin, littéralement captivée.

— Non. On est restées trois mois. Ensuite, m'man a encore une fois rencontré l'homme de sa vie, celui sans lequel elle ne pouvait vivre. Sauf qu'il n'était pas très chaud pour m'inclure dans le lot. M'man ne savait plus quoi faire et disait que, seule, elle ne pouvait pas s'occuper de moi… Entre-temps, je m'étais habituée à vivre chez James. J'adorais être avec mes sœurs – enfin, mes demi-sœurs – et je croyais que James était mon père. Il a dit à ma mère que ça ne le dérangeait pas que je reste chez lui. Je ne sais pas s'il croyait à quelque chose de provisoire, mais toujours est-il que je ne suis plus jamais repartie. M'man s'en est allée avec son ami – je crois que ça a duré deux ans entre eux : un record. J'étais heureuse où j'étais. Je me suis habituée à ne plus la voir. Elle n'a jamais été très maternelle.

— Tu en as de la chance, commenta Tamsin en jetant sa cigarette dans le caniveau. La mienne est un vrai cauchemar. Si tu savais comme elle est stricte. Et ci, et ça, fais tes devoirs, range ta chambre, et tu ne vas tout de même pas sortir habillée comme ça… Elle me rend dingue. C'est pour ça que j'ai préféré venir vivre avec mon père. Il me laisse faire tout ce que je veux.

Elle rejeta ses cheveux en arrière, visiblement très contente d'elle-même.

Avec seulement dix livres à dépenser, elles eurent bientôt terminé leur shopping. Lorsque Tamsin apprit que le collège de Tilly ne se trouvait qu'à un quart d'heure de marche et que l'équipe locale disputait un match de cricket contre la Bristol Grammar School, elle voulut absolument y aller.

Tilly fit la grimace. Le cricket était un jeu tellement ennuyeux…

— Pourquoi veux-tu y aller ?

— C'est ton devoir de les encourager. Et d'aller vérifier s'ils ont du talent.

— On voit que tu ne connais pas notre équipe : ils n'ont aucun talent.

— C'est toi qui le dis. Moi, je les verrai d'un œil neuf. Et puis, ils vont tous êtres dingues de moi ; c'est toujours pareil avec les garçons. Comme ça, la prochaine fois que je viendrai, on s'arrangera pour les voir. Allez, on va bien rigoler. Je ferai la même chose pour toi quand tu viendras chez nous. Les garçons qu'on ne connaît pas sont toujours plus amusants que ceux qu'on connaît.

Pour aller au collège, elles passèrent devant le marchand de journaux où travaillait Annie. Plus tôt dans l'après-midi, lorsqu'elles étaient allées chez Claire Accessoires, Tamsin avait dilapidé son argent en faux tatouages, boucles d'oreilles autocollantes et en un anneau pour les orteils. Pour ne pas être en reste, Tilly avait mis neuf livres soixante dans un vernis à ongles et deux pinces à cheveux qui ne lui plaisaient même pas. À présent, elle regrettait de ne plus avoir que quarante pence en poche. La marche lui avait donné soif, et elle aurait vendu père et mère pour un Coca.

Ce soir, c'était le grand soir pour Annie et James – le rendez-vous qu'elle s'était donné tant de mal pour arranger. C'est pourquoi elle aurait bien aimé passer dire un petit bonjour à Annie.

D'ailleurs, celle-ci les laisserait peut-être prendre un verre d'eau à la fontaine, ce qui lui permettrait d'acheter pour quarante pence de chewing-gums.

— Si on entrait là ? proposa Tilly.

— Ouais. J'aime bien les marchands de journaux. On peut se faire coucou dans la caméra de surveillance.

— Je ne crois pas qu'il y ait de caméra dans celui-là.

— Ah bon ? Dommage. Allez, à toi l'honneur.

Annie feuilletait un exemplaire de *Hello !* derrière le comptoir.

— Vous m'avez pincée en flagrant délit ! fit-elle en souriant à Tilly.

Elle lui montra la photo qu'elle était en train de regarder : Meg Ryan arrivant à la première d'un film avec une nouvelle coupe de cheveux très glamour.

— Je dois aller chez le coiffeur tout à l'heure, après la fermeture. J'aimerais bien une coupe comme celle-là, mais c'est gênant de venir avec une photo. Vous imaginez les coiffeuses en train de ricaner dans l'arrière-boutique en se disant : « Et celle-là qui espérait qu'on allait la métamorphoser en Meg Ryan ! »

— Et si vous apportiez plutôt la photo de quelqu'un de votre âge ?

Tilly ne cherchait qu'à lui venir en aide, mais elle avait mal choisi ses mots. Annie eut l'air abominablement contrariée. Seigneur ! Meg Ryan était peut-être plus vieille qu'elle !

Pour compliquer le tout, Tilly entendit Tamsin pouffer de rire derrière elle.

— Excusez-moi, murmura-t-elle.

Pourquoi fallait-il toujours que des trucs embarrassants sortent de sa bouche ?

— C'est sans importance. Vous avez sans doute raison. Je n'irai pas chez le coiffeur avec cette photo. Je vais seulement leur demander de me couper les cheveux et de faire en sorte que j'aie l'air chic, dit Annie en refermant le magazine. Au fait, que faites-vous ici un samedi ?

— Il y a un match de cricket au collège. On va regarder. Je vous présente Tamsin… une amie.

Horreur ! Au moment où elle se retournait, Tilly vit Tamsin glisser furtivement quelque chose dans la poche de son jean… C'était à peine croyable. Annie avait dû tout voir, elle aussi.

— Euh… je voudrais des Tic Tac à l'orange et un paquet de Juicy Fruit, s'il vous plaît, dit-elle un peu fort.

Sans lui prêter attention, Annie intervint calmement :

— Je crois que vous feriez mieux de remettre ça en place.

— Pardon ? fit Tamsin. Remettre quoi en place ?

Tilly commençait à transpirer.

— Ces stylos. Ceux que vous venez de glisser dans votre poche.

— Des stylos ? Que voulez-vous que je fasse de vos foutus stylos ? Tilly, on y va. Il ne faudrait pas rater le match.

Tilly resta figée, complètement angoissée. Comme une enfant de trois ans, elle aurait voulu se cacher les yeux et faire comme si elle n'était pas là.

— Vous voyez ceci ? reprit Annie en désignant un panneau annonçant que les coupables de vol à l'étalage seraient poursuivis par la justice. C'est vrai. Allons, soyez raisonnable et...

— Qui va m'attraper si je m'enfuis tout de suite en courant ? Vous ? Ça m'étonnerait !

— Je sais quelle école vous fréquentez.

— C'est là que vous vous trompez, parce que je n'habite même pas Bristol. Vous ne me retrouverez jamais. À moins que vous ne persuadiez la police de faire mon portrait-robot et de le placarder dans tout le pays. Qui sait ? on parlera peut-être de moi dans *Détective* ? Vous imaginez ça ? « Une jeune fille de treize ans pique des stylos bille chez un marchand de journaux minable... »

— Remettez-les en place !

— Pardon ?

— Remettez ces stylos en place !

— Seigneur ! Tout ça est vraiment pathétique...

Avec un énorme soupir, Tamsin tira les stylos de sa poche et les jeta sur le présentoir.

— Voilà. Contente ?

— Je suis désolée, je suis vraiment désolée, fit Tilly en se tournant vers Annie.

— Ce n'est pas votre faute.

— Pourriez-vous… hum, ne pas en parler à James ?

— D'accord, assura Annie après une brève hésitation.

— Hum, hum ! intervint Tamsin. C'est vraiment trop nul ici. On se casse ?

18

— Comment as-tu pu faire une chose pareille ? s'exclama Tilly quand elles furent sorties du magasin.

— En voilà des salades ! C'était juste pour s'amuser.

— Je connais cette femme ! Elle sort avec James, ce soir.

— Elle ? Ça fera bien rigoler Leonie ! Allez, ne fais pas cette tête…

Tamsin la prit par le bras et eut une grimace comique.

— J'ignorais que tu la connaissais. Écoute, je te promets que je n'entrerai plus jamais chez ce marchand avec toi. La prochaine fois, j'attendrai dehors, comme les chiens. Je suis super-archi-désolée. Que veux-tu que je te dise de plus pour m'excuser ?

Lorsque dix-sept heures sonnèrent, Tilly ne savait plus du tout où elle en était. Après cette horrible scène chez le marchand de journaux, il était devenu évident que Tamsin était une catastrophe. Mais, une heure plus tard, elle avait si bien flirté avec les garçons au collège que, par association d'idées, Tilly avait été propulsée en tête du hit-parade des filles avec lesquelles on pouvait parler sans déchoir.

Cela ne lui était jamais arrivé auparavant.

— C'était supercool.

Sur le chemin de la pizzeria, Tamsin semblait contente d'elle-même. Forte d'au moins une douzaine de nouveaux numéros de téléphone, elle pouvait se permettre de crâner. À ce train-là, elle enverrait des textos pendant quinze jours.

— Tous des abrutis, décréta Tilly en rejetant ses cheveux en arrière.

Comme s'ils étaient assez longs pour cela ! Mais, secrètement, elle était jalouse.

— Peut-être, mais qu'est-ce que ça peut faire ? Je leur ai tapé dans l'œil un max.

— Ouais.

C'était vrai, et Tilly savait que lundi, au collège, tout le monde lui demanderait des nouvelles de Tamsin.

— Ne parle pas à mon père de ce qui s'est passé dans le magasin, d'accord ?

— D'accord.

— Cool. Dis donc, si ta mère épouse mon père, on sera pour ainsi dire comme des sœurs.

C'était ce sentiment d'appartenir à un groupe qui avait toujours manqué à Tilly.

— Ouais, dit-elle en s'efforçant de sourire.

Elles rejoignirent Leonie et Brian sur la place, devant la pizzeria.

En ramenant Tilly chez elle pour dix-neuf heures, Leonie l'embrassa dans un nuage de patchouli :

— Je savais bien que vous vous entendriez, toutes les deux…

— Ben…

— Brian m'a demandé de l'épouser. N'est-ce pas merveilleux ?

— Merveilleux, approuva Tilly en fille docile, mais le cœur serré.

— Ma chérie, c'est la chance de ma vie. Cette fois, ça ne peut pas ne pas marcher. Tu veux bien m'aider ? Tu ne me laisseras pas tomber ?

Mal à l'aise et sans comprendre ce que sa mère voulait dire, Tilly répondit :

— Non, m'man. Je ne te laisserai pas tomber.

Annie Healey essuya la vapeur qui s'était déposée sur le miroir de sa salle de bains et contempla avec un mélange de crainte et d'excitation son reflet, baigné dans un flou artistique.

Non, ce n'était pas de la crainte. De l'appréhension, peut-être. Ou tout simplement une légère angoisse.

Elle se fit la grimace dans le miroir. N'avait-elle pas trente-huit ans ? Comme c'était pathétique, à son âge, d'éprouver de la crainte avant un simple dîner en compagnie d'un homme.

Pourtant, elle manquait cruellement de pratique. Quatorze ans sans pratiquer, pour être exacte. Seigneur, mieux valait ne pas y penser. Elle allait se brosser les dents, se maquiller légèrement et, sa peau n'ayant pas eu la mauvaise idée de se couvrir de plaques rouges, tout allait se passer au mieux.

Lorsqu'il vint la prendre à dix-neuf heures, James était très élégant et semblait lui-même un peu gêné. Comme il l'aidait à monter en voiture, Annie se lança :

— Écoutez, ce sont peut-être des choses qui ne se disent pas, mais je trouve plus honnête de vous dire que je suis nerveuse.

James se redressa et rajusta ses lunettes.

— Comment ? J'en suis désolé. Ma présence vous rend nerveuse ?

— N'y voyez rien de personnel. Je me sentirais nerveuse avec n'importe quel autre homme. Vous savez, je n'ai plus l'habitude de ces choses-là. Cela fait longtemps.

Il s'installa à sa place et alluma le moteur.

— Moi aussi.

— *Très* longtemps.

— Pareil pour moi.

— D'accord. Je ne voudrais pas donner l'impression de vouloir gagner à tout prix cette compétition puérile, mais je parierais que cela fait plus longtemps pour moi que pour vous.

James sourit.

— Nous ne devons pas aller chez les Elson avant vingt heures. Voulez-vous prendre un verre en attendant ?

— Excellente idée.

Ils s'installèrent dans le patio d'un joli pub dans Easter Compton, qui se trouvait sur le chemin conduisant chez Cedric et Mary-Jane.

— Au fait, déclara James en s'éclaircissant la voix, vous êtes très bien ce soir. Désolé : Tilly m'avait recommandé de vous dire ça en arrivant chez vous, mais j'ai oublié. Néanmoins, je le pense réellement. Vous êtes vraiment très bien. Je... j'aime bien vos cheveux aussi.

Annie palpa ses cheveux que le coiffeur avait ramenés en arrière et rassemblés en un ambitieux chignon. Elle craignait de remuer la tête, de peur que tout ne s'effondre.

Quant à sa robe, ce n'était guère mieux. Lorsqu'elle l'avait essayée dans le magasin, elle l'avait trouvée étonnante, magnifique et scintillante comme une queue de sirène. Comment se serait-elle doutée que tous ces petits sequins triangulaires allaient lui rentrer dans la peau comme des lames de couteau ? À présent, au moindre mouvement qu'elle faisait sur sa chaise, elle avait l'impression d'être attaquée par une bande de bébés piranhas.

Bref, la soirée commençait bien.

— Allez-y : dites-moi depuis combien de temps cela fait pour vous, reprit James.

Nous y voilà.

— Quatorze ans, avoua Annie, sûre qu'il allait s'étouffer avec son cocktail.

Mais il hocha simplement la tête.

— Je vous bats largement : cela fait dix-sept ans pour moi.

Fichtre. Annie n'en revenait pas.

— Nous formons un fameux couple de dinosaures ! Que vous est-il arrivé ?

— C'est un peu compliqué...

— Excusez-moi, c'est indiscret de ma part. Vous n'êtes absolument pas obligé de me dire quoi que ce soit.

— Non, cela ne me gêne pas du tout, assura James en secouant la tête. Il faut bien que vous soyez au courant, puisque vous venez dîner chez mon patron. Ma femme nous a quittés, mes filles et moi, il y a vingt-trois ans. Depuis, elle mène une vie pour le moins agitée. Lorsqu'elle a rompu avec le père de Tilly, elle a dû chercher un toit. C'est pourquoi nous l'avons laissée revenir chez nous pour quelque temps. Puis un jour elle est repartie, laissant Tilly avec nous.

— Vous plaisantez ? On laisse derrière soi un pull, ou une paire de gants... mais on ne laisse pas un enfant !

— Leonie appartient à une race à part. Elle ne se sentait pas capable de s'occuper de Tilly. Elle nous a laissé le choix : soit nous la prenions avec nous, soit elle la confiait à un pensionnat. Il n'y avait pas à hésiter. Nous aimions Tilly. Au fait, elle n'est pas au courant de ces détails.

Il marqua une pause et but quelques gorgées.

— Tout ce qu'elle sait, c'est que nous avons proposé de la garder et que Leonie a accepté.

— Voit-elle encore sa mère ?

— Par intermittence. Quand Leonie en éprouve le besoin. À vrai dire, elle est venue la voir aujourd'hui. Elle voulait lui présenter son nouveau compagnon et la fille de celui-ci. Les deux gamines ont à peu près le même âge.

Annie acquiesça. Tout s'éclairait à présent. L'attitude de James la touchait beaucoup : seul un homme vraiment bien aurait fait ce qu'il avait fait, élevé une enfant envers laquelle il n'avait aucune responsabilité. La façon dont il avait dit « nous aimions Tilly » l'avait complètement retournée.

— Ce que vous avez fait est tout à votre honneur. C'est une enfant adorable.

— Cela n'a pas été un tour de force : Tilly a eu beaucoup de mérite. C'est nous qui avons eu de la chance. Elle serait devenue une enfant adorable même si d'autres que nous l'avaient élevée... Bien, assez parlé de ma famille. Me permettez-vous d'être indiscret et de poser des questions sur vous ?

— Allez-y. Mais je vous préviens : ma vie n'a rien d'excitant.

Les yeux d'Annie pétillaient. Depuis qu'ils étaient assis tous les deux et que la conversation s'était engagée, sa nervosité s'estompait de façon spectaculaire. Elle se sentait infiniment plus à l'aise.

Sequins mis à part, naturellement.

— Je parierais que vous avez été mariée.

James s'éclaircit la voix en guise d'excuse, comme s'il venait d'insinuer qu'elle était une meurtrière récidiviste.

— Pardon, cela ne me regarde pas.

— Je n'ai jamais été mariée. Ma mère a eu une attaque cérébrale, il y a quatorze ans. Elle avait besoin que quelqu'un vienne habiter avec elle ; je suis venue. Il y a six ans, elle a eu un autre accident vasculaire. Elle est morte l'an dernier. Tout le temps qu'elle a été malade, j'étais trop occupée pour me chercher quelqu'un qui... enfin, vous voyez... quelqu'un qui occupe une place importante dans ma vie. Dans les bars, raconter que vous devez être rentrée à vingt et une heures pour changer les couches de votre mère incontinente n'est pas un sujet de conversation propre à fasciner les hommes. Je ne regrette rien, car ma mère était une personne exceptionnelle, mais c'est la raison pour laquelle je suis ce qu'on pourrait appeler une débutante attardée. Trente-huit ans, vous vous rendez compte.

— Cela ne vous a-t-il vraiment pas coûté de renoncer à votre vie pour prendre soin de votre mère ?

— Je n'ai pas renoncé à ma vie. Seulement, j'étais pour ainsi dire... tenue. Comment cela aurait-il pu me déranger ? C'était ma mère, après tout.

Il était huit heures moins dix, et leurs verres étaient vides.

— Un autre verre ? proposa James en se levant.

— Ne devons-nous pas être là-bas pour vingt heures ?

— Je n'ai pas envie d'y aller. Je préférerais rester ici, à bavarder avec vous.

C'était aussi ce dont Annie avait envie. Malheureusement, elle avait reçu en héritage le gène de la culpabilité.

— On va nous attendre. Il faut y aller.

— Pourquoi n'arrêtez-vous pas de faire ça ? dit-il en imitant sa façon de se tortiller.

Flûte, il avait remarqué.

— Pour échapper aux morsures des sequins. Ils s'enfoncent dans mes jambes. Vous, les hommes, vous en avez de la chance : vous n'avez qu'à passer un costume et… Aïe ! Qu'est-ce qui vous prend ?

James venait de lui assener un grand coup sur la tête.

19

Annie porta les mains à sa tête hérissée d'épingles. Doux Jésus ! Voilà maintenant que James tendait les bras par-dessus la table, prêt à la frapper une nouvelle fois...

— Guêpe, dit-il avec une grande économie de mots.

— Mon Dieu ! Vous l'avez eue ? Je suis allergique aux piqûres de guêpe !

Annie poussa un cri en entendant un bourdonnement dans les méandres de son chignon.

— Chassez-la, chassez-la ! s'écria-t-elle en se jetant pratiquement sur James.

La guêpe était prisonnière de sa chevelure crêpée et laquée. Elle ferma les yeux tandis que James arrachait épingles et peignes, et se frayait un passage entre ses cheveux, tel un explorateur ouvrant un chemin dans la jungle à coups de machette.

— Je la vois !

— Tuez-la, tuez-la ! hurla Annie, vaguement consciente que tout le monde dans le pub retenait son souffle en attendant le dénouement de la scène.

Bientôt, un gros paquet de cheveux lui retomba sur la figure ; James s'empara de la guêpe en furie et la jeta dans les buissons.

— Voilà, elle est partie.

— Dieu merci ! La dernière fois que j'ai été piquée, mon bras a enflé comme celui d'Elephant Man. Vous imaginez ? Si j'avais été piquée à la tête, j'aurais ressemblé à un monstre de science-fiction. Vous m'avez sauvé la vie.

— Mais j'ai ruiné votre coiffure. Je suis désolé.

— J'imagine que j'ai l'air d'avoir affronté une championne de catch.

— Vous avez l'air d'avoir perdu contre une championne de catch… Je regrette vraiment de vous avoir frappée. Je voulais l'empêcher de s'enfoncer davantage.

— Vous étiez absolument fondé à me frapper, assura Annie en souriant. Malheureusement, je n'ai pas apporté de brosse à cheveux.

Puis, se rappelant l'incident dans le magasin de journaux :

— Franchement, je me demande pourquoi les guêpes m'en veulent.

Il leur fallut moins de dix minutes pour regagner Kingsweston, ce qui n'en fut pas moins un pénible trajet pour Annie.

— Ça ne va pas. Il faut que je change de robe. Ces sequins vont me tuer.

James semblait compatir.

— J'espère que vous ne l'aviez pas achetée spécialement pour l'occasion ?

Ben voyons ! Elle avait des dizaines de robes dans son armoire, qu'elle portait sous sa blouse, au travail ! À croire que les hommes vivaient sur une autre planète…

— Non, mentit-elle au moment où ils arrivaient devant chez elle. Entrez. Je vais faire le plus vite possible.

— Ne vous pressez pas. Ce dîner sera affreusement ennuyeux.

— Faites comme chez vous, et appelez votre patron pour lui dire que nous aurons du retard.

À l'étage, devant le miroir de la salle de bains, elle découvrit l'étendue des dégâts infligés à sa coiffure. James avait eu du mérite de ne pas éclater de rire en la voyant ainsi. Elle se mit à démêler les mèches collantes, si bien enduites de laque extraforte, que chaque coup de brosse lui arrachait des larmes.

Enfin, toute la laque disparut et ses cheveux reprirent leur longueur et leur allure, ni tout à fait frisée ni tout à fait lisse. Comme il était hors de question de tenter de reconstituer le moindre chignon, elle les laissa tels quels et retira sa robe. Quels délices d'être enfin délivrée de ces sequins acérés ! Plus jamais elle ne se laisserait tenter par la moindre paillette.

Sa seule autre tenue un peu chic était une simple robe noire sans manches à col montant. Elle l'enfila en se félicitant de l'avoir conservée, puis ajouta comme accessoire un rang de perles d'imitation.

— Vous êtes très jolie ainsi, déclara James quand elle redescendit.

— Merci.

Elle songea un instant à lui confier qu'elle avait acheté cette robe pour l'enterrement de sa mère...

Ce n'était peut-être pas une bonne idée.

Il soupira.

— Voulez-vous me rappeler pourquoi nous devons aller à ce dîner ?

— Parce que votre patron vous vire si vous n'y allez pas. Allons, venez. Ce sera peut-être une excellente soirée. Les choses ne sont jamais aussi noires qu'on le craint.

Exact : parfois, elles sont plus noires encore !

Cedric et Mary-Jane habitaient une immense maison de plain-pied, toute neuve mais artistiquement conçue pour ressembler à une vieille ferme. Comme Mary-Jane leur ouvrait la porte, James songea que celle-ci était dans le cas inverse : la quarantaine bien sonnée, elle faisait tout son possible pour en paraître vingt-cinq. Avec son ventre plat et son visage lifté, on aurait dit la grand-mère de Barbie. Elle portait des chaussures si fines qu'elle risquait de tomber à la moindre pichenette.

Mais peut-être était-ce précisément ce qui avait séduit Cedric en elle.

— Enfin, enfin ! roucoula leur hôtesse en les faisant entrer. Les voilà !

— Désolé d'être en retard. Un petit problème de voiture, expliqua James, devinant que Mary-Jane n'était pas du genre à goûter l'histoire de la guêpe.

— James, fit Cedric, quel plaisir de vous voir. Ainsi que... ?

— Annie Healey.

Tout en faisant les présentations, James s'aperçut que Mary-Jane jaugeait la nouvelle venue.

— Quel adorable petit collier, murmura-t-elle.

— Soyez la bienvenue, Annie, ajouta Cedric en tirant avec enthousiasme sur son gros cigare. Venez, que je vous présente tout le monde ; c'est une joie de rencontrer enfin une amie de James. Êtes-vous ensemble depuis longtemps ?

James frissonna. Mais Annie répondit sans se troubler :

— Cela fait un petit moment. Quelle magnifique maison vous avez là !

— Merci, ma chère. Permettez-moi de vous dire que James a bon goût, lui aussi. Que puis-je vous offrir à boire ?

Lorsqu'ils passèrent à table, il était évident que Cedric était sous le charme d'Annie, et que Mary-Jane rongeait son frein : elle prenait comme une insulte personnelle le fait que son mari soit bluffé par une femme qui non seulement ne sortait pas de chez le coiffeur, mais portait une robe de taille 42 d'un modèle effroyablement ordinaire. Durant les hors-d'œuvre, elle s'arrangea pour que la conversation tourne autour des bijoux et, après avoir exhibé son dernier solitaire de quatre carats, demanda à Annie où elle avait acheté ses perles.

— Chez Claire Accessoires. Quatre livres, répliqua Annie, ravie. Vous ne trouvez pas qu'on dirait des vraies ?

Mary-Jane eut un sourire entendu à l'intention des autres femmes, et sa bouche prit la forme d'un cul de poule.

— Dieu du Ciel ! Ne vous donnent-elles pas des allergies ?

Le pire restait à venir. Comme on servait le plat de résistance, Ray Hickson claqua des doigts :

— Ça y est, j'y suis !

Ray était un collègue du genre fumier à la dent dure, que James n'avait jamais porté dans son cœur.

— Je savais que je vous avais déjà vue quelque part, dit Ray à Annie, une lueur de triomphe au fond des yeux.

— Oooh ! Dites-nous tout ! couina Mary-Jane en reposant sa fourchette.

— Une seconde.

Ray fit semblant de chercher dans ses poches.

— Mince, plus de cigarettes. Ce n'est pas grave…

Il sortit son portefeuille, en tira un billet de dix livres et le présenta à Annie.

— Je voudrais un paquet de Benson & Hedges et le *Financial Times*.

James se retint de lui envoyer son poing dans la figure. Bien que peu coutumier du fait, il aurait volontiers perdu son sang-froid, pour une fois. Le seul problème, c'est que Ray aurait protesté de son innocence, arguant qu'il s'agissait d'une simple plaisanterie.

— Je regrette, mais le magasin est fermé, rétorqua Annie.

Puis, à Cedric qui n'y comprenait rien, elle expliqua posément :

— Je travaille chez le marchand de journaux tout près de vos bureaux.

— Incroyable ! s'écria Mary-Jane en riant. C'est là que vous vous êtes rencontrés, James ? Si on m'avait dit que vous sortiez avec une vendeuse !

James rougit de l'outrage fait à Annie. Mais celle-ci croisa son regard et secoua la tête.

— Ma sœur a travaillé comme vendeuse, une fois, avant son mariage, déclara galamment Cedric.

— Mais, mon chéri, c'était dans un magasin de luxe !

Partir brusquement, maintenant, avec Annie, ce serait offenser Cedric. Totalement inconscient des manœuvres de sa femme, ce dernier reprocherait à James d'avoir gâché la soirée.

Aussi James s'excusa-t-il discrètement et il quitta la pièce.

Deux minutes plus tard, il revint en se tenant la main.

— Cedric, je regrette, nous allons devoir partir. Une guêpe vient de me piquer dans la salle de bains.

Annie reposa ses couverts.

— Une guêpe ? s'exclama Cedric.

— Tout va bien. Je l'ai tuée. Mais je suis allergique aux piqûres de guêpe.

Tout en respirant avec effort, il souleva sa main pour montrer l'endroit de la piqûre, entouré d'une zone rouge et légèrement enflée.

— Si je ne prends pas de médicament à temps, je pourrais avoir des problèmes. Annie, vous allez devoir me reconduire chez moi. Cedric, je regrette vraiment...

Il tituba légèrement.

— Je commence à avoir des vertiges. Il faut vraiment que nous y allions...

Annie trouvait particulièrement impressionnant d'être au volant d'une voiture qu'elle n'avait jamais conduite – surtout celle-ci, qui devait avoir coûté plus cher que sa maison. Dès qu'ils eurent tourné au coin de la rue et furent hors de vue de la monstrueuse demeure style faux Tudor de Cedric et Mary-Jane, elle stoppa la Jaguar.

— Bien joué, Batman.

— Désolé, je n'aurais pas dû laisser Ray s'en sortir aussi facilement. Ce type est incroyable. J'aurais voulu lui casser les dents.

— Tout va bien. Je suis heureuse que vous n'ayez pas provoqué une scène. Et votre patron a été très gentil.

— Il vous aime bien. C'est pour cela que Mary-Jane était vexée. Avez-vous encore faim ?

Ils échangèrent leurs places.

— Quant à Ray, il en pince pour Mary-Jane, dit Annie en rattachant sa ceinture. Intéressant. Si j'ai faim ? Je tuerais père et mère pour un curry de crevettes.

Au bureau, les ragots concernant Ray et Mary-Jane allaient bon train. James n'en revenait pas qu'Annie eût flairé la chose aussi rapidement.

— Je suis vraiment content que nous soyons partis.

— Moi aussi ! Mais je n'ai toujours pas compris comment vous avez fait.

Intriguée, Annie lui prit la main, qu'elle examina à la faible lueur de l'éclairage intérieur.

— Étonnant. On dirait réellement une piqûre de guêpe. Vous êtes-vous enfoncé une aiguille pour que ça enfle ?

Lorsqu'elle leva les yeux vers James, celui-ci réprimait à peine son sourire.

— C'est une authentique piqûre de guêpe, dit-il.

— Mais comment... ? Je n'y comprends plus rien.

Elle secoua la tête, tout en effleurant à nouveau la zone enflée.

— Ô mon Dieu ! Vous avez été piqué par la guêpe qui s'était prise dans mes cheveux ! Et vous ne m'en avez rien dit...

Touchée, elle songea que c'était un geste incroyablement chevaleresque.

— Cela n'a pas d'importance puisque je ne suis pas allergique aux piqûres de guêpe. En outre, celle-là nous a bien rendu service.

— À quelque chose malheur est bon.

— En effet. Et maintenant, à nous le curry de crevettes ! Je connais un excellent restaurant indien dans le quartier de Redland.

— Ne vont-ils pas s'offusquer de savoir que je vends des journaux et porte un collier de fausses perles ?

James démarra.

— Du moment que vous n'arrivez pas ivre morte, ils vous accueilleront à bras ouverts.

20

La deuxième lettre était arrivée ce matin. Le plus grave, c'était qu'il ne s'était pas laissé persuader de s'être trompé d'adresse, la première fois.

À la fois agacée et troublée, Miriam attendit que tout le monde fût couché pour s'installer à la table de la cuisine afin de rédiger sa réponse, d'une écriture penchée qui ne ressemblait en rien à la sienne.

Cher monsieur,

Je crains que vous ne fassiez erreur sur la personne. Il semble en effet que vous me preniez pour une autre. De santé fragile et délicate, je vous serais infiniment reconnaissante de bien vouloir mettre un terme à cette correspondance. Je connais votre identité et suis en mesure d'affirmer catégoriquement que je ne vous connais pas.

Sincères salutations,

M. Kinsella

Puis, sur une enveloppe, elle rédigea l'adresse de la même écriture penchée, y glissa la lettre ainsi que celle qu'elle venait de recevoir. Elle refermait son sac à main quand des pneus crissèrent devant la maison.

James passa la tête par la porte de la cuisine.

— Tu as vu l'heure ? gronda-t-elle, ravie qu'il ait – c'était évident – passé une bonne soirée.

Non qu'il manquât d'admiratrices, mais il n'avait jamais donné suite à aucune avance. C'était comme si son mariage avec Leonie l'avait tellement échaudé qu'il ne voulait même plus prendre le risque de fréquenter une autre femme.

Cela dit, comment lui en vouloir, après une telle expérience ?

Miriam avait puisé le courage d'écrire sa lettre dans un scotch bien tassé.

— Une tisane ? proposa-t-elle en brandissant la bouteille de scotch. Alors, tu as passé une bonne soirée à ce dîner, finalement ?

— J'ai passé une bonne soirée, mais pas pendant le dîner.

— Tu n'y es pas allé ?

— Oh, nous y sommes allés. Mais nous ne sommes pas restés. Nous avons atterri dans un restaurant indien et avons passé un excellent moment.

— Avec cette femme que Tilly t'a trouvée ? Celle qui travaille chez le marchand de journaux ?

— Elle s'appelle Annie.

Contrairement à Mary-Jane Elson, Miriam ne raillait pas. James se sentait heureux comme il ne l'avait pas été depuis longtemps. Le seul fait de prononcer ce nom lui donnait un peu chaud. Il avait l'impression de sortir d'une hibernation prolongée.

— Ah oui… Annie.

Miriam regarda son fils. Elle avait éprouvé les mêmes sentiments, autrefois, à l'égard de l'auteur de cette lettre à laquelle elle avait eu tant de mal à répondre.

Dans un recoin de son cœur, elle l'aimait encore.

Mais le reste d'elle-même aurait voulu qu'il fût mort. Pas d'une mort horrible, cela allait de soi.

Rien de violent ni de désagréable : juste d'une mort paisible, de celles qui viennent vous prendre dans votre sommeil.

Un peu honteuse d'avoir de telles pensées – mais pas assez pour se les interdire –, elle poursuivit :

— Parle-moi d'Annie.

— Elle est gentille. D'agréable compagnie. Et honnête. Exactement comme toi.

Honnête ! Gentille !

— C'est tout à fait moi, en effet. Je suis une vraie petite sainte.

Elle lui sourit. Si James savait la vérité !

— Je ne suis pas idiote, tu sais : je sais exactement ce que tu mijotes, déclara Tilly.

Perplexe, Nadia la regarda jeter son sac dans la voiture et s'installer sur la banquette arrière.

— Comment cela ? J'ai simplement proposé de venir te prendre à la sortie du collège pendant l'absence de papa. C'est pratiquement sur mon chemin et je finissais plus tôt aujourd'hui. (Gros mensonge.) Je ne vois pas où est le problème.

— Au fait, peux-tu me rappeler laquelle de nous deux a treize ans ?

La chère enfant était précoce, avec ça !

— Je pensais que cela te plairait de rentrer en voiture.

— Un conseil : n'essaie jamais de passer de la drogue à la frontière. Ton air de sainte-nitouche ne tromperait personne.

— Bien. Je te raccompagne, oui ou non ?

— Oui, s'il te plaît.

— Et si on allait s'acheter une glace ?

— Pour quoi faire ?

Elles avançaient vers l'endroit où James travaillait.

— J'ai chaud, dit Nadia en tirant sur le col de son tee-shirt. J'ai travaillé comme une forcenée et mangerais volontiers un Magnum. Quel mal y a-t-il à cela ?

— Il y a des Magnum à la maison. Cachés derrière les haricots congelés, pour que Clare ne les trouve pas.

— J'en veux un maintenant. Je voudrais aussi acheter le journal. Où se trouve le marchand de journaux où tu vas d'habitude ?

Tout aussi négligemment, Tilly répliqua :

— Tu savais qu'il y avait un garagiste juste à gauche ?

— Allons, ne soit pas mesquine. J'ai juste envie de la voir. C'est là ? dit Nadia en désignant une boutique devant laquelle s'agglutinaient des écoliers munis de skateboards.

— Non. Est-ce que tu m'achèteras un Magnum ?

— Si tu veux.

— À vrai dire, je préférerais que tu me donnes l'argent.

Tilly économisait pour s'acheter le dernier CD d'Eminem.

— Dis-moi seulement où elle travaille.

— Juste après le feu, à droite.

Au fil des ans, James s'était rendu à bien des rendez-vous et, comme de bien entendu, il n'en était rien sorti.

Cette fois-ci, c'était différent. Après la soirée de samedi, Annie Healey et lui s'étaient revus dimanche après-midi, puis dimanche soir, et même lundi matin ! Aujourd'hui, mardi, James avait dû se rendre à Liverpool pour un congrès de deux jours, non sans avoir d'ores et déjà prévu de retrouver Annie lorsqu'il reviendrait, jeudi soir.

Bouillant de curiosité et trop impatiente pour attendre, Nadia avait échafaudé un plan et quitté le travail plus tôt que d'habitude. Elle brûlait de voir de ses propres yeux la nouvelle amie de son père.

Vu la solennité de l'occasion, elle essuya même ses bottes boueuses avant d'entrer.

La femme qui se tenait derrière le comptoir avait des cheveux blonds ondulés attachés en une queue-de-cheval un peu lâche, des yeux bleus chaleureux avec un reste d'ombre à paupières bleue agglutiné dans les plis, et des mains potelées dépourvues de bagues.

— Nadia, je te présente Annie Healey. Annie, je vous présente Nadia, ma sœur.

Songeant qu'une rencontre impromptue serait sans doute moins stressante pour Annie qu'une rencontre arrangée, Nadia afficha un air surpris mais néanmoins ravi.

— Vraiment ? Bonjour. Ravie de vous rencontrer.

— Moi de même, fit Annie en rougissant légèrement, mais sans se départir de son sourire.

— Nous sommes venues parce que Nadia avait absolument besoin d'acheter le journal et un Magnum au chocolat blanc. Ah, et aussi de vous voir, précisa Tilly en comptant les raisons sur ses doigts.

Génial.

— Elle n'était pas censée vous le dire, s'excusa Nadia. Elle aura droit à une bonne correction en arrivant à la maison.

— Je vous en prie. Ce n'est pas grave. C'est votre père, après tout.

Immensément soulagée de constater qu'Annie Healey lui était sympathique, Nadia poursuivit :

— La situation est assez bizarre, vous savez. Notre mère a eu tellement d'amis que je n'ai même plus envie de les connaître. Mais avec mon père, c'est différent. Il... euh...

— Je sais. Il me l'a dit. Voilà, c'est moi.

Annie fit la grimace et désigna sa blouse en nylon vert d'un geste dégoûté.

— J'espère que vous ne vous attendiez pas à trouver Nicole Kidman.

— Tiens, dit Tilly en mettant dans la main de Nadia le Magnum qu'elle était allée chercher dans le freezer. N'oublie pas ton journal.

Nadia acheta un journal dont elle n'avait absolument pas besoin.

— Tu me donneras l'argent de ma glace quand nous serons rentrées à la maison, ajouta Tilly.

— Lorsque p'pa sera revenu de son congrès, venez donc dîner un soir. Vous aurez tout loisir de faire la connaissance de tout le monde.

Comme la pauvre Annie semblait très tendue, telle une personnalité avant une interview avec un journaliste redouté, elle conclut :

— Maintenant, il faut vraiment que j'y aille : je suis en double file...

— Je ne comprends pas, se plaignit Tilly en regagnant la voiture. Tu me dis que c'est mal de mentir et pourtant tu mens : tu n'es pas garée en double file.

— C'était un pieux mensonge pour partir. Parfois, il vaut mieux inventer. Par exemple, faire semblant de ne pas savoir qui était Annie, jusqu'à ce que tu ouvres ta grande bouche. Eh, qu'est-ce que c'est que ce bruit ?

— Des gars de mon collège qui traînent, répliqua Tilly après avoir regardé par-dessus son épaule.

Comme les cris redoublaient, Nadia reconnut le groupe aux skateboards qu'elle avait vu tout à l'heure.

— Il y a quelqu'un à terre. Ils jouent ou ils se bagarrent ?

— Sais pas.

Tilly s'en moquait. C'étaient des élèves de troisième, et tout le monde savait que les troisièmes avaient des lois bien à eux.

Sauf Nadia.

— Ils sont en train de le frapper ! fit Nadia, outrée, en prenant Tilly par la manche.

— Et alors ? Ils n'arrêtent pas de frapper des gens. Viens, la voiture est par là.

— Voilà qu'ils lui donnent des coups de pied !

— Laisse-les. Ne t'en mêle pas. Ça pourrait être gênant.

— Ce sera encore plus gênant quand tu entendras aux informations qu'un collégien a été battu à mort dans la rue sans que personne ait levé le petit doigt. Hé ! Vous, là-bas ! Qu'est-ce qui vous prend ? Laissez-le tranquille !

— Maman, j'ai peur ! railla l'un des adolescents. Regardez, les gars : voilà Batman et Robin des Bois.

Tilly ne savait plus où se mettre. Si la demi-douzaine de garçons ne connaissaient pas son nom, ils la connaissaient au moins de vue. C'était facile pour Nadia de fourrer son nez dans leurs affaires : ce n'était pas elle qui aurait à les affronter le lendemain dans la cour de récréation.

— C'est pas Batman et Robin des Bois : c'est Clint Eastwood ! Regardez, il a dégainé son Magnum.

Ils éclatèrent tous de rire et se mirent à brailler tout en léchant des glaces imaginaires :

— Eh, mec ! Tu crois que c'est ton jour de chance ? Allez, fais-moi plaisir...

Nadia passa le Magnum toujours intact à Tilly et foudroya du regard le leader de la bande.

— Vous devriez avoir honte.

— Visez un peu qui nous parle, fit l'intéressé en désignant ses bottes boueuses. J'aurais trop la honte d'avoir les mêmes. C'est quoi, ce plan ? Les agriculteurs en colère ?

Rouge de honte, Tilly sentait la glace lui couler le long du bras.

— Je reconnais l'autre, déclara le bras droit du premier. Elle est dans la classe de mon frère.

Elle aurait voulu mourir.

— Et vous, vous êtes qui ? reprit le chef de la bande. Sa mère ?

— Je suis sa sœur et je crois qu'une bonne gifle ne vous ferait pas de mal.

Le garçon se planta devant elle, les poings sur les hanches, tout en mastiquant crânement son chewing-gum.

— Mon Dieu ! La violence ? Est-ce bien la solution ? Vous ne préférez pas me régler mon compte avec votre gros méchant Magnum avant qu'il soit fondu ?

— Fichez tous le camp ou j'appelle la police ! rugit Nadia.

Ils montèrent sur leurs skateboards et partirent en riant.

— Il a vraiment cru que j'étais ta mère ? s'inquiéta Nadia. Il est peut-être temps que j'achète une bonne crème hydratante.

Puis, s'adressant au pauvre garçon recroquevillé par terre :

— C'est bon, ils sont partis.

Comme elle posait une main sur son épaule, il sursauta.

— Allons, tout va bien, personne ne te fera de mal.

— Allez-vous-en. Laissez-moi tranquille, fit une voix étouffée.

— Sûrement pas. Voyons un peu dans quel état tu es. Allons, debout.

Nadia souleva l'adolescent et le fit s'asseoir.

Il était plutôt petit, avec des cheveux bruns ébouriffés, un visage fin. Son pantalon était déchiré au genou ; à son bras, quelques égratignures commençaient à saigner et sa lèvre, fendue, enflait déjà.

— Tiens, voilà un mouchoir propre.

Nadia sortit de la poche de sa chemise un mouchoir en papier et voulut tamponner la blessure. Mais le jeune garçon l'esquiva.

— Je me demande vraiment comment ces voyous ont pu te faire ça.

— Et vous, comment avez-vous pu me faire *ça* !

Tilly reconnut enfin le garçon. C'était un nouveau. Elle l'avait remarqué, à l'heure de la récré, assis seul dans son coin. Il repoussa Nadia et, se relevant avec difficulté, essuya le sang de sa bouche à l'aide de sa manche.

— Je sais que vous avez cherché à m'aider, mais il ne fallait pas. Comment voulez-vous que je vive après avoir été secouru par des *filles* ? Vous vous rendez compte de l'humiliation ?

Nadia le contemplait, bouche bée.

— Mais... ils étaient...

— En train de me frapper, je sais. Ça n'aurait duré que quelques minutes. Mais maintenant... ils ne vont pas oublier ça de sitôt. Grâce à vous, ils se moqueront encore de moi quand j'aurai quarante ans.

Nadia faisait la même tête que si elle avait reçu une gifle. Comme c'eût été dommage de le laisser perdre, Tilly mordit dans le Magnum presque fondu. Au bord des larmes, le garçon s'essuya le visage en marmonnant :

— La prochaine fois, laissez les autres tranquilles. Mêlez-vous de vos affaires.

Puis il partit en boitillant.

— Très bien. Pas de problème. Avec plaisir, grommela Nadia.

Tilly haussa les épaules. Elle le lui avait bien dit.

21

Clare était en train de devenir folle. Tantôt Piers était adorable, tantôt il lui jouait des tours infects. Pourquoi fallait-il qu'il se conduise ainsi alors que, de toute évidence, ils allaient si bien ensemble ? Pourquoi n'admettait-il pas tout bonnement que c'était enfin arrivé, qu'il avait trouvé la femme de sa vie et que, par conséquent, il n'avait plus besoin de se livrer à ces jeux ridicules ?

Sans doute parce que c'était un homme. Il avait peur que ses copains – d'ailleurs jaloux de ne pas avoir eux aussi une superbe petite amie – ne se moquent de lui.

Il était une heure du matin et Clare, trop énervée pour trouver le sommeil, peignait. Comme elle était malheureusement trop énervée pour peindre, il n'en sortait rien de bon, mais le fait d'écraser ses pinceaux sur la toile, un peu comme si elle plantait des épingles dans une poupée de cire, la soulageait.

Pourtant, à l'issue de ce merveilleux dimanche, elle avait cru Piers enfin rendu à la raison. Ils avaient passé la journée chez de vieux amis à lui, un couple formidable qui vivait dans une magnifique ferme pleine de recoins. Après un copieux déjeuner, ils avaient fait une longue balade dans la campagne environnante. De charmante humeur, détendu, tendre sans se forcer, Piers, un bras autour de ses épaules, n'avait cessé de planter des baisers pour rire sur son visage – chose qu'il ne faisait jamais lorsque ses amis de Bristol étaient là. Elle s'était sentie aimée, protégée, et ridiculement heureuse. Le soir, sur le chemin du retour, elle s'était prise à rêver d'une vie à la campagne, dans une fermette pareille à celle-ci.

En la déposant chez elle, Piers l'avait longuement embrassée avant de murmurer :

— Je t'appelle mardi.

Le pire, c'est qu'elle avait été assez bête pour le croire.

Elle se mit à agresser la toile de plus belle. Tiens, prends ça et encore ça ! Toute la soirée, elle avait attendu son appel. En vain.

Elle avait appelé chez lui : pas de réponse. Son portable était sur messagerie. Sa fierté lui avait seulement permis de laisser un message, auquel Piers n'avait pas répondu.

Pourquoi, mais pourquoi se conduisait-il ainsi ?

Quant à cette toile, elle menaçait d'être complètement massacrée. Si elle ne la vendait pas, ce serait sa faute à lui.

Telle une droguée cherchant sa dose, elle décrocha le téléphone et composa le même numéro.

Elle atterrit sur sa messagerie.

Les yeux fermés, elle s'imagina Piers mort, étendu quelque part dans un service d'urgences, des rideaux tendus autour de son lit, les infirmières en larmes devant une telle tragédie. Dans la poche de sa veste posée sur une chaise, son téléphone portable sonnait pour la énième fois. Les infirmières se regardaient, conscientes que l'une d'elles devrait répondre, annoncer la terrible nouvelle à la personne qui était à l'autre bout du fil. Si jeune, si beau. Quel gâchis !

Clare raccrocha. Elle préférait garder un espoir.

C'était la plus chaude journée depuis le début de l'année et Nadia, les cheveux relevés en un chignon approximatif, travaillait le dos nu et en short. Son bronzage prenait tournure sous ce soleil de plomb. Mais ce ne serait jamais un bronzage de rêve. Un jardinier professionnel ne pouvant se permettre de travailler nu-pieds et en bikini, le milieu de ses jambes serait toujours plus hâlé que ses pieds et le haut de ses cuisses. En conclusion, elle aurait une certaine allure en short et baskets, mais l'air d'une cloche dès qu'elle les ôterait.

Elle avait les reins brisés à force de niveler le sol pour pouvoir installer les dalles du patio. Soif aussi. Elle s'interrompit un instant pour boire à la bouteille quelques gorgées d'eau tiède. Beurk ! Heureusement, il y avait d'autres bouteilles à l'intérieur, dans le mini-réfrigérateur que Jay avait installé.

Elle était devant la fenêtre, en train de boire de l'eau bien glacée, quand elle vit le taxi s'arrêter devant la maison.

Lorsque le passager en descendit, Nadia s'arrêta de boire. C'était la femme enceinte qu'elle avait vue entrer chez Jay l'autre jour.

Cette fois, elle portait un ample pantalon de grossesse et une chemise d'homme bleu foncé. Était-ce une chemise de Jay ?

Le moins qu'on puisse dire, c'est que cette femme n'avait pas l'air de nager dans le bonheur. Elle avait apparemment demandé au taxi de l'attendre.

Bart et les garçons travaillaient à l'étage, dans les chambres. Nadia ouvrit la porte et se retrouva nez à nez avec… enfin, avec cette femme. Fichtre ! De près, elle semblait encore plus triste, plus pâle, plus épuisée.

Jay l'aurait-il plaquée, par hasard ? Lui avait-il annoncé qu'il était prêt à assumer le bébé financièrement, mais que tout était terminé entre eux ?

Franchement, elle le comprenait. Bien sûr, elle avait de la peine pour cette femme, mais on ne pouvait pas dire que cette dernière fasse beaucoup d'efforts. Avec un visage plus avenant, un soupçon de maquillage, elle aurait valu deux sous de mieux. D'accord, se faire plaquer par un homme alors qu'on est enceinte n'était pas à proprement parler rigolo, mais comment croyait-elle que Jay allait lui revenir ? Il fallait cacher ces cernes noirs qu'elle avait sous les yeux, s'habiller un peu mieux, sourire, lui montrer qu'il lui manquait.

Mince, je suis vraiment bonne pour ces trucs-là, songea Nadia. Je devrais m'occuper du courrier du cœur.

— Je cherche Jay. Il est là ?

Nadia se rendit compte qu'elle fixait avec insistance la visiteuse – qui soit dit en passant aurait eu meilleure mine si elle avait lavé ses cheveux ternes.

— Non, désolée.

— Vous avez une idée de l'endroit où on peut le trouver ?

— Il ne nous le dit pas toujours. Je crois qu'il y a une vente aux enchères à Bishopston, mais, franchement, il pourrait être n'importe où. Vous avez essayé de l'appeler ?

— Son portable est éteint.

Nadia ne put s'empêcher de ressentir une certaine compassion devant son air sinistre.

— Ne m'en parlez pas ! Il est toujours éteint. Voulez-vous que je prenne un message ?

Curieuse ? *Moi ?*

La jeune femme consulta sa montre. Elle avait vraiment l'air au bout du rouleau.

— Non, je vais réessayer sur son téléphone. Mais si vous le voyez, dites-lui que c'est urgent. Je vais à l'hôpital. Qu'il m'y rejoigne dès que possible.

En parlant, elle avait posé sur son ventre sa main gauche sans alliance.

Mon Dieu ! Elle n'était tout de même pas en train d'accoucher !

— Je n'y manquerai pas. Vous êtes… ?

— Belinda.

— Belinda. Pas de problème, je penserai à le lui dire. Partez pour l'hôpital et ne vous en faites pas. Jay ne devrait pas tarder.

— Merci, conclut la visiteuse sans sourire.

Elle se retourna et regagna le taxi.

Pouah ! Dire qu'elle allait peut-être perdre les eaux et accoucher sur la banquette arrière !

Jay apparut une heure plus tard. Quand Nadia le rejoignit précipitamment, il était en pleine conversation avec Bart et les garçons, pour mettre au point le planning de la semaine.

— Jay, j'aimerais…

— Une seconde. Laissez-moi terminer avec ça.

— Mais…

— S'il vous plaît. J'ai besoin de m'entretenir avec Bart.

— Il faut que vous alliez à l'hôpital. Belinda est venue. C'est très urgent, il faut y aller tout de suite.

Cette fois, il l'avait écoutée. Elle le vit pâlir.

— Belinda est venue ?

— Elle vous cherchait. Votre téléphone était éteint. Elle cherchait désespérément à vous joindre.

— J'étais à une vente aux enchères. On est obligé d'y éteindre son téléphone, expliqua-t-il en se passant une main dans les cheveux.

Était-ce de la culpabilité qu'elle lisait dans son regard ?

— Elle est repartie tout de suite en taxi. Vous feriez mieux de vous dépêcher, si vous ne voulez pas arriver trop tard.

Lorsque Jay fut parti, Bart émit un long sifflement.

— Qu'est-ce que c'est que cette histoire ? Qui est Belinda ?

— Elle est enceinte de neuf mois. Et ce n'est pas le grand amour avec le patron.

— La vache ! siffla Bart.

— Il vaut peut-être mieux s'abstenir de lui présenter nos félicitations pour la naissance.

— Vous avez vu ? Que ça vous serve de leçon, fit Bart en menaçant Kevin et Robbie du doigt. À force de fricoter avec les filles sans prendre ses précautions, voilà le genre d'ennui qui vous tombe dessus. Suivez mes conseils et sortez couverts.

Kevin, qui n'avait pas inventé le fil à couper le beurre, hocha la tête en fils obéissant. Puis, l'air perplexe :

— Mais pourquoi il faut se couvrir ?

22

Tilly l'aperçut un après-midi, comme ils se croisaient dans le couloir qui menait à leurs classes respectives. En levant les yeux, il croisa accidentellement son regard et regarda aussitôt ailleurs. L'un des garçons qui l'accompagnaient, reconnaissant également Tilly, lui frappa sur l'épaule en glapissant.

— Hé, Davis, tu ne dis pas bonjour à ta chérie ?

Affolée de se sentir rougir, Tilly lança à ce dernier un regard noir qui ne l'amusa que davantage.

— Dis donc, Robin des Bois, où est passé Batman ?

Il traversa le couloir pour venir frapper du pied, dans le style kung-fu, le bas de sa jupe.

— J'espère que t'as mis ta culotte par-dessus tes collants. Waouh ! Supersexy !

La jupe plissée de Tilly venait de se soulever sur une culotte bleu marine bien couvrante.

Toute tentative de représailles était vaine : c'était un élève de troisième, et les élèves de troisième n'aimaient rien tant que tabasser les élèves de quatrième. Après s'être assurée que sa jupe était retombée sur ses genoux, Tilly gratifia l'agresseur d'un second regard noir, qu'elle étendit à Davis, histoire de lui faire comprendre qu'il n'était pas le seul à souffrir. Davis lui retourna son regard, histoire de lui faire savoir qu'il lui en voulait toujours, ainsi qu'à sa sœur.

Tilly s'éloigna, écœurée. Des jours comme ça, on préférait encore faire deux heures de physique !

Quand les cours se terminèrent, vers quinze heures trente, il était là, à traîner, mine de rien. Tilly le comprit à la façon dont il l'ignora totalement lorsqu'elle passa près de lui, à la grille du collège.

Comme elle se dirigeait vers l'arrêt de bus, elle sentit qu'il la suivait. Quand plus aucun autre élève du collège ne fut dans les parages, il vint à sa hauteur.

— Écoute, je suis désolé.

— Pardon ?

— Tu as très bien entendu.

Il lui emboîta le pas, les mains dans les poches, le dos voûté.

— C'était pas ta faute, je le sais. Et je regrette que Moxham s'en soit pris à toi.

— Il s'en lassera et trouvera une autre victime, répliqua Tilly avec un haussement d'épaules. Comment va ton visage ?

— Pas mal.

Il palpa le bleu verdâtre de sa joue, puis la coupure en dessous.

— Et personne ne m'a tabassé aujourd'hui : c'est plutôt encourageant.

Il était arrivé au collège la semaine précédente et ne connaissait pratiquement personne. Ça ne devait pas être drôle d'être nouveau.

— Comment tu t'appelles ? dit Tilly en changeant son sac d'épaule.

— Moi ? Davis.

— Je voulais parler de ton prénom.

— Oh. Calvin.

— *Calvin ?*

Tu parles d'un prénom ! Dire qu'elle croyait le sien ridicule.

— Mes amis m'appellent Cal. Enfin, les amis que j'avais avant. Depuis que je suis ici, tout le monde m'appelle Davis. J'ai demandé à ma mère de faire en sorte que ça cesse, mais elle ne veut rien entendre.

Il plaisantait de sa propre infortune. Lorsque ses yeux se mettaient à pétiller comme en ce moment, il était beaucoup mieux. Toujours un peu maigre et plutôt débraillé, mais moins craignos. Ça devait être difficile de recommencer de zéro dans une nouvelle école, où les autres vous observent en oubliant que vous avez une personnalité et que, dans un précédent établissement, vous étiez peut-être une vedette.

— Tu peux m'appeler Cal, si tu veux. Ou Calvin. Ou Davis. Comme tu veux. Au choix.

Un moment, elle crut presque qu'il allait sourire.

— OK.

Il n'était pas supermignon, mais pas vilain non plus. Disons… moyen, mention pas mal, songea Tilly. Sans compter qu'il serait encore mieux, une fois ses bleus et ses cicatrices disparus.

Je m'appelle Tilly.

Comme un grondement familier lui parvenait, elle ajouta en regardant par-dessus son épaule :

— Et voilà mon bus.

— D'accord. À plus.

Des petits plis se formèrent au coin de ses yeux gris, tandis qu'il la regardait grimper dans le bus.

Le lendemain matin, Nadia arriva au travail assez contente d'elle-même. Une nouvelle journée superbe s'annonçait, et, pour fêter ça, elle s'était arrêtée au supermarché en passant. Près d'elle, sur le fauteuil du passager, elle avait déposé un sac contenant quatre glaces à la ganache. Grâce au réfrigérateur acheté par Jay, qui était muni d'un petit compartiment freezer, elle allait régaler les ouvriers. Sans aucun doute, elle remporterait un petit succès. Une glace chacun, et rien pour Jay parce que… Pour être honnête, elle estimait qu'il ne la méritait pas. D'ailleurs, les chances étaient minces qu'il se montre aujourd'hui. Les bébés ne sortent pas du ventre de leur mère comme les barres chocolatées d'un distributeur automatique. En ce moment même, Belinda devait être en train de haleter, de hurler et d'enfoncer ses ongles dans la main de Jay. On disait même que certaines femmes avaient des contractions pendant plusieurs *jours* !

Vous imaginez ?

Or, comme elle descendait de sa voiture munie du fameux sac, la camionnette de la poste, en démarrant, révéla la voiture de Jay, garée juste derrière.

Il était venu malgré tout. Donc, soit Belinda avait déjà accouché, soit cela n'avait été qu'une fausse alerte.

De toute façon, il ne méritait toujours pas une glace.

Elle ouvrit la porte sans faire de bruit et se glissa le long du couloir jusqu'à la cuisine. Jay n'étant pas dans le jardin, il devait être quelque part à l'intérieur de la maison. Retenant son souffle, elle entrouvrit le réfrigérateur, s'apprêtant à y glisser le sac du supermarché et…

— Que faites-vous ?

— Aïe !

La porte du freezer venait de se refermer sur ses doigts. Les glaces à la ganache tombèrent par terre. Elle se retourna vers Jay d'un air coupable.

— Vous voulez me faire mourir d'un infarctus ?

— Je demandais seulement ce que vous faisiez.

— Je rangeais des trucs dans le frigo, c'est tout. Ce n'est pas interdit, que je sache ?

Elle s'agenouilla et se mit à ramasser les glaces.

— Elles sont toutes pour vous ?

— Non. Il y en a une pour chacun de nous. Je ne m'attendais pas à vous voir aujourd'hui.

Nadia hésita. C'était bien joli de lancer des piques, mais Jay avait un visage à faire peur, ce matin. Il avait l'air vidé, arborait d'immenses cernes sous les yeux, une barbe naissante, et la figure de quelqu'un qui n'a pas dormi de la nuit. En outre, il portait les mêmes vêtements que la veille.

— Euh... tout va bien ?

— Si tout va bien ? À vrai dire, non.

Depuis qu'elle le connaissait, elle l'avait toujours vu maître de lui-même, capable d'assumer n'importe quoi. À présent et pour la première fois, il semblait vaincu. Cela faisait froid dans le dos.

— Le bébé est né ? s'enquit Nadia, nerveuse.

— Comment ? Oh... non. C'est pour dans un mois seulement.

Bien.

Comme Jay ne donnait pas davantage de détails, elle hasarda prudemment :

— Écoutez, je sais que cela ne me regarde pas, mais si vous avez envie de parler...

— Oui. Oui, je crois que j'en ai besoin.

— Vous a-t-elle demandé de l'épouser ?

Tout en parlant, elle fourra les glaces dans le freezer, referma la porte et se releva.

Jay sourit un instant.

— Belinda est ma belle-sœur.

Fichtre, il était encore plus dans le pétrin qu'elle ne l'avait cru !

— L'enfant n'est pas de moi. Belinda est la femme de mon frère, Anthony.

Il se tut et regarda au loin par la fenêtre, comme pour rassembler son courage avant de poursuivre.

— Elle *était* la femme de mon frère Anthony. Il est mort cette nuit.

Ils s'installèrent dehors, sur les marches qui menaient au jardin. Assis à côté d'elle, Jay lui expliqua le premier combat d'Anthony contre le cancer, les rayons, la chimio à doses punitives.

— C'était dur, mais il s'en est sorti. Les médecins lui avaient conseillé de ne pas crier victoire trop tôt, mais Anthony était sûr d'avoir triomphé du cancer. Six mois plus tard, deuxième miracle : Belinda découvrait qu'elle était enceinte. Jamais couple n'avait été plus heureux.

Jay ramassa un petit caillou, qu'il retourna entre ses doigts avant de le lancer sur la terre nivelée pour la future terrasse.

— Puis, il y a quelques semaines, le cancer est revenu se venger. Cette fois, il s'était mis partout : dans ses os, dans son foie, dans ses poumons. Anthony n'avait aucune chance de s'en sortir. Il savait qu'il allait mourir, mais espérait voir le bébé. Les médecins avaient prévu d'hospitaliser Belinda la semaine prochaine pour pratiquer une césarienne, mais hier, Anthony est tombé dans le coma. C'est pour cela que Belinda est venue me chercher ici. Anthony est mort hier soir à onze heures. Il avait trente-deux ans. Et maintenant, il n'est plus là.

Silence.

Nadia se sentait comme si elle avait refusé l'aumône à un mendiant en fauteuil roulant, sous prétexte que non seulement ce ne devait pas être un vrai mendiant, mais qu'en plus il devait feindre d'être infirme.

— Je suis sincèrement désolée.

Elle ne voulait pas seulement lui exprimer les condoléances d'usage, mais regrettait aussi d'avoir pensé du mal de lui pendant tout ce temps. Chaque instant de liberté, il l'avait consacré à son frère ces dernières semaines. Pas étonnant que son téléphone soit constamment éteint s'il était à l'hôpital. Immensément honteuse, Nadia reprit :

— Nous ne nous doutions de rien. Vous auriez dû nous en parler…

Un dirigeable jaune apparut dans le ciel au-dessus des arbres. Jay mit ses mains en visière et le regarda flotter dans l'azur sans nuages.

— J'aurais peut-être dû. Mais je ne voulais pas. Il y a quelque temps, j'ai commis l'erreur d'en parler à ma voisine. Depuis, chaque fois que je sors de chez moi, elle vient me voir avec un visage compatissant, pour me demander des nouvelles d'Anthony, savoir comment la pauvre Belinda tient le coup. J'en suis venu à la fuir. En fait, c'est pour ça que je ne suis pas repassé chez moi. Quand nous avons quitté l'hôpital à cinq heures du matin, je suis venu ici. Je préférais être traité comme un être normal, par des gens qui ignoraient tout de cette histoire.

— Il m'est arrivé de vous traiter comme un salaud. Surtout hier.

Rien que d'y repenser, elle en avait des sueurs froides.

— Je préfère ça à une gentillesse exagérée, due au fait que mon frère est en train de mourir du cancer.

Nadia se mit à tirer sur les franges de son short en jean. C'était bon d'apprendre qu'il ne lui en voulait pas, mais sa mauvaise conscience l'interpellait. Le cœur serré, elle se rappela avoir pensé, la veille, que Belinda ferait bien de se laver les cheveux.

La pauvre.

— Où est Belinda ?

— Ses parents sont venus la rejoindre cette nuit. Ils l'ont emmenée chez eux dans le Dorset en attendant l'enterrement. C'est moi qui me charge de tout. Donc, si vous ne parvenez pas à me joindre, vous saurez pourquoi.

— Dire que j'ai piqué une crise contre vous parce que nous n'arrivions pas à vous joindre. Comment avez-vous pu me laisser vous parler ainsi ?

— Dorénavant, je serai plus facilement joignable. Je n'aurai plus à éteindre mon portable aussi souvent. Sauf à l'église, naturellement.

Il essayait de lui remonter le moral, ce qui ne la faisait que culpabiliser davantage.

— Euh... vous voulez une glace ?

Le dirigeable s'éloignait. Jay leva la tête pour le regarder.

— Non, je dois aller à l'état civil.

Évidemment, l'état civil n'était pas seulement l'endroit où l'on se mariait. C'était aussi là qu'on allait déclarer le décès de son frère.

— Mettez quelque chose là-dessus, reprit Jay en lui tapotant les épaules.

Il n'était peut-être que huit heures et demie, mais le soleil, déjà, brûlait sa peau nue.

— J'ai de l'écran solaire, dit-elle en tirant un tube de crème de la poche de son short, qui surmontait d'ailleurs des jambes assez poilues.

— Un coup de main ? fit-il en montrant son dos nu.

Elle hésita, puis secoua la tête.

— Ça va aller. Je suis très souple.

— Sûre ?

— Sûre.

Il se leva, chassa la poussière de son pantalon, prêt à partir. Dût-elle se contorsionner, elle préférait se débrouiller sans lui. Se laisser oindre de crème solaire par Jay aurait été un acte trop intime, étant donné les circonstances. Elle comprenait enfin pourquoi il s'était montré si distant depuis qu'elle travaillait pour lui, si différent du Jay Tiernan dont elle avait fait la connaissance au fin fond du Gloucestershire, dans un pub miteux coincé par la neige.

Soudain, tout devenait clair.

Comme s'il lisait dans ses pensées, Jay déclara d'un ton sec :

— Qui sait ? Quand tout sera rentré dans l'ordre, peut-être allez-vous vous apercevoir que je ne suis pas un si mauvais patron.

— Je ne voudrais pas vendre la peau de l'ours avant de l'avoir tué.

Elle n'avait dit cela que pour le faire sourire. Car les choses ne semblaient pas près de rentrer dans l'ordre. Du moins, dans l'immédiat.

Belinda n'avait pas encore accouché.

23

James avait eu l'idée d'organiser un barbecue dans le jardin, derrière la maison. Cela lui semblait la meilleure façon de présenter Annie au reste de la famille. Il avait fait un temps splendide toute la semaine, et un barbecue était toujours propice à une ambiance décontractée et informelle, où chacun pouvait se détendre et s'amuser. Bref, cela valait mieux qu'un repas de famille dans la salle à manger.

Du moins était-ce l'idée qu'il s'en faisait, jusqu'à ce que Leonie débarque et le mette devant la perspective de devoir présenter Annie à certains membres de la famille auxquels il n'avait pas songé.

En entendant une voiture se garer devant la maison, Clare, croyant qu'il s'agissait de Piers, se précipita dans le couloir pour ouvrir la porte.

— M'man ! fit-elle, désolée, en voyant Leonie descendre d'une Clio flambant neuve.

Comment avait-elle pu confondre le bruit de cet engin avec le moteur d'une Ferrari ?

— Qu'est-ce que tu fais là ?

Ou plutôt, comment avait-elle mis la main sur une voiture neuve ? L'avait-elle dérobée dans un showroom ?

— Pas mal, n'est-ce pas ? C'est Brian qui me l'a achetée, précisa Leonie devant le regard incrédule de sa fille.

— Mais qu'est-ce que tu viens faire ici ?

Clare n'y comprenait plus rien. Certes, Tilly devait passer le week-end à Brighton, mais il était prévu qu'elle s'y rende en train le lendemain matin.

— C'est une surprise, ma chérie ! Au téléphone, Tilly m'a dit qu'il y aurait une petite réunion de famille ce soir, et comme je mourais d'envie d'essayer ma nouvelle voiture... et que Brian devait accompagner Tamsin à un de ces horribles spectacles d'école, je me suis dit : pourquoi ne pas faire un saut ? Allons, viens embrasser ta mère. Voilà, ce n'était pas si difficile que ça, tu vois. Et toi, Nadia, regarde-toi. Franchement, j'ai l'impression d'être dévisagée par deux videurs de boîte de nuit. Cela vous défriserait d'être un tant soit peu plus accueillantes ?

Clare ne savait que faire. Leonie était un cas désespéré : Nadia et elle étaient à cent pour cent d'accord sur ce point. Mais pouvait-on vraiment lui interdire d'entrer alors qu'elle était venue de si loin ?

En outre, Clare n'avait pas très envie de faire la connaissance de cette Annie. En dehors de quelques rendez-vous avec des inconnues, James était toujours demeuré célibataire – ce qui convenait tout à fait à Clare, dans la perspective parfaitement égoïste qui était la sienne. Lorsqu'on a pratiquement toujours eu son père pour soi toute seule, l'idée qu'il ait quelqu'un dans sa vie est un peu... un peu écœurante, pour dire les choses crûment. Certes, elle n'aurait pas dû raisonner encore ainsi à l'âge de vingt-trois ans, mais c'était plus fort qu'elle. D'ailleurs les autres, qui faisaient semblant d'aimer Annie, n'avaient-elles jamais songé que cette dernière en voulait à l'argent de James ? Il avait une belle situation, le sens des affaires, un beau portefeuille d'actions, conduisait une Jaguar haut de gamme et portait des costumes sur mesure.

De nos jours, mieux valait se méfier. Il était clair qu'Annie Healey, employée chez un marchand de journaux, ne payait pas l'impôt sur la fortune. Aussi devait-elle fatalement voir en James une proie de choix.

À propos de proie, que faisait cet imbécile de Piers ?

Derrière elle, Nadia déclara sans ambages :

— Ce n'est pas une bonne idée, m'man. P'pa a invité sa nouvelle compagne à la maison. Cela pourrait être un peu gênant…

— Ridicule ! Comment cela pourrait-il être gênant ? s'exclama Leonie en éclatant de rire. J'ai quitté James depuis vingt ans, voyons. Je vois mal comment je pourrais être jalouse.

Les pas de Tilly se rapprochèrent derrière Nadia et Clare.

— Gran dit que le barbecue est prêt, si on veut commencer à faire griller des trucs, et qu'il faudrait que quelqu'un aille dans la cuisine chercher les steaks marinés dans le bourbon… oh !

— Mon bébé ! s'écria Leonie en bousculant les deux aînées pour aller serrer Tilly dans ses bras. Tu ne trouves pas que c'est une délicieuse surprise ? J'avais tellement hâte de te voir que je suis venue sans plus attendre. Si tu savais comme Tamsin est excitée par la perspective de ce week-end : elle n'arrête pas de parler de toi ! Et les steaks marinés : allons, Nadia, il ne faut pas faire attendre Miriam ! Au fait, où est James ? Si j'allais lui dire un mot ? Je suis sûre qu'il ne me refusera pas un sandwich au steak grillé.

Au même moment, une deuxième voiture ralentit devant la maison. Faites que ce soit Piers, faites que ce soit Piers ! pria Clare. Mais ce n'était pas lui, naturellement. C'était la Jaguar bleue de James, qui était allé chercher Annie.

Clare vit une horreur à peine contenue se répandre sur le visage de son père lorsque ce dernier aperçut son ex-femme sur le pas de la porte. Il prononça un mot et, à son tour, Annie parut affolée.

Un bras autour des épaules de Tilly, Leonie les regarda descendre de voiture, amusée.

— La voilà donc, cette fameuse amie... Comment dis-tu qu'elle s'appelle, déjà ?

— Annie.

Tilly semblait déchirée, comme si elle ne savait dans quel camp se ranger. Nadia devina que sa petite sœur avait dû révéler à Leonie qu'Annie était invitée au barbecue ce soir.

— James, tu as l'air en pleine forme. Toujours aussi beau !

Leonie s'avança, tendant les bras. Elle accueillit son ex-mari avec enthousiasme, puis se tourna vers la nouvelle venue.

— Et vous devez être Annie. J'ai beaucoup entendu parler de vous. Quel bonheur de faire votre connaissance ! Vos boucles d'oreilles sont absolument ravissantes !

— Leonie, qu'est-ce que tu fais ici ? demanda James sur un ton calme.

— Tilly me manquait. Elle m'a dit, pour le barbecue. Les filles craignaient que ce ne soit gênant pour Annie, mais je leur ai dit que tout irait bien. N'est-ce pas que tout va bien ? Je ne vois vraiment pas ce qu'il y a de gênant !

Nadia soupira. Bon gré, mal gré, il allait falloir endurer Leonie toute la soirée. Cette dernière avait le cuir plus épais qu'un brontosaure, et pas la moindre vergogne.

Tant pis pour James : il n'avait qu'à pas l'épouser.

— Il est sept heures passées. Tu es sûre que Piers doit venir ? demanda-t-elle à Clare.

Quelques minutes plus tard, dans sa chambre, Clare appela Piers pour voir s'il était en route.

Il avait éteint son portable. Voilà qui lui rappelait quelque chose... Clare inspira à fond en se disant qu'il allait arriver vers sept heures et demie. S'il la laissait tomber encore une fois, elle le tuerait.

Dans le jardin, tout le monde se comportait en adulte civilisé et faisait comme si Leonie avait été invitée.

Enfin, relativement civilisé.

— Leonie, que voulez-vous sur votre steak ? Sauce tomate, moutarde, défoliant ? s'enquit Miriam.

Leonie, imperturbable et rayonnante, prit son assiette des mains de Miriam.

— Nature, merci. Tout a l'air délicieux. Tilly vous a-t-elle dit que j'allais me remarier ?

— Le pauvre garçon.

— Il n'est pas pauvre. Et même plutôt riche, fit Leonie en repoussant dans un grand tintement de bracelets les cheveux qui lui retombaient sur le visage.

— Bien. Je suis contente pour vous. Mais promettez-moi une chose : ne faites plus jamais d'enfant.

Même cette pique ne suffit pas à offenser Leonie, qui répliqua calmement :

— J'ai fait ce qui valait le mieux pour mes filles. Je n'étais pas à même de leur donner l'éducation qu'il leur fallait. Mmm. Ce steak est très tendre. D'ailleurs, elles étaient beaucoup mieux loties avec James... Clare ? Viens près de moi, ma chérie. Qu'est-ce que c'est que cette tête d'enterrement ? Qu'y a-t-il, mon ange ? Viens me raconter.

— Il n'y a rien du tout.

— On attendait son petit ami, dit Miriam. Or monsieur le lâcheur n'a pas daigné venir. Si tu veux mon avis, il te fait tourner en bourrique. Les hommes comme lui ne changent pas du jour au lendemain. Tu ferais bien de te débarrasser de lui.

Clare sentit ses joues s'enflammer ; elle détestait que Miriam lui fasse la leçon.

— Piers n'est pas un lâcheur. Il a dû être retardé.

— Il aurait pu appeler, intervint Edward, qui servait à boire. Quand on est retenu, on prévient les autres. Un autre verre ? Déjà ? Tu ne préfères pas manger quelque chose d'abord ?

Clare leva les yeux au ciel.

— Ça va. Je mangerai tout à l'heure.

Elle vida le fond de verre qu'Edward avait accepté de lui verser, puis déclara gaiement :

— Je vais au petit coin. Ensuite, je crois qu'il sera temps pour moi de faire connaissance avec Annie.

Clare profita de ce que le salon était désert pour appeler son propre portable. La fenêtre étant ouverte, tout le monde allait pouvoir l'entendre sonner. Après quelques instants, elle raccrocha le téléphone de la maison, décrocha le sien et fit semblant de répondre à un interlocuteur tout en regagnant la terrasse.

— Oh, non ! Quel malheur. Ta pauvre mère, comme c'est terrible… Piers ! Comment peux-tu penser une chose pareille ? Bien sûr que je ne t'en veux pas. Reste aussi longtemps qu'il le faudra. Et présente mes condoléances à ta famille. Oui, moi aussi je t'aime. D'accord, appelle-moi demain. Bye.

De quoi faire taire les commères de service.

— C'était Piers, précisa-t-elle, bien que ce fût superflu. Il est dans le Surrey. Sa grand-mère est décédée subitement ce matin et sa mère est complètement effondrée. Il a essayé de m'appeler tout à l'heure, mais il était sur l'autoroute et la batterie de son portable était déchargée. Apparemment, elle a succombé à une crise cardiaque. Pauvre Piers : il essaie de réconforter sa mère et s'excuse de ne pas pouvoir venir… Il a l'air très triste aussi. Il aimait beaucoup sa grand-mère.

— Quel dommage, ma chérie, fit Leonie. Moi qui avais tellement envie de faire sa connaissance. Franchement, je trouve les personnes âgées d'un égoïsme inouï. On ne peut jamais savoir quand il va leur prendre l'envie de mourir.

24

Annie ne passait pas un bon moment. Tout d'abord, la perspective de faire la connaissance de la famille de James lui avait semblé effrayante dans une proportion de cinquante pour cent. À présent, la proportion était plutôt de quatre-vingts pour cent. Il était clair que Tilly, qu'elle avait cru pouvoir compter dans son camp, était partagée depuis l'arrivée de sa mère. Leonie, si elle restait parfaitement polie en apparence, avait la manie de dire des méchancetés sur le mode de la plaisanterie, puis de faire comprendre à tout le monde, d'un regard, qu'elle ne plaisantait pas réellement. Nadia aurait pu être une alliée, si elle n'avait pas passé son temps à aider Miriam à faire les grillades. Edward avait beau lui paraître sympathique, quelle conversation pouvait-elle avoir avec un neuropsychiatre, à moins de lui parler de ce rêve récurrent dans lequel elle plongeait depuis un point élevé dans un seau d'enfant rempli d'eau où elle laissait toutes ses dents ?

Elle détestait ce rêve. Ensuite, en se réveillant, elle ne pouvait s'empêcher de se précipiter vers son miroir pour vérifier si elle avait toujours ses dents.

Mais le Dr Welch – pardon, Edward – trouverait sans doute ce rêve ennuyeux à mourir. Heureusement, elle n'avait pas eu le temps de lui en parler.

Malheureusement, elle n'en avait pas eu le temps pour la bonne raison que Clare la bombardait de questions.

— Annie, vous devez absolument goûter les kebabs, ils sont excellents. Attention, ça brûle. Et où travaillez-vous exactement ?

Clare n'avait cessé d'insister pour qu'elle goûte les kebabs, les crevettes, les poivrons grillés. Puis, dès qu'Annie avait la bouche pleine, elle lui posait des questions. Soucieuse de ne pas paraître impolie, Annie n'avait plus qu'à mâcher en toute hâte, voire à avaler tout rond pour lui répondre. Elle sentait les aliments encore entiers descendre dans sa gorge, tout en espérant que la douleur ne soit pas trop apparente – comme dans *Tom et Jerry,* lorsque Tom avale un poisson entier dont la tête et la queue déforment son cou.

— Chez le marchand de journaux de Quorn Street, parvint-elle à articuler.

— Ah, oui, le marchand de journaux. Ce doit être pénible.

— J'aime bien ce travail.

— Et vous vivez dans le quartier de Kingsweston, c'est ça ? Habitez-vous dans l'une de ces grandes maisons près des espaces verts ?

Les yeux de Clare étincelaient. C'était une jolie fille, possédant une minceur enviable ; elle était moulée dans un jean et un tee-shirt noir qui laissait voir son nombril, et une manne de longs cheveux noirs flottait dans son dos. Mais elle n'en lançait pas moins des piques.

— Non, j'habite l'un des petits cottages près de la cabine téléphonique.

Clare haussa ses sourcils épilés.

— Avez-vous goûté les escalopes ? Tenez, il faut que vous les goûtiez. Au fait, pourquoi p'pa a-t-il été obligé d'aller vous chercher, tout à l'heure ? Vous avez des problèmes de voiture ?

Annie, qui n'était pas tombée dans le piège de l'escalope, répliqua calmement :

— Je n'ai pas de voiture.

— Pas de voiture ? Ma pauvre ! Vous devez apprécier de vous balader dans la Jag de papa.

Même James, qui venait d'allumer les lampes de la terrasse, ne pouvait manquer l'insinuation, cette fois.

— Clare !

— Qu'y a-t-il ? Je disais simplement que ça doit être agréable. Plus agréable que d'être obligée de monter dans un bus nauséabond.

— Prendre le bus ne me dérange pas. J'ai l'habitude, assura Annie, qui refusait de relever le gant. Cette mayonnaise est une merveille. Je vais demander à votre grand-mère où elle l'a achetée.

— Achetée ? Elle va vous jeter au feu si vous lui dites ça : la mayonnaise toute faite n'a pas droit de cité à la maison.

Maintenant que les lampes étaient allumées, le jardin semblait encore plus beau. Quel dommage qu'on ne puisse en dire autant de la personnalité de Clare ! Tout en se demandant si quelqu'un avait jamais administré à cette dernière la bonne fessée qu'elle méritait, Annie se prépara à battre en retraite.

— Dans ce cas, peut-être me donnera-t-elle sa recette. Je vais aller la lui demander.

Mais Miriam avait disparu. Un téléphone sonnait quelque part dans la maison. Quelques instants plus tard, la vieille dame réapparut, une salade de pommes de terre dans une main, le téléphone sans fil dans l'autre.

— ... et j'ai été désolée d'apprendre ce qui est arrivé à votre grand-mère.

Annie vit Clare pâlir brusquement.

— Je ne vous entends pas, mon garçon. Parlez plus fort. Pouvez-vous répéter ? Ah, très bien. Tant mieux. Voici Clare, je vous la passe.

Clare tendit la main sans un mot.

— Ma chérie, quelle merveilleuse nouvelle : la grand-mère de Piers a miraculeusement ressuscité ! Elle va très bien et n'est absolument pas morte. Tu vas devoir crier, car la communication est effroyable. On dirait que Piers appelle depuis un pub bondé…

Clare n'en croyait pas ses oreilles. Ses mains étaient si moites qu'elle faillit laisser échapper le combiné. Ce salaud de Piers, comment pouvait-il lui faire une chose pareille ? Jusqu'à présent, jamais il n'avait appelé sur le téléphone familial, toujours sur son portable.

— Oui ?

— Clare, désolé de ne pas avoir pu venir. J'ai été retenu. Nous sommes au Happy Ferret, si tu veux nous rejoindre.

— Non, merci.

Jamais elle n'avait éprouvé une telle honte.

— Comme tu voudras, fit Piers, sur le même ton qu'il aurait dit : « Va te faire pendre. »

De toute évidence, il était « retenu » au Happy Ferret depuis un bon moment.

— Au fait, qu'est-ce que c'est que cette histoire ? Ma grand-mère n'est pas morte.

Tout compte fait, aller se faire pendre n'était peut-être pas une si mauvaise idée…

Le moral d'Annie remontait en flèche. Le clin d'œil que lui avait adressé Miriam en passant le combiné à Clare y était pour beaucoup. Miriam ne devait pas être dupe du stratagème de Clare.

Les bougies flottantes à la citronnelle brillaient dans la nuit tombante. Annie se cala sur son siège et déboutonna subrepticement la ceinture de son pantalon. Elle avait mangé comme une goinfre, pour le plus grand plaisir de Miriam, visiblement. Elle avait aussi appris quel était le petit secret de la mayonnaise : un peu d'estragon frais. Par miracle, elle avait même réussi à s'entretenir un peu avec Edward, qui s'avérait beaucoup moins intimidant qu'elle ne l'avait craint. S'il était incollable sur le cerveau humain, il était capable de bavarder agréablement des jeux télévisés, du goût étrange qui présidait au choix des magazines mis à la disposition du public dans les salles d'attente des hôpitaux, des soirées délirantes auxquelles il avait participé du temps où il était étudiant en médecine, y compris celle où un cerveau s'était malencontreusement échappé de son bocal de formol pour atterrir dans la piscine de ses hôtes d'un soir.

— Edward, cette histoire est répugnante, avait protesté Miriam. Tu me distrais de mes côtelettes d'agneau.

Puis, avec un regard gourmand :

— Il a flotté, ou bien coulé ?

À présent, Miriam et Edward dansaient sur une musique en provenance du salon. James retournait les dernières brochettes sur les braises. Leonie retira ses chaussures, prit Clare par la main et l'entraîna dans la danse. Tilly, assise sur les marches, les bras autour de ses jambes repliées, les regardait faire en battant la mesure du pied.

Nadia remplit le verre presque vide d'Annie et se laissa tomber sur le siège voisin.

— Alors, sommes-nous aussi effrayants que vous le redoutiez ?

— J'ai passé une excellente soirée. Enfin, presque tout le temps.

— Vous plaisez à Miriam, ce qui est un bon début, croyez-moi.

— J'ai l'impression que votre sœur me prend pour une croqueuse de diamants.

— Tilly ?

— Non, Clare.

— Je plaisantais. Votre impression est juste, et je le regrette.

— Je peux vous promettre que l'argent de votre père ne m'intéresse pas.

— Ne faites pas attention à Clare. Elle est à cran à cause de son prétendu petit ami. Ce snobinard de Piers. Ce snobinard et ce *richard* de Piers, d'après ce que je me suis laissé dire. Contrairement à nous toutes, Clare n'a pas l'habitude que les garçons se moquent d'elle.

Annie songea qu'elle n'en avait pas l'habitude non plus, mais uniquement parce que, trop occupée à soigner sa mère, elle n'avait donné à aucun homme l'occasion de se moquer d'elle. À présent, âgée de trente-huit embarrassantes années, voilà donc ce qui l'attendait.

— Et vous ? dit-elle.

— Moi ? J'ai une prodigieuse expérience de la chose ! Tout au long de ma scolarité, les garçons n'ont pas cessé de se moquer de mon appareil dentaire, de mes boutons, de ma fine moustache. Sans parler de mes bourrelets et mes jambes poilues, que Miriam m'interdisait de raser. Je faisais vraiment peur à voir. Puis, un jour, j'ai eu seize ans. On m'a enlevé mon appareil, mes boutons ont disparu ; j'ai grandi, minci, et, surtout, j'ai découvert les joies de la crème dépilatoire. Alors je me suis dit : fantastique, les garçons vont tous être dingues de moi, je suis tellement belle qu'ils ne seront plus jamais méchants avec moi.

— Et ?

— Je me trompais, naturellement. Ils ont continué d'être aussi méchants qu'avant.

— C'est ainsi que vous les voyiez, à l'époque. Mais maintenant ?

— Mon dernier petit ami en titre m'a plaquée il y a dix-huit mois. C'est le fils d'Edward.

Pendant un certain temps après cette rupture, chaque fois que quelqu'un abordait le sujet, elle expliquait à son auditoire qui était Laurie, afin qu'on ne croie pas qu'elle avait été plaquée par M. Tout-le-monde. À présent, elle s'en moquait. Depuis leur rupture, Laurie n'avait rendu que de rares visites à son père. Elle s'était appliquée à ne pas se montrer à chacun de ces séjours. Non qu'elle lui en veuille encore. Mais pourquoi aurait-elle dû se forcer à faire comme s'ils étaient restés d'excellents amis ?

Parce que, bien sûr, elle avait toujours mal, au fond.

— Le fils d'Edward ! Fichtre. Ça doit être gênant, compatit Annie.

— Pas vraiment. Edward parle rarement de Laurie en ma présence. D'ailleurs, personne ne parle de lui en ma présence – sauf Clare, pour le plaisir de me faire enrager. De toute façon, il est aux États-Unis en ce moment, ce qui simplifie le problème.

— Et vous n'avez rencontré personne depuis ?

— Non, mais je n'ai pas dit mon dernier mot. Les garçons courent plus vite que moi, mais dès que j'aurai appris à manier le lasso, ils ne pourront plus m'échapper.

Nadia mima le lancer du lasso et fit mine d'attraper son père, qui arrivait avec une assiette pleine de morceaux d'agneau.

De peur de passer elle aussi pour une chasseuse d'hommes, Annie ajouta précipitamment :

— Tilly va devenir ravissante, en grandissant.

La musique s'arrêta. Leonie, dont la jupe de gitane virevoltait autour de ses chevilles, glissa un mot à l'oreille de Clare avant de disparaître à l'intérieur de la maison. Clare, qui semblait de meilleure humeur, s'approcha de Tilly en dansant et la fit se lever au moment précis où une nouvelle chanson commençait.

Si bien des filles de treize ans se maquillaient comme des voitures volées, ce n'était pas le cas de Tilly. Elle ne possédait pas même un brillant à lèvres. Ses blonds cheveux de bébé retombaient simplement sur ses épaules. Elle portait un tee-shirt gris sur un bermuda *baggy* qui dévoilait ses genoux maigres. Pourtant, malgré son allure dégingandée, elle dansait. Peut-être pas dans les soirées entre collégiens, où tout le monde la jugeait et où elle restait paralysée par la timidité. Mais là, aux chandelles, sur la terrasse, entourée par sa famille…

— Elle sera magnifique, déclara Nadia, pleine de fierté.

Leonie revenait des cabinets quand on sonna à la porte d'entrée.

— Quelqu'un peut aller ouvrir cette foutue porte ? lança Harpo depuis le séjour.

Comme personne d'autre n'était dans les parages, Leonie fit ce que suggérait le perroquet.

Mince alors ! Et beau garçon, avec ça.

— Laissez-moi deviner : vous êtes le méchant.

— Pardon ?

— Le vilain garçon, reprit Leonie en faisant entrer le visiteur. Mais si. Je sais tout de vous. Enfin, vous voilà. Mieux vaut tard que jamais. Au fait, je suis Leonie. La mère de Clare. Suivez-moi, tout le monde est dans le jardin.

— Il doit y avoir un malentendu. Je voulais juste dire deux mots à Nadia.

Comme il ne la suivait pas, Leonie s'étonna :

— Vous n'êtes pas Piers ?

— Non. Je suis Jay Tiernan.

— Et vous êtes un ami de Nadia ? Voilà qui est *très* intéressant. Parce que figurez-vous que je n'ai absolument jamais entendu parler de vous. Étiez-vous censé arriver plus tôt, vous aussi ? Vraiment, mes filles sont fâchées avec les hommes ponctuels. Et pourquoi une tenue si formelle ? Votre costume est très élégant, mais ce n'est pas ce que la plupart des hommes porteraient pour se rendre à un barbecue.

— J'ai enterré mon frère cet après-midi et n'ai pas eu lc temps…

— Pouce ! Triché ! On nous a déjà fait le coup de la mort subite du parent proche, et vous n'avez pas le droit de copier les excuses des autres. C'est anti-original et ennuyeux. Venez, et essayez d'inventer une excuse de votre cru.

— Désolé. Alors disons que ma montre s'est arrêtée et que c'est la raison de mon retard. Maintenant, pourriez-vous aller chercher Nadia et lui dire que je suis là ?

25

N'importe qui d'autre serait mort de honte. Mais Leonie, elle, se contenta d'éclater de rire lorsqu'elle apprit la vérité. Nadia la laissa dans le jardin et se rendit dans l'entrée. Chemin faisant, elle peigna rapidement ses cheveux à l'aide de ses doigts et fit une pause devant le miroir du séjour, où elle aperçut une goutte d'aïoli tombée entre ses deux seins.

Voilà pourquoi il fallait toujours vérifier sa tenue.

Dans l'entrée, Jay lui apparut très beau, mais épuisé, comme si cette journée l'avait rudement mis à l'épreuve. Grâce aux quelques verres de vin qu'elle avait ingurgités, elle trouva la force de l'embrasser. Rien d'érotique cependant : juste une embrassade de compassion.

— Désolée.

— Pourquoi ?

— Pour tout. Surtout pour ma mère. Quand j'étais petite, j'avais honte qu'elle ne soit pas là. Maintenant, j'ai honte chaque fois qu'elle est là.

— Je vous en prie. Vous n'avez pas à avoir honte. Lorsqu'elle m'a dit qui elle était, j'ai pensé que vous lui aviez parlé de mon frère. Sans cela, je n'aurais jamais mentionné l'enterrement.

— Je ne parle pas de ce genre de choses à ma mère. Elle et moi n'avons pas de conversation entre filles. Elle n'était même pas invitée, ce soir. Elle s'est incrustée.

— De toute façon, ce n'est pas grave. Si Anthony avait pu l'entendre, il aurait trouvé la situation très drôle.

Un éclat de rire provenant du jardin parvint jusqu'à eux. Jay releva les yeux.

— Je n'avais pas compris qu'il y avait une fête. Je vais m'en aller…

— Non, surtout pas, l'interrompit Nadia. Pourquoi êtes-vous venu ?

Jay hésita, puis haussa les épaules.

— Après l'enterrement, nous sommes tous retournés à l'hôtel Kavanagh. Pendant six heures, j'ai dû faire bonne figure et recevoir les condoléances d'un tas de gens que je n'avais jamais vus. Les derniers invités sont partis il y a une heure. Les parents de Belinda l'ont ramenée dans le Dorset. J'ai déposé chez elles une ou deux personnes qui habitaient non loin d'ici, de sorte que j'étais pratiquement obligé de passer devant chez vous pour rentrer. Je me demandais si vous seriez libre pour venir prendre un verre chez moi.

Bien que le moment fût mal choisi, Nadia sentit une petite bouffée de désir monter lentement en elle. Avec ses yeux cernés, sa barbe naissante et sa cravate desserrée, Jay était incroyablement sexy.

Après une telle épreuve, il était compréhensible qu'il n'ait pas envie de se retrouver seul. Il avait besoin de se changer les idées.

Elle était la femme de la situation.

— Je serais enchantée d'aller prendre un verre.

— Mais…

— Ils comprendront. Accordez-moi deux minutes.

Finalement, Jay l'accompagna jusqu'au jardin, où elle expliqua à sa famille qu'elle sortait. Miriam le prit dans ses bras en déclarant :

— Mon pauvre enfant. Quel mauvais tour vous a joué le sort ! Je suis sincèrement navrée.

Leonie, quant à elle, ne baissa pas assez la voix pour glisser à l'oreille de James :

— Je ne m'y retrouve plus, dans tous ces embrouillaminis. Le copain de Clare était censé venir et n'est pas venu ; celui-ci arrive alors que personne ne l'attendait. Est-ce, oui ou non, le petit ami de Nadia ?

Compatissante, Clare suggéra à Jay :

— Vous savez ce qui vous remonterait le moral ? Acheter une toile à une artiste maudite et néanmoins talentueuse.

— Veuillez excuser ma sœur, elle est absolument sans vergogne, fit Nadia en entraînant Jay vers la sortie. Elle tient ça de sa mère.

— Vous semblez différente, dit Jay en entrant dans sa cuisine.

Il alluma la lumière et sortit du réfrigérateur une bouteille de meursault.

— C'est parce que vous ne m'avez jamais vue en robe.

Il lui tendit un verre plein à ras bord, se servit avec une égale générosité et vida la moitié de son verre en un clin d'œil.

— Brrr ! Êtes-vous sûr que c'est ainsi que les sommeliers recommandent de le déguster ?

— Pour le moment, je me moque de déguster ce vin. Je veux juste noyer dans le brouillard cette journée de cauchemar... Désolé, je crois que je ne suis pas de bonne compagnie ce soir. Je risque aussi de ne pas être en état de vous reconduire chez vous.

— Les taxis sont faits pour ça. Et cela ne me dérange pas... du moment que c'est vous qui payez la course.

Jay sourit. La bouteille à moitié vide à la main, il lui indiqua le séjour.

— Asseyez-vous. Et excusez le désordre.

Comme la plupart des hommes, Jay était d'une désarmante naïveté.

— Vous appelez ça du désordre ? dit-elle en survolant la pièce du regard.

Il devait faire allusion à ce pull abandonné sur le dossier d'une chaise, au journal sur la table basse et – quelle horreur ! – à cette tasse sale posée à même le sol près du canapé.

— Vous devriez jeter un œil dans la chambre de ma sœur. Lorsque le tapis disparaît sous six mois de vêtements, de CD, de magazines et de paquets de chips vides, alors là, oui, on peut parler de désordre.

— C'est vrai. Ma chambre ressemblait à ça autrefois. Celle d'Anthony aussi, quand nous étions adolescents. Ma mère disait que nous vivions dans une porcherie. Je suis devenu ordonné sans même m'en apercevoir. Je ne me rappelle pas quand c'est arrivé exactement, dit-il avec une grimace navrée.

Le séjour était une pièce immense, haute de plafond et décorée sans chichis. Les murs étaient tapissés de papier bleu foncé, les rideaux et le tapis étaient de couleur crème, et les canapés bleu marine offraient un confort moelleux. Le tableau à la cabine téléphonique était accroché au-dessus de la cheminée.

Nadia se laissa tomber sur l'un des canapés et vit Jay retirer veste et cravate, qu'il jeta sur un siège.

Puis il remplit à nouveau son verre. À chaque gorgée, sa pomme d'Adam remontait dans son cou bronzé.

À ce rythme-là, elle pouvait appeler tout de suite un taxi ! Dans une demi-heure, il serait complètement pompette.

— Asseyez-vous, dit-elle.

Elle avait de la peine pour lui, mais ne parvenait pas à ignorer le trouble qu'il suscitait en elle. Alors qu'elle parlait de s'asseoir au sens commun du terme, c'est-à-dire de s'installer sur un fauteuil ou un sofa, Jay y discerna une invitation et vint s'asseoir près d'elle sur le canapé.

— Vous voulez que je vous dise ? Tout ça est vraiment écœurant. Prenez deux frères, à peu près du même âge. L'un est célibataire, l'autre marié, avec un bébé sur le point de naître. Le célibataire est un ancien fumeur, l'autre n'a jamais fumé. Le célibataire aime boire un verre à l'occasion, ne fait jamais d'exercice et mange un tas de cochonneries. Inutile de préciser que l'autre a toujours pris soin de sa santé. Donc, lequel des deux meurt d'un cancer ? Celui qui est marié, bien sûr.

— Essayez-vous de me dire que vous auriez préféré que ce soit vous ?

Il remplit à nouveau son verre.

— Je n'ai pas cette noblesse d'âme. Je n'aurais pas aimé que ce soit moi. Je dis simplement que, statistiquement parlant, ça aurait dû être moi. C'est de la culpabilité, je suppose. Je suis toujours là et Anthony est parti.

— C'est une réaction normale.

— Je sais. Mais ça ne m'empêche pas de me sentir coupable… Vous devez regretter d'être venue !

— Ça va. Ne vous en faites pas pour moi.

— Vous ne buvez pas.

Comme il désignait son verre presque plein, Nadia le vida complaisamment d'un trait. Un très bon vin, vraiment.

— Je préfère ça. Vous vous sentez capable de retrouver le chemin de la cuisine ?

— Pourquoi ?

— Il y a une autre bouteille dans le frigo.

Au cours de l'heure suivante, Jay ralentit sa consommation d'alcool et ils parlèrent d'Anthony. De la mort, aussi. Et de ce que c'était que d'avoir une sœur. Valait-il mieux avoir une sœur ou un frère ? Et à quoi ressemblerait le paradis si on pouvait l'inventer ? Et où le tire-bouchon était-il passé ? Est-ce que le pub où ils avaient dormi, lorsqu'ils s'étaient retrouvés coincés par la neige, était toujours tenu par le même patron ? Parce que si quelqu'un méritait de mourir, c'était bien cet homme-là !

Onze heures sonnèrent. La deuxième bouteille était vide. Il eût été impoli de laisser Jay boire seul.

— Vous voulez que je vous dise une bonne nouvelle ?

Nadia se mit à hocher la tête et eut du mal à s'arrêter, signe qu'elle avait trop bu.

— Certainement. Ça fait toujours plaisir d'apprendre une bonne nouvelle. Dites-moi vite cette bonne nouvelle.

Autre signe qui ne trompait pas : une certaine tendance à se répéter.

— Il se pourrait que je devienne plus agréable dans le travail. Je sais que je n'ai pas été d'humeur riante, ces derniers temps. C'était dur d'admettre qu'Anthony disparaisse. Au moins, cette partie du problème est résolue. Accordez-moi un peu de temps et je vais redevenir moi-même.

— Vous me l'avez déjà dit.

— Eh bien, je vous le redis. Quand je vous ai embauchée, vous avez accepté de travailler pour quelqu'un que vous croyiez connaître, et vous vous êtes retrouvée avec quelqu'un de tout différent. Je m'en suis voulu à cause de ça.

Jay posa sa main sur le bras nu de Nadia. Aussitôt les poils de cette dernière se hérissèrent. Heureusement, il avait trop bu pour remarquer quoi que ce soit.

— Mais ça devrait s'améliorer, maintenant, conclut-il.

— Vous voulez dire que vous allez cesser de vous conduire comme un ogre ?

Elle aurait bien retiré son bras, mais celui-ci rechignait à obtempérer.

— C'est vraiment ce que j'étais ? Un ogre ?

— Non, enfin... non. Mais il est vrai que vous n'étiez plus celui que je croyais connaître.

— Désolé.

Jay sourit tristement, sans retirer sa main. Machinalement, il caressait la peau brûlante de Nadia. Le moment était venu de s'écarter de lui, se dit-elle confusément. Mais, en même temps, c'était tellement divin ! D'ailleurs, n'aurait-il pas été impoli de le repousser ? Que diable, ce garçon venait juste d'enterrer son frère.

Une chose était sûre : elle savait exactement quoi faire pour lui remonter le moral !

— À quoi songez-vous ? s'enquit-il.

— À rien.

— Vous pensiez forcément à quelque chose. Allez, insista-t-il en se versant un autre verre.

— Jolie montre, dit-elle.

— Faux. Ce n'est pas à ça que vous pensiez.

— Je me demandais ce que ça devait faire d'avoir les poignets poilus.

— Non, ce n'était pas ça non plus, grommela-t-il avec un début de sourire.

Voilà qui ressemblait davantage au bon vieux Jay Tiernan, toujours prêt à flirter.

— Très bien, gros malin. Pourquoi ne me dites-vous pas vous-même à quoi je pensais ?

Cette fois, il sourit tout à fait et leurs regards se rencontrèrent.

— Je vais vous le dire. Mais uniquement par télépathie.

— Nous voilà bien avancés.

— Faites-moi confiance. Je suis très doué. Je vous dis à quoi vous pensez et à quoi je pense, et ensuite vous me dites si je me suis trompé.

— Tout ça par télépathie ?

Jay hocha la tête, les yeux plongés dans les siens. Des yeux marron foncé, avec de longs cils ensorcelants. Au coin de ces yeux, des rides plus claires qui se dessinaient sur sa peau bronzée. Sous ces yeux, des ombres comme des bleus estompés. Entre ces yeux, un nez busqué.

Hypnotisée, Nadia comprit exactement ce qu'il pensait :

Vous avez envie de coucher avec moi.

Pas du tout.

Bien sûr que si. Et comme j'ai moi aussi envie de coucher avec vous, pourquoi perdre notre temps ?

Dites donc, vous n'avez pas l'impression d'être un peu trop sûr de vous ?

Non, je vois simplement les choses en face. Nous nous plaisons mutuellement, nous sommes tous les deux adultes et sans attaches.

Certes.

Quel enthousiasme ! Bon, tant pis, n'en parlons plus...

Non, surtout pas !

26

— Alors ? Quel est votre verdict ? dit Jay.

De nouveau, les coins de sa bouche frémirent et il haussa les sourcils d'un air interrogateur.

De peur qu'il ne batte en retraite, Nadia glissa une main derrière sa nuque, l'attira à elle et l'embrassa – d'abord doucement, puis plus activement. Non sans joie, elle sentit Jay répondre à son baiser. Elle n'avait pourtant pas pour habitude de faire le premier pas. Mais il l'avait provoquée, obligée à le faire. Et elle ne regrettait pas de l'avoir fait. Jay embrassait divinement. Il l'enlaça et elle sentit ses mains chaudes courir dans son dos…

Dring, dring ! fit le téléphone posé sur la table. Nadia se figea.

— Et m… marmonna Jay.

En soupirant, il interrompit le baiser.

— En d'autres circonstances, je me serais abstenu de répondre…

— Mais pas aujourd'hui. Allons, décrochez.

Il sourit.

— Ne bougez pas.

C'était plus facile à dire qu'à faire. Mi-assise, mi-étendue sur le canapé et feignant de ne pas écouter la conversation, Nadia éprouvait une gêne croissante. Tandis qu'elle gisait là, telle une vulgaire traînée, dans sa robe rose retroussée à mi-cuisses, barbouillée de rouge à lèvres, Jay arpentait le salon tout en s'entretenant avec une parente en détresse.

Au bout de quelques minutes, il déclara d'une voix forte :

— Un instant, tante Maureen, je dois aller éteindre le gaz dans la cuisine.

Couvrant le combiné d'une main, il se retourna vers Nadia :

— C'est Maureen, la sœur de ma mère. Elle a quatre-vingt-trois ans et vit dans une maison de retraite à Toronto. Les médecins ne l'ont pas autorisée à prendre l'avion pour assister à l'enterrement. Elle est à moitié sourde, et très perturbée par la mort d'Anthony.

La gorge serrée, Nadia imagina une pauvre vieille désespérée dans une maison de retraite, cherchant à tout prix à savoir comment s'était déroulé l'enterrement de son neveu bien-aimé.

— Ne vous en faites pas pour moi. Continuez, dit-elle.

Jay, qui ne souriait plus, lui adressa un regard reconnaissant et quitta la pièce.

Était-ce cela qu'éprouvent les chiens en plein accouplement lorsque, sans cérémonie, on déverse sur eux un seau d'eau froide ? Nadia se rassit et tira de son mieux sur sa robe. Tout désir charnel l'avait désertée, évanoui avec les vapeurs du meursault qui commençaient à s'estomper.

Comment Jay et elle avaient-ils pu envisager de commettre un acte aussi égoïste ? Le frère de Jay venait de mourir, son enterrement avait eu lieu quelques heures auparavant. Dans de telles circonstances, se livrer à des ébats amoureux sur un canapé... Mon Dieu, cela tenait du sacrilège.

Nadia frissonna de honte. Quelle erreur. Jay était momentanément vulnérable...

Pourquoi fallait-il qu'un tel silence règne dans cette pièce ?

En tendant l'oreille, c'est à peine si elle percevait le murmure de Jay. Il devait être au bout du couloir ou dans la cuisine. Ne pouvant supporter plus longtemps ce silence, Nadia s'empara d'une télécommande et alluma la télévision. La soirée de vendredi battait son plein, avec ses filles en bikini qui se trémoussaient dans des bars à tapas, où elles descendaient des canettes de bière tout en proclamant leur intention de coucher avec un maximum de partenaires avant d'être ivres mortes. Les partenaires en question, visiblement prêts à relever le défi, dénudaient leur torse devant la caméra en vomissant à qui mieux mieux...

Nadia appuya sur la touche *off*.

Le silence s'installa de plus belle.

Même si le désir amoureux s'était calmé, les quatre verres de vin couraient toujours dans ses veines. Nadia s'imagina les verres se promenant tranquillement, un peu patauds, ornés de crêpe noir. Ce qu'il y avait d'incroyable avec l'alcool, c'était qu'il décuplait l'excitation lorsqu'on était excité, mais qu'il avait un effet soporifique si l'on était désœuvré.

Comme elle ne pouvait pas rentrer chez elle sous peine de paraître grossière, elle ôta ses chaussures et replia ses jambes sur le canapé. Un canapé vraiment très confortable, d'ailleurs. Quant aux coussins de velours sur lesquels reposait sa tête, ils étaient divinement moelleux...

Dire qu'ils auraient pu être en train de faire *ça* au moment où la tante Maureen, après avoir péniblement atteint, à l'aide de son déambulateur, le téléphone à pièces de la maison de retraite, avait appelé pour savoir comment s'était déroulé l'enterrement...

Mmm. Décidément, ce canapé était d'un confort inouï...

Samedi matin, Nadia se réveilla vers sept heures avec la migraine et une vessie au bord de l'explosion.

Après une petite visite aux toilettes du rez-de-chaussée, elle regagna tant bien que mal le salon, où elle avisa la couverture froissée posée sur le canapé. Jay l'avait recouverte d'une couverture bordeaux qui jurait considérablement avec le rose de sa robe.

Le silence régnait sur la maison.

Dieu soit loué, ils n'avaient pas fait la chose.

Se sentant comme auréolée de pureté candide, elle appela un taxi.

En arrivant devant chez elle vers sept heures trente, elle se félicitait que tout le monde fût encore dans les bras de Morphée quand elle aperçut Tilly, en train de charger son bagage dans la voiture toute neuve de sa mère.

— Sept livres cinquante, bâilla le chauffeur de taxi.

Après douze heures de service, il était trop heureux que sa cliente n'ait pas vomi sur la banquette arrière.

Distraite, Nadia lui glissa un billet de vingt livres en murmurant :

— Gardez la monnaie.

— Te voilà enfin, ma chérie ! s'exclama Leonie qui sortait de la maison. J'espère que tu te rends compte de ce à quoi tu ressembles. Ta robe d'hier soir... un samedi matin... Conduis-toi en fille facile et les hommes te traiteront en fille facile. Ce n'est pas ainsi que tu vas gagner leur respect.

Parfois, s'émerveilla Nadia, sa mère était vraiment hallucinante.

— Je ne me suis pas conduite en fille facile.

Leonie jeta sur sa robe froissée un regard qui en disait long.

— Il aurait au moins pu te reconduire chez toi. J'ai toujours trouvé que c'était une preuve de mauvais goût, chez un homme, de se débarrasser de sa conquête d'une nuit en la fourrant dans un taxi.

Elle poursuivit à voix basse, d'un ton réprobateur :

— En outre, tu ne montres pas le bon exemple à ta sœur.

Tant de répliques bien senties se bousculaient à l'esprit de Nadia qu'elle ne parvint pas à en articuler une seule. Ce qui valait probablement mieux pour les chastes oreilles de Tilly.

— J'ai dormi sur le canapé, dit-elle simplement.

Leonie éclata de rire en désignant le ciel.

— Oh, un éléphant rose !

— Arrête, m'man, râla Tilly.

— Que j'arrête quoi ? J'essaie seulement de donner un bon conseil à ta sœur. Je n'aime pas que mes filles aient l'air de dévergondées.

Nadia fut tentée de rappeler à sa mère que, depuis qu'elle les avait abandonnées plus de vingt ans auparavant, elle n'avait jamais eu l'occasion de voir de quoi elles avaient l'air *tout court*. Mais à quoi bon ? Aussi se contenta-t-elle d'embrasser Tilly en disant :

— Amuse-toi bien. À demain soir.

— Nadia, viens m'embrasser, ma chérie, dit Leonie en s'asseyant à la place du chauffeur. Excuse-moi si je t'ai offensée, mais je suis ta mère et j'essaie simplement de t'aider. Ton ami est beau garçon : les filles doivent lui tomber dans les bras. Un homme comme lui n'a pas besoin d'une sangsue.

— Je ne suis pas une sangsue, fit Nadia entre ses dents.

— Ne l'appelle pas pour lui demander quand tu peux le revoir. Ils ont horreur qu'on les harcèle de la sorte.

— Je sais parfaitement quand je le reverrai : c'est mon patron et je le verrai lundi au travail.

— Avoir une relation avec son patron : encore une chose qu'il ne faut jamais faire !

Leonie mit le contact et attacha sa ceinture.

— Tu cherches vraiment les ennuis, ma chérie. Avant que tu n'aies le temps de dire ouf, il t'aura plaquée et tu te retrouveras au chômage.

— C'est pour toi, annonça Miriam en tendant le combiné à Nadia.

Leonie téléphonait-elle, par hasard, pour lui rappeler de ne pas joindre Jay ?

— Vous êtes partie.

Eh non, ce n'était pas Leonie, songea Nadia, les entrailles nouées. Ainsi, il l'appelait alors qu'elle ne lui avait *même pas* téléphoné.

— On peut dire que vous avez le sens de l'observation.

— Il fallait me réveiller. Je vous aurais reconduite chez vous.

Allô, maman ? Tu entends ça ?

— Je me suis réveillée de bonne heure. Désolée de m'être endormie sur votre canapé.

— Désolé de vous avoir abandonnée. Ma pauvre tante est restée au téléphone pendant une heure. Je ne pouvais pas refuser de lui parler.

— Bien entendu. Vous n'avez rien à vous reprocher, je vous assure.

— Quoi qu'il en soit, merci pour hier soir.

— Merci pour quoi ? Je n'ai rien fait.

Ne se rappelait-il pas que le téléphone, ce maudit téléphone, avait sonné juste au moment où les choses prenaient une tournure intéressante ?

— Vous savez très bien ce que je veux dire, insista Jay, un sourire dans la voix. Que faites-vous ce soir ?

Nadia sentit son pouls passer à la vitesse supérieure. Il voulait remettre ça ? Sauf que cette fois, il aurait préalablement débranché le téléphone ?

— Euh...

L'image de Leonie, secouant la tête d'un air réprobateur, surgit soudain devant ses yeux. Agacée, elle inspira à fond et tenta de chasser cette vision indésirable.

Mais... mais... n'avait-elle pas pris sa décision la veille au soir ? Il est vrai que cette résolution n'était intervenue qu'*après* l'appel de tante Maureen. Coucher avec Jay si peu de temps après l'enterrement d'Anthony serait une erreur. Il était encore trop tôt.

En fermant les yeux, elle revit sa mère. Les hommes comme Jay avaient toutes les filles qu'ils voulaient, ils étaient accoutumés à voir les femmes se jeter à leur tête comme des tartes à la crème. Ce n'était pas plus mal de les faire un peu languir.

Sans croire elle-même qu'elle était sur le point de suivre les conseils de Leonie, elle entendit les mots se précipiter dans sa bouche :

— Ce soir, je suis prise. Demain aussi.

Voilà, elle avait osé.

— Ah. Dommage.

Nadia commença à paniquer. Jay avait-il le cœur brisé, était-il seulement déçu ou en train de feuilleter son petit carnet noir ? Difficile de déterminer son état d'esprit en analysant les deux malheureux petits mots qu'il venait de prononcer.

— Ce week-end, ce sera difficile, mais peut-être le week-end prochain… oui, je serai libre.

Du coin de l'œil, elle aperçut le large sourire de Miriam.

— Enfin, je pense que je le serai… il faut que je vérifie sur mon agenda.

Au cas où elle aurait complètement oublié qu'elle devait dîner avec Robbie Williams.

— D'accord. Nous cn rcparlcrons la scmaine prochaine, dit Jay, un peu trop décontracté au goût de Nadia. Et lundi, je vous rembourserai le taxi.

— C'est inutile.

— Pas du tout. Combien cela vous a-t-il coûté ?

— Bon, puisque vous insistez : trois cent cinquante livres.

27

Vingt minutes plus tard, lorsque le téléphone sonna à nouveau, Nadia finissait d'engloutir une montagne de toasts beurrés de pâte à tartiner. Clare, qui avait émergé du lit tardivement et boudait devant sa tasse de café, se leva aussitôt, comme si elle venait de toucher une clôture électrique.

— J'y vais !

Pourvu que ce ne soit pas Piers, songea Nadia.

— Oui ? fit Clare avec empressement.

Puis son dos s'affaissa : de toute évidence, Piers n'était pas au bout du fil.

— Un instant, je vais la chercher.

Clare tendit le combiné à Miriam comme s'il s'était soudain métamorphosé en plomb.

— C'est pour toi, Gran.

Devant l'évier, Miriam, en pantalon cigarette noir et pull noir, s'acharnait sur les grilles du barbecue avec son énergie habituelle.

— Qui est-ce ? fit-elle par-dessus son épaule.

— Sais pas. Il n'a pas précisé.

Miriam retira ses gants de caoutchouc, puis saisit le téléphone de sa main où étincelaient des diamants.

— Allô ?

Silence.

— Pardon, qui est à l'appareil ?

Nadia vit sa grand-mère se raidir.

Elle raccrocha.

— Qu'est-ce que c'était ? s'enquit Nadia.

À nouveau gantée de caoutchouc, Miriam retourna à ses grilles.

— Comment ? Oh, rien. J'ai commandé des draps de bain chez John Lewis et ils viennent d'être livrés.

Clare et Nadia échangèrent un regard : des draps de bain ? Tu parles.

— Si Piers appelle, tu ferais bien de l'envoyer promener, dit Nadia à sa sœur.

Au diable, de préférence.

— Quand Jay m'a appelée tout à l'heure pour qu'on se voie ce soir, je lui ai dit que j'étais prise tout le week-end, ajouta-t-elle en crânant malgré elle.

Clare passa une main dans ses cheveux ébouriffés et feuilleta nerveusement le journal, en quête de l'horoscope.

— Ça va, laisse-moi m'occuper seule de mes affaires, tu veux ? Piers ne s'en sortira pas comme ça.

— Pardon, mais je crois que si, et que c'est déjà chose faite.

Les grilles du barbecue atterrirent sans ménagement sur l'égouttoir. Miriam s'éjecta de ses gants en caoutchouc et quitta la cuisine à grands pas.

— Je ne sais pas qui c'était, mais il l'a mise à cran. Tu crois qu'elle a une aventure ? dit Clare.

La chose était fort improbable, Miriam n'ayant pas suffisamment de temps libre pour se consacrer à une aventure.

— C'était peut-être un bookmaker, suggéra Nadia. Peut-être qu'elle a perdu aux courses et doit des sommes colossales. Est-ce que ce type au téléphone avait l'air du genre à lui envoyer des hommes de main ?

— Il avait juste un petit accent écossais. Et si c'était un parent perdu de vue depuis longtemps ? Le fils illégitime de Miriam ?

— Son fils ? Quel âge avait-il ?

— Comment le saurais-je ? La prochaine fois qu'il appelle, je lui demande sa date de naissance en précisant qu'une photo d'identité accompagnée d'un échantillon d'ADN seraient encore mieux.

— Revenons à nos moutons : Piers et toi. Sérieusement, n'est-il pas grand temps que tu le laisses tomber ?

Clare hésita, visiblement partagée entre l'envie de garder son apparence bravache et le besoin de se confier à quelqu'un, fût-ce à la sœur avec laquelle elle se chamaillait à longueur de temps.

— Le problème, c'est que je l'aime vraiment. C'est plus fort que moi, c'est comme ça.

— Même s'il te traite comme une crotte de chien ?

— Ce n'est pas le cas. Hier, il a simplement oublié qu'il y avait un barbecue.

— Crotte de chien. Il se moque de toi.

— Je le sais bien ! Mais justement, je l'aime *encore plus* à cause de ça !

Dans sa chambre à l'étage, Miriam, assise sur son lit, composa le numéro que venaient de lui fournir les renseignements. Pour la troisième fois, elle se pencha pour vérifier, dans un tintement de perles, que la porte était fermée.

Il décrocha à la première sonnerie.

— Miriam ? C'est toi ?

— Écoutez-moi bien : je vous interdis de rappeler ce numéro. C'est clair ? C'est ma petite-fille qui a décroché tout à l'heure. Vous avez votre propre famille et votre propre vie, j'ai les miennes. Je n'ai aucune envie de vous voir ou de vous parler. Tout cela appartient au passé. Et je ne plaisante pas.

Miriam sentit que sa voix commençait à s'altérer et à trembloter.

— Laissez-moi tranquille, conclut-elle.

— Ouais ! C'est génial que tu sois là !

Tamsin embrassa Tilly comme s'il s'agissait de sa meilleure amie perdue de vue depuis une éternité.

— Bienvenue dans la maison de l'ennui. Je m'embête à mourir. Allez viens, je vais te montrer où tu dormiras. Ça va être trop cool !

Tamsin avait une grande chambre exposée plein sud, équipée de lits jumeaux, avec des murs couverts de posters de stars.

— P'pa a acheté le deuxième lit l'autre jour, spécialement pour toi.

Elle se jeta sur son lit, sortit un paquet de cigarettes de dessous les coussins et ouvrit la fenêtre.

— T'en veux une ? Allez, rien qu'une petite. J'ai aussi une bouteille de vodka pour tout à l'heure. Les parents, c'est vraiment l'enfer : je n'ai pas eu le droit de sortir de la semaine. Un jour, ils se plaignent que je suis toujours dans leurs pattes, et puis, dimanche dernier, je sors avec des copains, je rentre un peu en retard et ils piquent une crise en disant que j'ai de mauvaises fréquentations. Tu y piges quelque chose, toi ? Le problème, c'est qu'ils ne savent pas ce qu'ils veulent. Les filles de ma classe sont ennuyeuses à mourir, et dès que je sors avec des gens marrants, voilà que j'ai des mauvaises fréquentations. Je te le dis : les parents me rendent dingue. Mais bon, tu es là maintenant.

— C'est vrai, fit Tilly, hésitante.

— Un peu que c'est vrai !

— Regarde-moi ça, s'extasia Leonie un peu plus tard. Elles s'entendent comme les doigts de la main ; on dirait deux sœurs.

Tilly songea à Nadia et Clare qui passaient leur temps à se crêper le chignon. Tamsin, occupée à lui tresser les cheveux selon un plan compliqué, lui donna un petit coup dans le dos.

— Euh… est-ce que Tam et moi nous pourrions aller au McDo tout à l'heure ? dit-elle comme si l'idée venait de lui passer par la tête.

— Eh bien… Tamsin ne t'a pas dit qu'elle était punie ? Dimanche dernier, au lieu de rentrer à huit heures comme prévu, elle n'est revenue qu'à une heure trente du matin.

Une heure du mat'? La vache !

— Et si je restais ici pendant que Tilly va au McDo ? lança Tamsin. Évidemment, elle n'a peut-être pas envie d'y aller toute seule. La pauvre, c'est comme si elle était punie, elle aussi, alors qu'elle n'a rien fait…

Elles partirent pour le centre-ville.

— Ça a marché comme sur des roulettes ! s'écria Tamsin en embrassant le billet de dix livres.

— Nous devons être rentrées à quatorze heures.

— Arrête ! Du moment que nous sommes ensemble, ils ne diront rien si on est un peu en retard. Tu es mon chaperon, ma Mary Poppins rien qu'à moi, dit Tamsin en passant son bras sous le sien.

Sauf que Mary Poppins contrôlait la situation, elle. Mary Poppins ne tremblait pas intérieurement comme une feuille, en se demandant ce que l'enfant qu'on lui avait confiée allait encore bien pouvoir inventer.

— Vous êtes en retard, dit Brian.

Tilly sentit ses mains devenir moites.

— Tilly a voulu faire du lèche-vitrines, mentit Tamsin sans complexe. Allez, p'pa, relax. On est là. Il est seulement trois heures et demie.

Leonie s'en mêla.

— Il ne leur est rien arrivé, chéri. Je t'avais bien dit que tu n'avais pas de souci à te faire. Regarde-les : elles viennent de passer un bon moment.

Un bon moment qu'elles avaient passé assises dans la chambre d'une propreté douteuse que louait l'un des nouveaux amis de Tamsin. L'un de ces amis dont Brian désapprouvait la fréquentation, bien sûr. Jif – *Jif!* – avait des dreadlocks beiges, beaucoup de tatouages et une incroyable quantité de piercings faciaux. Par moments, celui qu'il avait sur la langue rendait d'ailleurs difficile la compréhension de ses propos. En outre, il ne sentait pas très bon. Mais il avait l'air correct, dans le style grunge qui était le sien, et Tamsin l'aimait bien.

Dans cette chambre, ils n'avaient pas fait grand-chose, à part écouter de la musique en fumant beaucoup. En fait, Tilly s'était plutôt ennuyée, quoiqu'elle n'en ait rien dit. Jif avait dix-sept ans et, d'après Tamsin, il était pour ainsi dire « trop cool ».

— Il reste des beignets? fit cette dernière en fouillant dans le réfrigérateur.

— Vous sortez du McDo, protesta Brian.

Tamsin, le billet de dix livres soigneusement caché dans la poche arrière de son jean, leva les yeux au ciel.

— P'pa, nous sommes en pleine croissance! Voilà deux heures que nous avons fini de manger. Nous mourons de faim toutes les deux. Tien, attrape, dit-elle à Tilly en lui lançant un beignet.

Le soir, ils se rendirent dans un restaurant familial où des émules du groupe Abba jouaient sur une scène, tandis qu'enfants et parents dansaient ensemble. Du moins les plus jeunes enfants.

— Tu veux rire ! rétorqua Tamsin à son père quand il lui proposa un tour de danse. Danser sur cette musique pour vieux croulants ! J'aurais trop la honte !

— Tu t'amuses, ma chérie ? dit Leonie en passant un bras autour des épaules de Tilly.

Celle-ci hocha la tête et sourit. Leonie la serra contre elle. Voyez quel bon moment nous partageons, ma mère et moi, songea Tilly en rosissant de plaisir. Toute chose, elle posa la tête contre sa poitrine.

— Comme c'est mignon, railla Tamsin. Vite, envoyez les violons.

— Ne te moque pas, répliqua Leonie en pinçant Tilly à la taille. C'est mon bébé.

Tilly étouffait littéralement de bonheur.

— Viens, dit Brian comme les musiciens entonnaient *Waterloo*. Il est temps que les vieillards dansent un peu.

Puis, sortant une pleine poignée de pièces de sa poche :

— Tenez, les filles, allez faire quelques parties de billard et arrêtez de vous moquer de nous.

Aussitôt, Tamsin fut debout et déclara gaiement :

— Eh, les vieux, on ne vous a jamais parlé du traitement multitâche ? Nous pouvons jouer au billard *et* nous moquer de vous en même temps !

Le dimanche soir, Nadia vint chercher Tilly à la gare.

— C'était horrible ?

— Non, bien. On a passé un bon moment. M'man m'a acheté ça, dit Tilly en désignant un corsage noir en tissu froissé. Et aussi ça, ajouta-t-elle en exhibant un pendentif en argent. Et nous avons été les meilleurs au concours familial de culture générale, cet après-midi au pub. Nous avons battu les six autres familles. J'ai reçu une récompense.

Nadia lui jeta un regard en coin. L'insistance avec laquelle sa sœur employait un certain mot commençant par « f » ne lui disait rien de bon. Que mijotait Leonie ?

— Génial. Quel genre de récompense ?

— Un CD.

Tilly tira sur son corsage pour cacher son nombril, orné d'un tatouage à l'eau. Du moins Nadia espérait-elle qu'il s'agissait d'un tatouage à l'eau.

— Quel CD ?

Elles échangèrent un regard.

— *Hear'Say,* avoua Tilly d'un air penaud.

— Allons, va. Ce n'est pas grave, la consola Nadia en lui tapotant le genou.

28

Mercredi matin, Miriam annonça à Edward qu'elle partait faire du shopping. Elle traversa la ville pour se rendre dans une banlieue de Bristol où elle n'avait jamais mis les pieds, découvrit l'adresse qu'elle cherchait et se gara devant un cabinet d'avocats dont elle avait trouvé les coordonnées dans l'annuaire.

— Christine Wilson, annonça-t-elle à l'hôtesse d'accueil. J'ai rendez-vous à onze heures avec M. Payne.

Les bureaux, mornes, avaient besoin d'être rafraîchis. David Payne, la cinquantaine bien sonnée, était assorti au décor. Bizarrement, malgré des cheveux rares, il produisait une prodigieuse quantité de pellicules, à en juger par les épaules de son costume qui en étaient littéralement couvertes. Mais peut-être venait-il d'emprunter cette veste à quelqu'un d'autre, songea vaguement Miriam.

— Bien, madame Wilson. Si vous me disiez pourquoi vous êtes ici ?

Elle exposa sa situation en tâchant d'oublier les pellicules. Lorsqu'elle eut terminé, David Payne se cala dans son fauteuil en secouant sa tête de phoque.

— Eh bien, dit-il en tapotant le bureau de son stylo. Eh bien, eh bien…

— Et alors ?

— Cela pourrait mal tourner. Très mal tourner, même.

Cela pouvait-il plus mal tourner que son projet initial de louer les services d'un tueur à gages ?

— Soyez plus explicite. Est-ce que je risque la prison ?

— Je crains, répondit Payne d'un air grave, que la prison ne soit pas à exclure. C'est... disons... une possibilité.

Miriam hocha la tête. La prison ? Bigre. Le regard rivé sur ses mains croisées, elle reprit :

— Dans ce cas, que me suggérez-vous de faire ?

— Pour le moment, vous ne pouvez pas faire grand-chose. Dans cette affaire entre ce monsieur et vous, la balle semble indubitablement dans son camp. Franchement, madame Wilson, je n'aimerais pas être à votre place.

Miriam luttait contre une impression de malaise grandissante. Elle n'aurait jamais dû venir. Tout cela s'avérait plus dangereux qu'elle ne l'avait pensé.

— Beurk !

Nadia, effrayée, eut un brusque mouvement de recul et tomba sur le sol caillouteux. Derrière elle, sur la terrasse, des bruits trahirent une hilarité non dissimulée.

En se retournant, elle aperçut le plombier, l'adjoint au logement et Jay, en train de se moquer d'elle.

— Je ne vois pas ce qu'il y a de drôle, grommela-t-elle en s'emparant de sa bêche.

Les vers de terre étaient son cauchemar. Pourquoi les gens pensaient-ils toujours que, sous prétexte que vous étiez jardinier professionnel, votre phobie des vers devait automatiquement disparaître ? Elle n'aimait pas les lombrics d'une manière générale, mais elle détestait encore plus les couper en deux accidentellement avec sa bêche.

Pourquoi diable ces créatures – surtout quand on les coupait en deux – se sentaient-elles obligées de se tortiller aussi frénétiquement ?

Son aversion remontait probablement à ce jour de son enfance où Clare, en jouant avec elle dans le jardin, avait glissé une poignée de ces bestioles dans son tee-shirt.

— Encore un ver ? fit Jay de loin.

Ce n'était pas la première fois qu'il était témoin de son dégoût.

— Était-il énorme et effrayant ?

— Un vrai serpent à sonnette.

Près de son pied gauche, les deux moitiés de ver disparurent sous terre en se tortillant. Nadia repoussa ses cheveux de son visage et se remit à bêcher avec entrain. Jay et ses compagnons disparurent à l'intérieur de la maison. Tout en se retenant de ne pas consulter sa montre – mince ! déjà cette heure-là ! –, elle se demanda si elle n'avait pas gâché ses chances auprès de Jay. On était jeudi, il était dix-sept heures dix, et celui-ci n'avait pas reparlé une seule fois d'un éventuel rendez-vous. Vrai : s'il n'y pensait plus ou avait changé d'avis, il la snobait de belle manière. Elle attendait un mot de lui depuis maintenant quatre jours entiers… et c'était épuisant.

Elle commençait à comprendre pourquoi Clare ne voulait pas renoncer à Piers le Snob, et avait accepté sans hésiter de le voir lorsqu'il l'avait appelée lundi. Moins Jay lui demandait de sortir avec elle, plus elle avait *envie* qu'il le lui demande.

Pleinement frustrée, elle appuya de son pied sur la bêche et continua à retourner la terre. Il était maintenant dix-sept heures quinze. Et si Jay avait changé d'avis ? Comment osait-il ? Seigneur, dix-sept heures seize… et elle finissait à dix-sept heures trente ! On devrait interdire aux hommes qui reviennent sur leur parole de vous dire qu'ils désirent sortir avec vous. De telles déclarations constituaient des injustices flagrantes qui auraient dû tomber sous le coup de la loi : ne pouvait-on pas inculper quelqu'un de violation de promesse, par exemple ? Et dire qu'il était dix-sept heures dix-sept !

Jetant sa bêche, Nadia soupira d'impatience tout en lorgnant vers la maison. Il n'y avait plus qu'une seule solution.

Elle retira sa montre et la glissa dans son soutien-gorge…

Elle sursauta en entendant la voix de Jay derrière elle, un peu plus tard. Enfin, pas vraiment, car elle l'avait entendu traverser la terrasse. Mais elle fit comme si son arrivée l'avait fait sursauter. Une femme ne perdait jamais rien à faire croire à son employeur qu'elle était si absorbée par son travail qu'elle n'aurait pas remarqué Russell Crowe, eût-il traversé le jardin en costume d'Adam.

Sauf que ce dernier aurait risqué de se blesser les pieds sur les pierres, et qu'il aurait mieux fait de porter des bottes de caoutchouc.

Enfin, bref.

— Pardon ? fit-elle en relevant la tête.

— Je disais qu'il est presque dix-huit heures. Les autres sont partis.

Presque dix-huit heures ?

Nadia plongea la main dans son soutien-gorge – mais attention, avec la distinction d'une vraie dame – et en sortit sa montre.

— Désolée, je voulais juste finir cette plate-bande.

— Si on dînait samedi soir ?

— Pardon ?

Dans sa poitrine, son cœur sonnait la victoire.

— Samedi soir. À moins que vous n'ayez d'autres projets. Parce que si c'est le cas, ce n'est pas grave, je…

— Parfait pour samedi ! Je n'ai rien de prévu. Pas le moindre projet !

Elle n'allait pas commettre la même erreur une seconde fois.

— Très bien. Vous permettez que je passe vous prendre ? Vingt heures, ça va ?

— Vingt heures, parfait.

Puis, après un instant :

— Je pensais que vous aviez oublié.

— Qu'est-ce qui vous a fait penser ça ?

— Nous sommes jeudi après-midi.

Était-il obtus, ou quoi ?

— Oh. Eh bien, comme vous m'avez fait attendre, j'avais décidé d'en faire autant.

La malice qui brillait dans les yeux de Jay la fit frissonner d'envie.

— Pourriez-vous vous taire un peu, toutes les deux ? J'essaie de regarder « Tournez manège » et je n'entends même plus la télé, soupira Tilly en faisant irruption dans la chambre de Nadia.

— Oui, patron. Non, patron. Désolée, patron, railla Clare avant de se remettre à chanter.

— Tu ne sais pas chanter. C'est faux, c'est horrible, reprit Tilly.

Les poings sur les hanches, elle s'en prit cette fois à Nadia.

— Quant à toi, tu chantes encore plus mal que Harpo. Il ne sait plus où se mettre et se bouche les oreilles.

— Ce n'est pas notre faute mais celle de Cher, répliqua Nadia en désignant le lecteur de CD, à l'intérieur duquel Cher roucoulait qu'elle croyait à la vie après l'amour. Elle chante tellement fort qu'on n'arrive plus à s'entendre. C'est uniquement sa faute.

— Et ce hurlement que je viens d'entendre ?

— C'était Clare. Parce que je me suis emparée la première du sèche-cheveux, dit Nadia en brandissant l'objet du conflit.

Tilly les enveloppa toutes deux du regard plein de dédain que confère une patience longuement mise à l'épreuve.

— Vous ne pourriez pas baisser un peu cette musique ?

— À vos ordres, patron. Nad, baisse le son.

Avec une moue de poisson rouge, Clare appliquait une nouvelle couche de brillant à lèvres sur sa bouche déjà très brillante, quand elle avisa Nadia dans le miroir.

— Eh, ces boucles d'oreilles sont à moi ! J'avais l'intention de les porter ce soir.

— Elles me vont mieux qu'à toi. Si tu veux, je te prête ma ceinture… Oooh ! Serait-ce une voiture que j'entends ?

Cette manœuvre de diversion fonctionna à la perfection. Clare se précipita à la fenêtre. Tilly quitta la chambre en levant les yeux au ciel. Cher continua de roucouler à pleins tubes. Nadia acheva de se coiffer en crânant devant le miroir, avec ce frisson d'excitation qui vous étreint avant une soirée qui s'annonce vraiment prometteuse.

Pour l'occasion, elle avait même – précaution osée, mais ô combien prudente – glissé une culotte de rechange et une brosse à dents dans un compartiment de son sac à main.

Il était dix-neuf heures trente. Miriam était au théâtre avec Edward. James sortait avec Annie. Piers, qui faisait amende honorable, avait appelé Clare pour lui dire qu'il venait de partir de chez lui. Et à vingt heures – à quelques minutes près – Jay serait là.

Sans doute aucun, cette soirée allait être mémorable.

Nadia se contempla dans le miroir avec un sourire satisfait : elle était tout bonnement époustouflante, il fallait le reconnaître. Dans quel restaurant Jay allait-il l'emmener ? Était-il vraiment obligatoire d'aller au restaurant ? Le maître d'hôtel serait-il vraiment contrarié s'ils appelaient pour annuler la réservation et allaient tout droit chez Jay ?

On entendit un crissement de pneus sur le gravier.

— Ooooooh ! glapit Clare en se précipitant à nouveau à la fenêtre. Cette fois, c'est bien une voiture. C'est Piers ! Avec la Ferrari !

— Je te dis m... !

— À toi aussi ! lança Clare, déjà dans l'escalier.

Avec les talons qu'elle portait, elle avait vraiment besoin qu'on lui souhaite bonne chance.

Pomponnée à fond, Nadia descendit dans le salon dix minutes plus tard. Étendue sur le canapé, Tilly grignotait en regardant « Tournez manège ». Sur l'écran, l'animatrice de l'émission faisait des grimaces comiques, pendant que le couple formé la semaine précédente s'abreuvait d'insultes de plus en plus assassines.

— Encore une belle histoire d'amour, commenta Nadia en poussant les pieds de Tilly pour se faire une petite place.

— Exact. Tout à fait comme Clare et Piers le Snob. Sauf que Piers n'aime personne d'autre que lui-même.

— Tu es sûre que tu vas savoir te débrouiller toute seule, ce soir ?

Tilly n'avait le droit de rester seule à la maison que depuis qu'elle avait eu treize ans.

— Et si je n'en suis pas sûre ? Tu vas me traîner au restaurant pour que je tienne la chandelle pendant que tu flirtes avec un vieux croulant ? Non merci.

— Jay a trente ans !

— Bon, ce n'est peut-être pas un vieux croulant. Disons un homme d'âge mûr.

— S'il était là, tu verrais ce que Jay te ferait. Trente ans, ce n'est pas l'âge mûr.

— D'accord. Prends garde que ta culotte ne s'entortille pas.

Il s'agissait en fait d'un adorable et minuscule petit slip de dentelle, songea Nadia, satisfaite.

— Ne t'en fais pas pour moi, poursuivit Tilly. J'ai hâte de me retrouver seule et au calme. Je vais pouvoir finir le pot de crème glacée et regarder tout ce que je veux à la télé sans être dérangée.

Nadia allait proposer de lui rapporter quelques petits-fours du restaurant, enveloppés dans une serviette en papier, quand elle se rappela qu'avec un peu de chance elle ne rentrerait pas cette nuit.

— D'accord, mais défense de sniffer de la cocaïne, de te saouler à la tequila ou d'organiser une orgie.

— Ai-je droit aux chips au vinaigre ?

— Pas plus de deux paquets.

Nadia passa une main dans les cheveux de Tilly.

— Nous avons vraiment de la chance de t'avoir. Embrasse donc ta vieille sœur bientôt d'âge mûr...

— Pouah ! Tu cocottes ! Qu'est-ce que tu as l'intention de faire à ce type ? Le chloroformer ?

— Seigneur ! J'en ai peut-être mis trop ? Comme je ne sentais rien, j'ai voulu m'en remettre et c'est alors que la bouteille m'a échappé des mains et... Tu as raison, j'en ai mis trop.

Nadia se leva aussitôt. Dehors, elle reconnut le bruit familier d'un taxi et se mit à paniquer légèrement. Masquer un excédent de parfum n'était pas chose facile. Aucun remède ne semblait efficace, sauf à se frotter la peau au tampon Jex. Mais d'un autre côté, si Jay arrivait maintenant, il détecterait chez elle et l'excédent d'Amarige et, partant, l'excédent d'espoirs dont elle s'était rendue coupable. Ce qui serait un mauvais début.

Elle se précipita dans les toilettes où, à l'aide d'une brosse à ongles et d'un savon, elle s'étrilla frénétiquement les poignets. Maintenant que Tilly le lui avait fait remarquer, l'excédent d'Amarige était flagrant. Elle frotta également sa – aïe ! – nuque, s'aspergea d'eau pour rincer le savon et s'essuya énergiquement. Du moins était-elle pratiquement sèche, car elle avait éclaboussé le devant de son corsage blanc. Mais par une nuit aussi chaude, il serait sec en un rien de temps.

Dring !

— L'homme de tes rêves est avancé, entonna Tilly, un peu trop fort au goût de Nadia. Puis-je le laisser entrer, ou l'odeur n'a-t-elle pas encore disparu ? Veux-tu que j'aille chercher une pince à linge pour son nez ?

— J'y vais.

Laisser Tilly ouvrir était trop risqué. Après une glissade dans le couloir, Nadia ouvrit la porte, prête à faire remarquer à Jay qu'il avait dix minutes d'avance.

Mais les mots lui manquèrent.

Bonté divine !

— Nadia.

Laurie l'enveloppa affectueusement de son regard vert.

— Tu es splendide. Ce concours de tee-shirts mouillés est-il privé, ou tout le monde est-il libre d'y participer ?

29

La vieille horloge égrenait des secondes qui s'étiraient comme des heures. Nadia voulut respirer, mais elle n'y parvint pas : l'air restait prisonnier de ses poumons. Ce n'était pas Jay, mais *Laurie*. Laurie, l'homme qu'elle essayait d'oublier depuis dix-huit mois maintenant. Bien qu'elle n'ait pas réussi à l'oublier – en toute honnêteté, qui l'eût pu ? –, elle avait indubitablement fait tous les efforts possibles pour ne plus penser à lui. Ne plus penser à Laurie était pratiquement devenu un art.

À présent, il était là. L'ex-amour de sa vie venait d'apparaître à sa porte et la dévisageait de ce regard dont elle se souvenait si bien.

Comment, dans ces conditions, s'étonner de ce qu'elle ne parvienne plus à respirer ?

Laurie ne l'avait ni embrassée ni serrée contre lui. Mais il y avait quelque chose, là, dans son regard.

— Qui y a-t-il à la maison, à part toi ? dit-il enfin.

— Euh... personne.

— Je te remercie ! glapit Tilly derrière elle.

Laurie était l'idole de Tilly depuis que celle-ci était petite. Elle s'élança dans le couloir et se jeta dans ses bras tendus.

— Je suis si contente de te revoir ! Qu'est-ce que tu fais là ?

Tout en la serrant contre lui, Laurie regarda Nadia.

— Je suis revenu. Pour de bon.

Nadia avait aussi perdu l'usage de la parole.

— Tout le monde est sorti, expliqua Tilly. Ton père a emmené Gran au théâtre.

— Voyant qu'il n'y avait pas de lumière à la maison, je suis venu directement ici. J'ai laissé mes affaires dehors. Ça ne vous dérange pas que je les rentre ici ?

Rose de plaisir, Tilly l'aida à transporter ses divers bagages dans l'entrée. Puis elle déclara devant Nadia, pétrifiée :

— Je crois que je ferais mieux de vous laisser ! J'ai une leçon de géographie à apprendre. Si vous avez besoin de moi, je suis dans ma chambre.

Ils la regardèrent monter, puis entendirent la porte claquer. Au moment où ils regagnaient le salon, l'horloge se mit à vibrer, puis à bourdonner, et enfin à sonner l'heure. Il était huit heures.

— Eh bien, fit Laurie.

Il n'y avait pas une seconde à perdre.

— Eh bien, quoi ?

— Je n'ai pas cessé de penser à tout cela durant ma traversée de l'Atlantique, et pourtant je ne parviens plus à trouver les mots… Nad, je regrette. Je n'arrive pas à croire que j'aie pu faire une chose pareille et je suis vraiment, profondément désolé. Tu m'as manqué après notre rupture, beaucoup manqué. Mais j'avais tant à faire… je travaillais comme un dingue… et je pensais sincèrement avoir pris la bonne décision, pour toi comme pour moi.

L'air sombre, il fit un pas en avant. Nadia ne sentait plus ni ses doigts ni ses orteils.

— Et ?

— J'ai été un imbécile. J'ai commis une terrible erreur. Maintenant, je m'en rends compte. Vivre à Hollywood est un enfer. L'industrie du film est un ramassis de pourriture. Je ne voulais plus rester une minute de plus parmi ces gens irréels et creux.

— Tu veux dire qu'ils ne voulaient plus te faire travailler ? répliqua Nadia malgré elle.

— Brrrrkk ! Gillette : pour nous les hommes ! glapit Harpo en fixant son vieil adversaire.

Laurie sourit, sans lui prêter attention.

— C'est tout le contraire. On m'offrait des contrats de plus en plus importants. Mais cela ne m'intéresse plus. Je n'ai plus envie de vivre là-bas, car ce que j'y fais n'a aucun sens. Tenez, lisez, madame la sceptique, dit-il en sortant de sa poche un fax chiffonné.

C'était un fax de l'agent de Laurie : *Mon petit, tu fais une grosse erreur. Tu tournes le dos à une carrière du tonnerre. Appelle-moi si tu changes d'avis. Hyram.*

— Je n'ai pas l'intention de changer d'avis. Hyram voulait m'envoyer chez son psy. Tu me vois chez un psy ? Il est vrai que je t'ai quittée. J'aurais peut-être dû aller en voir un, à ce moment-là. À propos, qu'est-il arrivé à ton cou ? Clare a tenté de t'étrangler ?

La brosse à ongles avait laissé des traces.

— Trop de parfum. J'étais en train d'essayer de l'enlever.

Jay allait arriver d'un instant à l'autre. Elle s'efforçait de ne pas céder à la panique.

— Une virée entre filles ?

Il ne manquait pas d'air !

— Qu'est-ce qui te fait croire que je ne sors pas avec un homme ?

Rouge d'indignation, elle pria pour que Jay ne lui pose pas un lapin.

— Ne t'énerve pas. J'ai appelé mon père la semaine dernière. Il m'a dit que tu ne sortais avec personne.

— Eh bien, il se trouve que je sors avec quelqu'un ce soir, et que ce quelqu'un est un homme.

Et quel homme !

— Tu veux annuler ?

— Non !

De toute façon, il était trop tard.

— Non, évidemment, tu ne peux pas faire ça... Tant pis. J'attendrai ton retour ici.

Génial.

— Ne me regarde pas comme ça, reprit Laurie en repoussant les mèches qui envahissaient son visage, avec son sourire désolé et craquant. Nad, je me rends compte que ça doit être un choc pour toi. Je ne veux pas te mettre la pression, mais il faut que nous parlions. Va à ton rendez-vous, amuse-toi. Je tiendrai compagnie à Tilly en t'attendant.

Puis, tournant la tête vers la porte :

— On dirait qu'il arrive.

Tilly, qui avait réussi l'exploit d'écouter aux portes tout en surveillant ce qui se passait dehors, dévala l'escalier.

— Le voilà ! Vas-y. Laurie et moi allons passer une supersoirée.

Puis, s'adressant à Laurie :

— Ils connaissent le Monopoly aux États-Unis ?

— Oui. Et aussi les leçons de géographie, répliqua-t-il, tout sourires, en l'entraînant vers le salon.

— Tu sais, je n'ai pas de leçon à apprendre : je cherchais juste à faire preuve de discrétion.

— Personne dans ta famille ne connaît le sens de ce mot ! Viens, je vais te montrer comment il faut faire. Toi et moi allons nous cacher et faire comme si nous n'étions pas là. Pas un bruit, d'accord ? Il ne faudrait pas faire peur à l'ami de Nadia.

La gorge nouée, Nadia attendit que la porte du salon se referme sur eux. Bien qu'elle s'y attendît, la sonnette la fit sursauter. Seigneur, pourquoi fallait-il qu'une chose pareille lui arrive ?

Jay était là, très chic dans son costume. Il jeta un œil amusé sur les bagages alignés dans l'entrée.

— Quelqu'un quitte le nid ?

Dieu sait comment, Nadia trouva une repartie.

— Harpo. Il prétend que nous le rendons fou et préfère s'en retourner à Madagascar.

— Ce n'est pas grave, il pourra toujours téléphoner.

Comme elle allait chercher son sac à main, Jay remarqua son cou.

— Quelles sont ces marques ? Clare vous a battue ?

À travers la porte fermée du salon, Harpo brailla d'une voix rauque :

— Faites la pause Kit-Kat !

— Venez, dit Jay en entraînant Nadia au-dehors. Nous méritons mieux qu'un Kit-Kat.

Nadia était bien trop énervée pour se concentrer sur quoi que ce soit. Elle avait l'impression d'être un apprenti berger se démenant pour rassembler des brebis qui s'égaillaient en tous sens. Jay l'avait emmenée dans un agréable restaurant noir de monde. Pourtant, elle ne parvint même pas à choisir son menu. Laurie était revenu, et il était revenu lui dire qu'il avait commis une terrible erreur. C'était trop d'émotions d'un seul coup.

— Nadia ? fit Jay en l'interrogeant du regard.

Elle se rendit compte que le maître d'hôtel attendait, stylo en main.

— Euh... je prendrai comme vous.

Quelle grossière erreur, songea-t-elle en voyant arriver le hors-d'œuvre. Elle n'aimait pas la friture.

— Me direz-vous ce qui se passe ?

— Pardon ?

Ces adorables pauvres petits poissons argentés, avec leurs têtes et leurs yeux ! Nadia ne se sentait pas la force de les regarder, et encore moins de les manger. Laurie pensait-il sérieusement qu'il pouvait débarquer dans sa vie et qu'elle allait l'accueillir à bras ouverts ? Que pouvait être en train de lui raconter Tilly en ce moment même ? Il aurait au moins pu attendre la semaine suivante pour débarquer !

Ou disons, un jour de plus.

— Écoutez, reprit Jay en se calant sur sa chaise. J'aimerais attribuer votre trouble à la joie d'être ici avec moi, mais quelque chose me dit que ce n'est pas ça. Vous vous sentez bien ?

Nadia hocha la tête. Ce n'était pas la faute de Jay.

— Excusez-moi, j'avais simplement oublié qu'on servait la friture avec la tête et les yeux.

De toute évidence, il n'en crut pas un mot. Le regard rivé sur elle, il la défia en silence d'inventer un autre mensonge.

— Dites-moi vraiment ce qui ne va pas.

— Rien.

— Nadia…

Troisième et dernier avertissement.

Elle repoussa l'horrible assiette de friture en soupirant.

— Ces bagages, c'étaient ceux de Laurie. Il est revenu ce soir.

Ouf, quel soulagement de tout avouer !

Silence. Du moins, à leur table. Autour d'eux, indifférents, les rires, les conversations animées et le cliquetis des couverts allaient bon train.

— Revenu… pour vous ?

— Non. Revenu des États-Unis. Mais il dit qu'il regrette. Il a l'air plutôt…

— … amoureux ?

Nadia fit non, puis oui, puis non de la tête. Heureusement qu'elle l'avait bien accrochée.

— Je ne sais pas, admit-elle en fin de compte. Il est arrivé dix minutes seulement avant vous. Je suis un peu…

— … déboussolée ?

— Pourriez-vous cesser de terminer mes phrases à ma place ?

— Il faut bien que quelqu'un le fasse.

— Voulez-vous ma friture ?

— Non. Voulez-vous que je vous raccompagne ?

— Oui, s'il vous plaît.

Jay attira l'attention du maître d'hôtel et paya l'addition, c'est-à-dire pas grand-chose.

— Pas chez moi, dit-elle en sortant du restaurant. Chez vous.

30

— Non, décréta Jay en arrivant devant la voiture.

— Je vous en prie, implora Nadia.

Elle frissonna malgré la chaleur de la nuit. Quelques secondes plus tard, ils remontaient Park Street.

— Écoutez, fit-il d'un air résigné. Je ne m'attendais certes pas à ce que cette soirée se déroule de cette manière. Je m'en faisais une fête, et je crois que vous aussi.

La gorge nouée, Nadia acquiesça. Elle se mit à farfouiller dans son sac, à la recherche d'un mouchoir en papier. Seigneur, elle n'allait tout de même pas pleurer ! Par erreur, elle sortit son slip de rechange, qu'elle fourra aussitôt dans son sac.

— Mais vous avez besoin d'y voir clair, poursuivit Jay. De décider ce que vous voulez vraiment. Lorsque j'invite une personne chez moi, je préfère qu'elle m'accorde toute son attention. Si je vous amène chez moi maintenant, vous allez penser à lui. Vous devez prendre une décision, c'est inévitable.

Il avait raison. La vision de Nadia se troubla. Étant donné les circonstances, pleurer semblait une étrange idée. Elle n'avait jamais songé que Laurie pût faire une chose pareille. Pourtant, il l'avait faite ; il l'aimait et désirait qu'elle lui revienne. Donc, elle se retrouvait déchirée entre deux hommes, car Jay aussi la désirait.

Mais pour combien de temps ? Telle était la question.

Cependant, quelle que décision qu'elle prenne, celle-ci ne lui apporterait que du bonheur. Il ne s'agissait pas à proprement parler d'un dilemme déchirant. Ce n'était pas comme avoir le choix entre se jeter dans la gueule d'un lion ou sauter dans un lac infesté de crocodiles.

Quelle idiote elle faisait ! Elle s'éclaircit la voix et battit des paupières, jusqu'à ce que les lumières de Park Street redeviennent nettes.

— Que dois-je faire, d'après vous ?

— Ne me le demandez pas.

— Je vous le demande.

— OK, lança-t-il d'un ton sec. D'après moi, vous devriez dire à votre ex-petit ami qu'il ne manque pas de culot, et qu'il doit avoir une bien piètre opinion de vous pour penser que vous allez ne serait-ce qu'envisager de renouer avec lui. D'après moi, vous devriez lui dire d'aller se faire voir à L.A. et de vous ficher la paix.

— Bien, bien, j'ai compris le message.

Demander son avis à Jay n'était peut-être pas une bonne idée. Franchement, qu'avait-elle espéré qu'il lui dise ?

— Mais je ne peux pas faire ça, ajouta-t-elle.

— Bien sûr que si.

— Je ne peux pas.

— Uniquement parce que vous ne *voulez* pas.

— Vous ne connaissez pas Laurie.

— Je n'ai nul besoin de le connaître, et j'aurais préféré que vous ne le rencontriez jamais.

— Mais il est…

— Ça va, arrêtez de le défendre. N'avez-vous aucun amour-propre ? Il vous a plaquée une fois : qu'est-ce qui l'empêche de recommencer ?

— Qu'est-ce qui vous dit que je veux à nouveau de lui ? Je n'ai jamais dit ça ! Il vient juste de débarquer.

— Ça, on peut le dire. Quel sens de l'à-propos ! Voilà, je vous ai dit ce que je pensais. Maintenant, à vous de prendre une décision.

— Merci pour vos conseils.

— Ne faites pas la tête. Vous m'avez demandé mon avis, je vous l'ai donné.

Peut-être, mais elle n'était pas obligée d'être d'accord.

Le reste du parcours se déroula dans un silence glacial. Jay se gara devant chez elle sans couper le moteur.

— Désolée, fit-elle, mal à l'aise.

— Ce n'est pas votre faute, répliqua-t-il sur un ton qui insinuait le contraire.

— Bien. Bonsoir.

— Amusez-vous bien.

Nadia descendit de la voiture comme si on l'en chassait. Jay démarra en trombe. Comme un homme qui s'éloigne en courant d'une fille qui vient de lui avouer qu'elle a une maladie honteuse.

Elle se redressa. Et maintenant, au suivant.

— Va-t'en, râla Tilly lorsqu'elle pénétra dans le salon. Tu arrives trop tôt, on s'amuse comme des fous.

Elle allait y mettre bon ordre.

— Dommage, Cendrillon, dit Nadia en tirant sur sa queue-de-cheval. L'une de tes méchantes sœurs est de retour, et tu dois aller te coucher.

Ils avaient fait une partie de Pictionary. Sur l'une des feuilles de papier éparses recouvertes de gribouillis, Tilly dessina en hâte une groseille à la mine désolée.

— Allez va, dit Laurie. Je serai encore là demain.

— Sauf si Nadia te découpe en petits morceaux et t'enterre dans le jardin.

— Croisons les doigts. Je ne voudrais pas servir d'engrais.

Ils s'entendaient à merveille, comme toujours. Sa sœur désirait sans doute qu'elle reprenne son histoire avec Laurie là où elle l'avait arrêtée.

Tilly l'embrassa pour lui souhaiter bonne nuit tout en lui glissant :

— C'est merveilleux. Tu en as de la chance.

Nadia se fendit d'un bref sourire. Ce n'était pas exactement ce qu'elle ressentait pour le moment.

— Nous ne t'attendions pas avant minuit, commença Laurie quand ils furent seuls dans le salon.

— J'ai failli ne pas rentrer du tout.

— Mais tu as changé d'avis. Viens t'asseoir, dit-il en tapotant la place libre près de lui sur le canapé.

Nadia ne s'assit pas, et ne lui avoua pas que Jay s'était opposé à ce qu'elle aille chez lui.

— Allons, fit-il. Je regrette d'avoir gâché ta soirée, mais je ne pouvais pas savoir, n'est-ce pas ?

— Je suppose que non.

Il avait appelé la semaine précédente et, à ce moment-là, pour Edward, elle était encore cent pour cent célibataire.

— Tilly m'a dit que c'était ton nouveau patron.

— C'est vrai.

— Ce n'est peut-être pas une excellente idée. Cela pourrait compliquer les choses…

On aurait cru entendre Leonie.

— Merci de ton conseil.

Ne lui venait-il pas à l'esprit que c'était peut-être lui qui compliquait les choses ? Toujours incapable de s'asseoir, elle annonça :

— Je vais me faire du thé. Tu en veux ?

Laurie la suivit dans la cuisine et, adossé contre le buffet, la regarda tournicoter au milieu des tasses, des petites cuillers et des sachets de thé. Il portait une chemise blanche froissée et l'éternel jean usé qui lui tombait sur les hanches. Il était plus blond, plus bronzé, et même ses yeux étaient plus verts que dans le souvenir de Nadia.

— Tu portes des lentilles de couleur ?

Il prit un air offusqué.

— Moi ? Tu plaisantes ! Tiens, constate par toi-même, dit-il en s'approchant. Ni lentilles colorées, ni injection de silicone, ni implant douteux. Dans aucune partie de mon anatomie.

— Tu m'en vois ravie. Contente d'apprendre que tu n'es pas devenu une tapette.

Nadia retourna à son thé, dont la préparation s'avérait soudain aussi difficile que de mener à bien simultanément l'élaboration d'un repas de gala et une opération à cœur ouvert. Elle répandit du sucre en poudre sur le plan de travail.

— Tu prends toujours… ?

— Oh oui. Je devais être la seule personne dans tout Hollywood à sucrer mon thé. Si tu avais vu la tête des gens ! C'est drôle, sniffer de la cocaïne leur semble normal, mais mettre du sucre dans le thé…

— Dans ces conditions, ta recette de Mars frits a dû les laisser de glace.

Elle réussit enfin à verser le sucre dans les tasses sans en renverser davantage, bien que Laurie fût toujours dangereusement près d'elle.

— Raison de plus pour les fuir. Alors, tu as pris une décision ?

— En ce qui concerne les Mars frits ? Je n'arrive pas à en manger plus de trois d'un coup.

— Tu sais très bien de quoi je veux parler.

Nadia frissonna. Elle préférait feindre de ne pas avoir compris. Elle allait se concentrer, remuer le thé, retirer les sachets, les jeter dans...

— À propos de nous, dit Laurie. Excuse-moi. Je sais que je ne devrais pas te presser, mais je me demandais si tu avais pris une décision, maintenant que tu t'es remise du choc initial.

Remise ? Elle n'avait même pas fini d'*encaisser* le choc initial ! Elle lui tendit une tasse.

— Si je te demandais de partir et de me laisser tranquille, tu le ferais ?

— Non. Je resterais et m'efforcerais de te faire changer d'avis. Plus exactement, je resterais *jusqu'à* ce que tu aies changé d'avis.

— Pourquoi penses-tu que je pourrais changer d'avis ?

Laurie reposa sa tasse sans avoir touché à son thé. Après tout le mal qu'elle s'était donné.

— Je le pense, c'est tout.

— Quelle assurance.

— Je ne serais pas là si je n'avais pas cette confiance. Et ce n'est pas de la prétention de ma part : c'est en toi que j'ai confiance. Nous étions si bien ensemble, Nad. Tu le sais. Dès que tu m'auras pardonné de m'être conduit comme un imbécile, nous pourrons à nouveau être heureux. Cuiller ?

— Pardon ?

— Une cuiller, dit Laurie en désignant une petite cuiller derrière elle. Tu as oublié d'enlever le sachet de ma tasse.

— Je n'arrive pas à le croire ! s'exclama Miriam quand elle revint avec Edward, vers vingt-deux heures trente.

Elles étaient au moins deux dans ce cas, songea Nadia, tandis que sa grand-mère embrassait Laurie comme... comme dans le retour du beau-petit-fils prodigue.

Ce n'était vraiment pas ainsi qu'elle avait imaginé cette soirée.

— P'pa !

Laurie échappa à l'étreinte de Miriam et alla embrasser son père. Émue, Nadia vit des larmes briller dans les yeux de ce dernier.

— En voilà une surprise, déclara Edward en s'éclaircissant la voix. Pour combien de temps es-tu là ?

À cause de son emploi du temps surchargé, Laurie n'avait rendu à son père que de rares visites, ces derniers temps.

— Je suis revenu pour de bon, p'pa.

Miriam lança un regard étonné à Nadia. Épuisée et anéantie, cette dernière haussa les épaules. Lorsque ce genre de situation survenait dans une série télévisée, les personnages s'en sortaient plus brillamment qu'elle.

— Revenu pour de bon ? s'inquiéta Edward. Est-ce que tu as des problèmes ?

— J'*avais* un problème. Ne t'inquiète pas, p'pa. Tout va bien. Je suis revenu à la raison.

Puis, se tournant vers Nadia :

— Du moment qu'elle me pardonne et veut bien de moi, tout ira pour le mieux.

Nadia était au supplice. Tous les regards étaient braqués sur elle.

En toute simplicité, Laurie ajouta :

— Je l'aime.

La scène prenait une tournure de plus en plus hollywoodienne.

— Désolé, fit Laurie. C'est un peu ringard. On dirait la dernière réplique d'un film de série B.

— Je te rappelle que tu es à Bristol, maintenant, précisa Miriam.

— OK, elle est ma pépée et elle me botte.

— Comme c'est délicatement dit ! s'esclaffa Miriam en l'embrassant une seconde fois. Et qu'en pense Nadia ?

Nadia se sentait comme une pelote d'épingles, dans laquelle une épingle de plus ou de moins ne faisait aucune différence. Agacée d'entendre parler d'elle comme si elle n'était pas là, elle répondit :

— Nadia n'a pas encore pris sa décision. À vrai dire, Nadia va aller se coucher de ce pas.

— Quelle entêtée, marmonna Miriam. Elle a toujours été têtue. Tu te rappelles le jour où elle a renversé l'arbre de Noël parce qu'elle n'arrivait pas à disposer correctement la fée au sommet ? Enfin, si quelqu'un peut lui faire entendre raison, c'est bien toi, mon chéri, conclut-elle en pressant le bras bronzé de Laurie.

Nadia passa une nuit épouvantable. Comme elle était allée se coucher un peu vexée, elle se retourna plusieurs heures dans son lit tout en écoutant les bruits de réjouissances qui montaient du rez-de-chaussée. De retour de sa soirée avec Annie, James s'était joint aux autres. Harpo, visiblement surexcité, échangeait des injures avec Laurie. Le gamin était de retour, et tout le monde s'en félicitait. Vers trois heures du matin, quand Edward et lui prirent enfin congé, elle entendit Miriam déclarer avec assurance :

— Ne t'en fais pas pour Nadia. Elle recouvrera bientôt la raison. Tu lui as terriblement manqué, tu sais.

En serrant les dents, elle résista de justesse à l'envie de la gratifier d'épithètes dans le style de Harpo. Si un autre homme l'avait laissé tomber, toute la famille se serait liguée contre lui. Mais sous prétexte qu'il s'agissait de Laurie, le pardon allait apparemment de soi.

Était-elle censée lui pardonner, elle aussi ?

En avait-elle seulement envie ?

Elle prit son oreiller et le bourra de coups de poing. La maisonnée était maintenant silencieuse, et pourtant elle n'arrivait pas à dormir.

Quatre heures sonnèrent.

Puis cinq.

Que faisait Jay ?

Rien, évidemment. À l'heure qu'il était, il devait dormir, comme tous les gens normaux.

À quoi bon se voiler la face ? Les chances qu'il soit éveillé et en train de songer à elle étaient tout bonnement nulles.

31

— Je viens d'apprendre la nouvelle ! brailla Clare en faisant irruption dans la chambre.

Elle se jeta sur le lit. Nadia poussa un gémissement.

— Je viens de rentrer et p'pa m'a dit. Allons, réveille-toi, poursuivit Clare en lui bourrant les côtes de petits coups. Raconte-moi ! Comment peux-tu dormir après un tel événement ?

Nadia se retourna en abritant ses yeux de la lumière du jour.

— Quelle heure est-il ?

— Dix heures. Et, d'après Miriam, Laurie sera là à dix heures trente.

— Pourquoi ?

— Il semblerait qu'il ait l'intention de t'emmener faire des achats.

— Des achats ? Quels achats ?

— À ton avis, qu'achète à sa bien-aimée un amant qui l'a délaissée lorsqu'il veut la reconquérir ? Une foutue bague de fiançailles avec un diamant gros comme un bouchon de carafe !

— *Quoi ?*

Nadia s'assit en un clin d'œil et ressentit une sorte de vertige.

— Je plaisantais, fit Clare avec un sourire triomphant. Il cherche une maison.

Inutile de demander à Clare les détails de sa soirée avec Piers : ses yeux brillants et ses agaçantes manières de fauve prêt à bondir disaient assez qu'elle avait passé un moment fantastique.

Néanmoins, dans la salle de bains, Clare ne se priva pas de lui en faire le récit circonstancié, en criant pour couvrir le bruit de la douche. Même avec du shampooing plein les oreilles, il n'y avait pas moyen de s'y soustraire, ainsi que Nadia en fit l'expérience.

— … il est tellement beau… nous avons passé une soirée géniale… il va m'emmener en Écosse le week-end prochain… je voudrais déjà y être…

Quand Nadia sortit de la douche, sa sœur s'assura qu'elle n'avait pas raté une miette de son récit.

— Tu as tout entendu ?

— Clairement et distinctement.

— Il a vraiment tourné la page, tu sais. Il a compris qu'il ne pouvait plus se moquer de moi. Je le lui ai dit : encore une bêtise et je m'en vais. Ça l'a ramené à la raison.

— Tant mieux.

La vie à la maison était nettement plus facile lorsque Clare était heureuse.

— Et comment s'est passée ta soirée avec Jay ?

— Pas bien.

Nadia se mit à appliquer du défrisant sur ses boucles. Elle avait fait beaucoup d'efforts pour ne pas penser à Jay.

— Après tout, peu importe, puisque tu as Laurie maintenant.

Pour Clare, c'était aussi simple que de s'acheter une nouvelle perruche quand la vieille était tombée de son perchoir.

— Et si je ne voulais plus de Laurie ?

— Tu es folle ! Pourquoi ne voudrais-tu plus de lui ? Il revient, comme ça, les bras grands ouverts… c'est tellement romantique. Laurie t'offre une seconde chance. Ce serait une folie de la refuser.

Lorsqu'il arriva, vingt minutes plus tard, Clare se jeta sur lui comme un jeune chien fou.

— Ah ! triompha-t-elle en le relâchant. Je viens d'embrasser quelqu'un qui a embrassé quelqu'un qui a embrassé Johnny Depp.

— Sans blague ? fit Laurie, impressionné. Qui était-ce ?

— Toi, idiot ! À la cérémonie des Oscars, tu étais avec cette actrice qui est une ex de Johnny Depp. Est-ce que toi et elle… enfin, tu vois : est-ce que vous avez fait la chose ?

— Clare, gronda Miriam avec bienveillance.

— Ben quoi ? J'aime être au courant de ces choses-là.

Laurie secoua la tête en souriant.

— Ce sont nos agents qui avaient tout organisé. Nous ne nous étions jamais rencontrés. Je ne l'ai littéralement pas touchée. Notre travail consistait à poser devant les journalistes, comme ça…

Se servant de Clare pour sa démonstration, il plaça une main à quelques centimètres de ses reins, pencha la tête vers elle et sourit à un photographe imaginaire.

— Elle portait une robe prêtée par un de ces couturiers qui ont la grosse tête : tout contact physique était interdit, au cas où mes vilaines mains moites auraient laissé des traces.

— Je ne trouve pas ça vilain. À vrai dire, je trouve la sueur plutôt excitante… Je n'arrive toujours pas à croire que tu es revenu. Comment as-tu pu te plaire à L.A. ?

— J'habitais un appartement surplombant la plage, de sorte que tous les matins, en me réveillant, je pouvais voir l'océan et les amateurs de ski nautique, de planche à voile et de *kitesurf*.

— Comme je te plains !

— J'avais aussi une clause dans mon contrat, stipulant que je ne devais participer à aucune activité susceptible d'occasionner des blessures ou des cicatrices. Mon agent l'a fait ajouter après une chute de moto qui m'a valu des points de suture sur la joue. À cause de moi, une campagne de pub a été compromise. Bref, après avoir signé ce nouveau contrat, c'est tout juste si j'avais encore le droit d'éplucher moi-même mes oranges. Vous parlez d'une vie ! Ce n'est pas du tout ce qu'on imagine.

— Mais tu as dû rencontrer un tas de gens célèbres.

— Évidemment. Mais ils ont beau être célèbres, ils ne sont pas nécessairement drôles. Et puis, Nadia me manquait. Enfin, ça, tu le sais déjà. C'est pour ça que je suis revenu. Au fait, où est-elle ?

Nadia, qui faisait les cent pas dans le couloir, inspira un bon coup et entra dans la cuisine.

— Me voici.

— Il faut vraiment que je m'achète une nouvelle voiture, dit Laurie, au volant de celle de son père.

Il tourna à droite, dans Over Lane.

— C'est à huit cents mètres sur la gauche, et ça s'appelle Barrel Cottage.

Nadia avait posé sur ses genoux la documentation fournie par les agents immobiliers. Il était onze heures trente du matin. Si la soirée d'hier s'était déroulée selon ses prévisions, elle se serait peut-être encore trouvée dans le lit de Jay, à l'heure qu'il était.

Au lieu de cela, elle se trouvait dans la banlieue d'Almondsbury, sur le point de visiter une villa que

Laurie menaçait d'acheter plus ou moins sur-le-champ s'il s'en entichait.

Ils se garèrent devant Barrel Cottage. C'était une longue maison de plain-pied avec carreaux en forme de losange aux fenêtres, façade blanchie à la chaux et – comme de juste – un porche encadré de tonneaux débordants de géraniums.

— Combien ? dit Laurie.

— Trois cent mille livres, répliqua Nadia après avoir consulté la documentation.

— Qu'en penses-tu ?

— Ça fait un peu bonbonnière.

— Tu n'aimes pas ?

— Laurie, pourquoi m'as-tu amenée au juste ?

— Pour que tu m'aides à choisir.

— Mais c'est toi qui achètes. C'est à toi de décider.

— Mais il faut bien que tu aimes aussi. Si nous nous remettons ensemble, tu y vivras.

Voilà qui lui apprendrait à poser des questions idiotes. On pouvait compter sur Laurie pour ne rien cacher de ce qu'il pensait.

Il démarra.

— Qu'est-ce que tu fais ?

— Tu n'as pas le coup de cœur pour cette maison.

— Mais l'intérieur est peut-être formidable !

Laurie éteignit le moteur en souriant.

— D'accord, allons voir.

Nadia poussa un cri. Elle venait de glisser sur la première marche et se mit à dévaler l'escalier sur le dos.

— La vache ! Ça fait mal.

Ils visitaient leur troisième villa de la matinée, une maison sur quatre niveaux dont l'agent immobilier leur avait confié les clefs. Laurie se précipita.

— Ne bouge pas. Appuie-toi contre moi… Mince, où sommes-nous ? Je ne me souviens plus de l'adresse.

Nadia lui arracha son portable des mains avant qu'il n'appelle les secours.

— Espèce de chochotte hollywoodienne, je n'ai pas besoin d'une ambulance : j'ai glissé, rien de plus.

— Rien de cassé ? Tu en es sûre ?

Nadia hocha la tête et bougea lentement les hanches.

— Je me suis un peu esquinté le dos, mais le reste n'a rien.

— Je vais t'aider à te relever. Appuie-toi sur moi.

Il la hissa doucement debout.

— Tu es sûre que ça va ?

— Oui. Arrête tes salades.

Nadia détourna la tête. Le visage de Laurie était dangereusement proche du sien.

— Le tapis de l'escalier est-il mal fixé ? Est-ce pour cela que tu as glissé ?

— J'ai glissé uniquement parce que je ne regardais pas où je mettais les pieds.

— Si nous étions à L.A., j'appellerais tout de suite mon avocat, afin qu'il attaque l'imbécile qui possède cette maison.

— C'était ma faute.

— Tu vois, c'est pour ça que je t'aime. À L.A., personne n'admettrait qu'il est responsable. Bon, tu as mal comment ?

À vrai dire, plutôt beaucoup, songea Nadia en s'époussetant.

— Ça va. Tu peux me lâcher.

Laurie dardait sur elle son regard vert, toujours aussi franc et aussi chavirant.

— Est-ce que tu sais à quel point j'ai envie de t'embrasser ?

Tricheur ! Elle sentait son estomac se nouer.

— Je ne t'ai pas embrassée hier soir, poursuivit-il. Tu avais remarqué ?

Il était si près d'elle... Oui, aussi bizarre que cela puisse paraître, elle avait remarqué.

— J'en avais envie, plus que tout. Et maintenant aussi.

La situation devenait comique.

— Mais je ne vais pas le faire.

Ah oui ?

— Pas tant que tu ne me l'auras pas demandé.

Elle sentait son souffle doux et chaud, son cœur qui battait sous son fin tee-shirt gris.

Nadia fit un pas en arrière. Se laisser embrasser était une chose. Avouer qu'on avait envie d'être embrassée en était une autre.

— Nous n'avons pas encore visité le rez-de-chaussée.

Il fit la grimace.

— C'est drôle, mais j'étais sûr que tu allais dire quelque chose dans ce goût-là.

Le rez-de-chaussée possédait d'immenses pièces lumineuses, dont l'absence de mobilier accentuait encore l'espace. Près de la fenêtre du séjour, qui donnait sur le jardin, Laurie consulta les données fournies par l'agence.

— Deux cent cinquante mètres carrés de jardin. Est-ce assez grand pour toi ?

— Trop grand pour toi, répliqua Nadia.

Laurie était aussi doué pour le jardinage que la princesse Anne pour le rock acrobatique. En outre, cette maison valait trois cent soixante-dix mille livres. Une telle fortune ne se dilapidait pas sur un coup de tête.

— J'aime cet endroit, dit-il.

— Arrête. Pourquoi ne te contentes-tu pas d louer un appartement ?

— Parce que cela donnerait à mon retour des allures provisoires. Si je dois acheter une maison pour que tu me croies, j'irai jusque-là.

— Mais tu ne peux pas...

— Nad, arrête de t'énerver. Maintenant que je suis revenu, autant avoir un logement digne de ce nom.

— Tu as vraiment les moyens d'acheter cette maison ?

— Je les ai.

Fichtre.

— OK, capitula Nadia.

— J'aime cette maison.

— Même si c'est trop grand pour toi ?

— Tu vois ? Tu as un point de vue négatif. Ne peux-tu pas voir le bon côté des choses ? Imagine ce jardin dans cinq ans : une balançoire sous le pommier, un toboggan qui descend jusque dans la mare. Un minitrampoline, un ou deux tricycles...

— Tu n'es pas un peu âgé pour le tricycle ?

— Cela pourrait arriver. C'est ce que je veux, en tout cas. Toi, moi, une maison pleine d'enfants. Bon d'accord, trois enfants, pas plus.

— Qu'as-tu l'intention de faire, maintenant que tu es revenu ? Je veux dire, professionnellement parlant. Tu vas te remettre conseiller financier ?

Il fit la grimace.

— Je préférerais éviter, si possible. J'avais horreur de ce métier. Mais je le referai, si nécessaire. Enfin, je n'en suis pas là pour le moment. Mon compte en banque est bien garni, et j'ai décidé de prendre du bon temps jusqu'à la fin de l'été.

Tout le monde ne pouvait pas en dire autant.

— Tu as dû prendre du bon temps aussi quand tu étais là-bas.

Cette question, Nadia l'avait eue sur le bout de la langue toute la matinée. Ou plus exactement, depuis environ quinze mois.

— Tu as eu des petites amies, je suppose ?

— Une ou deux. Que veux-tu savoir ? Avec combien de filles j'ai couché ? Trois. Crois-moi, c'est un chiffre très modeste, surtout à L.A. Pas une seule au cours des cinq premiers mois, je tiens à le préciser. Cela ne m'intéressait pas. Puis je me suis dit que je ne pouvais pas vivre comme un moine le reste de ma vie. Mais je n'ai eu aucune liaison sérieuse. Et toi ?

— Moi ? Des centaines. Un nouvel amant chaque soir.

Elle avait failli coucher avec un certain Stevie Grainger, employé à la jardinerie, après la fête de Noël. Dans la grotte du Père Noël, s'il vous plaît. Cela comptait presque comme une conquête. Ils seraient allés jusqu'au bout, si quelqu'un n'avait pas déclenché l'alarme incendie.

— Des centaines ? Tu m'inquiètes. Certains étaient-ils seulement aussi bien que moi ?

— Disons... environ quatre-vingts.

— Bon. Et étais-tu... enfin, tu me comprends... sérieusement amoureuse de quelques-uns ?

— Seulement d'une vingtaine.

— Une vingtaine ? Bon, ce n'est pas si terrible. C'est un nombre de concurrents raisonnable. Donc, j'ai mes chances ?

— Toujours aussi modeste.

Fatiguée, Nadia repoussa les mèches qui lui tombaient sur le visage. Elle aurait été mieux au lit. Dans le sien ou dans celui de Jay ?

— Modeste, non. Seulement optimiste. Je garde l'espoir. Après tout, précisa Laurie avec son irrésistible sourire, tu ne m'as pas encore dit non.

32

Le moment était venu de poser les dalles sur la terrasse de Clarence Gardens, ce qui était à la fois une bonne et une mauvaise nouvelle.

Après ce week-end, Nadia n'était que trop heureuse d'avoir enfin l'occasion d'échapper au fan-club de Laurie Welch. Cependant, son dos la faisait horriblement souffrir. Sa descente d'escalier sur le dos lui avait valu un bleu spectaculaire. Le simple fait de glisser son tee-shirt à l'intérieur de son jean lui arrachait des cris de douleur.

Contemplant sans enthousiasme les dalles empilées, elle déboucha sa bouteille d'eau minérale et but quelques gorgées. Là encore, elle eut mal.

En outre, à sa grande déception, Jay ne s'était pas montré. Elle pensait qu'en le revoyant, elle pourrait résoudre son dilemme en comparant les réactions qu'elle éprouvait en sa présence avec celles qu'elle avait éprouvées lorsque Laurie était venu la chercher pour la chasse au logement. Si elle comptait sur son instinct et sur son corps pour l'éclairer, ce dernier menaçait malheureusement de lui arracher des cris de douleur, à défaut de lui fournir des informations utiles…

Une heure plus tard, entendant s'ouvrir la grille du jardin, elle se retourna et son pouls s'accéléra aussitôt. Ses joues s'enflammèrent, son estomac se crispa comme la main d'un enfant serrant un bonbon.

Elle essuya ses mains sales sur son short.

— Qu'est-ce que tu fais là ?

Laurie retira ses lunettes de soleil.

— Quand j'ai demandé à Miriam comment tu allais, elle m'a dit que tu t'étais traînée à quatre pattes jusqu'à la table du petit déjeuner.

— C'est faux, s'indigna Nadia.

Elle avait seulement eu *l'intention* de se traîner à quatre pattes jusqu'à la table du petit déjeuner.

— Quoi qu'il en soit, j'ai pensé que tu aimerais peut-être avoir de l'aide. Et puisque je suis libre… me voici, en tenue de travail et prêt à te donner un coup de main.

Étant donné l'indifférence totale dont Laurie faisait preuve à l'égard de sa tenue et les vêtements décontractés qui composaient sa garde-robe, il faisait bien de préciser. Sa tenue de jardinier du lundi ne se différenciait en rien à sa tenue de voyageur fraîchement débarqué de L.A. S'il avait dû se rendre à une première, il aurait probablement choisi la moins sale des deux.

— Ceci est mon travail.

— Mais je peux tout de même t'aider. Je ne te demande pas de me payer.

— Cela ne me semble pas une bonne idée.

Cependant, la notion d'*aide* s'insinuait lentement comme une tentation dans le cerveau de Nadia. Oui, mais si Jay venait à passer par là ?

— Je trouve cela normal. Il vaut mieux que j'utilise ces muscles tant que je les ai.

Ainsi que Nadia l'avait appris, une autre clause de son contrat obligeait Laurie à passer un minimum de quatorze heures hebdomadaires dans une salle de gym.

— Si tu veux te rendre utile, va me chercher du paracétamol chez le pharmacien.

— Oh, j'allais oublier, dit-il en fouillant dans une poche de son jean. Miriam a trouvé ceci après ton départ. Elle a pensé que tu pourrais en avoir besoin.

C'était un tube d'anti-inflammatoires. Il en versa dans sa main et s'approcha.

— Viens, soulève ton tee-shirt. Ce sera plus facile.

Le faisait-il exprès ? songea Nadia, la bouche sèche.

— Je vais le faire moi-même.

— Pas d'enfantillage. De toute façon, tu n'y arriverais pas.

Laurie souleva le tee-shirt jusqu'à l'agrafe de son soutien-gorge, examina son dos bleui et secoua la tête d'un air compatissant.

— Bon, ne t'en fais pas. Je vais y aller en douceur.

C'était bien ce qu'elle craignait.

Il tint parole. Tandis que, les yeux fermés, elle retenait son souffle et tâchait de penser à... autre chose, il étala délicatement la crème aux arômes de moisi. Debout dans le jardin inondé de soleil, Nadia songea soudain à l'intimité d'un massage effectué par un amant.

— Voilà. Terminé.

Laurie lui recouvrit le dos et reboucha le tube.

— Et maintenant, que faut-il faire ? Poser les dalles ? Je sais le faire.

— Je veux du paracétamol, insista Nadia.

— Pourquoi ne vas-tu pas l'acheter toi-même ? Tu en profiterais pour nous acheter un déjeuner. Je me charge de ces dalles.

Cela semblait sensé. Le sol était déjà nivelé et les repères tracés. Laurie était parfaitement capable de poser les dalles de pierre.

— Mais...

— Écoute, oublie un peu pourquoi je suis revenu. Imagine que nous sommes de simples amis. Si nous étions amis et que j'aie besoin d'aide, tu m'aiderais, n'est-ce pas ?

— Peut-être, admit-elle en essayant d'imaginer cette amitié, pareille à celle qu'ils avaient partagée, il y avait bien longtemps.

— Bien. Maintenant, tu as besoin d'aide à ton tour. Alors cesse de faire ta tête de mule et laisse-moi me charger de ce travail.

— D'accord. Merci. Au fait, comment as-tu su où je travaillais ?

— Miriam m'a dit que tu travaillais dans le quartier de Clarence Gardens. Alors j'ai cherché une maison devant laquelle était garé un camion de maçon.

— Bien. Donc, paracétamol.

Déjà, Laurie soulevait la première dalle avec une aisance écœurante.

— Et notre déjeuner.

— Qui êtes-vous ?

Laurie leva les yeux et aperçut un jeune homme mal vêtu, avec des cheveux dressés sur la tête et quelques restes d'acné.

Donc, ce n'était pas Jay, en déduisit-il brillamment.

— Je suis Nadia, la jardinière.

— Non, ce n'est pas vous. Je vous ai déjà vu quelque part.

— Je suis un ami de Nadia. Elle est partie faire une course et je l'aide.

— Bon. Moi, c'est Kevin.

— Salut Kevin. Moi, c'est Laurie.

Kevin fronça les sourcils, comme si la lumière se frayait un lent chemin jusqu'à son cerveau.

— Je vous ai déjà vu quelque part... Vous allez souvent prendre un verre au pub Le Prince ?

— Euh... non.

Soudain, la lumière fut.

— J'y suis ! Vous ressemblez à ce type dans le clip qui passe sur MTV. Vous savez... vous savez bien... le clip de Cassie McKellen, celui où elle se noie dans la mer et où un type plonge pour la sauver... Vous vous ressemblez comme deux gouttes d'eau !

— Ah oui ?

— Un peu. Ce clip est génial. Cassie McKellen en maillot de bain... sacré brin de fille. On en voudrait dans son lit, pas vrai ?

Tout en parlant, il vérifia que son père ne l'écoutait pas, Cassie McKellen étant une droguée notoire.

Laurie, qui avait refusé de coucher avec elle, répondit avec un clin d'œil :

— Je préfère les brunes.

— Alors, vous et Nadia... ?

Kevin hésita, ne sachant comment formuler les choses.

— Désolé. Je veux dire : nous ne savions pas qu'elle avait un petit ami.

— Je ne suis pas son petit ami. Du moins, pas pour le moment. Mais j'y travaille.

Contrairement à Kevin, Jay comprit immédiatement qui était cet inconnu. Durant quelques instants, il regarda travailler Laurie Welch sans se montrer. Finalement, ce dernier se redressa pour retirer son tee-shirt et le repéra.

— Où est Nadia ?

— Partie chercher quelques bricoles. Elle s'est fait mal au dos, et je lui donne un coup de main. Du moins, si vous n'y voyez pas d'inconvénient.

Laurie avait une voix sympathique et des yeux d'un vert étonnant.

— Absolument pas, mentit Jay.

— Je parie que vous êtes son patron.

— En effet.

Une bêche était appuyée contre le mur. Assommer ce type d'un coup de bêche et l'enterrer dans le jardin était-il envisageable ?

— Je suis son ex-petit ami, Laurie Welch.

Laurie essuya ses mains sur son pantalon et lui en tendit une.

— Je suis au courant.

— Écoutez, je suis désolé pour samedi soir. J'espère que je ne vous ai pas gâché la soirée.

Devant l'impossibilité de répondre poliment à une telle question, Jay demanda en retour :

— Comment Nadia s'est-elle fait mal au dos ?

Aussitôt, il regretta sa question. Avait-il vraiment envie de savoir ?

— Nous visitions des maisons. Je l'ai emmenée en voir une à Redland et elle est tombée dans l'escalier. Elle m'a fait une belle peur, mais elle n'a rien.

— Bien.

Le pousser dans un escalier semblait moins salissant que le coup de la bêche.

— Quelle maison à Redland ? reprit Jay.

— Dans Clarendon Road. Six pièces, magnifique jardin. Non meublée.

— Celle qui fait l'angle ? Je la connais.

Jay se tenait au courant du marché.

— Ah oui ? Elle nous plaît bien. Il y a de la place pour… enfin, vous voyez. Nous voulons tous les deux des enfants. Donc, pas question de vivre en appartement. Qu'en pensez-vous ? C'est une bonne affaire ?

— À votre avis ?

Ce type rêvait s'il espérait lui soutirer l'avis du professionnel.

Laurie, lui, s'amusait énormément. Il ne doutait pas que Nadia lui tomberait dans les bras rapidement. Certes, elle avait un petit béguin pour son patron, mais Nadia et lui, c'était une longue histoire. Sûr de gagner sur la longueur, Laurie ne voyait pas en Jay Tiernan un adversaire dangereux. Comme c'était cocasse de le lui faire savoir, sans avoir l'air d'y toucher.

— Je crois que le prix n'est pas excessif, poursuivit-il sur un ton détaché. Vous savez, j'allais faire une offre hier après-midi, mais après cette chute dans l'escalier, j'ai craint que Nad n'ait pris cette maison en grippe.

Comme on ouvrait la grille, il quitta Jay des yeux.

— La voilà.

En se retournant, Jay aperçut Nadia portant deux sacs de commissions. Laurie s'empressa d'aller la débarrasser.

— J'étais en train d'expliquer à Jay ton accident d'hier. Tu as trouvé du paracétamol ?

— Euh, oui.

— Bon. Montre-lui tes bleus.

— C'est inutile. Je suis sûre qu'il me croit…

— Vous avez vu ?

Avant qu'elle n'ait le temps de protester, Laurie la fit pivoter et souleva son tee-shirt. Du bout de ses doigts bronzés, il suivit les contours des ecchymoses violacées et enflées.

— Je n'ai rien, protesta Nadia en se dégageant, rougissante.

— La crème t'a fait du bien ?

La crème... Jay imagina Laurie massant le dos de Nadia.

— Oui. Écoute, je vais mettre tout ça à l'intérieur.

Elle fit la grimace en tendant les bras pour récupérer ses sacs, puis ajouta à l'intention de Jay :

— Puis-je vous dire un mot ?

— Je vous écoute.

— En privé, s'il vous plaît.

33

Non sans difficulté, Nadia se baissa pour ranger dans le réfrigérateur les boissons et le déjeuner qu'elle venait d'acheter. Si seulement l'air frais qui en émanait avait pu éteindre le feu de ses joues ! Bien que plus ou moins inévitable, la rencontre entre Jay et Laurie avait été une rude épreuve. En pénétrant dans le jardin, elle avait eu le choc de sa vie. Était-ce de revoir Jay, ou de les voir tous les deux ensemble ?

À présent, Jay était là, debout à l'entrée de la cuisine.

Elle se redressa lentement et bredouilla :

— Désolée.

— Encore !

— Ce n'est pas moi qui ai demandé à Laurie de venir. Il s'est imposé.

— Tant mieux : grâce à lui, la terrasse avance à grands pas.

— Je sais. Mais c'est une situation gênante.

Silence. À l'étage supérieur, dans la chambre principale, Bart et Kevin clouaient des plinthes en chantant faux, pour accompagner un tube de Tom Jones qui passait à la radio.

Enfin, Jay prit la parole.

— Cela n'a rien de gênant. Nous sommes tous les trois des adultes. Écoutez, vous travaillez pour moi, nous nous entendons bien, et vous savez aussi bien que moi que si Laurie n'était pas rentré samedi soir, les choses seraient allées plus loin.

Nadia en avait la chair de poule. C'est ce qui s'appelait aller droit au but.

— Possible.

— Foutaises ! fit Jay, amusé. C'est une certitude.

— Mais…

— Mais combien de temps cela aurait-il duré ? Une semaine ? un mois ? dix ans ? Là est la question, n'est-ce pas ? Ni vous ni moi n'en savons rien. Désormais, nous n'aurons jamais l'occasion de découvrir la réponse à cette question, tout cela parce que votre ex-petit ami est revenu. C'est un peu décevant, mais ce n'est pas la fin du monde.

— C'est vrai.

Nadia sentit sa chair de poule disparaître en signe de défaite. Donc, il n'y aurait pas de duel à l'aube.

— Si vous ne vouliez pas de lui, vous le lui auriez déjà dit. Vous et lui avez déjà une histoire et avez décidé de la poursuivre à long terme. C'est probablement un choix plus sûr que moi : un mal connu vaut mieux qu'un mal inconnu. Et cessez de me regarder comme ça. Je suis franc, rien de plus. Bref, vous avez pris votre décision et c'est très bien comme ça. Je m'en remettrai. Je n'ai pas l'intention de me terrer chez moi et de me saouler à mort.

Comme il plaisantait, de toute évidence, Nadia hasarda un sourire.

— Me voilà rassurée.

— Vous savez, c'est facile de rencontrer des filles. Il suffit d'aller dans un bar à vin. Vous apercevez quelqu'un qui vous plaît, vous bavardez un moment, elle vous donne son numéro de téléphone… mission accomplie.

— Les bars à vin ? C'est donc là que ça se passe ?

Nadia avait de plus en plus de mal à rester naturelle. Sa respiration était devenue aléatoire.

— Pas toujours. On peut rencontrer des filles n'importe où. Dans une salle de sport, au club de squash, dans une vente aux enchères, une soirée, une galerie d'art...

Était-ce vraiment aussi facile ? Nadia imaginait les filles se jetant au cou de Jay, partout où il allait. Finalement, n'était-il pas préférable de le savoir terré chez lui et ivre mort ?

— Un jour, j'en ai même rencontré une dans un fossé.

Très drôle. Voilà qu'il tournait la situation en dérision. Comme c'était vexant de découvrir qu'elle était beaucoup moins importante pour lui qu'elle ne l'avait cru !

Cependant, ainsi que Jay l'avait fait remarquer, il représentait l'inconnu pour elle.

— Je ferais mieux de retourner au travail, soupira-t-elle. On nous livre le gazon après-demain.

— Je ne serai pas là. Il y a une vente aux enchères à l'hôtel Aztec. Sera-t-il là pour vous donner un coup de main ? dit-il en indiquant le jardin.

— Je ne sais pas.

— En tout cas, prenez soin de vous. Ménagez votre dos.

Faisait-il allusion à la pose du gazon ou à des ébats d'une tout autre nature ? Un instant, Nadia eut envie de lui révéler qu'elle n'avait pas couché avec Laurie.

Mais elle n'en fit rien. Il eût été ridicule de dire cela maintenant. Rassurer un rival jaloux était une bonne chose, mais à quoi bon s'il n'était pas jaloux ?

Tilly arriva en état de choc à la cafétéria du collège. Tandis qu'elle faisait la queue avec son plateau, elle aperçut Cal, seul dans un coin, le nez plongé dans un cahier, attablé devant une montagne de frites.

Lorsqu'elle eut garni son plateau, elle s'avança dans sa direction. Cal leva sur elle un œil hésitant. Partager une table pour deux avec une fille, c'était chercher les ennuis, se faire chahuter à coup sûr. Mais, trop préoccupée, Tilly n'en avait cure. Elle posa lourdement son plateau en face du sien – spaghettis bolognaise à l'eau, frites, pudding au chocolat façon éponge et crème anglaise écarlate – et annonça dans un souffle :

— Tu ne devineras jamais quoi.

— C'est ce que dit toujours ma mère. Je déteste quand elle dit ça, déclara Cal avec un sourire qui atténuait ses paroles. Ça peut vouloir dire qu'un voisin est mort dans le jardin, ou bien que le chat est tombé dans l'aquarium, ou encore que les carottes ont augmenté de deux pence.

— Désolée. Ma mère dit ça aussi. La différence, c'est que chez elle, ça veut toujours dire qu'elle vient de tomber amoureuse d'un nouveau mec.

Cal lui lança un regard faussement horrifié.

— Ne me dis pas que c'est ce qui vient de t'arriver ?

Elle lui envoya un coup de pied sous la table.

— Bien sûr que non, imbécile. Suzy Harrison est à l'hôpital. On l'a opérée de l'appendicite hier soir.

— La vache ! Tu ne vas tout de même pas me dire que tu es amoureuse de Suzy Harrison ?

Cette fois, il replia ses jambes avant que Tilly n'ait le temps de le frapper.

— Elle jouait le premier rôle dans la pièce que donne l'école la semaine prochaine. Tu sais, le rôle de Sandy dans *Grease* ? En plus, Gemma Porter, qui faisait sa doublure, s'est cassé la cheville en jouant au tennis hier. Ce matin, Mme Durham a fait passer des auditions pour une nouvelle Sandy, et c'est moi qui ai eu le rôle !

— Waouh ! Génial ! fit Cal, impressionné comme il se devait.

— J'ai les jetons.

Tilly tenta d'enrouler ses spaghettis autour de sa fourchette, mais ils retombèrent dans l'assiette. De toute façon, elle avait l'estomac noué. Les représentations théâtrales du collège étaient une affaire sérieuse et attiraient du monde. Elle n'arrivait même pas à croire qu'elle ait eu le courage d'auditionner.

Cal, lui, louchait sur son assiette.

— Pourquoi y a-t-il des rutabagas dans tes spaghettis bolognaise ?

Évidemment, en tant que nouveau, il n'était pas au courant.

— Il y a toujours des rutabagas. Ils en mettent dans tout, ne serait-ce qu'un soupçon. Quand je pense que je vais jouer Sandy !

Elle secoua la tête, à la fois excitée et effrayée par cette perspective.

— Tu seras très bien.

— Mais c'est dans huit jours ! Il y a tellement de texte ! Et si je n'arrive pas à tout apprendre à temps ?

Cal trempa posément une frite dans une mare de ketchup.

— Je peux t'aider, si tu veux.

— Vraiment ? Ce serait super ! J'ai le scénario, dit-elle en mettant la main à son sac.

— Pas maintenant, précisa-t-il en désignant d'un geste une table plus bruyante où des élèves de sa classe l'avaient repéré en compagnie de Tilly.

Comme ces derniers commençaient à fredonner le thème de *Batman*, Cal baissa la voix.

— Après les cours, d'accord ? Rendez-vous à la sortie.

Cal possédait un vrai talent d'imitateur.

— Tu devrais jouer le rôle de Danny, fit Tilly, impressionnée. Pourquoi ne passes-tu pas l'audition ?

Ils s'étaient installés dans le parc, à plat ventre sous l'un des marronniers qui bordaient les courts de tennis. Le scénario était posé sur l'herbe entre eux et Cal lui donnait la réplique, changeant de voix à chaque personnage. Tilly n'avait qu'à se concentrer sur les répliques de Sandy.

— Je ne sais pas chanter, ni danser. Enfin, je danse, mais on dirait que je suis en train de m'électrocuter.

— J'ai peur que tout le monde ne se moque de moi, avoua Tilly en écrasant une fourmi qui grimpait sur son bras. Je ne ressemble vraiment pas à Olivia Newton-John.

— Heureusement pour toi. Elle doit avoir l'air d'un dinosaure, à l'heure qu'il est. Elle a au moins cinquante ans.

— Tu vois ce que je veux dire : et si tout le monde se met à ricaner parce que je ne suis pas assez jolie ?

Il la fixa en silence. Tilly se rendit compte qu'elle n'aurait pas dit autre chose si elle avait cherché à se faire complimenter. Pourvu que Cal, pour lui faire plaisir, ne lui dise pas qu'elle était jolie ! Ce serait tellement humiliant.

— Avec le costume, une queue-de-cheval et des tonnes de maquillage, tu devrais t'en sortir à peu près. Sinon, tu peux toujours exiger que le public porte des œillères.

Rassurée, Tilly arracha un brin d'herbe et l'enfila dans l'oreille de Cal. En guise de représailles, ce dernier saisit un marron ratatiné datant de l'automne précédent et le lui lança. Le marron glissa à l'intérieur du chemisier de son uniforme.

— Désolé ! dit-il en s'asseyant.

Il cessa subitement de rire.

— Merde… des filles du collège.

Tilly suivit son regard. Un groupe de filles de troisième avançait nonchalamment dans leur direction. Même si les filles de troisième n'étaient pas aussi à craindre que les garçons de troisième, il fallait s'en méfier.

— Je ferais mieux de m'en aller, marmonna-t-il.

— Non !

Involontairement, Tilly posa une main sur son bras.

— Qu'est-ce que vous mijotez, tous les deux ? dit la meneuse du groupe.

Elle s'appelait Janice Strong et arborait une impressionnante couche de mascara. Avec ses cheveux sévèrement tirés en arrière, elle faisait penser à une *drag queen* en pleine séance de maquillage.

— Cal m'aide à apprendre un truc.

— *Cal ?* Tu veux dire Davis ? C'est ainsi que tu l'appelles ?

Janice abaissa ses cils de tarentule, le temps de s'allumer une cigarette.

— Quel genre de truc ? Des leçons ?

— Je joue dans le spectacle de l'école. Il faut que j'apprenne le texte, fit Tilly, décidée à ne pas se laisser intimider.

— Tu ne devrais pas le connaître, depuis le temps ?

D'un air méprisant, Janice se pencha sur le scénario, où Tilly avait surligné ses répliques en rose fluo.

— La vache ! Tu as le rôle de Sandy ? C'est toi qui remplaces Suzy Harrison ?

Tilly hocha la tête, déjà toute tendue à l'idée de s'entendre dire qu'elle n'était pas assez jolie. Mais Janice éclata de rire.

— Génial ! Quand je pense à cette grosse truie de Colleen Mahoney qui est allée auditionner ce matin ! Elle était tellement sûre d'avoir le rôle. Alors comme ça, tu l'as battue… Tant mieux pour toi, et bien fait pour cette garce débile !

Un instant plus tard, Janice et ses acolytes prenaient place dans l'herbe près d'eux, et Tilly se vit offrir une cigarette.

— À la ticnne !

De peur d'offenser Janice par un refus, elle accepta en priant pour ne pas s'étouffer avec.

— Dis-moi, *Cal,* reprit Janice en insistant sur le prénom. Comment l'aides-tu à apprendre son texte ?

Cal hésita.

— Il dit les répliques des autres personnages, expliqua Tilly. Il est très doué.

Janice le poussa du bout du pied.

— Allez, *Cal*. Montre-nous un peu.

Tilly le vit soupeser les choix qui lui restaient : s'enfuir en s'exposant au ridicule, ou bien rester et s'exposer à un ridicule encore plus grand.

Finalement, il tourna une page et, paré d'un accent américain et de ses intonations les plus gouailleuses, se lança dans un passage où Rizzo apostrophe Sandy.

À la fin de la scène, Janice et ses amies sifflèrent et applaudirent.

— Superdoué ! s'écria Janice en le dévisageant avec un tout nouveau respect.

— Évidemment, dit Tilly. C'est moi qui lui ai appris tout ce qu'il sait !

Le camion d'un marchand de glaces tournait dans le parc. Comme il venait de s'arrêter à quelques dizaines de mètre, Cal déclara :

— Je vais chercher une glace.

— Pour moi ? fit Janice dans un battement de cils.

— Désolé, j'ai seulement une livre.

Les joueurs de tennis s'étaient précipités avant lui vers le camion de glaces. Lorsque Cal revint avec deux esquimaux, après avoir fait la queue, Janice et son gang étaient reparties.

— Je croyais que tu avais seulement une livre, dit Tilly en prenant l'esquimau qu'il lui tendait.

— J'ai menti.

— Tu les as eues.

— Je croyais que c'était toi.

Tilly s'assit, déballa la glace et croqua dans l'enrobage de chocolat.

— J'ai l'impression que tu plais à Janice. Elle m'a dit que t'étais un mec cool.

— Ça dépend des moments. Et toi, tu me trouves cool ? s'enquit-il, l'œil pétillant.

Elle sentit comme une chaleur dans sa poitrine. C'était ça, flirter ?

Heureusement, le marron ratatiné choisit ce moment précis pour rouler hors de son chemisier, qui n'était pas rentré dans sa jupe. Tilly le ramassa et le lança sur Cal. Il rebondit sur sa tête ébouriffée.

— Tu m'as acheté une glace, et ça, c'est vraiment cool.

34

La journée de travail terminée et la terrasse achevée, Laurie manifesta l'envie de visiter l'intérieur de la maison. Cette fois, Nadia prit garde de ne pas glisser dans l'escalier.

— Dans combien de temps tout sera-t-il terminé ?

Il inspecta la salle de bains attenante à la chambre principale, caressa le marbre des murs, puis revint dans la chambre.

— Dans trois semaines, répondit Nadia, postée près de la fenêtre.

Depuis cette pièce, les contours des plates-bandes étaient plus visibles. C'était toujours bien de voir les choses d'un autre point de vue.

— Combien en demande-t-il ?

— Je ne suis pas très sûre. D'après l'expert qui est venu l'autre jour, elle pourrait atteindre les quatre cent cinquante mille livres.

Elle allait semer des roses trémières contre cette façade ensoleillée, exposée plein sud. Tout le monde aimait les roses trémières.

— Nous pourrions acheter cette maison, dit Laurie.

Il se rapprocha. Elle sentit la chaleur de son souffle sur sa nuque.

— Nous ? répéta-t-elle en visualisant son dernier relevé de comptes. C'est au-dessus de mes moyens.

— Ce n'est pas ce que je voulais dire. J'ai suffisamment d'argent. Allons, ne prends pas les choses au tragique. Ce serait amusant d'acheter une maison.

Le gazon arrivait après-demain. Nadia se concentra sur les quatre-vingts mètres carrés de pelouse à étendre.

— J'ai besoin d'un bain. J'ai trop mal au dos pour songer à m'amuser.

— Tu veux que je te remette de la crème ?

Oui.

— Non, dit-elle en s'éloignant.

— Quelle nouvelle formidable, ma chérie ! s'écria Miriam en serrant Tilly contre elle. Mais quel dommage ! Mardi prochain, nous ne serons pas là.

Le sourire de Tilly disparut. Elle se sentait comme une gamine de cinq ans distribuant des invitations et s'apercevant que personne ne pourrait venir à sa fête. Tout à l'heure, dans la voiture, James lui avait appris qu'à son plus grand regret, il serait coincé à Sheffield par un congrès professionnel. À présent, voilà que Miriam et Edward étaient eux aussi dans l'impossibilité d'assister au spectacle, car ils prenaient l'avion mardi soir pour Venise, où ils passeraient une semaine.

— J'ai six places, s'inquiéta Tilly.

La famille de Suzy Harrison, ayant perdu tout intérêt pour un spectacle dans lequel leur fille ne jouait plus, lui en avait fait don.

Fraîchement sortie du bain et engoncée dans sa chemise de nuit, Nadia, qui faisait main basse sur des saucisses froides dans le réfrigérateur, déclara :

— En tout cas, je viendrai, moi. J'adore *Grease*.

— Une seconde sur la langue, toute la vie sur les hanches, persifla Clare.

Puis, claquant de la langue à l'intention de Harpo :

— Qu'est-ce qu'elle a, Nadia ? Qu'est-ce qu'elle a, hein ?

— Ella elle a ! claironna Harpo.

— Cet oiseau perd la boule. Il a la maladie d'Alzheimer.

— Laurie aussi voudra venir, persista Nadia.

— Mais c'est lui qui nous accompagne à l'aéroport mardi soir ! protesta Miriam, la mine contrite. Enfin, voilà qui peut s'arranger : il n'est pas obligé de nous conduire.

— Ne vous fatiguez pas, dit Tilly, la gorge nouée.

Au train où allaient les choses, elle aurait autant de supporters que si elle se mariait le jour d'une finale de coupe du monde.

— Clare viendra. N'est-ce pas, Clare ? fit Nadia avec une mimique éloquente.

— Je ne manquerais ça pour rien au monde. Il ne me reste plus qu'à déchirer mon billet pour le concert de Robbie Williams, je suppose.

Clare, qui n'avait pas l'ombre d'un billet pour le concert de Robbie Williams, n'avait pas remarqué que le menton de Tilly s'était mis à trembler.

— Et Annie ? lança Nadia en désespoir de cause.

— Je lui ai déjà demandé, fit Tilly, des sanglots dans la voix. Mais elle ne peut pas fermer la boutique avant dix-huit heures, et c'est justement l'heure à laquelle commence le spectacle. L'année dernière, Mme Durham a piqué une crise parce qu'un tas de personnes sont arrivées en retard et que cela dérangeait la représentation. Par conséquent, quiconque arrivera en retard cette année devra attendre dehors jusqu'à l'entracte.

Elle imagina les six places qui lui étaient attribuées, au premier rang, seulement occupées par

Nadia et Clare, et les larmes lui montèrent aux yeux. Elle ajouta un ton plus haut :

— Le père de Suzy Harrison travaille à New York. Pourtant, il était prêt à prendre l'avion spécialement pour voir le spectacle, lui. Mais tant pis, ne vous en faites pas, je…

— Tilly, ma chérie. C'est promis, nous viendrons, assura Miriam qui n'en pouvait supporter davantage.

— Vous ne pouvez pas, vous serez en route pour Venise.

— Nous allons annuler.

— Vous ne pouvez pas a-annuler… des va-vacances.

— Si c'est si important pour toi, nous le ferons, dit Miriam, impassible sous son khôl. D'accord ?

Nadia s'éclipsa discrètement et alla téléphoner à sa mère à l'étage.

— Mardi, voyons… mardi. Hmm, pourquoi pas ? Ce sera sûrement amusant ! fit Leonie quand elle lui eut exposé la situation.

Hourra ! Nadia poussa un soupir de soulagement. Elle ne se rappelait pas avoir jamais éprouvé de la gratitude envers sa mère.

— Formidable. Pourrais-tu appeler Tilly dans cinq minutes ? Demande-lui comment s'est passée sa journée et laisse-la parler.

— D'accord, chérie. Bye !

La métamorphose fut immédiate. Lorsqu'elle revint dans la cuisine après ce coup de fil, Tilly se jeta sur Miriam, s'accrochant à elle comme un bébé koala à sa mère.

— Tout va bien, Gran. Edward et toi pouvez aller à Venise. Désolée d'avoir été aussi pénible.

— Tu n'es jamais pénible, répliqua Miriam, le cœur tout fripé d'amour.

Une partie du problème avec Tilly, c'était que, contrairement à la plupart des adolescents en pleine puberté, elle ne piquait jamais de colère, ne haussait pas la voix, et ne se morfondait jamais dans des bouderies rageuses.

L'œil brillant, elle rejeta ses cheveux en arrière en déclarant :

— M'man va venir me voir jouer ! Dès que je lui ai dit que j'avais le rôle, elle m'a demandé si elle pouvait venir. Ils arriveront mardi après-midi : Brian, Tamsin, tous les trois ! N'est-ce pas génial ?

Miriam caressa tendrement sa tignasse blonde, d'où elle ôta une herbe sèche.

— Tu vas être sensationnelle, ma chérie. Je suis si heureuse que ta mère vienne.

— J'espère que je ne vais pas tout gâcher par un trou de mémoire.

Tilly rayonnait à présent. Elle ne connaîtrait pas l'humiliation des six sièges vides. Elle ne serait pas la seule élève du spectacle qu'aucun de ses parents ne serait venu voir.

— Ils vont sûrement vouloir rester pour la nuit. J'espère qu'ils m'emmèneront au restaurant après le spectacle. Ensuite, il sera trop tard pour qu'ils rentrent. Ça ne te fait rien s'ils restent ?

— Tu veux dire, ici ?

— Pourquoi pas ? Tu ne seras pas là et Tamsin peut partager ma chambre. Je dormirai par terre.

Leonie et consort occuperaient la chambre d'amis, décréta Miriam. Le seul fait d'imaginer ces deux-là faisant des cabrioles dans sa propre chambre, beaucoup plus belle, la rendait malade.

Cinq personnes, six places : le sixième billet serait pour Cal, songea gaiement Tilly.

C'est Tamsin qui allait être épatée.

Le lendemain matin, le jour se leva sur un temps gris mais sec, parfait pour dérouler du gazon. Le camion arriva à neuf heures, le gazon fut promptement déchargé et Nadia se prépara à la tâche. Malgré elle, elle remarqua que Laurie n'avait pas donné signe de vie. Pas plus aujourd'hui que la veille, d'ailleurs. Était-il fatigué d'essayer de la reconquérir ? Devant l'obstination avec laquelle elle avait refusé de tomber dans ses bras – et dans son lit –, s'était-il désintéressé d'elle ?

La bouche sèche, elle se demanda où il avait passé la soirée d'hier. Peut-être s'était-il trouvé une compagne plus accommodante, une qui ne reculait pas devant lui chaque fois qu'il s'approchait et ne refusait pas tout bonnement de le croire.

Dans sa tête, une petite voix faussement désolée lui disait qu'elle avait bêtement laissé passer sa chance.

Cette petite voix hypocrite devait appartenir à la fille qui avait attiré Laurie dans ses filets la nuit dernière. La garce.

Nadia positionna le premier rouleau de pelouse et s'apprêta à le dérouler.

Le salaud.

C'était vraiment trop injuste. Comme si on venait d'annoncer à une miss qu'elle venait d'être élue miss Monde, et qu'on lui arrachait le prix des mains.

— Tu es coincée ?

Le livreur de gazon n'ayant pas refermé la grille du jardin derrière lui, elle n'avait pas entendu Laurie arriver. En se retournant, elle sentit comme une bouffée de – de quoi, au juste ? de soulagement ? d'amour ? Ne nous emballons pas.

Il était là, et rien d'autre ne comptait pour le moment.

35

— Tu peux encore bouger ? Quand je t'ai vue immobile, j'ai craint que tu n'aies attrapé une hernie discale.

— Je pensais à quelque chose, c'est tout.

Nadia se redressa et remua d'abord une épaule, puis l'autre.

— Où est le paracétamol ? s'enquit Laurie.

— Mon dos va beaucoup mieux aujourd'hui. Je n'ai presque plus mal.

— Ce n'est pas pour toi, mais pour moi : gueule de bois.

Nadia alla chercher son havresac, d'où elle sortit les comprimés et une bouteille d'eau. Laurie avala les comprimés, but et s'essuya du revers de la main.

— Que dirais-tu d'un mariage samedi ?

Nadia eut l'impression qu'on venait de la plonger dans une piscine d'eau glacée. Son cœur cognait contre ses côtes.

— Qu'est-ce que tu veux dire par là ?

— J'ai appelé Nick Buckland hier soir. Tu te souviens de lui ?

Elle hocha la tête. Laurie et Nick étaient restés bons amis après avoir fait leurs études ensemble. Avec son physique moyen et son caractère exubérant, Nick disait toujours que s'il voulait ferrer une belle fille, il valait mieux qu'il ait un compte en banque bien garni.

— Il travaille toujours dans la même société ?

— Oui, et il adore ça. Il réussit même brillamment. Et – qui l'eût cru ? – il se marie samedi prochain.

— Je suis bien contente. J'ai toujours eu de la sympathie pour lui, dit Nadia en rougissant légèrement.

— Tu n'as tout de même pas cru que je te demandais de m'épouser samedi prochain ? fit Laurie, amusé.

Elle déroula énergiquement le rouleau de gazon et commença à le mettre en place.

— Prends garde que je ne t'assomme à l'aide de mon niveau. Ton mal de tête risquerait d'empirer.

Il leva les mains en l'air.

— D'accord. Toujours est-il que Nick a enterré hier soir sa vie de garçon. Je ne sais pas si c'est un effet du hasard, mais je l'ai appelé juste au moment où il partait pour l'Alpha Bar, et il a insisté pour que je vienne rejoindre sa bande. Tu ne t'es pas demandé pourquoi je n'étais pas venu te voir hier soir ?

— Non. Continue.

— Je l'ai rejoint, nous avons bu quelques verres. Puis nous avons encore bu un peu et, après ça, nous avons bu énormément.

— Qui épouse-t-il ?

— Une certaine Sophie. Elle est arrivée avec ses amies vers onze heures. Une fille sensas. Grande, mince, jolie, et blonde, bien sûr : Nick a toujours eu un faible pour les blondes.

À l'époque où Nadia avait fait sa connaissance, Nick n'avait d'autre ambition que de se trouver une femme pourvue de cheveux. Avec le succès, visiblement, il était devenu plus sélectif.

— Nous avons passé une soirée fabuleuse. Mis à part la gueule de bois, évidemment. Ils forment un très beau couple et nous ont invités au mariage. Au fait, Nick t'embrasse. Il a hâte de te revoir.

Elle songea qu'elle aussi aurait plaisir à le revoir. Laurie s'était-il fait baratiner par une des filles présentes à l'Alpha Bar, la veille ? C'était un endroit clinquant et chic où les femmes n'étaient pas farouches, disait-on.

— Tu vas devoir porter un costume.

— Je serrerai les dents et penserai à la patrie.

— Il faudra le repasser préalablement.

— J'en ai un neuf. Ne t'inquiète pas, je ne te ferai pas honte. Je peux avoir l'air distingué quand je m'y mets.

Nadia savait qu'il aurait une allure folle en costume. D'ailleurs, il avait toujours une allure folle, même vêtu de son uniforme habituel : jean et tee-shirt débraillé.

— Y avait-il beaucoup de monde à l'Alpha Bar ?

— C'était bondé.

— Tu t'es bien amusé, alors ?

Flûte : il lui avait déjà dit que oui. Laurie lui lança un regard éloquent. Le problème avec les ex, c'est qu'ils vous connaissent par cœur.

— Tu veux savoir si on m'a fait du gringue et si je me suis laissé baratiner ?

— Simple curiosité.

— Si je me suis laissé baratiner par des filles qui se seraient montrées plus gentilles que toi ?

Exactement !

— Tu n'es pas obligé de me répondre.

— Évidemment que je me suis fait draguer. Évidemment qu'on m'a baratiné.

Nadia chassa nerveusement une guêpe qui venait de se poser sur son bras.

— Mais les filles qui m'accostent dans les bars ne m'intéressent pas. Je suis revenu pour une seule raison, que tu connais parfaitement.

— D'accord.

Du coin de l'œil, elle aperçut la corpulente silhouette de Bart derrière la baie vitrée du salon, qui donnait sur la terrasse. Le moment semblait mal choisi pour un intermède romantique.

— Bart nous regarde. Il doit se demander pourquoi j'ai mis trois quarts d'heure pour étendre moins d'un mètre de gazon.

— Mais tu viendras au mariage de Nick, samedi ?

— Oui, répondit Nadia en souriant. Dis-moi, comment est ton costume ? Où l'as-tu acheté ?

— Est-ce que je sais ? répliqua Laurie en se grattant la tête. Chez Top Marre, je crois. Ou Top Manie.

— Pardon ?

— Non, ce n'est pas ça. Ah, j'y suis : Marre Manie pour hommes.

Armani.

À deux, ils se mirent à dérouler le gazon. Au bout d'un moment, Laurie reprit :

— À propos d'hommes…

— Pitié, plus de jeux de mots sur les noms de couturiers.

— Je voulais parler de notre homme, Jay, ton patron. Mais puisque tu te moques de mes jeux de mots, je me tais.

Nadia avait l'impression d'avoir à nouveau seize ans. Combien de fois dans le passé Laurie avait-il, de la sorte, pris un malin plaisir à taquiner la femme la plus curieuse du monde ?

— Alors, tu vas parler ? fit-elle en tâchant de feindre une certaine indifférence.

— Non.

— Parle.

— Non, c'est inutile, cela ne t'intéressera pas.

— Jay est mon patron. Il est de ton devoir de parler.

— D'accord, capitula Laurie. Je voulais juste te dire que je l'ai vu à l'Alpha Bar.

Elle tressaillit.

— Que faisait-il là-bas ?

— Ce qu'on vient y faire d'habitude. Que viennent faire les célibataires à l'Alpha Bar – moi mis à part, évidemment ?

Nadia se mit à dérouler le gazon à la vitesse de l'éclair. Certes, il était complètement irrationnel de sa part de se sentir trahie, mais Jay l'avait bel et bien trahie, d'une certaine façon. Il avait fait exactement ce qu'il avait menacé de faire.

— Avec qui était-il ?

— Il était seul. Du moins, au début. Quand je l'ai aperçu un peu plus tard, il semblait au mieux avec deux filles.

Deux !

— Quel genre de filles ?

— Horribles. De vrais bouledogues, expliqua Laurie le plus sérieusement du monde.

— Vraiment ?

— Poisson d'avril ! Pourquoi Jay perdrait-il son temps avec des bouledogues ?

— Que s'est-il passé, alors ?

— Tu veux savoir s'il a conclu ? Je n'en ai pas la moindre idée. Peu après minuit, nous sommes partis pour l'Alexander Club. Nick a fini la soirée debout sur une table, en train de danser avec un soutien-gorge en duvet de cygne autour de la tête.

Certaines choses ne changeraient décidément jamais.

En son for intérieur, Nadia était bien décidée à ne plus penser à Jay. Il était libre de faire ce qu'il voulait avec autant de filles qu'il voulait.

— Pete l'a pris en photo.

— Qui ? Jay ?

— Nick, avec le soutien-gorge sur la tête. Pete a l'intention de glisser cette photo dans le bulletin remis aux invités à l'église le jour du mariage. Tu sais, rien ne t'empêche de coucher avec lui, si tu veux.

Nadia crut d'abord qu'elle avait mal entendu. Puis, voyant que Laurie guettait sa réaction, elle comprit qu'il n'en était rien.

— Coucher avec Pete ? Je ne le connais même pas !

— C'est le garçon d'honneur de Nick. Un type très drôle, tu l'adorerais. Mais ce n'est pas à lui que je faisais allusion.

Quelle drôle de conversation. Rien à voir avec une aimable causerie sur la pluie et le beau temps.

C'est ce moment que choisit le soleil pour surgir de derrière les nuages, illuminant le regard vert de Laurie et ricochant sur la blondeur de ses cheveux.

— Tu connais Jay Tiernan ? Le type pour qui tu travailles ? Celui avec lequel tu allais sortir quand je suis arrivé comme un chien dans un jeu de quilles ?

— Qui t'a parlé de ça ?

Les doigts de Nadia la picotaient. Elle était sûrement en hyperventilation.

— Allons, j'ai des yeux pour voir. Et puis, il n'est pas impossible que Clare m'en ait touché un mot en passant.

Les sœurs, quelle engeance !

— Mais ce n'est pas...

— À présent, te voilà face à un dilemme. Tu ne peux t'empêcher de te dire que tu passes peut-être à côté de quelque chose en me choisissant. Alors aies-en le cœur net. Couche avec lui, puis tu prendras ta décision.

— C'est ridicule ! Tu ne parles pas sérieusement.

— Si tu ne le fais pas, tu garderas toujours un doute. Je suis certain de gagner, précisa-t-il avec un sourire impie. Désolé, je suis comme ça. Mais je ne veux pas vivre le reste de mes jours avec une personne qui se demande, au fond, si elle a fait le bon choix.

Nadia ne savait que dire. Laurie était-il fou ? Ou avait-il seulement une énorme confiance en lui ?

— Supposons que je fasse… *cela*. Que ferais-tu si au bout du compte je le préférais à toi ?

Elle ne parvenait même pas à prononcer le nom de Jay.

— C'est un risque qu'il faut courir. Mais au moins, nous serons fixés.

— Je n'arrive pas à croire que tu aies envie de me voir coucher avec un autre.

— Je n'en ai pas *envie*. Je sais seulement que c'est le seul moyen pour que tu te décides.

Après un bref instant, il poursuivit :

— Du moins, si tu l'intéresses encore. Ce n'est peut-être plus le cas depuis hier soir. Tu connais ce genre de types : pas enclins à s'apitoyer sur leur sort. Si ça ne marche pas avec une fille, ils passent à la suivante. Enfin, tu peux toujours lui proposer de passer une nuit avec toi.

Heureusement que Jay était à une vente aux enchères, songea Nadia. S'il avait surgi maintenant, Laurie aurait été capable de lui faire la proposition.

— Je fais bouillir de l'eau ! cria Bart en ouvrant brusquement la fenêtre de la cuisine.

— Tu y vas pendant que je continue ? demanda Laurie en désignant les rouleaux de gazon. Je tuerais père et mère pour une tasse de thé.

Nadia se dirigea vers la cuisine. Elle aurait tué père et mère pour une vodka tonic.

36

Cal rejoignit Tilly à la sortie du collège.

— Janice m'a souri en me croisant dans le couloir, tout à l'heure.

— Ce n'est rien à côté de moi : elle m'a interceptée dans les toilettes pour bavarder, et m'a dit qu'elle te trouvait mignon.

Cal afficha une mine horrifiée.

— Mignon ? Oh, non ! Comment ose-t-elle me faire une chose pareille ? Hier, elle disait que j'étais cool : on ne peut être à la fois cool et mignon !

— Te frappe pas. Tu lui plais.

— Là, je commence à avoir vraiment peur.

— Et Janice, elle te plaît ?

— Sûrement pas, fit Cal en jetant son sac sur son épaule. Et toi, qu'est-ce que tu fais maintenant ?

— Moi ? J'attends Janice. Je l'aime bien, même si tu ne l'aimes pas.

Cal eut un sourire qui réconciliait indéniablement le cool et le mignon.

— Tu veux que je t'aide à apprendre ton rôle ?

Grâce à Janice, la réputation de Cal n'était plus à faire : les filles qui passaient près d'eux le dévisageaient avec un tout nouvel intérêt.

— OK, fit Tilly, rose de fierté.

Mais il secoua la tête.

— Quel manque d'enthousiasme. Désolé, tu n'y es pas du tout.

Elle l'agrippa par le bras et reprit avec un air de ravissement indicible :

— Tu serais prêt à faire ça pour moi ? Vraiment ? C'est tout simplement fantastique ! Oh, merci, merci ! Je n'arrive pas à y croire !

— Beaucoup mieux.

Leurs regards se rencontrèrent. Cal ne cachait pas son amusement. Deux filles de troisième qui passaient à ce moment-là échangèrent des coups de coude.

— Regarde, c'est lui, celui dont Janice nous a parlé, fit la plus brune des deux.

— Hmm. Elle a raison. Il a vraiment un petit quelque chose.

— Tu vois ? commenta Tilly quand elles se furent éloignées. Tu as vraiment un petit quelque chose.

— C'est toujours mieux que d'être mignon, grommela Cal, l'œil pétillant.

La cérémonie du mariage se déroulait normalement. La belle et blonde Sophie arriva pile à l'heure, avec sa robe de soie ivoire sans un faux pli et son sourire étincelant. Nick, qui avait pris du ventre depuis la dernière fois que Nadia l'avait vu, était d'une élégance inhabituelle ; il avait même pensé à retirer les étiquettes collées sous ses chaussures neuves, afin qu'on ne les voie pas au moment où il s'agenouillerait. Tout le monde avait repris les hymnes en chœur, en chantant plus ou moins juste. Enfin, personne n'avait fait irruption dans l'église au moment fatidique pour faire obstacle à cette union.

Nadia s'émerveillait de ce que, au-dehors, le quartier connaissait toujours le même train-train.

Comme tous les samedis en début d'après-midi, des gens faisaient leurs courses, buvaient un verre dans les bars, emmenaient leurs enfants au parc et faisaient le plein d'essence. Pourtant, à l'intérieur de l'église, Nick et Sophie étaient en train de prêter serment, de se promettre de s'aimer et se respecter, pour le meilleur et pour le pire, jusqu'à ce que la mort les sépare.

Comme c'était drôle, à une époque où les mariages ne duraient pas plus longtemps que la garantie d'un lave-linge ! Naïfs : tel était l'adjectif pour décrire ces gens qui se mariaient et espéraient vivre heureux jusqu'à la fin de leurs jours. Sans compter ce que devait coûter un mariage comme celui-là ; c'était vraiment jeter l'argent par les fenêtres. Pourquoi se donner toute cette peine ?

— Cesse de renifler, marmonna Laurie en lui jetant un coup d'œil. Oh, non, tu ne vas pas recommencer...

Il lui passa le mouchoir qui garnissait sa pochette.

Maudissant son incapacité à pleurer sans renifler – à vrai dire, elle pouvait le faire, mais cela impliquait de laisser couler son nez de façon peu esthétique –, Nadia essuya ses yeux et lissa son mascara. Pourquoi cela n'arrivait-il qu'à elle ?

— Grosse nunuche, souffla Laurie en lui serrant le bras.

À présent, elle comprenait : elle assistait au triomphe de l'espérance sur l'amère réalité. Combiné à l'admiration non dissimulée qui se lisait sur le visage rougeaud de Nick au moment où il glissa l'anneau au doigt de Sophie. Tout cela signifiait que, même si certains mariages ne marchaient pas, le leur marcherait, ils en avaient l'inébranlable conviction. Quand on s'aimait comme ils s'aimaient, les choses ne pouvaient que bien se passer...

— Vous pouvez embrasser la mariée, déclara le vicaire.

Nadia étouffa ses sanglots dans le mouchoir de Laurie. C'était plus fort qu'elle. D'ordinaire plutôt grivois et cynique, le marié lui-même semblait au bord des larmes. Il était au comble du bonheur. Flûte, cette fois, son mascara commençait à couler…

— Nous pourrions faire comme eux, chuchota Laurie à quelques millimètres de son oreille.

— Faire quoi ? frissonna-t-elle.

— Ça. L'église, tout le toutim. Il te suffit de dire oui.

L'œil fixé sur Nick et Sophie qui s'embrassaient, en pleine extase, Nadia ne respirait plus.

Laurie n'avait-il pas honte de profiter de sa vulnérabilité ?

— Je suis sincère, dit-il en lui pressant la main. Tu ne le regretterais pas, je te le promets.

Les premières notes de l'orgue retentirent. Nick et Sophie se regardaient maintenant en souriant béatement comme… comme des jeunes mariés.

Dire que Laurie et elle auraient pu être à leur place.

— Tu n'as jamais songé à te reconvertir dans le porte-à-porte ? se moqua-t-elle.

Lorsque la cérémonie fut terminée, les mariés ouvrirent la marche vers la sortie. Les rangs se vidèrent un par un, en commençant par les plus proches de l'autel. Nadia et Laurie, assis au cinquième rang, attendirent leur tour.

Comme elle admirait les bouquets de roses blanches et de jasmin de Madagascar fixés en tête de chaque rang, le regard de Nadia fut attiré par une femme coiffée d'un immense chapeau orange. Il avait dû lui coûter au moins cinquante livres. Oh, dans la rangée suivante, voilà qu'elle apercevait une personne dotée d'un bien meilleur goût : c'était une grande rousse vêtue d'une longue veste de soie vieil or et d'une robe de soie pêche. Ces deux couleurs, qui s'entendaient étonnamment bien, flattaient sa chevelure à merveille. Elle portait aussi un collier d'ambre assorti à ses chaussures. Voilà une femme qui savait faire impression sur…

Seigneur ! Tout en détaillant d'un œil approbateur la mise de cette rousse, Nadia avait laissé traîner son regard sur son compagnon. Ce n'était autre que Jay !

Mais comment s'était-il retrouvé ici ?

— Qu'y a-t-il ? s'enquit Laurie.

— Rien.

La rousse bavardait avec entrain. Près d'elle, Jay hochait la tête en souriant, comme pour l'approuver. Soudain, il posa les yeux sur Nadia et hocha encore la tête, cette fois pour la saluer. Puis il reporta son attention sur sa compagne.

Il était resté assis pendant une heure derrière Laurie et elle : pas étonnant qu'il n'ait pas l'air surpris par sa présence, contrairement à elle. Pourvu qu'il ne l'ait pas entendue sangloter dans son mouchoir !

Laurie avait suivi la direction de son regard.

— Hé, regarde qui est là !

Il fit signe à Jay.

— Ce n'est pas toi qui l'as invité, par hasard ? ajouta-t-il.

— Évidemment que non.

Décontenancée, Nadia comprit, mais trop tard, que Laurie la faisait marcher.

— Ton sens de l'humour n'est plus ce qu'il était, dit-il en la poussant du coude. Ne t'en fais pas, j'ai tout compris. Cette fille était à l'Alpha Bar, l'autre soir.

— Et ?

— Ce doit être une amie de Sophie, qui l'accompagnait pour l'enterrement de sa vie de jeune fille.

La réception se déroulait à l'hôtel Holborn, réputé pour sa vue sur le pont suspendu. Un hôtel magnifique, plutôt chic.

Les gens se mêlaient les uns aux autrcs dans les jardins, buvaient du champagne et faisaient connaissance comme font les gens civilisés dans les mariages. En apparence, c'est ce que Nadia faisait aussi. Mais en son for intérieur, elle attendait impatiemment que la rousse passe à proximité immédiate, pour tendre la jambe et la faire s'étaler de tout son long.

Même si ce n'était pas rationnel, c'était ainsi. C'était plus fort qu'elle : la rousse l'incommodait profondément. Ainsi que sa façon de jeter la tête en arrière et de rire chaque fois que Jay disait quelque chose. Ainsi que cette manie qu'elle avait d'ôter des miettes invisibles des revers de la veste de Jay. Quant à cette façon de passer sa langue sur ses lèvres avant de prendre la parole, c'était le comble de l'affectation. Quelle indécence ! Toute femme utilisant ce truc d'apprentie star du porno méritait largement qu'on la fasse trébucher.

— Nadia ! C'est génial de te revoir ! Tu es superbe !

Elle se retrouva enveloppée par des bras vigoureux dans une accolade à lui couper le souffle. Nick n'avait jamais senti sa force.

Mais il n'avait pas tort, songea-t-elle non sans fierté : pour une fois, elle était réellement superbe. Le corsage bleu nuit à fines bretelles que lui avait prêté Clare se mariait à merveille avec sa longue jupe ample indigo et argent. Ses cheveux s'étaient pliés à sa volonté, et même ses sandales à hauts talons étaient suffisamment confortables pour qu'elle n'ait pas envie de les retirer.

Il ne restait plus qu'à espérer que Nick ne soit pas le seul à avoir remarqué à quel point elle était sublime.

— Toi aussi, répondit-elle. Et te voilà marié ! Je n'arrive pas à y croire.

Par-dessus l'épaule carrée de Nick, elle vit Jay remplir le verre de la rousse. Il portait un costume anthracite, une chemise aubergine et une cravate qui... Oups. Il était temps de regarder dans une autre direction.

— La prochaine fois, ce sera ton tour, répliqua Nick, rayonnant. Lorsque Laurie m'a dit que vous vous étiez remis ensemble...

— Nous ne nous sommes pas remis ensemble, l'interrompit-elle.

Bon sang, qu'était allé lui raconter Laurie ?

— Ce n'est pas ce que j'ai dit, fit Laurie à son côté. J'ai simplement dit que nous nous revoyions. De façon purement platonique. Jusqu'à ce que je persuade Nadia de changer d'avis.

— Oui, c'est effectivement ce qu'il m'a dit, admit Nick en hochant vigoureusement la tête. Mais je suis sûr que tu vas changer d'avis, Nadia. Tu ne vas tout de même pas le laisser sur la touche ? Je sais que c'est un sacré farceur, mais il a un bon fond. Allons, accorde-lui le bénéfice du doute. Si vous convoliez, nous pourrions organiser des dîners entre couples mariés comme le font les vrais adultes. Avec les couverts de la ménagère et tout le tralala.

— Voilà effectivement un argument de poids en faveur du mariage. Merci, je tâcherai d'y penser, dit Nadia.

Nick se pencha vers elle et l'embrassa maladroitement en lui glissant :

— Il t'aime vraiment, tu sais.

Visiblement, Nick était victime du syndrome du confetti. D'ordinaire, il aurait été plus susceptible de danser *Le Lac des cygnes* que de parler – beurk – d'amour. Il n'était pas lui-même ce soir, c'était évident.

La mère de Sophie venait dans leur direction.

— Ta belle-mère approche, annonça Nadia.

— Jean ! Tu me croiras si tu veux, Nadia, mais j'adore ma belle-mère. C'est grave, docteur ?

37

— Est-ce que nous nous connaissons ?

Au son de cette voix inconnue, Nadia se retourna et se retrouva face à la rousse.

Et flûte…

— Pardon ? Non, je ne crois pas.

Simplement, elle lui aurait volontiers fait un croche-pied.

— Comme c'est curieux, fit l'inconnue sur un ton plus provocant qu'amical. Il se trouve que vous n'avez pas cessé de me regarder. Pas un seul instant. Si vous ne me connaissez pas, je me demande vraiment pour quelle raison.

— Ce n'est pas vous que je regardais.

C'était la pure vérité. Elle regardait Jay. Le problème, c'était qu'à chaque fois qu'il regardait de son côté, elle était obligée de feindre d'être absorbée dans la contemplation d'autre chose. Ce n'était pas sa faute si ce quelque chose finissait toujours par être cette fille à la chevelure flamboyante et à la lèvre ridiculement humide.

Comment pouvait-il la trouver à son goût ?

— Si je vous ai regardée, c'était involontaire. Je l'ai fait inconsciemment.

Au fait, où était Laurie ? Pour une fois qu'elle aurait eu besoin de l'avoir sous la main, il était parti bavarder avec d'anciens collègues de travail.

— Bien, fit la rousse en penchant la tête de côté. J'ai appris que vous travailliez pour Jay…

— C'est exact. Qui vous l'a dit ?

— Jay.

— Donc, vous savez qui je suis.

D'habitude, Nadia se faisait une règle de ne pas détester les gens sur leur apparence. Mais pour cette rousse, elle voulait bien faire une exception.

— Vous êtes jardinière. Vous restaurez les jardins des maisons que Jay rénove.

Pause.

— Vous en pincez pour votre patron ?

Au nom du Ciel, que fabriquait Laurie ?

— Non, répliqua-t-elle, en nage.

— Je croyais que cela permettrait d'expliquer le fait que vous nous regardiez. Vous auriez pu avoir envie d'être avec Jay, et être jalouse du fait qu'il est avec moi.

Nadia était au comble de la vexation. Comment cette fille avait-elle le culot d'avoir raison ?

— Pas du tout.

Elle s'efforçait de garder un ton calme. Les stridences d'une voix indignée ne l'auraient fait paraître que plus suspecte.

— Vous m'en voyez ravie. Parce qu'il se trouve que j'attends depuis longtemps un homme comme Jay. Il correspond exactement à ce que je recherche, et j'ai bien l'intention de m'accrocher.

— Vraiment ? Est-il au courant ?

— J'ai trente-trois ans et je ne plaisante pas. À mon âge, il ne reste plus beaucoup d'hommes corrects sur le marché. Mais vous devez vous en moquer : vous vous êtes déjà trouvé quelqu'un.

Nadia croisa Jay alors qu'elle revenait des toilettes.

— Pourquoi ne m'avez-vous pas dit que vous veniez au mariage de Nick et Sophie ? En voyant Laurie à l'enterrement de vie de garçon de Nick, vous avez dû vous douter que je viendrais.

Trois verres de champagne lui avaient délié la langue.

— J'ai effectivement pensé qu'il serait invité, mais j'ignorais que vous viendriez aussi. Pourquoi ?

Durant la semaine, ils s'étaient à peine vus. Jay n'était passé qu'en coup de vent, et la seule fois où il était resté plus de cinq minutes, elle était justement partie faire des achats à la jardinerie.

— Pour rien. Il aurait simplement été poli de m'en parler. Au fait, comment se fait-il que vous soyez invité ?

Est-ce que cette rousse lui plaisait *vraiment* ?

— À l'Alpha Bar, je me suis retrouvé avec les amies de Sophie. Andrea est son ancienne colocataire. Comme elle n'avait personne pour l'accompagner à ce mariage, elle m'a proposé de lui servir de cavalier.

— Elle a trente-trois ans, dit Nadia, dans l'espoir de l'affoler.

— Je sais, répliqua-t-il, amusé.

Zut.

— Et elle attend depuis toujours quelqu'un comme vous.

Avaient-ils déjà couché ensemble ?

— Merci. À propos, le jardin est très réussi.

Quel salaud ! Nadia essaya de s'imaginer en train d'ôter une miette hypothétique de sa veste, ou de passer la langue sur ses lèvres de manière provocante. L'ennui, c'est qu'avec la chance qui était la sienne, tout ce qu'elle réussirait à faire serait de se mettre du rouge à lèvres sur les dents.

Agacée, elle ajouta d'un air peu encourageant :
— Vous plaisez à Andrea. Énormément.
— Vraiment ?
Cette fois, Jay devenait carrément désagréable.
— Cela me semblait pourtant évident.
— Bon. Je ne suis pas allé à l'Alpha Bar pour y rencontrer des femmes qui me prennent en grippe. Où voulez-vous en venir ?
Un gong retentit dans le jardin.
— Sauvé par le gong, commenta-t-il.
— Sauvé de quoi ?
— Pardon, je croyais que c'était un interrogatoire.
L'ennui, dans les joutes verbales avec Jay, c'est qu'il gagnait toujours, avec son odieuse manie d'avoir réponse à tout.
Le gong retentit une seconde fois.
— On va passer à table. Je ferais mieux de retrouver Laurie.
— Quant à moi, je vais me mettre à la recherche d'Andrea, dit-il négligemment.
Andrea et ses ovaires de trente-trois ans en pleine crise. Nadia aurait volontiers parié que la rousse Andrea éprouvait un irrésistible désir de maternité.
Ciel, si Laurie et elle étaient placés à la même table qu'Andrea et Jay, la soirée promettait d'être saignante.
— À plus tard, conclut-il.
C'est cela, oui…
Ils n'étaient pas à la même table. Fort heureusement, les deux heures suivantes s'écoulèrent comme dans un rêve. À la table des anciens collègues de Laurie et de leurs épouses régnait une excellente ambiance. C'était l'une des tables les plus bruyantes, qui ne manqua pas de chahuter le garçon d'honneur durant son discours. La nourriture

était excellente, les bouteilles aussi vite vidées que remplies. Nadia avait attrapé un point de côté, à force de rire à l'imitation que faisait le patron de Nick du discours du marié, version menton tremblant et cravate de guingois.

À dire vrai, lorsqu'on riait de si bon cœur, un point de côté était un souci secondaire. Afin de ne pas se couvrir de honte – laisser une tache mouillée sur une chaise garnie de velours étant généralement considéré comme un manque de distinction inqualifiable –, Nadia se leva en s'excusant.

— Encore ? Vous n'êtes pas enceinte, au moins ? fit Tania, l'épouse du patron de Nick.

Aucun risque de ce côté-là, songea Nadia en éclatant de rire.

Tania poussa Laurie du coude et faillit lui tomber en travers des genoux.

— Espérons que non, fit ce dernier avec un sourire amer qu'elle seule pouvait comprendre.

Elle était en plein milieu d'un pipi salutaire, quand la porte des toilettes des dames s'ouvrit. Un claquement de talons aiguilles de luxe retentit sur les dalles de marbre. Deux paires de talons. L'une d'elles entra dans les secondes toilettes, l'autre s'installa devant le lavabo. Nadia entendit la fermeture Éclair d'une trousse s'ouvrir, suivie par un cliquetis de produits de maquillage.

— Avec qui Hannah sort-elle en ce moment ? s'enquit sa voisine de cabinet.

— Elle est sortie avec Toby l'autre soir. Il l'a emmenée dîner dans ce nouveau restaurant sur Chandos Road.

N'était-ce pas la voix d'Andrea ?

— Le restaurant mexicain ? Il paraît que c'est nul. Elle n'a plus l'intention de renouer avec Piers, alors ?

Piers ? Piers comment ?

— Ah, elle aimerait bien ! Mais Piers a encore fait des siennes.

La voix susceptible d'appartenir à Andrea était pleine de mépris, en même temps que légèrement déformée, comme si sa propriétaire était en train de se remettre du rouge à lèvres.

— Mais quand cessera-t-il ? Hannah n'aurait jamais dû sortir avec lui.

L'occupante des toilettes voisines urina à grand bruit, puis se dirigea vers le lave-mains dans un claquement de talons.

— Il revoit cette fille, le genre artiste apparemment. Une emmerdeuse intégrale, à en croire Piers.

Était-ce Andrea, oui ou non ?

Pchtt, pchtt, fit l'atomiseur de parfum.

— Mais lorsque je l'ai vu dimanche dernier, il courait après Felicity Temple-Stewart.

Nadia réfléchissait à toute allure. Dimanche dernier, dimanche... Clare n'avait pas vu Piers dimanche. Il lui avait dit qu'il allait rendre visite à sa sœur à Oxford, et Clare avait passé la journée à peaufiner son dernier tableau.

Lentement, sans un bruit, Nadia remonta son slip, puis se baissa pour voir par-dessous la porte des toilettes. Heureusement que le sol était d'une propreté impeccable.

— Et toi ? Comment vont tes amours ? Plutôt bien, à ce qu'il paraît, reprit la fille qui se lavait les mains.

Nadia retint son souffle. Il fallait vraiment qu'elle en ait le cœur net. À quatre pattes, elle pencha la tête vers le sol.

— On ne peut mieux. De toi à moi, je crois vraiment que j'ai tiré le bon numéro, cette fois. Avec un peu de patience, on finit toujours par... Aaaaah !

Malédiction ! Nadia se cogna le front contre la cuvette des W-C en se relevant brusquement. Par les quelques centimètres de jour sous la porte, elle avait aperçu les jambes fluettes et gainées de collants clairs d'Andrea.

Celle-ci, qui avait surpris dans le miroir une paire d'yeux noirs en train de l'espionner sous la porte des toilettes derrière elle, fit volte-face avec un nouveau cri perçant, projetant au passage sa trousse de maquillage dans le lavabo.

— Qu'est-ce que c'est que ce binz ? Je rêve ! Sortez de là ! À quoi jouez-vous ?

Quelques secondes durant, Nadia envisagea de plonger la tête dans la cuvette des toilettes, comme dans *Trainspotting*.

Mais ce n'était qu'une idée en passant. Elle se releva tant bien que mal.

— Vous ! s'exclama Andrea en la voyant émerger de son repaire.

— Andy, qui est-ce ?

— Elle travaille pour Jay. Elle est… jardinière, fit Andrea comme elle aurait dit « mangeuse de sauterelles ». Elle ne veut pas le reconnaître, mais elle est jalouse de moi, parce que je suis avec Jay. Regardez-moi ça : à quatre pattes en train d'écouter à la porte des cabinets. Quelle élégance ! J'ai hâte de raconter ça à Jay.

Sophie semblait pourtant une chic fille. Comment avait-elle pu partager un appartement avec une créature aussi toxique ?

La tête haute, elle gagna la sortie en déclarant :

— Vous pouvez lui dire ce que vous voudrez. Je m'en moque parfaitement. Mais à votre place, je ne me réjouirais pas trop vite. C'est un mauvais coup au lit.

Très contente d'elle-même, Nadia ouvrit la porte, prête à effectuer une sortie grandiose.

La compagne d'Andrea intervint :

— Hé, votre jupe est coincée dans votre c…

— Idiote ! Il ne fallait pas le lui dire, l'interrompit Andrea.

Et maintenant, que pouvait faire Nadia, hormis plonger dans la foule et montrer à Andrea, par son attitude plutôt que par de longs discours, qu'elle s'était bel et bien trouvé un homme, elle aussi ?

En cette heure avancée, la soirée dansante en était aux tubes de Duran Duran. Bien décidée à ne pas regarder, ne fût-ce qu'un millième de seconde, en direction d'Andrea et Jay, elle dansa avec Laurie, puis avec l'ancien patron de Laurie, puis avec le transpirant et volontaire garçon d'honneur, puis à nouveau avec Laurie.

Afin de laisser les plus âgés reprendre leur souffle, le DJ mit une horrible rengaine de Céline Dion. Comme Laurie retournait s'asseoir, Nadia le tira vers la piste.

— Tu ne veux tout de même pas danser là-dessus ? protesta-t-il, horrifié.

— Si.

Elle se colla contre lui ; il sourit.

— Ma parole, tu dois être complètement saoule…

Elle passa les bras autour de son cou. Laurie était bon danseur, souple, et doté de cette qualité si peu répandue parmi la gent masculine : la faculté de suivre la musique. Comment appelait-on ça, déjà ? Ah oui : le sens du rythme.

Il était si beau dans ce costume. À vrai dire, Laurie était beau tout court. C'était de loin le plus bel homme de la soirée. Il avait les plus beaux cheveux, songea-t-elle en les caressant. Les plus beaux cils… et, de loin, les plus séduisantes pommettes…

Tout bien réfléchi, elle était peut-être un peu pompette.

Elle posa la tête contre son épaule et risqua un rapide coup d'œil en direction de Jay. D'accord, c'était un peu puéril, mais elle avait tellement envie de savoir s'il était en train de la regarder. Et de crever de jalousie, si possible.

Mais il ne regardait pas dans sa direction. Au lieu de cela, monsieur griffonnait sur le set de table en papier, tandis que madame parlait plus que jamais avec son corps, exultant comme la gagnante d'un jeu télévisé.

Si les jambes de Nadia avaient mesuré plusieurs mètres de long, elle lui aurait assené un bon coup de pied. Pourvu que Jay ne soit pas en train de lui donner son numéro de portable.

Céline Dion céda la place à Michael Bolton, comme il sied dans une soirée de mariage. Nadia songeait qu'elle avait bien de la chance, en vérité, de danser avec Laurie… Oh, Jay se levait ! Victoire !

Mince, voilà qu'Andrea se levait aussi. Ouh ! Remboursez !

— Tu sais, dit Laurie, à ma place, un autre homme commencerait à se dire qu'il a toutes ses chances…

Honteuse, Nadia se rendit compte qu'elle était venue coller son bassin contre le sien d'une façon assez impudique.

— Ce n'est pas toi, c'est Michael Bolton. Ça me fait toujours cet effet-là.

— Je vois ce que tu veux dire, compatit Laurie. J'éprouve la même chose avec Eminem.

Nadia enjoignit à son bassin de mieux se tenir. Après Michael Bolton, ils dansèrent encore, un peu plus décemment, sur une chanson de Westlife. Lorsque enfin ils regagnèrent leur table, Laurie s'en alla au bar chercher à boire.

Aucun signe de Jay et Andrea.

Nadia avait chaud. Son visage devait être rouge et luisant. En prenant son sac à la recherche d'un mouchoir, elle y découvrit un morceau de papier plié.

De son écriture penchée, Jay y avait tracé ces quatre mots : *C'est entièrement faux.*

38

Josh, l'un des employés de la jardinerie, caressait le rêve de devenir humoriste. Lorsqu'il avait commencé à fréquenter les séances d'improvisation d'un cabaret de Whiteladies Road, il avait tenu à y entraîner un maximum de ses amis pour y jouer le rôle du fan-club, le soutenir pendant les dix minutes qui lui étaient allouées, et décourager les éventuels détracteurs qui tenteraient de le chasser de la scène. Il faut dire que, franchement, Josh était archinul comme humoriste.

Nadia continuait d'assister à ces séances ; elle aimait l'atmosphère bondée et irrévérencieuse, et cela lui permettait en outre de se tenir au courant de la vie à la jardinerie. Janey, qui revenait justement à la table avec une tournée de bières, assumait le rôle de commère en chef.

— Bon, voici les nouvelles. Mandy sort avec un barman du Old Duke. Il s'appelle Ryan et c'est un dingue de jazz. Comme il n'a qu'une mobylette, elle est obligée de l'emmener dans sa voiture quand ils sortent ensemble. L'autre soir, il a découvert sept cassettes d'un groupe ringard dans la boîte à gants ; elle a dû prétendre qu'elles appartenaient à ses frères. Ça ne durera pas entre eux, c'est moi qui te le dis. À part ça, Steve Grainger ne supporte plus son nouveau boulot. Lorsqu'il a décidé de gagner davantage en devenant agent de sécurité, il ne lui est pas venu à l'esprit que les gardes de nuit auraient raison de sa vie sociale. Oh, et cet acteur avec un strabisme qui jouait dans *Eastenders* est venu l'autre jour acheter une balustrade. Tu aurais vu sa tête quand un autre client lui a demandé un autographe en disant : « Je vous avais pris pour le gars qui joue le rôle du menuisier dans *Changing Rooms* ! »

Nadia essayait de discerner quelque chose à travers la pénombre enfumée du bar.

— Que fait Bernie tout seul ? Pourquoi Paula n'est-elle pas avec lui ?

— Ah ! exulta Janey. J'allais justement y venir. Ils ont rompu il y a trois semaines.

— Ça alors ! Je n'aurais jamais cru.

Nadia observa Bernie Blatt, le frère du propriétaire de la jardinerie, qui s'occupait des finances de la société. Il était fiancé à Paula, une infirmière, depuis deux ans.

— Je croyais qu'entre eux c'était pour la vie. Qu'est-il arrivé ?

— Paula l'a quitté. À ce qu'il paraît, elle avait une liaison avec un chirurgien orthopédique à l'hôpital où elle travaille. Bernie n'en croyait pas ses oreilles, il était complètement sous le choc. Mais tu sais comment sont les hommes : il s'en est remis. Amer et aigri, bien sûr, mais il s'en remet... Oh, voici Suzette ! Suze, par ici ! Elle a commencé la semaine dernière. Une fille super. Malgré le fait qu'elle plaise à tous les mecs. On se demande vraiment pourquoi !

Suzette vint s'asseoir près d'elles en souriant. Frêle et d'une beauté éclatante, elle était dotée d'une cascade de cheveux platine et d'yeux verts perpétuellement en mouvement.

— Bien entendu, Bernie se croit au paradis avec elle, poursuivit Janey. Pourquoi les hommes quelconques, bedonnants, avec une calvitie naissante, ne se doutent-ils jamais qu'une fille comme Suze ne les trouve pas irrésistibles ?

— Salut ! fit Suzette. Tu dois être Nadia. On m'a beaucoup parlé de toi.

Nadia la trouva tout de suite sympathique.

— Salut les filles !

C'était Bernie, qui donna une grande claque sur l'épaule de chacune.

— Suze, j'adore ta tenue, dit-il en détaillant d'un œil approbateur le débardeur vert et le jean taille basse de la jeune femme. Nadia, quel bon vent t'amène ? Janey t'a dit ce qui s'était pass…

— Chut ! l'interrompit Janey.

Leur compère venait d'apparaître sur la scène minuscule.

— Oui, je le lui ai dit. Assieds-toi et tais-toi : c'est au tour de Josh.

Bernie se laissa tomber sur un siège.

— D'ac ! Poussez-moi du coude si je m'endors.

— Est-ce que j'ai été bon ?

Comme d'habitude, Josh avait désespérément besoin d'être rassuré sur son talent.

— Tu as été *génial*. Nous n'étions pas les seuls à t'applaudir, tu as vu ? Et presque personne ne t'a sifflé.

— C'est terminé ? lança Bernie en faisant mine de se réveiller. J'ai le droit de parler, maintenant ?

— Je ne sais pas pourquoi les videurs t'ont laissé entrer. Je leur avais pourtant bien dit de t'en empêcher.

— Comment, un homme blessé comme moi ? Ma fiancée m'a plaqué, j'ai besoin de me remonter le moral. Quel meilleur endroit qu'un cabaret ? D'ailleurs, mes filles préférées sont ici, prêtes à me réconforter... Allez, Nadia, remonte-moi le moral : dis-moi que tu es toujours célibataire.

— Nadia est tout le contraire d'une célibataire, pérora Janey. Deux hommes la poursuivent de leurs assiduités. Le premier est son nouveau patron, qui m'a l'air beau comme un dieu. Le second, c'est Laurie, qui est revenu de L.A. pour lui faire la cour.

— Laurie ! fit Bernie en s'étouffant avec sa bière. Nadia, dis-moi que c'est une plaisanterie. Tu n'envisages pas sérieusement de te remettre avec ce salaud ?

— Je n'ai pas encore pris ma décision, répliqua Nadia en essuyant les éclaboussures de bière qui venaient d'atterrir sur son jean. D'ailleurs, Laurie n'est pas un salaud.

C'était plus fort qu'elle, il fallait qu'elle le défende.

— Pardon ! Tu as oublié dans quel état tu étais après qu'il t'a plaquée ? En tout cas, pas moi. Comment peux-tu lui faire à nouveau confiance après ça ?

— Reconnais qu'il est adorable, intervint Janey qui avait rencontré Laurie à maintes reprises. Il est drôle, charmant et...

— ... prêt à filer avec la première jolie fille qui lui tapera dans l'œil, fit Bernie, écœuré.

— Ce n'est pas du tout ce qui s'est passé.

Nadia commençait à regretter que la conversation se soit mise à tourner autour de ce sujet.

— Tu penses qu'il ne le ferait pas, s'il en avait l'occasion ? Si tu crois ça, tu planes complètement.

— Ce n'est pas parce que Paula t'a fait ça que tout le monde est comme elle.

— Et moi, je te parie que Laurie est pareil. C'est tout à fait son genre.

— Tu dis seulement ça parce qu'il est beau garçon, s'énerva Janey.

— C'est celui qui est modèle ? Celui dont tu m'as montré la photo dans un magazine ? intervint Suzette.

— On ne pourrait pas changer de sujet ? gémit Josh. Si on parlait par exemple, je ne sais pas... de moi ?

— Laurie n'est pas comme ça, décréta Nadia pour clore le débat.

— Vraiment ? Alors prouve-le.

Nadia ne faisait pas cela pour prouver quoi que ce soit à Bernie Blatt. Ce dernier ne saurait jamais rien. Elle le faisait pour en avoir le cœur net.

Parce qu'elle avait peut-être, au fond, besoin d'une preuve.

— Avoir l'esprit tranquille, déclara Janey, assise à la place du passager. Tu as raison, c'est normal. Quelle heure est-il, au fait ?

— Sept heures et des poussières.

Elle sursauta en entendant son téléphone sonner, pratiquement pile à l'heure. Seigneur, et si tout cela était une horrible erreur ?

— Allô ?

— Salut, c'est moi, dit Suzette. Tout va bien, il est là. Il est assis au bar et a commandé une bouteille de rouge. Je suis juste sortie pour t'appeler. Je le vois à travers la vitrine.

— Bien. Tu ferais mieux de rentrer, maintenant. Reste près du bar.

Nadia imagina Laurie l'attendant au bar du San Carlo, et son pouls s'accéléra.

— OK *boss*. Je me sens dans la peau d'un agent secret. J'y vais tout de suite.

Quand Suzette eut raccroché, Nadia attendit quelques instants puis composa le numéro de Laurie. Il décrocha à la deuxième sonnerie.

— Laurie ? Écoute, je ne peux pas venir. Il va falloir annuler ce dîner. Janey vient de m'appeler : son petit ami l'a plaquée et elle est vraiment mal.

À côté d'elle, Janey faisait des grimaces de désespoir en feignant de s'ouvrir les poignets.

— J'ai promis d'aller la voir. Ça ne t'ennuie pas ? Désolée de te laisser tomber. Tu n'es pas déjà au San Carlo, j'espère ?

Elle entendit le soupir de Laurie.

— Nad, il est sept heures. Or tu m'avais dit sept heures. Évidemment que je suis au restaurant. J'ai commandé une bouteille.

— Oh, désolée. Mais je ne peux vraiment pas laisser tomber Janey. On pourrait peut-être dîner ensemble demain ?

— Parfait, déclara Janey quand Nadia raccrocha. Je me sens déjà moins suicidaire.

— Et moi, je me sens mal.

— Allons, il s'agit de Laurie : il ne le fera pas.

Tout en espérant que Janey ait raison, Nadia ajouta :

— Au fait, il t'embrasse.

— Tu vois, qu'est-ce que je te disais ? C'est une perle.

— Vous aussi ? s'enquit Suzette en finissant son verre.

— Pardon ?

— Je n'ai pas pu m'empêcher d'entendre. On dirait qu'on vient de vous poser un lapin. Je suis dans le même cas. Mon ami vient de m'appeler pour me dire qu'il resterait tard au travail.

Laurie fourra son téléphone dans sa poche. Cette fille était d'une beauté à couper le souffle, avec des yeux verts rieurs et une bouche à la Meg Ryan. Elle portait une veste en jean délavé sur une simple robe de coton blanc qui mettait en valeur ses hanches étroites. Des sandales dorées à talons plats chaussaient ses pieds.

— La mienne a dû aller réconforter une copine qui vient de se faire plaquer. On dirait que ce n'est pas notre jour de chance.

— Classique, fit Suzette en levant les yeux au ciel. Et me voilà, qui meurs de faim dans un restaurant plein de bonnes odeurs...

Elle consulta sa montre, prit son verre vide, le reposa.

— Bon, je crois que je vais devoir me contenter de lasagnes surgelées au micro-ondes.

Elle paya sa consommation et s'apprêta à partir. Laurie brandit la bouteille de saint-émilion avec un sourire.

— Écoutez, j'ai commandé une bouteille. Vous pourriez m'aider à la terminer, si toutefois vous n'êtes pas pressée de rentrer. À vrai dire, je meurs de faim, moi aussi. Au point où nous en sommes, rien ne nous empêche de manger quelque chose...

La fille eut l'air surprise, puis contente.

— Vous croyez ?

— Pourquoi pas ?

Laurie lui sourit et fit signe au barman d'apporter un autre verre.

— Bon d'accord. Et merci. Mais nous partagerons l'addition.

— Pas de problème. Au fait, je m'appelle Laurie.

Elle lui retourna son sourire et lui serra la main.

— Suze.

Mon Dieu ! songea Suzette.

Elle en était encore à se demander comment la chose était arrivée...

— Hé, fit Laurie en lui dégageant le visage. Ne me dis pas que tu t'es endormie.

Morte de honte, Suzette garda les yeux fermés. Au cours du dîner qu'ils avaient partagé au San Carlo, Laurie s'était montré aussi charmant et merveilleux que Janey et Nadia l'avaient prévu. Tout au long de la soirée, le courant était passé entre eux. Laurie était un très beau et irrésistible garçon. Néanmoins, jamais elle n'aurait cru qu'elle finirait au lit avec lui. Elle avait simplement joué le jeu tout en passant un bon moment, et en se demandant s'il pensait vraiment ce qu'elle croyait qu'il pensait...

Laurie avait absolument tenu à payer l'addition. Tout comme il avait tenu à la raccompagner jusqu'à son petit appartement. Quand il avait déclaré « vous pouvez m'inviter à prendre un café si vous voulez », elle avait presque réussi à croire qu'il ne songeait qu'à un café. Puis, à partir du moment où il avait doucement refermé la porte derrière eux et l'avait prise dans ses bras, c'est tout juste si elle avait réussi à tenir sur ses jambes.

Elle rougit de nouveau en se remémorant comment il l'avait embrassée, comment il avait lentement dégrafé sa robe et retiré tous ses vêtements.

Elle ne se rappelait pas s'être jamais sentie aussi abattue. Les choses n'étaient pas censées aller aussi loin. Lorsqu'elle avait rencontré Nadia pour la première fois, elle l'avait tout de suite trouvée sympathique. Puis, lorsque Janey avait déclaré que si quelqu'un était capable de mettre Laurie à l'épreuve, c'était bien Suzette, et que Nadia avait proposé d'essayer, elle s'était surprise à accepter. Si Laurie dépassait les bornes, elle le repousserait. C'était aussi simple que ça.

Pas un instant elle n'avait imaginé qu'elle pourrait se mettre à surfer sur la vague du désir et... Ô mon Dieu, comment croire qu'elle avait réellement fait la chose ?

— Mais tu dors pour de bon, la taquina Laurie. Ma parole, tu me vexes. Je ne me serais jamais cru aussi ennuyeux.

Affolée par l'idée de faire du mal à Nadia – tout en ayant clairement conscience que cette dernière ne devait découvrir la vérité sous aucun prétexte –, Suzette ouvrit les yeux et s'assit en se couvrant de la couette. Laurie la contemplait d'un air amusé. Leurs vêtements traînaient çà et là dans la pièce. Un coup d'œil au réveil lui apprit qu'il était vingt et une heures trente. Donc, en un peu plus de deux heures, elle avait réussi à faire la connaissance d'un parfait inconnu, à dîner et à se retrouver au lit avec lui. À lui seul, cet exploit aurait pu lui valoir le titre de Garce de l'Année.

— Il faut que tu partes, décréta-t-elle. Maintenant, tout de suite. Rhabille-toi et va-t'en.

— Pourquoi ?

— Écoute, je n'ai jamais rien fait de pareil dans ma vie. Ce n'est pas mon genre. Mon ami peut arriver d'un instant à l'autre. Je ne m'étais pas rendu compte qu'il était aussi tard. Je t'en prie. Il ne faut plus nous revoir. Tu as quelqu'un, j'ai quelqu'un. Promets-moi que ce qui s'est passé cette nuit restera entre nous. Personne ne doit jamais l'apprendre.

Laurie leva les mains en souriant :

— Du calme, du calme. *No problem.* Figure-toi que je n'avais pas précisément l'intention de le crier sur les toits. Nous avons simplement passé un bon moment.

— Tes vêtements ! Mets-les. Tout de suite.

Il se rhabilla en riant.

— J'allais te demander ton numéro de téléphone, mais j'ignore si c'est une bonne idée.

— Salut, fit Suzette sans le regarder. Je suis sûre que tu retrouveras le chemin.

— Relax, y a pas de quoi en faire un drame, dit Laurie en gagnant la porte.

Il était dix heures moins le quart quand le portable de Nadia sonna.

— Salut, je suis rentrée chez moi.

— Et ?

Elle serrait si fort le téléphone que c'était miracle qu'il n'éclate pas.

— Exactement ce que tu pensais : le parfait gentleman. Nous avons dîné, partagé l'addition, et il a insisté pour me déposer chez moi.

Nadia souffla lentement. Elle était sûre que Laurie inviterait Suzette à dîner : c'était le genre de choses spontanées et sans arrière-pensée dont il était capable. Cependant…

— Est-ce qu'il a dit quelque chose ? Ou fait quelque chose… enfin, tu vois…

— Rien. Absolument rien. Il ne m'a pas demandé si on pouvait se revoir, ni mon numéro de téléphone. Même pas un petit bisou sur la joue. Franchement, c'est tout juste si je ne suis pas vexée ! C'est vraiment quelqu'un de bien, qui ne couche pas à droite à gauche.

— Merci, Suze.

Nadia se rendit compte qu'elle avait la gorge serrée. Même si elle n'avait pas sérieusement cru que Laurie fût capable de ce genre de choses, c'était un soulagement d'en avoir la confirmation.

— Dis-moi, tu n'as pas l'intention de lui dire que c'était un coup monté ?

Suzette imaginait la sordide vérité étalée au grand jour. C'en serait fait de sa réputation ; plus personne à la jardinerie ne lui adresserait la parole.

— Je veux dire, tu n'as pas l'intention de le lui avouer dans un élan de gratitude ? Parce que je ne le sens pas... Les hommes n'aiment pas savoir qu'on les teste.

— Surtout pas ! Je connais Laurie, il est accommodant. Mais il serait fou de rage s'il apprenait que c'était un coup monté.

39

— Bon. N'ai-je rien oublié ? Quelle heure est-il ? N'oublie pas que tu dois être là-bas avant six heures, Nadia, sinon les portes seront fermées et tu ne pourras pas entrer.

— Pour l'amour de Dieu, fit Miriam en levant les yeux au ciel. Quelqu'un pourrait-il donner un gin tonic à cette enfant ?

Il était huit heures du matin, et Tilly était complètement surexcitée. C'était le grand jour. Les cours, puis les derniers raccords, le maquillage, les préparatifs et… le Spectacle.

Elle était debout depuis six heures et tournait en rond dans la cuisine comme un lion en cage, lisant et relisant ses répliques.

— Tu vas être formidable. J'ai hâte d'être à ce soir, lui dit Nadia.

— Tu ne seras pas en retard ?

Les grands yeux de Tilly mangeaient sa figure toute pâle. Dix heures avant le lever du rideau, elle avait déjà le trac.

— Nous serons là. Largement avant l'heure, assura Nadia.

James entra dans la cuisine avec son bagage.

— Tout le monde est prêt ?

Il devait déposer Tilly à l'école avant de partir pour Sheffield.

— Prête, fit celle-ci. Oh non, j'ai oublié les fleurs pour la chambre de m'man ! Je voulais les cueillir ce matin.

— Je m'en occupe, dit Nadia. Je vais les cueillir avant de partir travailler.

Miriam vint embrasser Tilly.

— Vas-y, ma chérie. Je regrette qu'Edward et moi ne puissions voir le spectacle. Tu vas faire sensation, j'en suis persuadée.

— Surtout si j'ai un trou de mémoire ou si je tombe de la scène ! Enfin, passez de bonnes vacances, Edward et toi.

Miriam la serra bien fort contre elle, malmenée par sa mauvaise conscience. Seul le désir d'échapper à l'angoisse des lettres et des coups de fil l'avait poussée à prendre cette semaine de vacances.

— Nous penserons bien à toi, dit-elle à Tilly.

— Il est l'heure, Liza Minnelli, clama James.

— Qui est-ce ?

— Tu me prends peut-être pour un vieux schnock, fit James très content de lui, mais je ne suis pas aussi dépassé que tu le crois : je ne suis pas sans savoir que Liza Minnelli a joué dans *Grease*.

Nadia devait conduire sa voiture au contrôle technique. À huit heures trente, Miriam l'y accompagnerait, puis la déposerait au travail. À quinze heures, Laurie emmènerait Miriam et Edward à l'aéroport, trajet dont la durée était estimée à trois heures, à cause d'importants travaux sur l'autoroute. À dix-sept heures, Nadia finirait sa journée de travail, enfilerait les vêtements de rechange qu'elle aurait emportés avec elle, tâcherait de paraître présentable et attendrait dix-sept heures trente, heure à laquelle Clare devait passer la chercher pour se rendre avec elle au collège.

Tout était minutieusement planifié comme une campagne militaire.

Après avoir englouti son café, Nadia se précipita dans le jardin pour y cueillir des brassées de fleurs destinées à la chambre d'amis, selon les consignes laissées par Tilly. Préparer la venue de Leonie, Brian et Tamsin se révélait aussi épuisant que de recevoir la reine. Tilly peaufinait les détails depuis une semaine, afin d'être sûre que tout serait parfait.

Dans la cuisine, Miriam agitait les clefs de sa voiture.

Nadia remplit deux grands vases en hâte et divisa les fleurs en deux bouquets en les faisant bouffer comme si elles avaient été méticuleusement disposées pour donner l'illusion du naturel.

Elle était en train de s'essuyer les mains quand le téléphone sonna. Comme Miriam ne semblait pas disposée à répondre, elle décrocha.

— Chérie ? C'est moi. Dis-moi, le spectacle de Tilly, c'est bien ce soir ?

Nadia serra les dents. C'était tout Leonie d'avoir un doute à ce sujet.

— Oui, bien sûr que c'est ce soir. Le spectacle commence à dix-huit heures et il faut impérativement arriver un peu avant, sinon…

— L'ennui, chérie, c'est que nous n'allons pas pouvoir venir. Pourrais-tu avertir Tilly et lui souhaiter bonne chance ?

Nadia se figea. Était-ce une plaisanterie ?

— Tu ne peux pas lui faire ça ! Tilly compte sur toi. Tu dois *absolument* venir.

— Ça suffit, cesse de me faire la morale. Nous venons d'être invités à une soirée et c'est vraiment une de ces invitations qu'on ne décline pas. Ce type est un ancien musicien de Statu Quo, tu te rends compte, chérie ? Inutile de te dire que Tamsin meurt d'envie d'y aller. Si tu expliques tout ça à Tilly, je suis sûre qu'elle comprendra.

Nadia, elle, comprenait enfin ce que signifiait l'expression « voir rouge ».

— Non. Crois-moi, m'man, elle ne comprendra pas du tout. Tu avais promis de venir la voir.

— Mais nous allons venir ! Nous passerons le week-end prochain. Que dis-tu de ça ?

— Tu avais promis de venir la voir ce soir, sur scène ! Tu es obligée de venir.

Nadia était écœurée, surtout parce qu'elle savait que Leonie ne changerait pas d'avis. Comme d'habitude.

— Arrête d'en faire une montagne. Il ne s'agit jamais que d'un insignifiant petit spectacle scolaire. Ce n'est pas la scène du Palladium à Londres.

— Ça va lui briser le cœur. Une fois de plus.

— Non mais, si tu t'entendais ! Cesse de faire ta tragédienne.

— Tu veux vraiment que je dise à Tilly que tu ne viendras pas voir son spectacle parce que tu préfères aller à la soirée d'un has been chevelu ?

— Ce n'est pas un has been ! Il a fait une brillante tournée au Japon l'an dernier. Et c'est un garçon absolument charmant. Mais, puisque tu y tiens…

Nadia retint son souffle.

— … nous ne dirons pas à Tilly que nous allons à cette soirée. Nous inventerons une autre excuse. Nous lui dirons que la voiture est tombée en panne. Non, elle pourrait penser que nous aurions pu prendre le train. Ça y est, j'ai trouvé : une gastro ! Nous avons tous attrapé un sale microbe. N'est-ce pas que c'est mieux ? Tilly ne pourra rien trouver à redire.

— Qu'est-ce qu'il y a encore ?

Clare s'enfonça plus profondément sous son oreiller en grommelant, mais on continuait de la secouer. Elle roula sur le côté en tâchant de tirer la couette à elle.

— Arrête, s'il te plaît. Je te déteste.

— Écoute-moi, dit Nadia. Et fais bien attention, parce que je dois partir travailler.

— Tant mieux.

Nadia arracha la couette et évita le coup de pied de Clare avec une maestria digne d'un matador.

— Leonie ne viendra pas voir le spectacle. Elle a trouvé mieux à faire de sa soirée. Donc, il n'y aura que toi et moi.

Clare garda les yeux fermés. Cela valait mieux, car Nadia semblait furieuse.

— D'accord.

— Je ne plaisante pas. C'est le grand soir pour Tilly. Alors sois à l'heure pour venir me chercher au travail.

— Je ne serai pas en retard. Rends-moi ma couette.

— Tu as intérêt. Sois même en avance. Viens me chercher à dix-sept heures.

— Ça alors, mon p'tit, vous êtes superbe !

Au sortir de la salle de bains nouvellement redécorée, Nadia, ses vêtements de travail à la main, s'était retrouvée nez à nez avec Bart. Maquillée, les cheveux relevés, vêtue d'une robe rouge à fines bretelles et de chaussures à hauts talons, elle ne ressemblait certes plus à une jardinière.

— Merci, Bart. Vous n'êtes pas mal non plus.

Il était entièrement recouvert de poussière de brique et transpirait abondamment sous son tee-shirt gris sale.

— Un rendez-vous galant ? dit-il en se roulant habilement une cigarette. Vaudrait mieux que Laurie n'en sache rien, pas vrai ? N'ayez crainte, mon p'tit. Nous serons muets comme des carpes.

Nadia regarda par la fenêtre, dans l'espoir de voir Clare. Elle aperçut Jay sortant de sa voiture. Clare n'était pas là, mais il n'était que cinq heures dix. Dix minutes de retard, c'était encore de l'avance pour elle.

— Ce n'est pas Jay que j'attends. Je n'ai pas de rendez-vous galant. Ma sœur doit passer me chercher.

Bart parut déçu. Il ne détestait pas un brin d'intrigue.

— Il a dû passer pour voir les rangements sur mesure. Je lui montre ce qu'on a fait, et ensuite on pliera boutique. Kevin ! Aspire-moi c'te poussière de brique en vitesse : v'là le patron.

Aussitôt, on entendit vrombir l'aspirateur. La porte d'entrée s'ouvrit. Se rappelant que le dernier échange avec Jay n'avait été autre que ce mot de lui l'informant qu'il n'était pas un mauvais coup, elle alla se réfugier dans la salle de bains. Il n'en aurait sûrement pas pour longtemps.

À dix-sept heures vingt, les ouvriers partirent chez eux. Jay était toujours là-haut. Nadia, qui avait entre-temps regagné la cuisine, appela chez elle, où personne ne décrocha. Bon. Cela devait signifier que Clare était en route.

Jay apparut dans l'encadrement de la porte.

— Que faites-vous ? J'ignorais que vous étiez là. Votre voiture n'est pas dehors.

Elle avait appelé le garage. Sa voiture avait besoin de nouveaux patins de freinage.

— Elle est au contrôle technique. Clare doit passer me prendre.

Mais elle était *en retard*.

— Où sortez-vous ce soir ?

— Nous allons voir le spectacle du collège. Tilly joue dans *Grease*. Excusez-moi.

Sérieusement inquiète à présent, elle fouilla dans son sac à la recherche de son portable et appuya sur la touche *bis*. Toujours pas de réponse.

— Je peux vous déposer, si vous voulez.

Elle composa le numéro de portable de Clare. Il était sur messagerie.

— Clare, c'est moi. Rappelle-moi. Il est presque la demie.

— Ça ne me dérange pas, je vous assure…

— Elle doit arriver d'un instant à l'autre. Je lui ai dit d'être précisément à l'heure.

Clare n'allait tout de même pas laisser tomber Tilly !

— Leonie devait venir aussi, mais elle a annulé ce matin. J'en ai marre ! J'ai dit à Clare de passer me prendre à cinq heures. Comment ose-t-elle faire une chose pareille ?

À six heures moins vingt, Clare n'avait toujours pas donné signe de vie et aucun numéro ne répondait.

— Venez, dit Jay en l'entraînant vers sa voiture.

— Je vais la tuer !

— Attendez au moins la fin du spectacle.

Ses mains tremblaient tellement qu'elle faillit ne pas réussir à attacher sa ceinture. Elle imagina

Tilly, derrière le rideau de scène, attendant dans l'angoisse l'arrivée de sa famille.

— J'ai cinq billets. Au premier rang. Et je vais me retrouver toute seule…

— Et si je vous proposais de venir ?

Trop énervée pour surveiller son langage, Nadia soupira :

— Je suppose que c'est mieux que rien.

— Merci, dit Jay en réprimant un sourire.

40

À six heures moins dix, la salle était pleine à craquer et résonnait du bourdonnement de la foule. Clare n'était pas là. Nadia ne le lui pardonnerait jamais. Après s'être frayé un passage jusqu'au premier rang, ils trouvèrent les six places marquées au nom de Tilly. Celle du bout était déjà occupée par Cal, le garçon avec lequel Tilly avait sympathisé récemment.

Comme Nadia le saluait, elle sentit une main sur son bras. En se retournant brusquement, elle découvrit Annie, essoufflée mais rayonnante.

— Dieu merci, vous êtes là ! Mais comment avez-vous fait ?

— Votre grand-mère a appelé James, qui m'a appelée. J'ai fermé le magasin à dix-sept heures trente et couru sans m'arrêter. Pauvre Tilly, je sais bien que je ne peux remplacer sa mère, mais je peux au moins occuper un siège vide.

Annie n'était pas censée fermer le magasin avant l'heure. Si son patron découvrait ce qu'elle avait fait, il la mettrait à la porte.

— Il faut que j'aille parler à Tilly, fit Nadia.

En effet, celle-ci risquait d'avoir un choc si elle n'apercevait pas Leonie, Brian et Tamsin au premier rang lorsqu'elle entrerait en scène.

— Salut Cal ! fit une voix pétulante.

Derrière elle, Nadia aperçut deux filles apparemment ravies de le voir.

— Tu ne trouves pas que c'est excitant ? Tu en as de la chance d'être au premier rang. Nous sommes condamnées à rester au fond.

L'épaisse couche de mascara qui empesait les cils d'une des deux filles rappela quelque chose à Nadia. Tilly lui avait raconté comment Cal et elle s'étaient retrouvés nez à nez avec des filles de troisième dans le parc.

— Tu ne serais pas Janet ?

L'intéressée imprima un fier battement à ses cils arachnéens.

— Janice. Et voici Erica. Nous sommes des amies de Tilly et de Cal.

— Il nous reste deux places libres. Voulez-vous venir avec nous ?

— Supercool !

Tout feu, tout flamme, Janice s'octroya le siège voisin de Cal.

Six heures moins cinq.

— Je reviens dans deux minutes, lança Nadia à Annie et Jay.

Elle se dirigea vers les coulisses.

— Qu'est-ce qui te prend ? Je vais avoir des ennuis à cause de toi, lui dit Tilly qui s'échauffait derrière les pendillons.

Le temps manquait pour lui annoncer la nouvelle en douceur.

— Tilly, m'man n'est pas là. Elle a eu un empêchement.

Nadia eut presque le cœur brisé en voyant l'expression de sa sœur.

— Tamsin et Brian non plus ? fit-elle d'une toute petite voix.

Nadia secoua la tête.

— Gastro. Ils ont chopé un virus terrible. Je regrette, ma chérie. Ils sont vraiment navrés de manquer le spectacle. Mais nous pourrons leur en envoyer un enregistrement, car l'école réalise une vidéo.

La lèvre inférieure de Tilly se mit à trembler.

— J'ai dit à tout le monde que ma mère viendrait...

— Je sais, mais ce n'est pas sa faute si elle est malade.

— Qui êtes-vous ? tonna une enseignante à l'autre bout de la scène. Débarrassez-moi le plancher ! Laissez les artistes tranquilles ! Lever de rideau dans une minute !

Ces enseignants ! Pourquoi cet éternel besoin chez eux d'intimider les autres ? Nadia regagna sa place entre Annie et Jay.

— Je crois que j'ai fait pleurer Tilly, confia-t-elle à sa voisine.

— Non, pas vous, la rassura Annie.

Quatre-vingts minutes plus tard, le rideau tombait et le public se levait comme un seul homme, applaudissant, criant et sifflant si fort que la salle elle-même semblait trembler.

Comme les applaudissements ne faiblissaient pas, on releva le rideau et les acteurs revinrent saluer. La gorge nouée, Nadia vit Tilly s'avancer seule sous un tonnerre d'applaudissements et saluer ses invités du premier rang. L'enseignante terrible sortit des coulisses pour lui apporter une énorme corbeille de fleurs. En dehors des tout premiers moments du spectacle où Tilly, les yeux rouges, avait un peu bafouillé, elle avait joué le rôle de Sandy à la perfection. Cette soirée était un triomphe.

Tout en applaudissant à s'en rompre les mains, Nadia visualisait le meurtre de Clare. Peut-être allait-elle procéder par strangulation.

— Moi qui n'étais venu que pour occuper une place vide, je ne regrette pas. Tilly est formidable, déclara Jay en forçant la voix pour se faire entendre. Je suis ému comme si j'étais son père.

L'enseignante terrible, dont la stricte jupe à fleurs laissait voir des jambes de rugbyman, revint sur scène pour annoncer que, dès que toutes les chaises *sans exception* auraient été empilées *correctement* au fond de la salle, une buvette serait à la disposition du public. Toutes les chaises furent empilées en une minute chrono. Des parents bénévoles commencèrent à servir du vin blanc tiède et des boissons sucrées.

Avec soulagement, Nadia s'aperçut qu'après plus d'une heure et demie dans un gymnase bondé, l'odorat s'habituait aux effluves de la sueur et des baskets d'ados.

— Vous n'êtes pas obligé de rester. Vous risquez de vous ennuyer. Tilly et moi rentrerons en taxi, glissa-t-elle à Jay.

— Vous plaisantez ? C'est le grand soir pour elle. Je ne manquerais ça pour rien au monde.

Quand Tilly apparut, habillée en civil et trimbalant sa corbeille de fleurs, Jay avait déjà payé une tournée. Janice avait dû accepter à contrecœur un punch sans alcool. Néanmoins, nullement rancunière, elle contemplait Jay béatement, telle Lolita.

— À la vôtre, dit-elle en trinquant avec son gobelet en plastique. Vous êtes cool. Quel âge avez-vous ?

— Je suis effroyablement âgé, fit Jay gravement.

— Tu as été fantastique ! dit Nadia en faisant virevolter Tilly.

— Si seulement m'man avait pu être là. Et Tamsin. Qu'est-il arrivé à Clare ?

C'était la question à six millions de dollars. Nadia n'avait plus envie de mentir.

— Je n'en ai pas la moindre idée, chérie. Elle n'est pas venue, c'est tout.

— Tu crois qu'il lui est arrivé quelque chose ?

Il ne lui était rien arrivé, du moins pour l'instant.

— Tu étais géniale ! s'écria Janice. Trop géniale. Tu ne trouves pas, Cal ?

— Oh oui, supergéniale, approuva Cal avec un sourire grotesque.

— C'est aussi l'avis de ton enseignante, apparemment, puisqu'elle t'a offert ces fleurs splendides, intervint Annie.

— Ces fleurs ne viennent pas d'elle ! C'est ma mère qui me les a fait envoyer, expliqua fièrement Tilly.

— Comme c'est adorable ! persévéra courageusement Annie.

— Oui. Même malade, elle a réussi à commander des fleurs. N'est-ce pas une touchante attention ?

Surtout, tenir sa langue.

Nadia vida son verre de piquette et échangea un regard avec Jay.

— Formidable, marmonna-t-elle. Pourrais-je avoir un autre verre ?

— Merci de m'avoir raccompagnée, dit Annie lorsque Jay la déposa devant chez elle. J'ai adoré chaque instant de cette soirée.

— Je suis tellement contente que vous ayez pu venir, déclara Nadia. J'espère que vous ne serez pas renvoyée.

— Et d'une, dit Jay tandis qu'Annie disparaissait à l'intérieur de sa maison. Voulez-vous aller prendre un verre quelque part ou préférez-vous rentrer ?

Nadia avait glissé vingt livres à Tilly afin qu'elle puisse aller fêter l'événement dans une pizzeria avec ses amis, contre la promesse qu'elle partagerait un taxi avec Cal pour rentrer et serait à la maison à onze heures.

— Il faut que je voie Clare.

Afin d'arracher jusqu'au dernier de ses cheveux.

— OK. Au fait, j'ai oublié de vous demander où était Laurie, ce soir.

— À Londres. Il a conduit Edward et Miriam à l'aéroport de Heathrow et voulait profiter de l'occasion pour aller voir un ancien collègue de travail. Il doit rentrer tard.

Puis, songeant soudain qu'elle ne lui avait toujours pas présenté ses excuses pour samedi :

— Vous avez revu Machine ? Je veux dire, Andrea ?

— Oui, merci. Il faut croire que ce que vous lui avez dit sur moi ne l'a pas découragée.

Dommage.

— Désolée. Elle m'avait importunée.

— C'est ce que je me suis laissé dire, fit Jay, amusé.

— Elle prétendait certaines choses qui me déplaisaient. Et qui, du reste, étaient fausses.

— J'ai horreur de cela, moi aussi : quand les gens prétendent des choses fausses sur moi...

Soit. Touché. Tandis que son pouls s'accélérait, Nadia se rappela un autre détail de ce samedi : elle pouvait coucher avec Jay si elle en avait envie. Laurie lui en avait donné la permission. Non qu'elle eût besoin d'une permission, puisqu'elle était toujours officiellement célibataire et libre de coucher avec qui bon lui semblait. Or, si elle décidait de se lancer, quel meilleur moment que ce soir ? Ils pouvaient aller chez lui. Laurie ne rentrerait pas avant plusieurs heures. En outre, Andrea en crèverait de jalousie...

— Il faut que je rentre, dit Nadia d'un ton ferme.

Elle était sincère. Certaines choses étaient plus urgentes que d'exaspérer l'exaspérante nouvelle petite amie de quelqu'un. Il fallait qu'elle ait la peau de Clare.

— Bon, fit Jay dix minutes plus tard.

Nadia inspecta l'allée. La voiture de Clare était là, mais pas tout à fait à la même place que dans la matinée.

— Je vous aurais bien proposé d'entrer, mais...

— Je sais : je pourrais ne pas supporter la vue de tout ce sang.

Le rez-de-chaussée était plongé dans l'obscurité, mais un peu de lumière brillait à l'étage. En pénétrant dans la maison, Nadia sentit toute sa rage affluer de nouveau et l'adrénaline courir dans ses veines. Si Jay n'avait pas été là pour la conduire, elle n'aurait pas vu le spectacle. Clare s'était-elle seulement donné la peine de songer ce qu'aurait ressenti Tilly si *aucun* membre de sa famille n'était venu ?

Elle jeta son sac dans un coin et monta les marches quatre à quatre.

La chambre de Clare était vide, dans un désordre indescriptible.

La porte de la salle de bains était fermée.

Et si elle avait glissé dans la douche et gisait là, depuis cinq heures, inconsciente, avec une fracture du crâne ?

La bouche sèche, Nadia actionna la poignée. La porte était fermée à clef.

— Clare ? Tu es là ?

Quelle question !

— Clare ? Ouvre cette porte !

Silence. Ciel ! Les journaux étaient pleins de récits d'accidents semblables.

Nadia se remit à secouer la poignée de la porte, comme si elle allait s'ouvrir miraculeusement d'elle-même.

— *Clare !*

Doux Jésus ! Et si elle était vraiment morte ?

41

Silence. Puis...

— Va-t'en.

— Pardon ?

— Laisse-moi tranquille.

— Sale petite garce égoïste ! rugit Nadia en frappant la porte de ses deux poings. Où étais-tu passée ? Tu devais venir me chercher au travail ; tu n'es pas venue voir le spectacle de Tilly et tu n'as même pas été fichue de me prévenir par téléphone ! On ne t'a jamais dit que tu étais hallucinante, dans ton genre ? Tu te fiches royalement des autres ! Je me demande comment tu arrives à te supporter toi-même ! Et tu as intérêt à ouvrir cette foutue porte immédiatement, parce que je ne m'en irai pas avant !

Nouveau silence. Enfin, Clare demanda lentement :

— Il y a quelqu'un avec toi ?

— Non. Je suis seule.

Et ô combien prête à lui donner la correction de sa vie !

Quelques instants plus tard, la clef tourna dans la serrure et la porte s'ouvrit brusquement. Nadia, qui s'apprêtait à lui arracher une poignée de cheveux, s'arrêta dans son élan devant le spectacle pitoyable qui s'offrait à ses yeux. Jamais elle n'avait vu sa sœur avec une mine aussi horrible, des yeux aussi bouffis, des traits aussi tirés... bref, dans un tel état.

— Laisse-moi deviner : c'est encore Piers. Ça ne peut être que lui.

Clare sortit d'un pas hésitant et lui passa sous le nez pour regagner le sanctuaire de sa chambre. Nadia lui emboîta le pas.

— Il t'a plaquée, c'est ça ? C'est la première fois que tu te fais plaquer, et tu n'arrives pas à le digérer.

Elle avait pris un ton accusateur et sa voix vibrait de satisfaction. Maintenant, au moins, Clare saurait ce que c'était.

— Tu aurais au moins pu m'appeler, espèce de petite garce pourrie et égocentrique. Piers n'est qu'un parasite, *pas* une personne importante. Tilly, *elle,* est ta sœur. Tu avais dit que tu viendrais me prendre à dix-sept heures. Tu avais promis de ne manquer le spectacle sous aucun prétexte...

Déclenchés par la rage et l'égoïsme incroyables de Clare, les mots jaillissaient à présent de plus en plus vite de sa bouche.

— Tu veux que je te dise ? Je me réjouis qu'il t'ait plaquée : c'est bien fait pour toi ! Tu as bien mérité de souffrir...

— La ferme ! hurla Clare en lui lançant un petit objet.

La chose rebondit sur la poitrine de Nadia et tomba par terre.

Elle baissa les yeux vers l'objet en question.

— Qu'est-ce que c'est ?

Mais elle connaissait déjà la réponse.

— Qu'est-ce que ça peut bien être, à ton avis ? Je suis enceinte, dit Clare en s'effondrant sur son lit, le visage entre les mains.

Mince alors.

Nadia se pencha pour ramasser la chose de plastique blanc. Un trait bleu, deux traits bleus. À vrai dire, elle n'en avait jamais vu, sauf à la télé. En le manipulant, elle se rendit soudain compte qu'il était mouillé et le posa prestement sur la table de chevet.

— Ne t'inquiète pas, je l'ai lavé, marmonna Clare. Ce n'est pas contagieux.

Nadia en avait le souffle coupé, et la colère avec.

— Piers est au courant ?

Clare s'empara d'une poignée de mouchoirs en papier, et de nouvelles larmes se mirent à rouler sur ses joues.

— Bien sûr qu'il est au courant. Sinon, pourquoi serais-je dans cet état ?

— Il n'est pas ravi, devina Nadia en se laissant tomber sur le lit près de sa sœur.

— Il a piqué une crise. Il ne veut même pas croire que l'enfant est de lui. Il prétend que je couche à droite à gauche, mais c'est faux. Il a même dit que je l'avais fait exprès, pour le piéger. Mais c'est faux !

— Depuis combien de temps le sais-tu ?

Clare consulta son réveil Wallace et Grommit.

— Dix-sept heures ? Je n'arrive pas à y croire. À midi, j'étais heureuse, je travaillais. Tom m'avait appelée de la galerie, pour m'annoncer qu'il venait de vendre une de mes toiles à un collectionneur qui avait l'air vraiment intéressé par mes trucs et lui avait posé un tas de questions sur moi. Tom m'a dit qu'il pouvait arranger une rencontre entre ce type et moi, si je voulais. Il a fixé une date la semaine prochaine, je crois. C'est là que c'est arrivé. En feuilletant mon agenda, je me suis rendu compte que mes règles étaient en retard de deux jours. Deux jours, c'est peu, mais je n'ai jamais de retard. J'ai eu beau me répéter que cela ne voulait rien dire, impossible de me concentrer après ça. J'ai fini par aller chez le pharmacien acheter un test de grossesse, juste pour me tranquilliser. Sauf que ça a eu l'effet contraire.

Nadia examina à nouveau le test de grossesse. Comment imaginer ce que Clare avait dû ressentir, d'abord en découvrant qu'elle était enceinte, puis lorsqu'elle avait annoncé la nouvelle à un être aussi abject que Piers ? Et tout ça dans le même après-midi ?

— Je suis désolée, vraiment désolée de ne pas être venue te chercher et de ne pas avoir assisté au spectacle de Tilly. Et je sais aussi que j'aurais dû te prévenir. Mais c'était au-dessus de mes forces.

Clare se mit à trembler.

— J'ai appelé Piers à son bureau, mais il n'y était pas. Ils m'ont dit qu'il avait pris son après-midi. Je suis allée chez lui, mais il n'y était pas non plus. Alors je suis allée du côté de Clifton, faire la tournée des bars, jusqu'à ce que je le trouve.

— En compagnie d'une fille, suggéra Nadia.

— Non. Avec son horrible copain Eddie. Enfin, il y avait bien des filles, mais elles n'étaient pas avec eux. Ils bavardaient juste ensemble au bar. Piers est beau garçon : où qu'il aille, il se fait toujours baratiner.

Nadia n'arrivait pas à croire que Clare ait encore envie de prendre sa défense. Il est vrai qu'elle ne lui avait pas rapporté ce qu'elle avait appris dans les toilettes, le soir du mariage.

— D'accord. Continue, dit-elle en hochant simplement la tête.

— J'ai dit à Piers qu'il fallait que je lui parle. Il ne voulait pas sortir. J'ai proposé d'aller chez lui, mais il a refusé. Finalement, j'ai réussi à l'emmener dans ma voiture. C'est là que je lui ai tout révélé.

Clare inspira dans un spasme.

— Un vrai cauchemar. Il a piqué une crise. Il m'a traitée de traînée, de menteuse, de... toute sorte de noms horribles. Il a dit qu'il ne voulait plus jamais me revoir. Je n'arrivais pas à croire qu'il puisse me balancer toutes ces atrocités. Il a voulu me faire un chèque pour que je me fasse avorter, et quand je l'ai déchiré, il m'a traitée de mijaurée stupide. Au moment où il devenait franchement hystérique, un agent de police a frappé au carreau pour me dire que j'étais en double file et que je devais déplacer ma voiture. Et voilà. Piers en a profité pour descendre. Il a dit à l'agent que j'étais une folle doublée d'une nymphomane, et il est retourné au pub.

— Quel fumier ! Le fumier dans toute sa splendeur.

— Je sais. Mais c'était peut-être le choc. Peut-être qu'après avoir eu le temps d'y réfléchir, il va changer d'avis. C'est vrai : ce doit avoir été un choc terrible pour lui, cette nouvelle qui lui tombe dessus sans crier gare. Demain matin, en se réveillant, il se sentira peut-être...

— ... toujours aussi lâche, insista Nadia. Parce que c'est ce qu'il est, tu le sais très bien. Vois les choses en face : il ne changera jamais d'avis.

Clare se remit à pleurer, aussi désespérément que bruyamment.

— Qu'est-ce que je vais faire ? Je ne sais plus quoi faire ! Je ne veux pas que cela m'arrive... je veux que cette chose *s'en aille de moi* !

Nadia passa ses bras autour de Clare qui s'accrocha à elle, sanglotant, tremblant et l'inondant de larmes.

— Allons, allons, ça va aller...

Quand avait-elle consolé sa sœur pour la dernière fois ? Franchement, elle n'en avait aucune idée, Clare n'ayant jamais été du genre à avoir besoin de réconfort. Mis à part le jour où sa grenouille, Eric, était morte accidentellement – tondue en même temps que la pelouse par Miriam –, elle n'avait jamais pleuré.

— Comment est-ce que ça pourrait aller ? Je suis enceinte, mon petit ami vient de me plaquer : je ne vois pas comment les choses pourraient être pires.

Nadia ignora vaillamment la marque que Clare venait de laisser sur sa robe rouge préférée en s'y essuyant le nez. De toute façon, elle était déjà trempée comme un chien mouillé avec toutes ces larmes.

— Nous allons prendre une décision. Si tu ne veux pas de ce bébé, tu n'es pas obligée de le garder.

Même si elle tremblait intérieurement en prononçant ces mots, Nadia s'efforçait de rester calme en apparence. Étant donné les circonstances, l'avortement était sûrement la meilleure solution.

— Tu veux dire le faire partir ? Me faire avorter ? Non.

— Non ? Tu veux garder cet enfant ?

— Non, évidemment. Je n'ai que vingt-trois ans ! Mais je ne pourrais pas me faire avorter. Je ne pourrais vraiment pas. Telle mère, telle fille... Leonie a eu des bébés sans l'avoir désiré et voilà que je m'apprête à faire la même chose. C'est peut-être dans les gènes.

Piers ouvrit sa porte et déclara froidement :

— Que veux-tu ?

— Parler.

— Je bâille déjà d'ennui. Est-ce vraiment nécessaire ?

Clare comprit qu'il ne reviendrait pas sur sa décision. Si une infime part d'elle-même avait espéré qu'il allait la prendre dans ses bras en disant « pardonne-moi, je me suis conduit comme un salaud hier », elle n'y croyait plus maintenant.

Heureusement que seule une minuscule part d'elle-même l'avait espéré.

Elle serra les poings et s'ordonna de rester calme. Nadia avait vu juste : Piers était un fumier.

— Cela t'ennuie peut-être, mais il faut néanmoins que nous parlions. Je veux garder cet enfant, et tu dois payer pour cela.

Cette fois, Piers leva un sourcil, dans le plus pur style James Bond. Sauf que James Bond, lui, ne se serait pas conduit comme un salaud.

— Tu en es sûre ? Ne serait-il pas préférable d'attendre les résultats des tests ADN ?

Non, elle n'allait pas pleurer. Elle ne lui ferait pas ce plaisir.

— Il est de toi. Je n'ai couché avec personne d'autre.

— Bon, assez plaisanté : tu sais aussi bien que moi que tu ne peux pas garder cet enfant. Tu veux de l'argent pour aller faire un petit séjour en clinique ? Pas de problème. Ainsi que je te l'ai dit hier, je suis prêt à payer pour ça. Attends-moi, je vais chercher mon chéquier.

Comprenant qu'il allait lui fermer la porte au nez, elle glissa un pied dans l'ouverture.

— Tu permets que j'entre ?

— Tu permets que j'entre ? répéta Piers en la singeant. Non, je ne permets pas.

Quel être ignoble ! Pourquoi ne s'en était-elle jamais aperçue ?

À vrai dire, haïr Piers se révélait d'une facilité stupéfiante.

— Pourquoi ? Il y a une autre fille chez toi ?

— Peut-être bien que oui, peut-être bien que non. De toute façon, cela ne te regarde absolument pas.

Étant donné qu'elle avait attendu dans sa voiture, devant chez lui, qu'il rentre du travail, il était hautement improbable qu'il ne soit pas seul.

— Tu veux que je te dise ? lança-t-elle. Tu me fais de la peine. Tu es vraiment pitoyable.

— Je commence à m'ennuyer à mourir.

Piers feignit de bâiller de la façon distinguée qui était la sienne, puis consulta sa montre.

— Écoute, si j'allais te chercher ce chèque ? Mille livres te suffiront-elles ?

Clare ne répondit pas. Elle fixait les yeux de Piers, ses magnifiques prunelles bleu marine qu'elle avait tant aimées.

À présent, elle ne rêvait plus que de les lui arracher avec un outil tranchant.

— Je reviens dans une minute, dit-il.

Cette fois, elle retira son pied afin qu'il puisse refermer la porte. Puis elle retourna dehors.

Laurie abaissa sa vitre et lui demanda de loin :

— Ça y est ?

— Il est parti chercher son chéquier.

Si Clare était tentée par ces mille livres, elle craignait aussi que les accepter ne l'empêche d'obtenir par la suite une pension alimentaire.

— Tu te sens bien ?

Elle hocha la tête. À sa grande surprise, elle se sentait vraiment bien.

— Je peux en avoir une gorgée ?

Laurie lui passa la canette qu'il était en train de boire.

— Tu t'en es bien sortie. Je craignais qu'il n'y ait encore des cris, mais tu n'as même pas pleuré.

À ces mots, Clare sentit une énorme boule se former dans sa gorge.

— Ce doit être le choc. Tu sais, ce n'était pas ainsi que je m'étais imaginé les choses. Je pensais continuer à peindre, sortir, faire la fête. Puis, dans une dizaine d'années, j'aurais rencontré un homme formidable et nous nous serions mariés. Nous nous serions vraiment aimés.

Clare marqua une pause et refoula ses larmes.

— Puis, un soir, quand j'aurais eu dans les trente-cinq ans, j'aurais attendu impatiemment le retour de mon mari et je lui aurais dit : « J'ai une grande nouvelle à t'annoncer. » Il aurait été fou de joie, car cet enfant aurait été la chose que nous aurions désirée le plus au monde. Je pensais vraiment que les choses se passeraient comme ça...

— Piers et toi, Nadia et moi... Les choses ne se passent jamais comme on l'avait prévu.

Laurie reprit sa canette et fit un signe en direction de l'immeuble de Piers.

— Le voilà.

Clare se retourna en essuyant ses mains sur son jean. Piers dévala les marches en sautillant. Parvenu sur le trottoir, il avisa Laurie.

— Qui est-ce ? Ton nouvel ami ?

— Non, je te présente Laurie, l'ami de Nadia. Il m'a accompagnée ici.

— Bel engin, fit Piers en admirant la Volvo d'Edward.

Clare eut soudain envie de taguer le bel engin de Piers.

— Tiens, voilà, reprit-il en lui tendant le chèque. J'aurais aimé pouvoir dire que tu les vaux, mais franchement, ce serait exagéré.

Clare arracha la canette des mains de Laurie et en jeta le contenu à la figure de Piers, qui la dévisagea d'un air dédaigneux.

— Comme c'est original. Presque aussi original que toi au lit.

— Fumier ! s'emporta Laurie.

— Monsieur s'énerve, on dirait. Ne me dis pas que tu te la fais aussi ?

Puis, s'adressant à Clare :

— Alors, on se tape le petit ami de sa sœur derrière son dos ? C'est peut-être lui qui devrait te faire un chèque...

Avant que Clare n'ait eu le temps de dire ouf, Laurie était sorti de la voiture et envoyait son poing dans la figure de Piers. Avec un rugissement de douleur, ce dernier recula en titubant et vint choir sur le trottoir avec un total manque d'élégance.

— Il m'a cassé le nez ! Ce salaud m'a cassé le nez ! hurla-t-il en portant les mains à son visage.

— Parfait : c'est exactement ce que je voulais, fit Laurie.

— Je te poursuivrai en justice pour ça ! cria Piers tandis que le sang coulait entre ses doigts sur sa chemise à rayures bleues et blanches.

— Estime-toi heureux, fit Clare avec un grand sourire. Il aurait pu s'en prendre à tes bijoux de famille.

42

Nadia était impressionnée.

— Tu lui as vraiment cassé le nez ? Génial.

— Ouais, approuva Clare en souriant à Laurie, qui gardait un air plutôt modeste. Un vrai super-héros : boum ! Ça a fait un bruit de vieille carcasse de poulet écrasée. Tu aurais vu la tête de Piers ! Et je ne te raconte pas le sang sur sa chemise. Une chemise Ralph Lauren. Et la cerise sur le gâteau, c'est quand cette adorable vieille dame qui habite juste à côté de chez lui a ouvert sa fenêtre en criant « bravo, bravo ! » comme à l'opéra. Ensuite elle a ajouté : « Ça fait des années que j'attendais ça. »

— Quel horrible voisinage ! commenta Nadia.

— J'ai déjà bavardé avec elle quelquefois ; elle m'a paru plutôt gentille.

— Je ne parlais pas de la vieille dame, mais de Piers.

Clare semblait avoir retrouvé le moral. Mais pour combien de temps ?

C'est ce que Nadia découvrit quelques heures plus tard, lorsqu'elle frappa à la porte de sa sœur, une tasse de thé à la main.

— Je le hais, je le hais !

Assise devant son chevalet, Clare était en train de lacérer une toile à coups de pinceau. Une toile qu'elle ne vendrait jamais, sans doute, et qui semblait avoir été créée par un singe qui se serait saoulé à la Guinness : beaucoup de traînées noires, trouées çà et là d'éclairs vert bouteille, bleu gentiane et bordeaux. Le plus abstrait des peintres contemporains l'aurait réprouvée.

Enfin, c'était une sorte de catharsis. Ça n'avait pas de prix.

— Voilà du thé.

Clare avait pleuré, et beaucoup à en juger d'après l'aspect de ses yeux.

— Allons, tu vas t'en remettre. Tu mérites mieux que Piers.

— Je le sais bien. Mais je me sens tellement bête. Il m'a fait passer pour une idiote. J'ai envie de le faire souffrir autant que j'ai souffert.

— Laurie ne lui a-t-il pas réglé son compte en lui cassant le nez ?

Clare projeta sur la toile un pinceau saturé d'acrylique cramoisi, qui s'écrasa comme une tache de ketchup.

— Je songeais à mettre son appartement à sac. J'accrocherais des bestioles à ses rideaux, je cacherais de la pâtée pour chats sous le plancher, je taguerais les murs et je saccagerais sa précieuse collection de CD.

— Tu te ferais arrêter pour violation de propriété.

— Et, pour couronner le tout, je sèmerais de la moutarde et du cresson entre les poils de son tapis.

— Il t'enverrait son avocat, tu pourrais avoir des ennuis. Tu serais obligée de le dédommager de son tapis. Tu perdrais, il gagnerait… Allons, bois ton thé.

Clare prit la tasse en soupirant. Par la fenêtre elle aperçut, de l'autre côté de la rue, la maison de Laurie et Edward, éclairée.

— Tu sais, Laurie a été fantastique tout à l'heure. Il était seulement venu pour me soutenir moralement. Tu ne sais pas quelle chance tu as.

Quelle chance, en effet, d'avoir un petit ami qui se tire aux États-Unis durant un an et demi ! Et qui n'avait pas dû se gêner pour prendre du bon temps, pendant qu'il y était. Certes, Nadia n'était pas enceinte, elle, mais ce que Clare n'avait pas saisi apparemment, c'était que si ça faisait mal de se faire plaquer par un salaud comme Piers, ça faisait cent fois plus mal de se faire larguer par quelqu'un que tout le monde s'accordait à trouver merveilleux.

— Il ne va pas t'attendre éternellement, poursuivit Clare. Si tu n'y prends pas garde, quelqu'un va te le piquer.

— Fiche-moi la paix avec ça.

Nadia avait mal au ventre à la seule idée que quelqu'un puisse mettre le grappin sur Laurie, comme cette prédatrice d'Andrea avait mis le grappin sur Jay – bien qu'elle se soit promis de ne plus penser à ce dernier.

— Ce que j'en dis, c'est parce que tu le regretterais.

— « Piquer » : on dirait que tu parles d'un lot dans une vente.

— Mais c'est le cas ! Laurie est comme un costume griffé égaré chez un fripier. Tu ne peux pas te permettre de tergiverser : il ne sera probablement plus là dans une semaine. Il sera parti.

Miriam avait laissé des instructions très strictes afin que tout courrier lui étant destiné qui arriverait en son absence soit rangé dans le premier tiroir de la commode de l'entrée. Elle inspira profondément et ouvrit le tiroir en question. Tout le monde était sorti ; elle avait la maison pour elle seule. De l'autre côté de la rue, Laurie était en train de décharger les bagages d'Edward. Ces vacances avaient été merveilleuses, bien qu'Edward eût encore tenté de la convaincre de l'épouser. À une ou deux reprises, elle avait songé à tout lui avouer. Mais elle ne pouvait s'y résoudre.

Le tiroir renfermait un bon paquet de courrier. Elle tria les enveloppes une par une, heureuse – pour la première fois de sa vie – de découvrir factures d'électricité, publicités innombrables, extraits de compte et courriers des différentes œuvres de charité auxquelles elle apportait son soutien. Pas une seule enveloppe rédigée à la main, rien en provenance d'Édimbourg. Il avait peut-être renoncé, finalement.

C'est alors qu'elle la sentit. Entre la revue automobile sous plastique et le catalogue de La Redoute. La tête lui tourna légèrement tandis qu'elle fixait cette enveloppe matelassée au format A3, sur laquelle ses nom et adresse étaient écrits d'une main ô combien familière. L'enveloppe semblait contenir un livre. Dieu du Ciel, qu'était-ce à présent ? Il ne lui avait tout de même pas envoyé une Bible, dans laquelle il aurait souligné les passages de circonstance ?

Ce n'était pas une Bible. Ni un livre, d'ailleurs. C'était une cassette vidéo.

Abandonnant ses valises dans l'entrée, elle se rendit jusqu'au salon, glissa la cassette dans le lecteur et appuya sur la touche *lecture*.

Le cœur à cent à l'heure, elle découvrit un écran brouillé, puis des images.

En noir et blanc.

C'était un vieux film, réalisé plus de cinquante ans auparavant et repiqué sur cassette vidéo.

Miriam contempla, presque incrédule, les scènes un peu sautillantes qui s'enchaînaient sous ses yeux. Si elle se souvenait parfaitement du jour – comment l'oublier ? –, elle n'avait jamais vu ce film et ne se rappelait même pas le nom de celui qui portait la grosse caméra. Geoffrey ? Gerald ? À l'époque, la caméra était une nouveauté et tous étaient impatients de voir le résultat. Mais Geoffrey – ou Gerald – avait dû partir peu après afin d'effectuer son service militaire. On n'avait plus jamais entendu parler de lui.

Et voilà que cinquante-deux ans plus tard, le résultat de son travail était là. Tout en tournant ses bagues ornées de diamants, Miriam regardait cette lointaine journée se dérouler sous ses yeux, les scènes s'enchaînant maladroitement comme dans un film muet qu'on passerait un peu trop vite. Dans le film, elle portait une robe qui semblait gris pâle et qui en réalité était d'un magnifique vert pomme. Elle riait, insouciante. Sous sa robe qui descendait sous le genou, elle portait, bien sûr, d'horribles chaussures – on en était encore au rationnement d'après guerre – et des bas soigneusement reprisés.

Pourtant c'était elle, sans aucun doute possible. C'étaient les mêmes yeux, bien qu'elle n'eût pas de rides autour. Quant à son sourire, on le reconnaissait au premier coup d'œil. Même sa coupe de cheveux était restée la même.

Cela avait été une si heureuse journée, encore chaude pour un mois de septembre. Miriam examina attentivement tous les personnages immortalisés par la caméra. Surtout, elle examina l'homme qui lui avait envoyé la cassette, cet homme qui avait bouleversé sa vie autrefois et qui menaçait de recommencer.

De quoi avait-il l'air, à présent ?

En frissonnant, Miriam songea qu'elle préférait n'avoir jamais l'occasion de le découvrir.

Clare descendit dîner. Elle se sentait comme un boxeur qui s'autosuggestionne avant un match. Ce soir, elle allait annoncer la vérité à Miriam, à son père, à Tilly. Elle allait tout déballer d'un coup, en présence de Nadia pour la soutenir.

Elle se dirigeait vers le jardin où elle entendait leurs voix, quand, après avoir jeté un coup d'œil par la baie vitrée, elle fit demi-tour.

— Que fait-elle là ? s'exclama-t-elle dans la cuisine, où Nadia terminait la purée.

— Qui ? Annie ?

Nadia ajouta une brique de crème liquide, et ses hanches se mirent à se trémousser tandis qu'elle battait la purée.

— Tilly a apporté la vidéo du spectacle. Nous allons la regarder tous ensemble après le dîner. Lorsqu'ils sont passés chez le marchand de journaux tout à l'heure, Tilly a persuadé Annie de venir. Ne me regarde pas comme ça. Annie est une chic fille.

— Je dois tout dire à p'pa et à Gran pour le bébé. Cela ne la regarde pas. On ne pourrait pas rester *entre nous* ?

Nadia soupira. Clare se méfiait toujours d'Annie, répugnant à l'accueillir au sein de la famille. Une attitude aussi irrationnelle qu'irritante, surtout au vu du bonheur évident de leur père.

— Tu devrais te réjouir qu'elle soit là : en sa présence, p'pa risque moins de s'énerver.

— Tu parles ! Elle n'arrête pas de faire sa cour à Tilly.

— Elle est gentille avec Tilly : je ne vois pas où est le mal.

— Tu ne vois pas où est le mal ? railla Clare. Elle a presque quarante ans et n'a jamais été mariée. Nous n'avons pas besoin qu'une créature de son espèce s'immisce dans notre famille. Le mal, tu verras où il est quand p'pa mourra en lui léguant tout ce qu'il a.

« Quand p'pa mourra ! » Pour l'amour du Ciel, il n'avait que quarante-huit ans ! Nadia versa la purée dans un plat bleu marine qu'elle plaça d'autorité entre les mains de Clare.

— Les hormones. Ce sont tes hormones qui te travaillent. Allons, apporte ce plat dans la salle à manger et appelle tout le monde à table. Je vais apporter le reste. Et... tâche de leur annoncer la nouvelle en douceur.

Elle voyait mal comment la chose était possible, d'autant que sa sœur avait le don de rendre les situations pénibles encore plus pénibles. La subtilité n'avait jamais été son fort.

— Fiche-moi la paix avec ça.

Clare aurait voulu paraître irritée, mais elle était trop nouée pour cela.

— Ça va aller. Après tout, ce n'est qu'un bébé. Ce n'est pas la fin du monde.

43

Nadia servit le sauté de poulet, chacun prit des brocolis et des carottes, et James s'occupa du vin. En apparence, c'était une réunion de famille normale, joyeuse, animée. Miriam les régalait des récits de son voyage à Venise, et elle exhiba fièrement le bracelet ancien en ambre et argent qu'Edward lui avait acheté dans une petite rue près de la place Saint-Marc.

— Que t'es-tu fait au bras ? s'enquit Nadia en apercevant un grand pansement qui contrastait avec le bras bronzé de Miriam.

— Oh, rien. Je me suis égratignée en grimpant à l'échelle pour ranger mes valises dans le grenier.

— Tu devrais faire attention. La prochaine fois, laisse-moi les ranger.

Grimper à cette échelle escamotable n'était plus dans les attributions d'une femme de soixante-dix ans.

— Mais je faisais attention. Je suis toujours prudente, répliqua Miriam, qui avait caché la cassette vidéo dans l'une des valises.

Nadia frissonna et jeta un coup d'œil à Clare. Celle-ci allait-elle saisir la perche : « À propos de prudence, figurez-vous que j'en ai singulièrement manqué ! »

— Il est magnifique, s'extasia Annie devant le bracelet. J'aime beaucoup l'ambre, c'est très beau.

— Ne serait-ce pas encore mieux si c'étaient des diamants ? lança Clare.

Seule Nadia saisit l'intention. Elle adressa un avertissement muet à sa sœur.

— Encore un peu de poulet, Clare ? proposa James qui avait remarqué l'assiette presque vide de sa fille. Tu as l'air d'avoir faim.

Nadia se raidit, redoutant la suite – « Ce doit être parce que je mange pour deux... »

— Je meurs de faim, acquiesça Clare en se servant. Thomas Harrington m'a appelée cet après-midi. Il organise une expo la semaine prochaine et l'un des artistes a déclaré forfait. Et me voici ! N'est-ce pas fantastique ? Douze toiles, une énorme couverture médiatique. Je sens que je vais enfin avoir ma chance.

Nadia respira calmement. Clare annonçait d'abord la bonne nouvelle, elle les amadouait avant de leur assener le coup de grâce. Rayonnant de fierté, James passa une main dans les cheveux de sa fille en disant :

— Nous avons toujours su que tu y arriverais.

Visiblement heureuse, Clare savourait l'instant. Soudain, Nadia la vit inspirer un grand coup.

— J'ai autre chose à vous annoncer, commença-t-elle d'une voix légèrement tremblante.

Nadia eut soudain envie de plonger sous la table.

— Vous ne trouvez pas que c'est génial ? fit Tilly. D'abord moi dans le spectacle, ensuite Clare ! Gran, est-ce qu'on pourra regarder la cassette tout de suite après le repas ? J'ai tellement hâte que vous la voyiez !

Clare fusilla Tilly du regard.

— Bien sûr, ma chérie. Dès que nous aurons fini de manger.

— J'ai déjà demandé à avoir une copie, fit Annie. Franchement, ils étaient tous tellement bons, tellement professionnels. Mais aucun n'était aussi bon que Tilly, bien sûr.

Avec un regard dédaigneux à l'intention d'Annie, Clare marmonna, presque dans sa barbe :

— Tout ça me donne envie de vomir...

Nadia se raidit. Annie devint toute rouge. James prit une voix glaciale :

— Que viens-tu de dire ?

— Rien, rétorqua Clare en pinçant la bouche.

Elle sentait qu'elle venait de desservir sa propre cause.

Mais Tilly était furieuse.

— Tu ne t'es pas donné la peine de venir voir le spectacle, et regarder la vidéo ne t'intéresse pas. Très bien, ne la regarde pas : je m'en moque complètement !

Nadia but une gorgée de vin. Le dessous de la table lui semblait de plus en plus l'endroit le plus enviable.

— Je ne parlais pas du spectacle. Je ne faisais pas allusion à toi en disant cela.

— Dans ce cas, tu es encore plus horrible que je ne le croyais, fit Tilly un ton au-dessus.

— C'est vrai, Clare, renchérit Miriam. Je te trouve extrêmement grossière.

— On se demande bien pourquoi, railla Clare.

— Moi, je sais pourquoi, déclara Tilly.

Tour à tour, elle dévisagea Clare et Annie. Puis, s'adressant à Miriam qui présidait la table :

— C'est parce qu'elle est enceinte.

Stupéfaite, Miriam vit Tilly poser sa petite main sur la main replète d'Annie. Tout le monde avait braqué son regard sur cette dernière.

— Quelle... quelle merveilleuse nouvelle. Toutes... mes félicitations, murmura Miriam.

James semblait au bord de l'apoplexie.

Aussi étonnée – et même davantage – que les autres, Annie s'écria :

— Mais c'est faux ! Je ne suis pas enceinte !

— Pas Annie, protesta Tilly, atterrée par la bêtise familiale. Je parlais de Clare.

On entendit une fourchette tomber dans une assiette. Nadia vida son verre. Si l'on s'était trouvé dans *Eastenders*, le générique de fin aurait choisi ce moment pour retentir.

Comme à Wimbledon, toutes les têtes se tournèrent vers Clare.

— Oh, non... dis-moi que ce n'est pas vrai, fit Miriam.

— C'est la vérité, révéla Clare en rejetant, par défi, ses longs cheveux en arrière. Et j'aimerais bien savoir comment tu l'as appris, Tilly.

Je vous ai entendues en parler, Nadia et toi, hier dans la cuisine. La porte n'était pas fermée.

— Tu étais au courant, Nadia ? s'enquit James.

Comme celle-ci se tortillait sur sa chaise, Clare intervint :

— Il fallait bien que j'en parle à quelqu'un. Et j'allais vous l'annoncer à tous, quand cette pipelette ici présente s'en est mêlée. Enfin, c'est dit maintenant. Tout le monde est au courant. Quelqu'un pourrait-il me passer la purée ?

Malgré son ton détaché, ses yeux brillaient de larmes.

— Clare, comment as-tu pu être assez bête ? soupira Miriam. Où avais-tu la tête ?

Le couvert de service atterrit à grand bruit dans le plat de purée.

— Je te remercie, vraiment ! Quand tu croyais Annie enceinte, c'était une bonne nouvelle. Tu l'as même félicitée. Mais depuis que c'est moi qui suis enceinte, c'est devenu une catastrophe !

James étant apparemment trop choqué pour parler, Miriam répondit :

— Veux-tu me faire croire que ce n'est pas une catastrophe ? Tu n'as jamais été capable de t'occuper ne serait-ce que d'un chat, alors un bébé ! Et peut-on savoir qui est le père ?

— Piers.

— L'homme à la Ferrari ? J'aurais dû m'en douter. Et qu'en dit-il ?

— Il n'en veut pas. Nous avons rompu. De toute façon, je n'ai pas besoin de lui. Je n'ai pas fait exprès de tomber enceinte, mais c'est arrivé, et j'assumerai.

— Tu veux dire que tu vas garder le bébé ? intervint James.

— Oui.

— Pourquoi ?

— Parce qu'il mérite qu'on lui donne une chance. Réfléchis, p'pa. Quand Leonie a découvert qu'elle était enceinte de moi, elle n'était pas précisément ravie, je crois. Il aurait été plus facile pour elle de le faire passer. Pourtant, elle n'en a rien fait. Et je m'en réjouis. Parce que je préfère encore être là. Même en ce moment. Et Dieu sait que ce n'est pas le plus beau jour de ma vie, acheva Clare d'une voix tremblante.

Un long silence s'installa. Enfin, Miriam prit la parole.

— Ma chérie… fit-elle doucement.

Clare fondit en larmes.

Miriam se leva précipitamment et vint la prendre dans ses bras.

— Je regrette. C'est un accident. Je m'en occuperai, je le promets, sanglota Clare.

— Ne pleure pas, mon chou. Tout va bien se passer. Nous nous en sortirons. Allons, allons, tout va bien.

Honteuse de son coup d'éclat, Tilly déclara tout de go :

— Je n'ai jamais aimé Piers. Je suis bien contente que Laurie lui ait cassé le nez.

— Laurie ? s'étonna Miriam. Doux Jésus, y a-t-il encore d'autres événements que j'ignore ? Je m'absente seulement une semaine, et c'est l'apocalypse !

— Laurie a cogné Piers parce qu'il était grossier envers Clare. J'ai appris ça aussi en les écoutant parler dans la cuisine. De toute façon, il l'avait bien mérité.

Annie, qui se sentait terriblement de trop, se leva en déclarant :

— Et si je débarrassais ?

— Comment ai-je pu être aussi stupide ? gémit Clare. Je l'aimais vraiment. Je croyais qu'il m'aimait. J'ai été la dernière des idiotes.

— Tout le monde peut commettre des erreurs, dit Miriam d'une voix consolatrice en lui caressant les cheveux.

— Embrassons-nous ! croassa Harpo qui s'avançait sur la tringle à rideaux.

— Toi, tu n'as jamais commis d'erreur. J'aurais aimé te ressembler, murmura Clare en s'essuyant les yeux.

Si elle savait, songea Miriam.

— Je ne vous dérangerai pas, je vous le promets. Je vais déménager.

Tout le monde savait que ce déménagement était aussi probable que l'homosexualité de Rod Stewart.

— Tu as tout le temps d'y songer, fit James, bourru.

Annie, qui avait fini de débarrasser, hésitait à la porte de la cuisine.

— Puis-je apporter le pudding ?

— Du pudding ! soupira Clare, écœurée qu'on puisse songer à manger dans un moment pareil.

— Super ! s'exclama Tilly. On n'a même plus le droit de manger. Je suppose qu'on n'aura pas non plus le droit de regarder la cassette.

Un bref instant, Miriam songea qu'il s'agissait de la cassette arrivée par la poste. Non, pas de panique : celle-là était soigneusement cachée dans le grenier.

— Mais non, voyons. Nous allons manger le pudding et, ensuite, nous regarderons la cassette tous ensemble.

44

Le jardin commençait vraiment à prendre tournure. Nadia essuya ses mains sur son jean et se redressa pour contempler la plate-bande où elle venait de planter des mahonias, des nicotianas et des mignonnettes – elle adorait ces noms, qui évoquaient pour elle des danseuses de french cancan du Moulin-Rouge. À l'arrière-plan, un chèvrefeuille de l'Himalaya couvrait le mur. Elle devait encore repiquer des lavandes et arroser abondamment le tout, si elle ne voulait pas que ces plantes meurent de soif par cette chaleur.

À propos de soif, elle aurait volontiers bu quelque chose, elle aussi.

— Joli, fit Jay lorsqu'il la rejoignit dans la cuisine.

Il venait juste d'arriver.

— Vous plaisantez : je suis dans un état !

— Je voulais parler du jardin.

Aïe. Elle l'avait bien cherché.

— Voulez-vous du thé ? proposa-t-il pour se racheter.

Il mit de l'eau à chauffer, puis regarda Nadia pendant qu'elle se lavait les mains.

— J'ai quelque chose pour vous, dit-elle. Cela me gêne un peu, mais Clare m'a fait promettre de vous le remettre.

Elle s'essuya les mains et extirpa de sa poche une invitation sur papier glacé.

— Désolée, elle est froissée. Vous n'êtes pas obligé d'y aller. Clare a juste dit que cela lui ferait très plaisir que vous y fassiez un saut.

Jay examina l'invitation.

— Et que j'achète une toile, je suppose. De préférence une des siennes, cette fois.

— À vous de voir. Quoi qu'il en soit, ce devrait être une exposition intéressante.

Nadia aperçut Robbie, qui hésitait à l'entrée de la cuisine.

— Salut, Robbie. Tu veux du thé ?

Robbie fit oui de la tête. Toujours aussi timide et maladroit, il avait une préférence pour la communication non verbale. Comme il attendait, Nadia demanda :

— Bon, je prépare trois tasses ?

Nouveau hochement de tête.

— Jeudi... fit Jay. Je devrais pouvoir y aller.

— Ne vous sentez pas obligé d'acheter. Et ne laissez pas Clare vous forcer la main. Elle peut parfois dépasser les bornes.

Elle se mit à jeter des sachets de thé dans des tasses d'une propreté approximative.

— Ne sommes-nous pas tous pareils ? Ne vous en faites pas, je resterai sur mes gardes. Votre sœur ne me fait pas peur.

On voyait bien qu'il ne l'avait pas rencontrée depuis qu'elle était enceinte, songea Nadia. Au cours de la dernière semaine, convaincue que sa seule issue était dans le travail, Clare s'était métamorphosée en tornade humaine. Si elle peignait de nouvelles toiles et en vendait suffisamment lors de l'exposition, elle aurait les moyens d'assumer financièrement son enfant.

— D'ailleurs, reprit Jay, qui sait si je n'aurai pas envie d'acheter une toile ? Clare a du talent.

— Tiens, Robbie, fit Nadia qui avait fini de préparer le thé, sans oublier d'écraser les sachets contre la paroi de la tasse avant de les lancer dans la poubelle, comme le faisaient les maçons, amateurs de thé bien noir.

Les joues en feu, Robbie s'aventura prudemment dans la cuisine. Comme l'invitation de Jay était restée sur le plan de travail, près des tasses, il l'examina attentivement, puis, se tournant vers Nadia tout en prenant soin de ne pas la regarder en face, demanda, tout gêné :

— Euh... je pourrais en avoir une ?

On aurait dit Mme de Fontenay entrant dans un sex-shop pour acheter un string en cuir.

— Tu veux dire une invitation pour le vernissage ? C'est une exposition des œuvres de ma sœur, l'avertit Nadia.

Elle se sentait horriblement gênée. En lui remettant les cartons d'invitation, Clare avait bien stipulé qu'ils étaient exclusivement destinés à des individus fortunés, glamour et de préférence photogéniques. Interdit aux pique-assiettes et autres parasites. À plus forte raison aux maçons timides et coincés, même s'ils avaient – on se demandait bien par quel miracle – obtenu une licence de physique.

— L'ennui, c'est que je n'ai pas d'autre invitation.

— Mais si : il y en a une qui dépasse de votre poche, remarqua Robbie.

— Oh ! fit-elle en rougissant à son tour.

Étant donné que Jay ne faisait rien pour l'aider – il riait, le salaud – et pour gagner du temps, elle poursuivit :

— J'ignorais que tu t'intéressais à l'art, Robbie.

Juste Ciel ! Si elle se retrouvait contrainte de lui remettre une invitation, allait-il débarquer au vernissage dans ses vêtements de travail dégoûtants et ses chaussures de sécurité ?

— Moi ? Non, l'art m'ennuie. Mais mon frère aime ça. Il est toujours fourré dans les galeries d'art.

Le frère de Robbie ? Nadia se le dépeignait aussi maladivement timide, se frayant un chemin parmi la foule étincelante pour engloutir petits-fours et boissons à l'œil.

Comment diable refuser cette invitation à Robbie ? Surtout quand il restait planté devant elle, attendant qu'elle s'exécute.

— Oui, bien sûr. En voici une pour lui.

Cachant sa culpabilité derrière un grand sourire, Nadia lui tendit l'invitation d'un geste théâtral. Heureusement qu'elle ne s'attendait à aucun remerciement.

— Bon. Je prends ma tasse, dit Robbie, de nouveau retranché derrière des monosyllabes.

— Tout s'est très bien passé, remarqua Jay lorsque Robbie se fut éclipsé.

Il en riait encore.

— Clare va me tuer, grommela Nadia. C'est une soirée chic, il n'y aura que des gens beaux et élégants.

— Serait-ce un compliment ?

— En réalité, Clare a dit « beaux et élégants si possible ». Ou à défaut, pleins aux as.

Rien de tel que d'être enceinte et célibataire pour se sentir horriblement seule, songea Clare. D'autant que tout, dans l'univers, semblait aller par paires : comme les chaussettes par exemple. Et devinez qui était la chaussette orpheline ?

Elle compta les couples sur la liste des invités. Même sa propre famille s'acharnait contre elle :

Miriam viendrait avec Edward, Nadia avec Laurie, James avait insisté pour venir avec Annie. Cela contrariait Clare, mais il avait paru tellement vexé quand elle lui avait fait remarquer que cela n'intéresserait peut-être pas Annie...

Néanmoins, lorsque Tilly s'en était mêlée elle aussi, Clare avait mis le holà.

— Il n'est pas question que tu amènes Cal. C'est une exposition d'œuvres d'art, pas la boum de l'école. Cal a quinze ans et n'achètera rien. Ce serait gaspiller une invitation.

Tilly s'était mise à bouder. Plus tard, comme Leonie avait appelé, Clare avait entendu sa petite sœur se plaindre au téléphone de son injustice. Or, Leonie n'étant pas susceptible de se fendre pour acheter une toile, Clare ne l'avait pas invitée non plus.

Quelques instants plus tard, Tilly était de retour dans la cuisine et déclarait :

— M'man m'invite à Brighton le week-end prochain. Comme je n'ai pas de cours vendredi, je partirai jeudi après-midi.

— Très bien. Donc, tu ne viendras pas au vernissage ? dit Clare en prenant un stylo.

— Non. Tu peux me rayer de ta liste.

Clare raya de bon cœur Tilly, qu'elle n'avait invitée que par politesse.

Vexée par sa satisfaction apparente, Tilly ne put s'empêcher de lancer une pique :

— Et que se passera-t-il si personne ne veut acheter tes trucs, si tu ne vends pas une seule toile, hein ?

Le problème, lorsqu'on était enceinte, c'était qu'on ne devenait pas automatiquement une sainte et adorable créature. Clare éprouvait la même violente envie de gifler Tilly chaque fois que celle-ci la provoquait.

— Cela n'arrivera pas. Je vais en vendre plein. Merci pour ton soutien moral.

Jeudi soir, sept heures. La galerie Harrington, illuminée, grouillait d'invités. Clare et les deux autres exposants se faisaient photographier par la presse locale et répondaient aux questions de plusieurs journalistes.

Avec ses beaux cheveux noirs brillants lâchés et sa robe rose sans manche à col montant, qui flattait son teint bronzé, Clare était de loin la plus photogénique. Chaque fois qu'elle rejetait négligemment ses cheveux en arrière et lançait un sourire éclatant aux objectifs des photographes, on ne pouvait s'empêcher d'admirer son physique éblouissant.

À quelques pas de là, Nadia n'en revenait pas de cette faculté qu'avait sa sœur d'arborer une façade aussi sereine. La semaine qui venait de s'écouler n'avait pourtant pas été une partie de plaisir. Clare avait travaillé comme un forçat dans sa chambre, ce qui ne l'avait pas empêchée de se montrer tour à tour ronchon, éplorée, impitoyable et, par moments, tout bonnement hystérique. Elle s'en était même prise à Laurie, hurlant que c'était sa faute si elle n'avait pas de nouvelles de Piers, et que tout aurait pu s'arranger s'il ne lui avait pas cassé le nez.

Adossée contre une colonne au fond de la galerie, Nadia sirotait un verre tout en passant en revue les invités. Tous bavardaient assidûment, se saluaient, allaient se servir de petits-fours. Quelques-uns poussaient même la politesse jusqu'à jeter un œil aux tableaux exposés.

Elle profita de la distance qui les séparait pour étudier Laurie. Comme d'habitude, il était d'une beauté innée dans son costume sombre. Il bavardait avec une femme d'âge mur, sérieuse et plutôt ordinaire, qui examinait l'une des toiles de Clare. Comme elle ajoutait quelque chose en faisant un geste en direction du tableau, l'inconnue se tourna vers Laurie et ne put s'empêcher de sourire. Personne ne pouvait résister à son charme.

Sauf moi, songea Nadia. Du moins jusqu'à présent. À chaque fois qu'elle le voyait, elle éprouvait cette même sensation de creux au niveau de l'estomac, la même poussée d'adrénaline. Mais combien de temps encore allait-elle tenir le coup, réussir à garder ses distances ? Ainsi que Clare l'avait précisé, il n'allait pas patienter éternellement. Et lorsqu'elle capitulerait, cela changerait-il la donne ? Combien de temps lui faudrait-il pour se désintéresser d'elle ?

Il prétendait que cela n'arriverait jamais. Mais qu'en savait-il ? Et si…

— Alors, vous l'avez repéré ? murmura une voix à son oreille.

Elle sursauta si fort qu'elle faillit renverser son verre.

C'était Jay. Trop occupée à étudier Laurie, elle ne l'avait pas vu arriver.

— Qui ?

Comme c'était dur d'avoir l'air décontracté quand on ne l'était pas ! Ce qui avait failli se passer entre eux flottait toujours dans l'air, presque tangible, quoique non dit. Si Laurie n'avait pas surgi dans sa vie, où en serait sa relation avec Jay à l'heure qu'il était ? N'aurait-ce été qu'un coup en passant ? C'était frustrant de ne pas connaître la réponse.

— Le frère de Robbie, voyons. Je croyais que vous tentiez de le démasquer.

— Oh, oui. En effet, j'essaie. Il n'a toujours pas donné signe de vie. J'ai été obligée de tout avouer à Clare. Elle m'a ordonné de le mettre dehors au moindre signe de perturbation. En fait, je fais le videur, ce soir.

— Peut-être n'est-ce pas un perturbateur. Vous voyez ce type, là-bas ? Et si c'était lui ?

Jay désignait un bel homme d'une quarantaine d'années, extrêmement élégant.

— Bien joué, mais il s'agit de Marcus Guillory, un négociant en antiquités.

— Bon. Et cet autre, là ?

— C'est le présentateur du journal sur HTV.

C'était à se demander si Jay regardait jamais la télévision.

— Et celui-là ?

— Vous n'êtes vraiment pas doué pour ce jeu. Croyez-vous sérieusement que le frère de Robbie porterait un gilet de velours lie-de-vin et une veste en lamé doré ?

— Et celui qui bavarde avec Miriam ?

— C'est une femme.

— Comment le savez-vous ? Et si le frère de Robbie était venu en *drag queen* ?

— C'est la mère de l'antiquaire.

Une brune ravissante, dont la robe lilas s'arrondissait comme un ballon de football au niveau du ventre, détourna le cours de ses pensées.

— À propos de mère, comment va Belinda ?

— Pas trop mal. Elle a hâte de voir à nouveau le bout de ses pieds.

Puis, après une pause :

— Anthony lui manque, naturellement…

— Il doit vous manquer à vous aussi.

— Quelquefois, j'oublie. Samedi dernier, quand son équipe de foot s'est fait battre trois à zéro, j'ai même décroché le téléphone pour lui dire que c'était une bande de lavettes. Il doit être bien content de ne plus être là pour assister à une performance aussi lamentable.

— Venez prendre un verre.

Jay ne bougea pas.

— Encore une chose, dit-il. Comment se fait-il que vous soyez ici et Laurie à l'autre bout de la pièce ? C'est fini entre vous ?

Nadia entendit son cœur cogner plus fort dans sa poitrine. Elle sentait l'odeur de l'after-shave de Jay, un parfum frais avec un zeste de citron vert.

— Pour pouvoir rompre, encore faudrait-il que nous soyons ensemble.

— Alors ? Qu'avez-vous l'intention de faire ?

— Je ne sais pas.

Elle avait l'impression de participer au Maillon faible.

— Ne serait-il pas temps que vous vous décidiez ?

— J'ai besoin d'un autre verre. Vous avez l'intention d'acheter un tableau ?

Silence.

— Je ne sais pas encore.

— Pourquoi ?

— Il y en a bien un ou deux qui me tentent, mais je n'arrive pas à me décider. Ils sont de ce côté-là, précisa-t-il en désignant des toiles qui semblaient susciter un certain intérêt parmi les invités.

— Venez, allons voir. Si vous hésitez trop longtemps, quelqu'un pourrait vous les siffler sous le nez… Qu'y a-t-il ?

Jay ne bougeait toujours pas. Un petit sourire se dessinait sur ses lèvres. Un sourire en coin qui en disait long, avec une pointe de défi.

— Je ne vous le fais pas dire, murmura-t-il. Quand on hésite trop longtemps, on risque de tout perdre…

45

— C'est celui-ci que je préfère, déclara Annie. Regardez l'expression des visages : vous ne trouvez pas adorable le petit garçon qui se cache sous la table ?

La soirée s'avérait beaucoup moins intimidante qu'elle ne l'avait craint. Tout le monde était avenant et chaleureux, et les tableaux fournissaient d'inépuisables sujets de conversation. Surtout les tableaux de Clare, d'ailleurs, avec leur pléiade de personnages. Discuter du sens caché d'œuvres abstraites eût été nettement plus délicat, plus éprouvant pour les nerfs. En revanche, le style haut en couleur et cocasse de Clare permettait de goûter ses tableaux en toute simplicité.

Tout le monde, d'ailleurs, semblait apprécier.

— Et le bébé avec une tétine dans la bouche ? renchérit l'homme avec lequel Annie bavardait. Excellent !

Il consulta le dépliant qui lui avait été remis.

— Cette Clare Kinsella connaît son affaire, croyez-moi.

— En effet… Merci, chéri, dit-elle à James qui était de retour avec un nouveau verre.

Elle rougit aussitôt : jamais elle ne l'avait appelé ainsi, et ce mot lui avait échappé.

— P'pa ? P'pa ?

Clare, complètement surexcitée, tirait le bras de son père.

— J'ai déjà vendu trois toiles. N'est-ce pas que c'est hallucinant ? Et un agent artistique m'a proposé d'exposer à New York !

— Pardon, s'excusa auprès d'Annie l'inconnu avec lequel elle venait de s'entretenir. Je n'avais pas compris. Vous devez être fière de votre fille...

Avant qu'Annie ait eu le temps de réagir, Clare se plaça devant elle, lui envoyant au passage ses cheveux dans la figure.

— Vous plaisantez ! Vous n'avez pas cru sérieusement qu'elle pouvait être ma mère ?

— Pardon... répéta l'homme, surpris.

— Nous ne nous ressemblons absolument pas, poursuivit Clare en désignant Annie, ses cheveux vaguement roux, ses rondeurs et son visage déconfit. D'ailleurs, elle n'est pas assez âgée pour être ma mère.

— Clare ! gronda James, au bord de l'apoplexie.

— Et ce, bien qu'elle fasse plus que son âge, ajouta Clare.

Annie tourna les talons et s'enfuit dans la rue.

— Cette fois, tu es allée trop loin ! déclara James au beau milieu d'un silence choqué.

Mais Clare était trop dopée par ses hormones pour battre en retraite.

— Je m'en moque. Elle s'accroche à toi comme une sangsue, p'pa. Je veux qu'elle laisse notre famille tranquille.

Alors que toute personne étrangère à la famille se serait sentie gênée, l'inconnu attendait impatiemment la réplique de James.

— Tu t'es bien accrochée à Piers comme une sangsue. La différence, c'est qu'il ne t'aimait pas, lui. Personne ne m'interdira de continuer à voir Annie.

Elle est la bienvenue chez nous et je ne tolérerai pas que tu lui parles sur ce ton ! Pour tout dire, je crois qu'il est grand temps que tu ailles vivre ailleurs, conclut James en pointant un doigt vengeur et tremblant sur sa garce de fille pourrie.

Cela dit, il se lança sur les traces d'Annie.

Clare poussa un soupir. Au moins, le reste de la famille n'avait pas assisté à cette prise de bec.

— Querelle de clan, commenta l'inconnu à l'origine de cette scène.

Agacée, Clare l'observa cette fois pour de bon. Cet homme était d'une incroyable laideur : il avait le visage et le cou d'un crapaud. Quant à sa tenue, c'était le comble du ridicule : il portait un horrible costume de velours bordeaux avec un gilet doré ultravoyant. Le col de sa chemise vert émeraude était trempé de sueur. Lorsqu'il lui tendit la main, la première envie de Clare fut d'aller chercher d'abord une serviette en papier.

Mais, serrant les dents, elle se força à presser cette main grassouillette et mouillée. Beurk.

— Malcolm Carter, se présenta le crapaud. J'aime beaucoup ce que vous faites.

Re-beurk. N'était-il pas en train de la reluquer ? Ce n'était pas la première fois que des hommes repoussants la reluquaient.

— Il faut que j'aille me mélanger à la foule, dit-elle brusquement.

— Ne voulez-vous pas vous mélanger avec moi ?

Elle préférait encore avoir la langue coupée. Franchement, c'était la dernière fois qu'elle prenait autant de soin pour que ses invités soient triés sur le volet. Apparemment, les deux autres artistes s'étaient montrés moins regardants.

Elle jeta un coup d'œil en direction de la sortie. Toujours aucun signe de James ou d'Annie. Sans doute allait-elle être obligée de présenter ses excuses, pour avoir la paix.

— Coucou, je suis là ! se manifesta Malcolm.

Comme si elle ne le savait pas !

— Pardon ? Oh, désolée mais il faut vraiment que j'aille parler aux personnes qui m'ont acheté des toiles.

— Parlez-moi gentiment et je vous achèterai quelque chose.

Quel pot de colle ! Qu'est-ce qui pouvait pousser un homme d'âge mûr à s'affubler d'un tel costume avec l'espoir de paraître à son avantage ? D'ailleurs, ce costume n'était même pas bien coupé.

— Écoutez, je serais ravie de discuter avec vous, mais il faut absolument que je voie cet homme, là-bas, dit-elle en montrant vaguement Jay. Pourriez-vous m'accorder cinq minutes ?

— Et vous reviendrez ensuite ?

— Naturellement.

Tu peux toujours rêver, *crapaud*.

— Vous ne le regretterez pas.

Malcolm fouilla dans la poche intérieure de sa veste et en sortit une carte, qu'il écrasa dans la main de Clare.

— Tenez, prenez ça, à tout hasard. Ne la perdez pas. Il faudrait que nous nous revoyions un de ces jours. Nous pourrions dîner ensemble la semaine prochaine, par exemple ?

Juste Ciel ! Ce type était-il fou ? D'ailleurs, quel âge avait-il ? Au moins quarante-cinq ans, qu'il portait sur le mode grotesque. Et il croyait réellement avoir ses chances ?

— Sans faute, assura Clare avec son plus beau sourire du genre artiste hypocrite et débordée, celui qui dévoilait presque plus de dents qu'elle n'en possédait. Nous nous reverrons. Oh, il faut absolument que j'attrape, euh... cet ami qui est là-bas. Bye !

— C'est votre nouvelle conquête ? fit Jay quelques secondes plus tard.

— Très drôle. J'ai été obligée de me débarrasser de lui.

Elle frissonna à l'idée de se faire embrasser par ce crapaud.

— Alors, reprit-elle. Vous allez m'acheter un tableau ?

— Allons, n'ayez pas peur : dites-moi franchement à quoi vous pensiez.

— Je vous en prie, dit Clare en le prenant par le bras. Vous en avez envie, et Dieu sait si j'en ai envie aussi. La misère frappe à ma porte, j'aurai bientôt un enfant à charge : le moindre penny sera le bienvenu.

Malgré son ton délibérément léger et désinvolte, Jay devinait l'inquiétude qui la tenaillait.

— Nadia m'a mis au courant. Comment vous sentez-vous ?

Clare hésita. Ce qu'elle ressentait vraiment ? Franchement, maintenant que le premier choc était passé, la perspective de devenir mère ne lui semblait plus aussi épouvantable. En son for intérieur – étaient-ce ses hormones qui la poussaient à voir les choses ainsi ? – elle n'imaginait plus l'avenir de la même manière. En cachette de sa famille, elle s'était acheté un ouvrage intitulé *Vous et votre bébé*, et s'était presque senti des élans maternels en contemplant les schémas représentant des fœtus à différents stades de développement, bien que la plupart aient le physique d'E.T. Tout cela était très nouveau, très étrange, en même temps que très émouvant.

À cela près qu'elle souhaitait, ce soir, projeter d'elle une tout autre image, surtout si elle voulait persuader Jay de mettre la main à la poche.

— Je me sens au trente-sixième dessous.

Puis, désignant les deux autres artistes, elle ajouta avec le sourire :

— Mais je suis sûre que mon moral remonterait en flèche si je vendais plus de toiles que ces ratés.

— Il est hors de question que j'y retourne, déclara Annie. Alors ne te fatigue pas à me persuader du contraire.

— Allons, ne dis pas de bêtises…

James l'avait finalement retrouvée devant l'arrêt de bus, en face de l'église. Bien qu'elle ait l'œil sec, elle tremblait.

— Elle me déteste. Et c'est tant mieux parce que je le lui rends bien. Je regrette, James, mais c'est ainsi. Enceinte ou non, ta fille est une fieffée peau de vache. Voici mon bus. Si tu veux bien lâcher mon bras…

— Il n'est pas question que tu prennes le bus. Je te raccompagne chez toi, dit James d'un ton ferme.

— C'est impossible, tu dois retourner à la galerie : tout le monde va se demander où tu es passé.

— Clare est allée trop loin, cette fois. Je l'ai avertie qu'elle devrait déménager.

Le bus s'immobilisa et les portes s'ouvrirent.

— Tu ne peux pas faire une chose pareille. C'est ta fille. Quant à moi, j'ai bien l'intention de prendre ce bus.

— Pas question !

— Vous montez ? s'enquit le chauffeur.

— Oui, fit Annie en voulant se libérer de l'emprise de James.

— Non, fit celui-ci.

Ils se toisèrent.

Le chauffeur du bus, qui était père de jeunes enfants, expliqua avec une patience appuyée :

— Bon, je vais compter jusqu'à trois. Un… deux…

— Lâche-moi, ordonna Annie.

— Je ne te laisserai pas partir. Je t'aime, fit James sans réfléchir.

— … trois, conclut le chauffeur.

Les portes du bus se refermèrent. En redémarrant, le chauffeur klaxonna et leur adressa un grand sourire.

— Pas de ça, cela ne marche pas avec moi, protesta Annie, les larmes aux yeux, en fouillant dans sa poche à la recherche d'un mouchoir.

— Laisse-moi m'occuper de Clare. Elle traverse une période difficile…

— Tu vois ? Tu prends sa défense ! Elle était déjà odieuse avec moi avant d'être enceinte. Elle veut que je disparaisse de ta vie et n'aura de cesse que ce ne soit chose faite.

— Cela n'arrivera pas. Je ne le permettrai pas. Ainsi que je viens de te le dire, elle va aller vivre ailleurs.

— James, écoute-moi. Même si Clare va vivre ailleurs, elle sera toujours ta fille.

— Allons, allons…

Comme les passants commençaient à les regarder de travers et que les effusions en public n'étaient pas sa tasse de thé, il prit fermement Annie par la main et l'entraîna vers Princess Victoria Street, où il s'était garé.

Dix minutes plus tard, ils arrivaient devant le cottage d'Annie. Le soleil se couchait, les jardinières suspendues avaient soif. James avait le cœur serré devant le visage triste et résigné de sa compagne.

— Je crois que nous ferions mieux de ne plus nous revoir, dit-elle calmement.

— Je t'aime.

— C'est trop difficile, trop... compliqué. Mieux vaut tout arrêter maintenant, avant...

— Non, écoute-moi. Je t'aime vraiment. Plus que tout au monde, je veux que nous restions ensemble. Tu es la plus belle chose qui me soit arrivée depuis... Tu es tout simplement la plus belle chose qui me soit *jamais* arrivée.

— Non, s'il te plaît, tais-toi. Oh, voilà que ça recommence !

Annie s'essuya les yeux à l'aide de son mouchoir trempé et roulé en boule.

— C'est le pompon : ma commère de voisine nous regarde par la fenêtre de sa chambre. Elle adore colporter des ragots.

— Entrons.

James descendit de voiture, et fixa avec insistance la fenêtre de la voisine tout en se dirigeant vers la porte d'Annie. Dès que celle-ci eut enfin réussi à glisser la clef dans la serrure, il la poussa à l'intérieur et l'embrassa fougueusement.

— Tu ne me facilites pas les choses, protesta-t-elle. J'essaie seulement de me montrer raisonnable...

— J'en ai foutrement marre d'être raisonnable, gronda James.

Il avait passé plus de quarante ans de sa vie à être raisonnable.

— Je ne te quitterai pas, un point c'est tout.

Annie garda le silence. James ne venait-il pas de lui dire – à trois reprises – qu'il l'aimait ? Depuis le début, ils s'étaient fréquentés en respectant une chasteté ridicule. Après s'être mis au courant de leur manque d'entraînement respectif, ils n'avaient échangé que quelques baisers, qu'elle avait savourés tout en restant un peu sur sa faim. Elle ne s'était jamais sentie capable de se glisser au lit avec un homme en moins de deux, comme le faisaient les jeunes d'aujourd'hui. Pour elle, l'amour comptait. Coucher avec un quasi-inconnu juste pour le piment ne lui disait rien du tout.

Découvrir James, apprendre à le connaître vraiment, à l'ancienne, avait été une expérience délicieuse. À présent, elle était prête à laisser leur relation aller plus loin.

Mais à quoi bon, puisque cette relation était compromise ?

Elle ferma les yeux de toutes ses forces et fit en sorte de ne pas pleurer.

— James, s'il te plaît. J'ai déjà vu des situations semblables. Mon cousin a rencontré une fille fantastique. Elle était divorcée avec deux enfants. Avec son petit garçon, aucun problème, mais la fille était une adolescente impossible. Elle a refusé d'accepter mon cousin et a tout essayé pour les séparer. Il a eu beau faire, il n'a pas pu aller contre elle. Ils ont rompu au bout d'un an. Il n'en pouvait plus. Et ce n'est qu'un exemple parmi d'autres. Si la situation ne convient pas aux enfants, tout le monde finit par être malheureux.

— Je t'aime, murmura James.

Quatre fois ! Impossible d'en douter plus longtemps : il devait être sincère.

— J'ai envie de vivre avec toi, poursuivit-il en balayant une mèche qui retombait sur son front.

Annie craquait. Comment pouvait-on se sentir à la fois si aimée et si malheureuse ? C'était une situation sans issue. Et James ne lui facilitait pas les choses, à lui caresser l'épaule et à l'embrasser dans le cou comme il le faisait.

Elle sentit glisser la fine bretelle de sa robe turquoise et soupira dans un spasme. Chaque baiser de James brûlait sa peau.

— C'est de la triche, soupira-t-elle, toute tremblante de désir et d'impatience, au moment où la seconde bretelle glissait à son tour.

— J'essaie seulement de te remonter le moral, dit-il en l'attirant contre lui.

Hmm, il y réussissait plutôt bien…

Annie rendit les armes et répondit à son baiser. Elle aurait bien le temps, après, d'être malheureuse. Elle avait certes mérité qu'on lui remonte le moral.

— Seulement si tu en as envie, précisa James.

Ce cher James, toujours si gentil, si peu sûr de lui-même, si attentif à ce qu'elle ressentait. Il n'avait aucune idée de la séduction qui émanait de lui.

— J'en ai envie, déclara-t-elle solennellement.

Elle le prit par la main et, l'entraînant vers l'escalier, ajouta avec un sourire malicieux :

— Je dirai même plus : j'y tiens *énormément*.

46

— Je me demande ce qui est arrivé à p'pa et Annie, s'étonna Nadia. Ils ont disparu subitement. J'espère qu'il ne s'est rien produit de fâcheux.

Clare haussa les épaules et regarda d'un œil maussade un groupe d'invités qui quittait la galerie.

— Ils devaient s'ennuyer. Comme ceux-là. Tu parles d'une soirée gâchée !

Il n'était que neuf heures et tout le monde commençait à partir.

— Ne dis pas ça, ce n'est pas vrai.

— Bien sûr que c'est vrai : c'est un désastre complet. Je n'ai vendu que trois toiles. Trois, tu te rends compte !

Puis, montrant du doigt les deux autres artistes :

— Celui-ci en a vendu six, et celui-là huit. On fait difficilement plus humiliant. Quant à ton prétendu ami, c'est fou ce qu'il m'a été utile.

Elle contempla d'un œil noir Jay qui venait dans leur direction.

— Je venais juste dire au revoir, annonça gaiement ce dernier. Quelle soirée réussie !

— Merci d'être venu. Je suis contente que vous vous soyez amusé. Et ce, bien que vous n'ayez pas acheté une seule toile, après m'avoir promis le contraire. Enfin, vous avez tout de même pu vous rincer le gosier à l'œil, c'est le principal.

— Je n'avais rien promis. Les deux tableaux qui me plaisaient vraiment ont été vendus avant que j'aie eu le temps de me manifester.

— Quelle aubaine !

— Écoutez, je n'ai aucune raison d'acheter un tableau que je n'aime qu'à moitié. Je préfère attendre. Nous pourrions peut-être convenir d'une avance. Pas maintenant, naturellement, dit-il en consultant l'heure.

— Non, naturellement, pas maintenant. Nous sommes *tellement* débordés ! Si vous voulez bien m'excuser, je crois que Thomas veut me parler.

Sur ces paroles, Clare s'éloigna à grands pas.

— On dirait qu'elle n'est pas de bonne humeur.

— Elle n'a vendu que trois tableaux, expliqua Nadia en faisant la grimace.

— Elle a tout le temps de vendre les autres, ce n'est que le vernissage.

— Les deux autres artistes en ont vendu davantage.

— Heureusement que je ne leur ai rien acheté, dans ce cas ! Écoutez, je sais qu'elle est énervée, mais je ne vais pas lui acheter un tableau par pitié. Ce serait le comble de l'insulte.

Nadia soupira. Jay avait raison. Cela lui rappelait un horrible souvenir de scones ratés. Elle avait confectionné ces scones pour la kermesse de l'école et ils n'avaient pas levé. Après avoir entendu un groupe d'élèves se moquer des scones de Nadia, Miriam les avait tous achetés, ce qui avait eu pour effet de redoubler les moqueries des autres élèves. En outre, il fallait reconnaître que le prix des créations de Clare était nettement plus élevé que celui des scones.

— À demain, dit Jay en partant. Heureusement que le frère de Robbie n'est pas venu.

Nadia le regarda partir, puis regagna le bureau près duquel Thomas Harrington s'entretenait avec Clare. À côté de Thomas était tapi le petit gros en costume de velours bordeaux.

À la jovialité avec laquelle Thomas lui lança « Nadia, venez nous rejoindre », elle comprit immédiatement que ce dernier cherchait une alliée. Pauvre Thomas ! Diriger une galerie d'art eût été tellement plus facile, s'il n'avait pas fallu composer avec des artistes caractériels.

— Les nouvelles sont bonnes, s'écria-t-il. Clare vient de vendre deux autres toiles. Nous avons ici un collectionneur avisé ! Connaissez-vous Malcolm Carter ? Malcolm, je vous présente Nadia, la sœur de Clare.

Nadia serra la main de cet homme et le regretta aussitôt.

— Enchanté. Clare a beaucoup de talent. Je viens de l'inviter à dîner. Chez moi, précisa Malcolm.

Les dents serrées de Clare disaient le reste.

— J'aimerais discuter de son avenir, poursuivit l'amateur d'art.

— C'est une excellente idée, n'est-ce pas, Nadia ? fit Thomas avec enthousiasme.

Clare lui rappelait un chien traîné malgré lui jusqu'à la baignoire. Nadia aurait pu dire exactement ce qu'elle pensait en ce moment. C'était comme aux boums de l'école, quand le slow vient de commencer, que vous prenez brusquement conscience que tout le monde a trouvé chaussure à son pied sauf vous, et que le garçon le plus moche de l'école s'avance vers vous, le regard décidé…

En fait, songea Nadia, c'est plutôt moi qui me retrouvais dans ce cas.

Il était fort improbable que cela fût jamais arrivé à Clare.

— J'ai acheté deux de vos tableaux, plaida Malcolm.

— Ce qui fait cinq tableaux vendus, s'empressa d'ajouter Thomas.

— Phil en a vendu six, Jethro huit, rétorqua Clare avec une moue dégoûtée. Vous savez, il ne se fait appeler Jethro que pour frimer. Son vrai prénom, c'est Jason.

— D'accord pour jeudi soir ? fit le persévérant Malcolm.

— Jeudi ? Hum...

— Ou vendredi. Ou encore mercredi. Choisissez le soir qui vous convient le mieux.

— Vous savez ce qui m'écœure vraiment ? C'est que ces deux nuls aient vendu plus que moi. Si vous m'achetiez une autre toile, je serais à égalité avec Phil. Qu'en dites-vous ? Et nous pourrions dîner ensemble quand vous voulez.

Thomas leva les yeux au ciel. Nadia se tortillait. Sa sœur était parfois incroyable. Malcolm dévisagea Clare sans mot dire.

Puis il sourit.

— Vous êtes dure en affaires. J'espère que vous en valez la peine.

Clare frissonna intérieurement, priant pour que ces mots ne sous-entendent pas ce qu'ils semblaient sous-entendre.

— Bien sûr que j'en vaux la peine. Alors, lequel voulez-vous ?

— La queue devant le cinéma.

— Je l'aime beaucoup aussi. Excellent choix, s'enthousiasma Thomas Harrington, qui n'en était pas encore revenu de l'audace de Clare.

— Vous payez par carte ? demanda cette dernière.

Malcolm tendit sa carte bancaire à Thomas, puis, la transaction terminée, serra la main de la jeune femme.

— C'est un plaisir de faire affaire avec vous. À jeudi, donc. Vingt heures, chez moi.

— Elle n'a pas votre adresse, intervint Nadia.

— Si, elle l'a. Je lui ai donné ma carte…

Malcolm se tut et jaugea Clare du regard. Puis, mettant la main à sa poche :

— Mais peut-être en veut-elle une seconde. Juste au cas où elle aurait malencontreusement jeté la première à la poubelle.

Il l'avait donc vue faire, songea Clare, imperturbable.

— Vous n'aviez acheté aucune toile à ce moment-là, fit-elle remarquer.

— Maintenant, j'en ai acheté trois.

— Et je serai chez vous jeudi soir, pour dîner. Au fait, il s'agit uniquement de dîner, et rien d'autre.

— Et rien d'autre, répéta Malcolm avec un lent et mystérieux battement de ses paupières crapaudines.

Clare sourit.

— Je suis sûre que vous ne verrez aucun inconvénient à ce que j'amène ma sœur avec moi.

Formidable. Me voilà embarquée dans la galère ! songea Nadia.

Cependant, une lueur rassurante brillait dans le regard de Malcolm, qui démentait l'impression qu'on pouvait avoir de lui de prime abord.

— J'en serai tout à fait ravi. Je crois d'ailleurs, Nadia, que vous connaissez mon jeune frère, Robbie.

— On peut te faire confiance pour rendre les choses encore plus compliquées, dit Annie en regagnant son côté du lit.

Son corps tout entier pétillait de vie. L'heure précédente avait été sans conteste la plus belle de toute son existence.

James resserra ses bras autour d'elle.

— Rien ne se mettra entre toi et moi. Je ne le permettrai pas.

Le problème Clare n'en subsistait pas moins. Il n'allait pas disparaître de lui-même.

— Nous continuerons de nous voir, mais je ne veux pas voir Clare. Il vaut mieux que j'évite de la croiser.

— Elle va déménager, promit James tout en parcourant la courbe de ses hanches, sous la couette.

— Même.

En son for intérieur, Annie doutait que ce déménagement eût jamais lieu. Si Clare refusait de partir, elle voyait mal James jeter sa fille à la rue.

— Tu pourras venir me voir ici. Je serai ta maîtresse.

— Ce sont les hommes mariés qui ont des maîtresses. Je suis célibataire. Tu es célibataire. Nous n'avons pas à nous cacher.

— Allons, ce sera amusant. Cela n'a pas eu l'air de déplaire à Charles et Camilla. Si tu veux mon avis, la clandestinité est la clef de la longévité, dans les affaires de cœur. C'est un facteur excitant. On ne se lasse jamais, ainsi.

— Je ne me lasserai jamais de toi, assura James en l'embrassant. Je te le promets. Viendras-tu encore chez moi ?

— Je ne sais pas. Peut-être. Si je suis sûre que Clare n'est pas là.

— Je t'aime. Te l'ai-je déjà dit ?

— Peut-être bien. Je n'étais pas très attentive...

Annie prit le visage aimé entre ses mains. Comment avait-elle pu songer une seule seconde qu'elle pourrait quitter James ?

— Il est presque dix heures. Ils vont se demander où nous sommes.

James l'enlaça et se rendit compte qu'il avait miraculeusement rajeuni de vingt ans.

— Laisse-les se poser des questions. Je reste là, avec toi.

47

Malcolm Carter habitait dans un immeuble moderne de Capricorn Quay, sur le front de mer. Son appartement, situé au troisième étage, surplombait le port. Après leur avoir souhaité la bienvenue, il abandonna quelques instants Nadia et Clare sur le balcon, munies d'un verre, le temps de terminer ses préparatifs dans la cuisine.

Ces derniers temps, Clare n'était pas au mieux avec Nadia. À cause de son obstination à rejeter Annie, elle n'était pas au mieux avec James non plus. Une atmosphère particulière régnait à la maison. Nadia, qui avait dû renoncer à passer la soirée au cabaret avec toute la bande de la jardinerie, songeait que Clare aurait pu au moins lui être reconnaissante de ce sacrifice.

— Sois aimable avec lui, avertit-elle sa sœur, qui se tortillait nerveusement sur son siège.

— Il me donne la chair de poule. D'ailleurs, je n'ai pas faim. Je ne vois pas pourquoi nous sommes ici. Il a acheté les peintures, il ne peut pas revenir en arrière.

De toute évidence, Clare n'avait pas l'intention d'être aimable.

— Sois au moins polie. C'est un collectionneur. Si tu ne le prends pas à rebrousse-poil, il t'achètera peut-être d'autres toiles.

— Il a une tête de crapaud. Et il a des vues sur moi. Brrr, frissonna Clare.

— Les filles, le dîner est prêt ! Si vous voulez bien vous donner la peine d'entrer, dit Malcolm en apparaissant sur le balcon.

Pourvu qu'il n'ait pas entendu...

La table de verre était couverte de victuailles. Tout autour, sur les murs, s'étalait la collection de Malcolm. Bien qu'elle ne soit pas connaisseuse, Nadia n'en fut pas moins impressionnée par quelques grands noms.

— Cette mousse de saumon est succulente.

Elle mangeait avec enthousiasme pour compenser le fait que Clare picore dans son assiette, comme si on lui avait servi des yeux de poisson.

— Et j'adore ce tableau.

— C'est un Beryl Cook. J'ai commencé à acheter la peinture de cette artiste il y a quinze ans. Aujourd'hui, ça vaut vingt fois le prix de l'époque.

Ce soir, Malcolm portait une chemise soyeuse couleur absinthe et un pantalon moulant rouge magenta.

— Avez-vous vu ces huiles d'Andy Buchanan ? Je l'ai découvert alors qu'il était encore étudiant. Je lui ai acheté cinq toiles, deux cents livres pièce. L'an dernier, j'en ai vendu une trente mille livres. J'ai du flair, dit-il fièrement.

Pour les œuvres d'art, peut-être. Dommage qu'il n'ait pas un goût aussi sûr dans le domaine vestimentaire. Néanmoins, Nadia était impressionnée : Malcolm s'y connaissait indéniablement.

— Croyez-vous que les œuvres de Clare pourraient atteindre ces sommes ?

C'était bigrement excitant, même si sa sœur ne semblait pas de cet avis.

— Possible. Tout dépend de la façon dont elle va évoluer. Cela ne se fait pas en un jour. Certains tableaux qu'elle a présentés à l'exposition étaient torchés à la hâte. On ne peut pas leurrer le public avec des œuvres de second ordre.

Malcolm se tourna vers Clare, qui jouait distraitement avec la sauce à l'aneth au fond de son assiette.

— Vous avez peint ça à la va-vite, sans prendre le temps de penser vos tableaux. Voilà la raison pour laquelle ça ne s'est pas vendu.

— Merci de me le rappeler.

Nadia envoya un coup de pied à sa sœur sous la table.

— C'est vrai : reconnais que tu les as peints à la va-vite.

— Tout le monde a fini ? Laissez-moi vous débarrasser de vos assiettes, dit Malcolm en se levant. Inutile de bouder, je sais de quoi je parle… Écoutez, un de mes amis vend des œuvres d'art sur Internet. Je vous montrerai son site tout à l'heure. Cela pourrait être un excellent moyen de vous lancer.

— Sermonneur à la noix, marmonna Clare pendant que Malcolm était à la cuisine.

— Il ne cherche qu'à t'aider, protesta Nadia.

— M'aider à me glisser dans son lit, oui. Je me demande ce que je fais ici.

— Tu as bien de la chance d'y être. Crois-moi, tu as grand besoin que quelqu'un comme lui te conseille. Ce n'est pas parce qu'il n'a pas le physique de…

— Et voici ! J'espère que vous aimez l'agneau. C'est du tajine : la spécialité de la maison.

Ganté de maniques en forme de rennes, il déposa sur la table une cocotte fumante.

Clare porta la main à son ventre et secoua la tête.
— Oh, non…
— Vous ne vous sentez pas bien ?
— Non. Pas bien du tout. Excusez-moi, Malcolm, mais je vais devoir partir. Il faut que je rentre.
Nadia la fusilla du regard. C'était Clare dans toute sa splendeur : l'égoïsme personnifié. Qu'une situation lui déplaise et elle saisissait la première excuse pour s'y soustraire. Qu'elle puisse froisser quelqu'un ne l'effleurait même pas. Pour elle, le fait que Malcolm ait passé des heures à cuisiner d'arrache-pied n'entrait pas en ligne de compte.
— Tu ne peux pas partir.
— Il le faut. Je me sens vraiment malade. Je ne peux rien avaler, j'ai la nausée. Raccompagne-moi à la maison, Nadia.
Celle-ci mourait d'envie de lui renverser le tajine d'agneau sur la tête.
— Ne vous en faites pas, intervint Malcolm. Raccompagnez-la. Ce n'est pas sa faute si elle est malade.
« Si » était le mot. Il était évident qu'elle ne l'était pas.
— Votre délicieux repas… après tout le mal que vous vous êtes donné, s'excusa Nadia.
— Je ne me suis donné aucun mal. Tout m'a été livré par un traiteur. J'espère que vous vous remettrez rapidement, dit-il à Clare qui s'en allait en hâte.
Elle ne se remettra pas de sitôt, une fois que je me serai occupée de son cas, songea Nadia.
— Je suis vraiment désolée, insista-t-elle.
— Ne le soyez pas. Ce n'est pas la première fois qu'on me fausse compagnie, dit Malcolm avec un bon sourire de crapaud. Au fait, votre sœur se trompe sur un point.

— Lequel ?

— Je n'ai pas de vues sur elle et je n'essaie pas de coucher avec elle. Je suis gay.

— Zut, dit James en raccrochant le téléphone. C'était un appel de New York. Ils veulent que je leur faxe certains papiers de toute urgence.

Annie, qui préparait une sauce pour accompagner les steaks, ajouta l'ail émincé aux oignons qui blondissaient.

— Tu les as, ces papiers ?

— Ils sont au bureau. La barbe, il va falloir que j'y aille. Ce ne sera pas long. Et toi, que veux-tu faire ?

Annie lui sourit. C'était pour cela qu'elle l'aimait. Du moins, c'était une des nombreuses raisons. Il était tellement attentif aux autres.

— Ne t'en fais pas. Je vais rester ici et continuer à préparer le dîner. Pour combien de temps en as-tu ?

— Une demi-heure. Ça ne devrait pas me demander plus. Tu es sûre de vouloir rester ?

Annie l'embrassa en s'attardant un peu sur sa bouche. Ce soir-là, tout le monde étant de sortie, elle s'était laissé convaincre de venir chez lui regarder le dernier James Bond sur DVD. Ils étaient en sécurité, l'avait rassurée James : Clare n'y serait pas. Fan de James Bond et ne possédant pas de lecteur DVD, Annie avait accepté avec joie. Elle ne s'était pas trompée sur le frisson que procure la clandestinité : venir chez lui dans ces conditions était délicieusement excitant.

— Absolument certaine. Va t'occuper de ce fax et salue New York pour moi. Le temps que tu reviennes, j'aurai fini de tout préparer.

James l'embrassa rapidement.

— Ne t'avise pas de commencer à regarder le film sans moi.

— Tu es vraiment hallucinante ! s'emporta Nadia dans la voiture. Ce pauvre garçon ! Par moments, tu es une vraie garce.

— Cesse de me sermonner. Je me sens vraiment mal et j'ai des crampes d'estomac.

— Tu parles !

Clare était hypocondriaque. À l'école, elle rédigeait pratiquement un faux mot d'excuse par semaine pour cause de maladie.

— Je ne raconte pas d'histoire. J'ai mal.

— Ce doit être parce que tu as mangé une livre de raisin hier soir. Bon, te voilà arrivée. Bonsoir.

— Où vas-tu ?

— Qu'est-ce que ça peut te faire ? Je te rappelle que tu es malade. Moi, je vais rejoindre Janey et toute la bande au cabaret.

À la façon dont Clare hésita, Nadia comprit qu'elle allait lui demander si elle pouvait y aller aussi.

— C'est non, décréta-t-elle. Tu ne viens pas avec moi. N'y compte pas. Tu vas rester à la maison et te coucher. C'est ce qu'on fait quand on est malade.

Du bout de l'allée, Clare regarda sa sœur s'éloigner dans un nuage de fumée. Elle avait failli lui demander de rester avec elle. Mais à quoi bon puisque Nadia aurait refusé, de toute façon ?

C'était injuste, car elle se sentait réellement mal, bien qu'elle ait exagéré les symptômes afin de quitter plus vite l'appartement de Malcolm. Elle avait commencé à ressentir la nausée lorsque, regardant la nourriture, elle s'était imaginé Malcolm la préparant de ses grosses mains moites. À partir de ce moment-là, manger était tout bonnement devenu impossible.

Comme elle était prise de nouvelles crampes, elle se dirigea vers la maison. Hier, elle s'était gavée de raisin et avait dévoré un melon entier. Et alors ? Dans *Vous et votre bébé,* qu'elle lisait en secret, on disait que les envies subites de nourriture apparaissaient autour de la sixième semaine de grossesse. Elle se sentait étrangement fière d'avoir cédé à de subites envies pour des nourritures bizarres. Sa première envie de femme enceinte ! Ce n'était pas sa faute si son corps la poussait à engloutir trop de raisin.

Un petit tour aux cabinets et tout rentrerait dans l'ordre. En fin de compte, elle aurait pu accompagner Nadia. Qu'avait-elle fait pour être affligée d'une sœur aussi mal lunée et égoïste ?

Clare pénétra dans la maison, qu'elle s'attendait à trouver vide. Miriam et Edward étaient allés voir une pièce de théâtre à Bath, Tilly sortait avec Cal, son camarade d'école, et la Jaguar de James n'était pas là. Pourtant, des odeurs et des bruits de cuisine lui parvinrent.

Aïe. Ça faisait un mal de chien...

— Tu as oublié les clefs de ton bureau ?

Annie s'immobilisa à l'entrée de la cuisine. Elle portait un tablier à rayures vertes et blanches et tenait un fouet à la main.

Génial, songea Clare. Il ne manquait plus que ça.

— Vous préparez le dîner ? Comme c'est touchant. Aurait-on oublié de me signaler que vous avez emménagé chez nous ?

Remise de sa surprise initiale, Annie lui tint tête.

— Si je suis venue ici ce soir, c'est uniquement parce que votre père m'a assuré que vous sortiez.

— Vraiment ? Eh bien, me voici de retour.

Ignorant tant bien que mal la sensation inconfortable qui montait de son ventre, comme si on lui tordait lentement les intestins, Clare lui passa sous le nez et pénétra dans la cuisine pour se servir un verre d'eau.

— Désolée de vous déranger, mais il se trouve que j'habite toujours ici. Je n'ai pas oublié ce que p'pa a dit l'autre jour, et je cherche à déménager le plus vite possible. Vous devez vous languir. Dès que je serai partie, vous pourrez commencer à préparer le terrain pour venir vous installer ici.

Annie regarda la fille cadette de James, adossée au réfrigérateur, mince et élégante dans son corsage marine sans manches et son pantalon jaune pâle. Elle exsudait la confiance en soi et le mépris. Pourquoi, mais pourquoi était-elle revenue ?

— Je ne préparerai pas le terrain. Et votre père a juste dû faire un tour à son bureau. Il ne va pas tarder.

Du moins, elle l'espérait.

— Merveilleux. Pourriez-vous ouvrir la fenêtre ? Cette odeur de viande est écœurante...

Elle est enceinte, enceinte, enceinte. C'est pourquoi elle a l'estomac délicat, se répétait Annie.

— Voulez-vous que je vous prépare quelque chose ?

On ne pourrait pas dire qu'elle n'avait pas fait d'effort.

— Je vous en prie. Vous tenez vraiment à ce que je vomisse ?

Annie l'ignora et se mit à tourner la sauce. Fort heureusement, Clare saisit le message et quitta la cuisine. Annie l'entendit monter lourdement l'escalier, puis claquer la porte de la salle de bains.

Bien.

Elle cessa de remuer sa sauce. La soirée était complètement gâchée.

Quelques secondes plus tard, un cri perçant en provenance de l'étage lui donna la chair de poule.

Quoi *encore* ?

Puis il y eut un autre bruit, qui tenait plus du grognement que du cri. Affolée, elle se précipita dans l'entrée et regarda l'escalier.

Silence.

Prudemment, elle s'aventura sur la première marche et s'éclaircit la voix :

— Tout va bien ?

Pas de réponse. Clare gisait-elle inanimée sur le sol de la salle de bains, ou refusait-elle simplement de répondre à l'infiniment méprisable petite amie de son père ?

Elle perçut un gémissement sourd, comme celui d'un animal souffrant. Elle gravit les marches quatre à quatre et tambourina à la porte de la salle de bains.

— Clare ? Que se passe-t-il ?

Toujours rien. Réellement inquiète, cette fois, Annie cogna à la porte.

— Clare, je vous en prie. Vous m'entendez ?

À son immense soulagement, elle entendit le bruit du distributeur de papier hygiénique. Puis la chasse d'eau. Comme elle entendait l'eau couler à flots dans le lavabo, Annie s'éloigna légèrement de la porte. Elle n'en sursauta pas moins quand celle-ci s'ouvrit.

En voyant la pâleur et le visage défait de Clare, elle comprit tout de suite ce qui s'était passé.

48

— Je saigne, murmura Clare qui titubait et se tenait le ventre. Mon Dieu, je n'arrive pas à y croire. Ce n'est pas possible… Faites que ça s'arrête, je ne veux pas perdre le bébé…

Submergée par le choc et la douleur, elle s'effondra contre le mur. Annie la rattrapa.

— Venez vous allonger sur votre lit. Où est votre chambre ?

Clare désigna la porte située au bout du palier. Elles s'y rendirent lentement. Annie poussa les vêtements et produits de maquillage éparpillés sur la couette, et l'aida à s'allonger.

— Voulez-vous que j'appelle le docteur ?

— Non. Je ne veux pas que ce gros porc vienne me tripoter. Je veux juste que ça s'arrête de saigner. Est-ce que c'est ça, une fausse couche ? Que dois-je faire ? Est-ce qu'il existe un moyen pour que ça s'arrête ?

— J'appelle le médecin, décida Annie en se relevant.

Mais Clare la retint par le poignet.

— Ne partez pas. Ne me laissez pas toute seule, je vous en prie. Je regrette d'avoir été aussi abominable envers vous. Mais… j'ai tellement peur. Je ne veux pas perdre mon bébé !

Des larmes coulaient sur son visage crispé par la douleur.

— C'est injuste, vraiment trop... injuste. Alors que je commençais à m'habituer à l'idée d'avoir un bébé... C'est comme si on me punissait de ne pas avoir voulu de lui, au début.

Annie parvint enfin à se libérer et revint quelques instants plus tard, munie du téléphone. La messagerie du généraliste la mit en relation avec une permanence. À l'autre bout du fil, un conseiller lui enjoignit de garder Clare au lit et de la surveiller régulièrement. Demain, il faudrait qu'elle voie son médecin. En réalité, il n'y avait pas grand-chose à faire en cas de fausse couche en début de grossesse. Si une fausse couche devait se produire, elle se produirait de toute façon.

— Mon Dieu, gémit Clare en se laissant retomber sur ses oreillers.

— Vous avez très mal ?

— Juste des crampes. Comme des règles douloureuses... Ce n'est pas croyable. Dire qu'il y a trois semaines, je pleurais parce que je ne voulais pas être enceinte. Et voilà que je pleure parce que je ne veux pas perdre le bébé.

Jusqu'à ce soir, Annie aurait cru qu'éprouver de la compassion pour Clare était aussi improbable que de croiser Elvis au supermarché. Elle prit simplement la jeune femme dans ses bras et la laissa pleurer tout son saoul.

— Il faut que je retourne à la salle de bains. J'ai besoin... d'une serviette périodique ou de quelque chose dans le genre. J'ai seulement mis un paquet de papier W-C dans ma culotte.

— Où sont-elles ? Dans cette commode ?

— Je n'ai que des tampons.

— J'ai ce qu'il faut dans mon sac. Je vais les chercher.

Lorsque Annie fut de retour, Clare parvint à lui sourire timidement.

— Merci, vous êtes gentille…

— Ce n'est qu'une modeste serviette périodique.

— Vous savez bien ce que je veux dire. J'ai été tellement vache avec vous. Je ne voulais pas que vous nous enleviez p'pa, je ne voulais pas que quelqu'un devienne notre belle-mère.

— Ni l'un ni l'autre ne sont dans mes intentions.

— Excusez-moi.

Annie avait la gorge serrée. Clare fit la grimace.

— Pour un peu, on se croirait dans *Les Waltons*…

— J'adorais cette série.

— Sauf que dans *Les Waltons*, Mary-Beth ne tombe pas enceinte.

— Ce doit être votre père, annonça Annie en entendant claquer la porte d'entrée. Je vais lui parler.

Deux minutes plus tard, pâle et inquiet, James faisait irruption dans la chambre.

— Ma chérie, je suis désolé, dit-il en serrant Clare dans ses bras.

— Pourquoi moi, p'pa ?

À ce stade, Clare était épuisée d'avoir tant pleuré, mais le premier choc était passé. La chose se produisait sans qu'on pût rien faire pour l'arrêter. Elle essayait juste de ne pas céder à l'idée absurde que le bébé avait décidé qu'il ne voulait pas d'elle pour mère.

— Ce sont des choses qui arrivent. Tu n'y es pour rien. C'est comme ça.

— Je sais. Tu sais, p'pa, Annie a été vraiment formidable.

— Mais *c'est* quelqu'un de formidable, assura-t-il en caressant la tignasse ébouriffée de sa fille.

— Où est-elle maintenant ?
— Dans la cuisine. Elle finit de préparer le dîner.
— Quand vous aurez mangé, est-ce qu'elle pourra venir s'asseoir un peu près de moi ?
— Bien sûr, si c'est ce que tu désires.
Bien que cela parût presque sacrilège, Clare s'aperçut qu'elle avait faim.
— Et si vous ne finissez pas tout, je n'aurais rien contre un petit morceau.

Au cabaret, l'ambiance était excellente. Plusieurs prestations avaient déchaîné des tonnerres d'applaudissements, et même Josh avait été acclamé. Pourtant, sans savoir ce qui clochait au juste, Nadia sentait que quelque chose avait changé chez Suzette. La fois précédente, le courant était tout de suite passé entre elles. Ce soir, Suzette semblait en retrait et trouvait des excuses pour ne pas se joindre au reste de la bande. Au lieu de s'amuser, elle faisait penser à une patiente attendant chez le dentiste de se faire arracher une dent.

Chaque fois que leurs regards se rencontraient, Suzette détournait bien vite les yeux. Comme si elle se sentait coupable de quelque chose. Mais pour quelle raison se serait-elle sentie coupable ? Si Laurie avait flirté avec elle lorsqu'ils avaient dîné ensemble, elle l'aurait dit – n'était-ce pas l'unique but de cette comédie ?

Tout cela n'avait aucun sens. Nadia doutait à nouveau de Laurie et son imagination s'emballait. Quand Josh se rendit au bar, elle en profita pour prendre sa place près de Suzette.
— Salut.
— Oh, salut, dit Suzette, dont les doigts se crispèrent sur son verre.

— Tu vas bien ? Tu as l'air un peu... comment dire... tendue.

— Non, ça va. Je t'assure, répondit Suzette d'une voix pointue.

— Ça a peut-être un rapport avec Laurie ? Parce que si tu as l'impression que tu devrais me dire quelque chose...

— En fait, je ne me sens pas bien. J'ai une migraine terrible. Je t'assure que ça n'a rien à voir avec Laurie. J'espérais que cette migraine disparaîtrait, mais il n'y a rien à faire. Je crois que je ferais mieux de rentrer chez moi.

Elle se leva brusquement.

— Tu veux que je te dépose, ou... ?

— Non, non. J'ai pris ma voiture. Je vais m'éclipser. Une bonne nuit de sommeil et il n'y paraîtra plus... Bye.

— Où est Suze ? s'enquit Janey en revenant des toilettes.

— Partie chez elle. Pour cause de migraine.

— La migraine ? Elle ne nous en a rien dit.

— Elle est peut-être fatiguée, tout simplement. Elle n'a jamais rien dit à propos de Laurie ?

— Non. Quel genre de choses, par exemple ?

— Je me demandais si Laurie n'aurait pas dit ou fait quelque chose qu'elle ne m'aurait pas rapporté.

— Tu veux dire qu'il aurait pu lui dire que tu avais un derrière d'hippopotame, par exemple ? Allons, laisse ce garçon tranquille. Il a passé cette épreuve haut la main.

Nadia contempla d'un œil songeur la porte que venait de franchir Suzette. Pour quelle mystérieuse raison n'en était-elle pas vraiment convaincue ?

49

La maison de Clarence Gardens était enfin prête, et Jay l'avait mise en vente. Depuis le départ des décorateurs, la veille, une odeur de peinture fraîche régnait à l'intérieur. Les parquets étaient cirés et le panneau *À vendre* avait fait son apparition sur les vitres étincelantes. Andy Chapman, l'agent immobilier, n'avait pas perdu un instant.

Jay vérifiait que tout était impeccable dans la maison tandis que Nadia arrosait le jardin quand, vers midi, Andy arriva en compagnie des premiers acheteurs potentiels. Ils débouchèrent sur la terrasse inondée de soleil.

— C'est absolument ravissant, fit la femme en s'adressant à son corpulent époux. Tu ne trouves pas, Gerald ? Je nous vois très bien installés dans ce jardin. Il demande peu d'entretien : c'est parfait. Nous devrions pouvoir nous en sortir avec un jardin comme celui-là ; il est très bien conçu.

Nadia se sentit bêtement fière d'elle-même. C'était sans doute ce que devait ressentir Clare lorsqu'elle entendait des clients louer les mérites de ses toiles. Rien de tel qu'un bon compliment pour vous donner des ailes.

— C'est Nadia qui l'a conçu, expliqua Jay.

— Vous voulez dire que vous avez tout fait vous-même ? Un petit bout de femme comme vous ? s'étonna le mari.

Ce qu'il y avait d'adorable chez les hommes de plus de cent vingt kilos, c'était que pour eux, toute personne de moins de soixante kilos était un petit bout de rien du tout.

— Vous auriez dû voir le jardin avant les travaux, renchérit Andy Chapman. Un vulgaire tas de gravats et de mauvaises herbes.

— Est-elle comprise dans le prix ?

L'homme rit de sa propre plaisanterie et, s'adressant à Nadia :

— Après tout, ce n'est pas une mauvaise idée, mon p'tit. Nous pourrions vous garder ici ; vous logeriez dans la chambre d'amis, en échange de vos services de jardinière.

— Pas de problème, répondit Nadia. C'est une maison de rêve ; je dis oui tout de suite.

La femme poussa son mari du coude, l'air inquiet, comme si elle craignait que Nadia n'ait pris ce dernier au mot.

— J'aimerais revoir la cuisine, dit-elle à l'agent immobilier.

Puis, s'adressant à son mari :

— J'adore ce jardin, chéri. Crois-tu que notre table en pin irait avec le carrelage de la cuisine ? Il faudrait aussi trouver une place pour le piano.

— Ils ont l'air emballés, fit Andy en revenant dix minutes plus tard. Ils viennent de signer un compromis de vente pour leur maison de Frenchay Common. Les choses pourraient aller vite... Au fait, Nadia, ils m'ont demandé de vous faire savoir avec tact que leur offre de logement n'était pas à prendre au sérieux.

— Vous m'en voyez navrée !

— Bon, les prochains visiteurs devraient arriver d'un instant à l'autre.

Tout en consultant sa luxueuse montre, Andy aspira à la hâte quelques bouffées de cigarette pour combler son manque de nicotine.

— Il est déjà là, annonça Jay, qui apparut sur la terrasse suivi de Laurie.

Les mains de Nadia se crispèrent sur le tuyau d'arrosage qu'elle avait l'intention de rembobiner. Laurie, toujours aussi négligé dans son jean usé, son tee-shirt gris troué et son bronzage caramel…

— Monsieur Welch, quelle ponctualité ! Félicitations, fit Andy en jetant sa cigarette à moitié consumée.

Il s'avança pour lui serrer la main avec enthousiasme.

Jay restait impénétrable. Laurie sourit à Nadia.

— Pas la peine de faire cette tête. J'ai bien le droit d'acheter la maison qui me plaît, non ?

À peine désarçonné plus d'une fraction de seconde – on est agent immobilier ou on ne l'est pas –, Andy s'enquit :

— Vous vous connaissez ?

— J'ai demandé Nadia en mariage, répondit négligemment Laurie. J'essaie seulement de l'aider à prendre une décision. Je sais qu'elle aime beaucoup cette maison.

Andy parvint à grand-peine à cacher sa joie.

— Comment ne pas l'aimer ? C'est une splendide demeure. Ne disiez-vous pas à l'instant, Nadia, que vous viendriez vivre ici sans hésiter ? On dirait que votre vœu se réalise.

Nadia sentit ses entrailles se nouer. Laurie et elle vivant ensemble… elle en avait rêvé des années durant. Pourtant, tout d'un coup, elle n'était plus aussi sûre d'en avoir envie.

Laurie la débarrassa du tuyau.

— Nad ? Si nous allions visiter ?

— Tu as déjà vu l'intérieur.

— Pas en détail. Ni depuis l'achèvement des travaux. Allons, viens.

Comme il lui prenait la main, Nadia remarqua que la petite décharge électrique d'habitude associée à tout contact avec lui ne s'était pas produite.

Le téléphone de Jay sonna. Il consulta rapidement l'écran et l'éteignit.

— Bon, je vous laisse. Il faut que j'y aille.

— Vous nous manquez déjà, plaisanta Laurie tandis qu'il s'éloignait.

— Tu as finalement décidé d'en tenir compte, à ce que je vois.

Clare, qui peignait dans le jardin, se retourna vers Nadia puis se cala sur son tabouret.

— Tenir compte de quoi ?

— Des conseils de Malcolm : soigner les détails.

Nadia retira ses lunettes de soleil pour mieux examiner la scène de fête foraine qui prenait forme sur la toile.

— C'est cent fois mieux qu'avant.

Clare jubilait intérieurement : elle aussi trouvait son travail bien meilleur. Elle se sentait également mieux dans sa peau, plus concentrée, moins paniquée. Peut-être le fait de devenir une personne meilleure allait-il faire d'elle une meilleure artiste ? La veille, elle était allée jusqu'à admirer presque sincèrement la nouvelle robe d'Annie. Honnêtement, cette robe n'était pas aussi ravissante qu'elle l'avait dit, mais elle allait bien à Annie. Et ce compliment avait fait immensément plaisir à cette dernière.

— Hier, j'ai discuté avec Thomas, à la galerie. D'après lui, Malcolm est très respecté dans le monde de l'art. Il dit que tout conseil émanant de lui est bon à suivre.

— Bien.

— D'ailleurs, il ne me donne plus autant la chair de poule qu'avant. Ça me rassure de savoir qu'il est gay – mais je continue à penser qu'il ressemble à un gros crapaud.

Elle n'allait tout de même pas devenir *trop* bonne.

Nadia se laissa tomber dans l'herbe, s'ouvrit une boîte de bière et en offrit une à sa sœur.

— Comment te sens-tu ?

— Bien.

C'était vrai, songea Clare en acceptant la bière. Franchement, si ses règles avaient été irrégulières, elle n'aurait même pas su qu'elle était enceinte. Même si cette fausse couche n'avait pas été une partie de plaisir, elle n'y pensait plus comme à la perte d'un bébé. Celui-ci n'était encore qu'un minuscule amas de cellules invisible à l'œil nu. Et même si elle culpabilisait de voir les choses ainsi, peut-être, en vérité, n'était-ce pas nécessairement une tragédie qu'une telle chose se fût produite.

Elle posa son pinceau et ouvrit sa bière.

— J'ai vingt-trois ans. Je veux avoir des enfants un jour. Mais je préférerais les avoir avec quelqu'un qui ne sera pas un parfait salaud.

— Entièrement d'accord. Tu ne pouvais pas trouver plus salaud que Piers. Ça n'est pas humainement possible.

— Je le hais. Je n'arrive pas à comprendre comment il peut se supporter lui-même.

— Te voilà débarrassée.

Nadia retira son tee-shirt et, vêtue de son soutien-gorge vert anis et de son short blanc, prit la pose du bain de soleil.

Clare se remit au travail.

— J'ai toujours le chèque qu'il m'avait donné. Je me demande quoi faire avec. Tu crois que je devrais le lui retourner par la poste ? Ou bien m'acheter des chaussures chics ?

— Ça dépend. Tu me les prêterais ?

— Bien entendu.

— Dans ce cas, tu dois opter pour les chaussures.

— D'ac. Hé, qu'arrive-t-il à Tilly ?

Une main en visière, Clare regarda leur sœur approcher, l'air complètement sonné.

— Viens t'asseoir près de moi, Tilly, dit Nadia. Ça va ?

Tilly ne vint pas s'asseoir. Elle était trop sous le choc et ne savait plus où elle en était. Elle se sentait comme ces personnages de dessins animés qui, lorsqu'ils sont perplexes, ont des spirales et des points d'interrogation qui leur sortent de la tête.

— Hou hou ? fit Clare. Dis-nous ce qui se passe. C'est Cal ?

— Comment ?

— Cal. Tu sais, ton... copain. Que s'est-il passé ? Vas-y, nous promettons de ne pas nous offusquer. Est-ce qu'il a essayé de dégrafer ton soutien-gorge ?

— Laisse-la tranquille, ordonna Nadia. Avec qui parlais-tu au téléphone quand je suis passée ?

— M'man.

Elle aurait dû s'en douter. Que mijotait Leonie cette fois ?

— Alors ?

— Elle veut que j'aille vivre avec elle à Brighton. Avec Brian et Tamsin. Pour de bon.

Nadia en resta sans voix, moins à cause du caractère inattendu de cette invitation qu'à cause du visage de Tilly. Étaient-ce des larmes de détresse ou de joie qui coulaient de ses immenses yeux bleus ?

— C'est incroyable, souffla Nadia tandis que le commissaire-priseur réclamait l'attention de l'assemblée. Comment tout le monde peut-il rester aussi calme ? Et si j'achetais une maison par erreur, rien qu'en me grattant l'oreille ?

— Alors, ne grattez pas votre oreille, chuchota Jay.

— Mais si je ne peux pas m'en empêcher ? J'ai très envie de me tortiller et de me gratter.

— Vous devez avoir des puces.

Jay la plaça devant lui et lui maintint fermement les mains le long du corps.

C'était bigrement excitant. Elle sentait son souffle sur sa nuque, la chaleur de son corps contre son dos. C'était d'autant plus agréable qu'il savait parfaitement qu'il se donnait inutilement cette peine, car elle ne risquait pas d'acheter accidentellement une maison.

L'attirance existait toujours, se réjouit-elle. Une attirance mutuelle. Peut-être le moment était-il venu de faire quelque chose.

Attention, ça allait commencer.

— Et maintenant, le lot numéro sept, déclara le commissaire-priseur.

Nadia sentit son cœur s'emballer : c'était le lot convoité par Jay. Quand il lui avait demandé si elle avait envie de l'accompagner à cette vente aux enchères qui se tenait au zoo de Bristol, elle avait sauté sur l'occasion. Sa dernière vente aux enchères remontait à l'époque où, étudiante, elle s'était acheté pour six livres une télévision portative en noir et blanc, l'emportant sur un autre étudiant qui s'était dégonflé à cinq livres cinquante.

Inutile de préciser que cette télé ne fonctionnait plus.

Mais ici, c'était autre chose : les enchères pouvaient monter par tranches de cent mille livres, passer de quatre cent mille à un demi-million en moins d'une minute. Le seul fait d'imaginer ces sommes d'argent suscitait une telle excitation chez Nadia qu'elle en avait presque mal au cœur.

— Highcliff House, poursuivit le commissaire-priseur. Une belle demeure nécessitant quelques travaux mais présentant de nombreuses caractéristiques originales. Un bon potentiel de revalorisation. Les enchères démarrent à deux cents. Deux cent vingt… deux cent quarante… deux cent soixante…

C'était comme assister au départ d'un grand prix de formule un. Dépassée par la vitesse des enchères, Nadia essaya de repérer les autres enchérisseurs dans la salle. Dieu seul savait comment ils s'y prenaient : certains se contentaient d'un hochement de tête à peine perceptible. Derrière elle, elle savait que Jay faisait de même, tandis que les enchères montaient toujours par tranches de vingt mille livres. Vingt mille livres le hochement de tête !

— Adjugée, pour la somme de cinq cent quarante mille livres, dit le commissaire-priseur en donnant un coup de marteau.

— Qui l'a emportée ? s'enquit Nadia en se retournant.

— Moi.

— C'est vrai ?

— J'obtiens toujours ce que je désire. Enfin, presque toujours…

Elle sentit son cœur bondir dans sa poitrine.

— Monsieur Tiernan ? fit le commissaire-priseur, désignant d'un mouvement de tête le bureau situé près de l'entrée, afin de régler les détails.

— Ça vous dirait de prendre un verre, quand j'aurai terminé ?

Un verre ? Elle aurait englouti un chai.

— Pourquoi pas ?

Dès qu'il lui lâcha les mains, elle se sentit abandonnée.

Fichtre, elle s'était laissé un peu emporter. Le moment semblait venu de prendre une décision. Qui sait comment la soirée allait se terminer ?

Jay l'emmena au Crosby's, un bar bondé et bruyant sur Whiteladies Road. Pour fêter l'occasion, il commanda une bouteille de Veuve-Clicquot.

— Vous allez devoir payer : je suis fauché, maintenant.

— Ne l'ouvrez surtout pas ! fit Nadia au barman. Nous allons prendre deux bières à la place.

Jay sortit son portefeuille et paya le champagne avec une mine réjouie.

— À mon nouveau projet, et à vos projets également.

Nadia trinqua avec lui.

— À mon deuxième jardin.

Son poignet effleura celui de Jay, et ce seul contact lui parut aussi excitant que lorsqu'il lui avait tenu les mains durant les enchères. Il avait prévu de diviser Highcliff House en quatre appartements. Le jardin, qui devait être commun aux quatre logements, était plus grand que celui qu'elle venait de terminer, mais en meilleur état.

— Cinq cent quarante mille livres, c'est une somme.

— J'étais prêt à monter jusqu'à cinq cent quatre-vingts.

Bigre ! Une fois les travaux terminés, il pourrait vendre les appartements plus de trois cents mille livres chacun. Dans ce métier, il fallait avoir des nerfs d'acier, sans parler de la faculté de garder la tête froide quand les choses tournaient mal. Jay possédait un calme et une décontraction qui étaient un atout de séduction chez un homme. Cela dit, avoir un beau physique comme le sien ne gâchait rien non plus. Ni des yeux comme les siens. Ni un sourire tellement chavirant qu'il aurait dû être déclaré illicite…

— Qu'y a-t-il ? murmura Jay.

Voilà qu'il souriait une fois de plus de ce sourire…

— Je me demandais où vous aviez acheté cette chemise. C'est bientôt l'anniversaire de mon père, et je suis sûre qu'il aimerait beaucoup une chemise dans ce genre.

Vert bouteille à fines rayures rouges.

— Trouvez autre chose.

— Pardon ?

— Dites-moi la vérité, cette fois.

— D'accord, j'admets que cette chemise n'est pas son genre, mais nous cherchons désespérément à égayer sa garde-robe. Si nous lui achetions une chemise comme la vôtre, il se sentirait obligé de la porter de temps en temps, et alors nous l'abrutirions de compliments.

— Allons, vous voyez très bien ce que je veux dire…

Oui, elle le voyait on ne peut plus distinctement.

C'est alors que le portable de Jay se mit à sonner.

Durant quelques instants, ils l'écoutèrent sonner sans bouger.

— Je hais les portables, soupira-t-il.

Dans ce cas, il n'avait qu'à pas répondre.

Ce n'était vraiment pas de chance, songea Nadia deux minutes plus tard.

50

Jay rempocha son téléphone.

— C'était la mère de Belinda. Le bébé va naître.

Nadia hocha la tête. Dans des circonstances normales, cela aurait été une bonne nouvelle. Mais, déjà, Jay consultait sa montre et déclarait :

— J'y vais. J'y serai vers dix heures.

Très honnêtement, c'était contraire à ce qu'elle souhaitait et cette nouvelle arrivait complètement à contretemps.

Pas autant, cependant, que pour Belinda.

Donc, il était temps de faire preuve de courage.

— Vous partez pour le Dorset ?

— J'ai promis à Belinda d'être là. C'est elle qui me l'a demandé. C'est très important pour elle.

Bien que calme, Jay ne souriait plus. Il était évident qu'il revoyait la mort de son frère. La naissance de l'enfant d'Anthony allait être pour lui une expérience émotionnelle douce-amère.

— Heureusement que vous avez eu le temps de boire une coupe… Vous devriez y aller. Il ne faudrait pas qu'il naisse avant votre arrivée. Les bébés sortent parfois aussi vite que des bouchons de champagne.

— Désolé, fit Jay. On dirait que le sort s'acharne contre nous. Chaque fois que nous… Enfin bref. Si

Anthony était encore là, je lui dirais deux mots sur son sens de l'à-propos.

À ceci près que, si Anthony était encore là, Jay n'aurait pas besoin de partir précipitamment.

Comme il se levait tout en cherchant ses clefs de voiture, Nadia, atterrée, se rendit compte qu'elle était jalouse de Belinda. Soudain elle s'était rappelé qu'il n'était pas rare qu'une femme transfère son amour d'un homme sur le frère de celui-ci. Le courrier du cœur regorgeait de ce genre de situations.

De plus en plus effarée par la direction que prenaient ses pensées, elle se secoua énergiquement en son for intérieur.

— Vous allez couper le cordon ?

Jay prit un air outré.

— Sûrement pas ! Je ne serai pas dans la salle de travail. C'est trop intime. Belinda veut simplement que je sois là. Dieu merci, je ne verrai le bébé qu'une fois nettoyé et habillé. Il faut que j'y aille. Je vous dépose.

Il n'était que huit heures, et il faisait encore beau et chaud dehors. Nadia fit non de la tête : rentrer à pied serait l'occasion d'une agréable promenade.

— Inutile. Ça ira.

— Vous en êtes sûre ?

— Tout à fait sûre.

Elle fit son possible pour respirer normalement tandis que Jay déposait un rapide baiser d'adieu sur sa joue.

— Bonne chance.

— Je vais devenir oncle, dit-il en chaussant ses lunettes de soleil.

— Vous avez intérêt à montrer le bon exemple. N'ayez que des pensées pures, ne faites que le bien.

— N'avez-vous pas honte ? Vous savez aussi bien que moi que je n'ai pas eu une seule pensée pure de toute ma vie.

Nadia le regarda partir, pleine de regret. Encore une occasion manquée. Franchement, ces belles-sœurs étaient d'un égoïsme inouï : elles se mettaient comme ça à accoucher quand bon leur semblait, et vous pondaient des bébés sans s'inquiéter de mettre sens dessus dessous la vie des autres !

Nadia faisait la queue pour s'acheter du pop-corn dans le hall du cinéma lorsqu'on lui pinça les fesses. Elle se retourna brusquement.

— Bernie !

Bernie Blatt, qui à l'évidence se remettait sans mal de sa récente rupture avec sa fiancée, lui sourit, ainsi qu'au gobelet géant que la vendeuse lui tendait.

— Tu en as acheté pour un régiment ! Avec qui es-tu venue : le salaud ou le patron ?

— Avec personne. Je suis toute seule.

Nadia adorait venir seule au cinéma. Cela tombait bien, car personne ne partageait ses goûts cinématographiques. Laurie, qui n'aimait que *La Guerre des étoiles*, *Spiderman* et *Dumb et Dumber*, avait râlé dès qu'elle s'était mise à consulter les pages cinéma de l'*Evening Post,* à son retour de la vente aux enchères :

— Voilà que ça recommence. Encore un de ces films d'auteur en V.O. sous-titrée. Si on allait plutôt au bowling ?

— Non. Ils passent un film que j'ai vraiment envie de voir, et qui n'est à l'affiche que pour deux jours.

— On se demande bien pourquoi, avait commenté Laurie en faisant un clin d'œil à Clare.

— Rien ne vous empêche d'aller au bowling tous les deux.

— Laisse-moi réfléchir. Si je comprends bien, tu me proposes de saisir une occasion qui ne se reproduira pas de sitôt, de voir un navet où il ne se passe rien et où il pleut sans arrêt, qui plus est dans une langue étrangère, de sorte que je ne vais rien comprendre à l'action ? Couleur ou noir et blanc ?

— Noir et blanc.

— Je m'en doutais. La couleur rendrait ce film trop *vivant*. Pour une proposition alléchante, c'est une proposition alléchante. Je vais y réfléchir sérieusement. Clare ?

— Je préfère encore manger un crapaud tout cru.

— Pour nous, ce sera deux crapauds crus, avait conclu Laurie.

— Tu ne peux pas aller voir un film toute seule, dit Bernie, visiblement choqué.

— Cela ne me dérange pas. J'aime ça. Comme ça, je ne partage mon pop-corn avec personne.

Elle consulta l'énorme horloge murale.

— Le film va commencer.

Pas question d'en rater une seconde, pas même le sketch qui précédait.

— Qu'est-ce que tu vas voir ?

— Le dernier Roberto Benigni.

— Tu parles d'une coïncidence ! Moi aussi !

— Vraiment ? fit-elle, atterrée.

— Je suis dingue de Benigni. Ce type est un génie. Attends, je vais prendre mon billet. On pourrait le regarder ensemble. Enfin, si tu veux.

— Pas de problème, du moment que tu t'achètes ton propre pop-corn.

Deux heures plus tard, ils quittèrent le cinéma, achetèrent une pizza en passant et allèrent chez Bernie. La nuit était chaude. Ils s'assirent sur les marches qui descendaient vers le jardin, partagèrent la pizza et l'engloutirent, ainsi qu'une bière que Bernie avait dans son réfrigérateur.

— Ce qu'il y a de bien avec le pop-corn, dit Nadia, c'est qu'on peut en manger autant qu'on veut sans être jamais rassasié. Ce film était vraiment génial, tu ne trouves pas ? J'espère qu'il remportera un nouvel Oscar. À la maison, j'ai *La vie est belle* en vidéo et je pleure toutes les larmes de mon corps à chaque fois que je le regarde.

Bernie jeta une croûte de pizza dans la haie d'ifs qui séparait son jardin de celui du voisin. Les films sous-titrés en noir et blanc n'étaient pas du tout sa tasse de thé. Ses acteurs préférés ? Ce bon vieux Schwartzie et Jean-Claude Van Damme. Au moins, avec ces gars, on savait où on mettait les pieds. Néanmoins, ce n'était pas le moment d'ôter ses illusions à Nadia.

— Moi aussi.

Il enchaîna aussitôt, avant qu'elle n'ait le temps de s'extasier sur cet Italien au drôle de physique :

— Comment ça va, Laurie et toi ?

Comme Titus, le chat de Bernie, se frottait en ronronnant contre ses jambes, Nadia lui offrit un anchois de la pizza, qu'il recracha aussitôt avec dégoût.

— Ça va. Je ne veux pas me précipiter. Laurie est allé se faire voir aux États-Unis pendant un an : à moi, maintenant, de le faire attendre.

— Et l'autre, le type pour qui tu travailles ?

Titus renifla une moule et s'enfuit en la dédaignant.

— Il attendra aussi. Ce que ton chat peut être difficile !

— Tu veux mon avis ? Tu devrais les jeter tous les deux. Il n'y a pas qu'eux sur terre.

Puis, s'éclaircissant la voix :

— Tu m'as toujours plu, tu sais...

Nadia éclata de rire. Puis elle se mit à tousser, ce qui était une mauvaise idée car, après l'avoir frappée dans le dos à plusieurs reprises, Bernie se débrouilla pour l'enlacer.

— Je ne plaisante pas. Tu pourrais trouver pire.

Oh là là ! Il était temps de fuir.

— Merci, Bernie, dit-elle en s'extirpant de ses tentacules. Je suis très flattée, mais tu sais aussi bien que moi que tu ne dis cela que parce que tu viens de rompre avec Paula.

— C'est faux !

— Non.

Elle sourit et se leva avant qu'il n'ait le temps de l'embrasser – car quelque chose lui disait que telle était son intention.

— Écoute, Bernie. Nous sommes amis : ne gâchons pas cette amitié. D'ailleurs, il est tard. Je dois rentrer.

Bernie capitula de bonne grâce.

— Tant pis, ça valait la peine d'essayer. Qui ne risque rien n'a rien.

Il abattit tout de même sa dernière carte.

— Je suis plutôt un bon coup, tu sais. Tu es sûre que tu n'as pas changé d'avis ?

— Oui, Bernie, j'en suis sûre. Je te remercie.

Sur le pas de la porte, elle hésita.

— Une dernière chose : ce film que nous avons vu, il t'a vraiment plu ?

— Tu veux rire ? Je me suis foutrement ennuyé à ce truc en noir et blanc, de la première à la dernière seconde.

Elle lui fit une grimace.

— Dans ce cas, c'est bien fait pour toi.

51

Du fond de son lit, Tilly essayait d'y voir clair dans l'inextricable fouillis de ses pensées. Mais ses pensées s'étaient emballées comme un train fou qui ne sait où il va ; jamais elle n'avait ressenti une telle confusion.

Il était onze heures du matin. Dehors, le soleil brillait ; encore une magnifique journée. Tout le monde étant sorti, elle jouissait de la paix et du silence nécessaires pour y voir clair. Elle se recoucha sur le côté et attrapa Colman, son cher vieux nounours décati. Avec sa fourrure jaunâtre, ses yeux de guingois et sa jambe ballante qui avait besoin d'être recousue, Colman n'était pas un ours canon. Des années de câlins l'avaient laissé pelé par endroits. C'était Leonie qui le lui avait offert pour son cinquième anniversaire.

Leonie. *M'man*.

Bon, songea Tilly, je tourne en rond…

Elle était profondément déchirée. Même si elle aimait sa mère, elle n'avait pas envie d'aller vivre avec elle. Sa maison était ici. Ici, elle était heureuse, avait une école et des amis – surtout Cal – et une famille.

Mais sa famille était-elle heureuse avec elle ? D'abord, ce n'étaient pas vraiment ses parents. Même si James et Miriam l'avaient élevée, elle n'avait aucun lien de parenté avec eux. De plus, si l'amour qu'elle leur portait ne faisait aucun doute, peut-être ne l'aimaient-ils pas autant qu'elle l'avait toujours cru. Et s'ils aspiraient secrètement à la voir partir chez sa mère ?

Comment être certaine qu'ils ne se disaient pas, en leur for intérieur : « Ça suffit comme ça : nous avons rempli notre contrat, il est temps maintenant que Leonie prenne le relais » ?

Tilly refoula quelques larmes. Évidemment, ils n'avaient rien dit de semblable. Mais ils avaient leur propre vie. James avait maintenant Annie. Miriam, quant à elle, avait fourni plus que sa part de travail au long de ces années. Élever ses deux petites-filles avait dû être déjà difficile. Aussi, quand elle s'était retrouvée avec une troisième sur les bras... la pauvre avait dû se demander ce qu'elle avait fait pour mériter ça.

De grosses larmes roulèrent des joues de Tilly sur la fourrure archi-usée de Colman. En annonçant à toute la famille le projet de Leonie, elle s'était attendue à les voir horrifiés et désespérés. Elle pensait que Miriam allait déclarer, dans le style droit au but qui était le sien : « Quelle idée absurde ! Ma chérie, il n'est pas question que tu ailles vivre à Brighton : tu vas rester ici, chez toi, avec nous. »

Mais rien de tout cela ne s'était produit. Miriam avait accueilli la nouvelle avec calme – un calme suspect, selon elle – en insistant sur le fait que cette décision n'appartenait qu'à Tilly et à elle seule. Si Tilly désirait vivre chez Leonie, elle ne trouverait rien à redire. Non que personne, ici, n'ait envie de la perdre, s'était empressée d'ajouter Miriam – car il allait de soi qu'elle manquerait cruellement à tous. Mais, Leonie étant la mère de Tilly, chacun comprendrait que cette dernière décide de partir.

Voilà, c'était tout. James l'avait serrée contre son cœur en disant à peu près la même chose, tout comme Nadia et Clare...

Elle se frotta les yeux. S'agissait-il vraiment d'un dilemme ? En vérité, elle n'avait pas réellement le choix, même si tout le monde prétendait le contraire.

Bon gré mal gré, elle allait devoir vivre à Brighton avec Leonie, Brian et Tamsin. Changement de collège, changement de cadre de vie, changement d'entourage. Certes, elle était contente d'apprendre que sa mère avait envie de vivre avec elle. Mais, pour tout dire, Tamsin appréhendait un peu.

Inutile, donc, de se fatiguer à prendre une décision. Elle repoussa la couette et descendit de son lit. Cet après-midi, elle irait voir Cal : lui au moins n'avait pas envie qu'elle s'en aille.

Au rez-de-chaussée, Harpo l'accueillit d'un croassement accompagné d'un amical battement de ses ailes bleu électrique.

— Même toi, tu vas me manquer, dit-elle en lui offrant un coin de toast.

Sa gorge se serra.

— Un gin tonic, s'te plaît ! claironna Harpo. Double !

— Il est un peu tôt dans la journée.

Pourquoi s'était-elle donné la peine de se préparer un toast, alors qu'elle n'avait même pas faim ?

— Voici pour les nouvelles. À présent la météo de votre journée, croassa Harpo, qui regardait trop la télévision.

Tilly ne devait voir Cal qu'à quatorze heures trente. Encore quelques heures à tuer. Demain, Leonie viendrait s'entretenir avec James et Miriam, et l'emmènerait quelques jours à Brighton. Comme elle avait prévu d'aller au cinéma avec Cal dans la soirée, mieux valait qu'elle s'occupe de ses bagages tout de suite.

De retour dans sa chambre, elle fourra jeans, baskets, rollers, pulls divers et sous-vêtements dans son sac de sport. Quand on ne plie rien, les bagages sont faits en un rien de temps. Elle venait de refermer le sac non sans mal, lorsqu'elle le rouvrit pour y ajouter une chemise de nuit et un maillot de bain.

La chemise de nuit s'avéra la goutte d'eau. Accroupie devant son sac, Tilly contempla d'un œil morne la fermeture Éclair cassée.

Le grenier tenait du musée. Il ne manquait plus que les fausses toiles d'araignée comme dans *Indiana Jones et le temple maudit*. Tilly passa devant son ancien lit de bébé, démonté et appuyé contre le ballon d'eau chaude. James avait toujours été de ceux qui ne savent pas jeter. Il y avait aussi son vieux tricycle, le mobile musical qui était resté de longues années accroché dans sa chambre, et même un carton plein de rouleaux d'un papier peint que Tilly ne se rappelait que vaguement avoir vu sur les murs.

Tout en se faufilant entre des piles de disques pour gramophone et de vieux livres – James avait-il jamais entendu parler d'Emmaüs ? –, elle aperçut les bagages de Miriam, dans un coin. Pas question d'emprunter la malle : elle ne partait pas en croisière autour du monde. Ni la valise rigide, trop encombrante et trop chic.

Derrière la valise, elle trouva son bonheur. Miriam n'y verrait pas d'inconvénient. Tilly s'arc-bouta pour attraper la petite valise souple de cuir patiné, la souleva par-dessus les autres et regagna l'échelle.

Une fois dans sa chambre, elle découvrit enfin l'objet qui se baladait à l'intérieur.

Ses affaires rentrèrent sans problème dans la valise, dont la fermeture Éclair se ferma sans protester.

Tout de même, n'était-il pas bizarre que Miriam ait laissé cette cassette vidéo à l'intérieur ? Ce n'était tout de même pas un film cochon ?

Non, évidemment. Tout en examinant la cassette, Tilly eut honte d'une telle pensée. Miriam n'aurait jamais regardé ce genre de films. *Casablanca* avait toujours été son film préféré.

En fait, il devait s'agir d'une copie de *Casablanca*...

Grossière erreur, comprit-elle un quart d'heure plus tard.

À présent qu'elle avait cédé à la curiosité, Tilly regrettait d'être montée au grenier.

Elle en venait même à regretter que ce ne fût pas un film porno.

Elle aurait préféré un film porno à *ça*.

Elle ne s'était rendu compte qu'elle pleurait qu'en sentant son jean tout mouillé au niveau des cuisses. Les bras croisés autour des côtes, elle regardait le film sautillant en se balançant d'avant en arrière, et en se demandant si elle ne devenait pas folle pour de bon.

Elle savait parfaitement à quoi ressemblait Robert Kinsella, époux de Miriam et père de James. Des photos de lui étaient posées, çà et là, dans la maison. Et c'était précisément là le problème.

Car l'homme qu'elle regardait dans ce film ne ressemblait absolument pas à Robert Kinsella.

Jay appela Nadia le lendemain.

— Salut ! Comment allez-vous ? dit-elle.

— Crevé. C'est épuisant une naissance, vous savez.

— Comme je vous plains. J'espère qu'on vous a administré une bonne dose d'antalgiques.

— J'ai eu droit au masque à oxygène, et j'ai fini par réclamer la péridurale.

— Vous avez bien fait. Alors ?

— C'est un garçon. Trois kilos huit, bien portant, yeux bleus, cheveux bruns... et des testicules énormes !

Nadia rit malgré elle. Jay semblait si étonné.

— Il les rattrapera en taille. Comment l'a-t-on appelé ?

— Daniel Anthony. Il est né à onze heures. J'ai appelé toute la famille.

— Je suis heureuse qu'il soit en bonne santé. Comment va Belinda ?

— Très émue. Heureuse. Elle jure que c'est Anthony tout craché, mais vous savez comment sont les nouveau-nés. Moi, je les trouve tous rouges et fripés.

— Ne vous en faites pas, c'est parce que vous êtes un homme.

— C'est ce qu'on m'a dit. Enfin, je devrais rentrer chez moi ce soir. Ça vous dirait d'aller dîner, si vous êtes libre ?

— Ça pourrait se faire, murmura Nadia, rouge de plaisir.

— Écoutez, je ne sais pas à quelle heure je vais arriver. Je préfère vous rappeler. J'espère que vous êtes rentrée sans encombre hier ?

— Sans aucun problème. À vrai dire, je suis allée au cinéma.

— Le film vous a plu ?

— C'était le dernier Benigni.

— Qui est-ce ?

Nadia sourit pour elle-même. On ne pouvait pas avoir toutes les qualités.

52

Leonie allait arriver d'une minute à l'autre. Tilly, qui se sentait dans la peau d'un chien avant une visite chez le vétérinaire – ce qui était parfaitement ridicule, Leonie étant tout de même sa propre mère, que diable ! –, traîna son bagage au rez-de-chaussée.

— Ma chérie, tu ne peux pas prendre ce sac : la fermeture est cassée, protesta Miriam. Pourquoi ne vas-tu pas te chercher un bagage décent dans le grenier ?

— Ce n'est pas grave. J'aime bien ce sac.

Tilly avait replacé la valise contenant l'étrange cassette vidéo dans le grenier, et rempli une seconde fois son vieux sac de sport, qu'elle avait fermé à l'aide d'une courroie de cuir.

À présent, il lui était pénible de croiser le regard de Miriam. Elle ne pouvait demander à personne de la renseigner sur ce film étrange. Qui que fût l'homme filmé sur cette vidéo, elle avait le sentiment douloureux qu'elle n'avait pas le droit de poser sur lui des questions. Cela ne la regardait pas. Elle était le vilain petit canard dans la portée des Kinsella, le poussin qu'on allait bientôt éjecter gentiment du nid.

— Oh, ma chérie, tu vas tellement nous manquer si tu décides de partir. Tu le sais, au moins ? Cette maison ne sera plus la même sans toi, assura Miriam en la serrant entre ses bras parfumés.

Miriam était vraiment hallucinante : lorsqu'elle disait ce genre de choses, on aurait juré qu'elle était sincère.

On entendit crisser les pneus d'une voiture sur le gravier de l'allée.

— On dirait que Leonie arrive, dit Miriam en arrangeant ses cheveux. Veux-tu aller l'accueillir pendant que je prépare les boissons ? Par cette belle journée, j'ai pensé que nous pourrions nous installer dans le jardin.

Dans la cuisine, Edward était en train de préparer des verres sur un plateau et de sortir le gin, la vodka et le scotch.

— C'est elle ?

Miriam hocha la tête tout en écrasant une larme.

— Edward, peux-tu me dire comment je vais trouver la force de supporter ça ? Je n'arrive pas à me faire à l'idée que Tilly va aller vivre avec cette mauvaise femme. S'il ne tenait qu'à moi, je dirais à Leonie de ficher le camp et de ne plus jamais mettre les pieds ici. Mais c'est la mère de Tilly, et si c'est ce que veut Tilly... Je sais bien que je ne dois pas essayer de l'influencer, mais c'est tellement difficile de rester impartiale. J'ai tout simplement envie de tuer Leonie.

— Je sais, je sais, dit Edward en l'enlaçant. Mais Tilly doit prendre seule sa décision.

— Elle n'a que treize ans !

— C'est probablement pourquoi elle préférera partir. D'ailleurs, tuer Leonie n'arrangerait rien. Tilly pourrait ne pas apprécier ce geste...

Edward n'y pouvait rien : son sens de l'humour était celui d'un neuropsychiatre.

Miriam inspira à fond.

— Bon. J'emporte le plateau. Veux-tu apporter le reste ?

— Le reste ? Tu veux dire les glaçons, le shaker, les alcools forts, le vin et le jus d'orange ? Un jeu d'enfant !

— Je suis sûre que tu vas t'en sortir, chéri. Tu t'en sors toujours.

— *Le Retour de la momie,* glissa Clare à Nadia en voyant Leonie approcher dans leur direction, enlaçant les épaules de Tilly.

— N'oubliez pas ce que je vous ai dit : pas de prise de bec. C'est la dernière chose dont Tilly a besoin, leur rappela Miriam.

Nadia contempla le verre que venait de lui servir Edward.

— J'espère qu'il y a du tonic dans ce gin.

— Nous avons besoin de prendre des forces, déclara Miriam, l'air sombre. Edward, il y a des petits sandwichs dans le garde-manger. Et n'oublie pas les olives.

Edward hésita une fraction de seconde. Nadia crut qu'il allait répliquer à Miriam d'aller chercher elle-même ses fichues olives. Mais il se contenta de dire :

— On m'appelle Désiré.

— Tu devrais peut-être rapporter aussi les noix de cajou.

— Super, fit Clare. Nous avons besoin de munitions pour bombarder Leonie.

Nadia lui envoya un coup de pied sous la table. Ce gin était vraiment fort. À ce train-là, elle aurait bientôt les jambes coupées.

— Nous voici tous réunis, mes chéries ! s'écria Leonie en s'approchant pour les embrasser. N'est-ce pas merveilleux ? J'étais en train de dire à Tilly à quel point Tamsin était excitée. Nous avons tous hâte qu'elle vienne habiter avec nous !

— Si toutefois elle décide de partir, précisa Nadia, voyant que Tilly avait l'air d'un petit lapin pris au collet.

— Quelle idée ! Bien sûr qu'elle va en décider ainsi. N'est-ce pas, ma chérie ?

Leonie tapota le bras de Tilly et fouilla dans son sac en raphia.

— Tenez, j'ai apporté des brochures sur son futur collège. Elle sera dans la même classe que Tamsin. N'est-ce pas l'idéal ? James n'est pas là ? ajouta-t-elle.

— P'pa avait une réunion. Il sera là vers quatre heures.

Nadia consulta sa montre ; il était presque seize heures.

— Cela dit, nous pouvons parfaitement nous n'avons pas besoin de lui, déclara Leonie.

Elle passa une main dans ses cheveux décolorés, ce qui fit tinter ses bracelets. Puis, entendant s'ouvrir la grille du jardin, elle pivota sur son siège.

— Je n'en dirais pas autant de ce garçon tellement beau... Laurie, quel ravissement de vous revoir !

Se levant, elle accueillit le nouvel arrivant avec son enthousiasme habituel.

— J'étais juste venu dire à p'pa qu'il y a eu un coup de fil pour lui.

Edward arrivait justement avec un second plateau de victuailles.

— Un certain Dr Spitz vient d'appeler de Boston. Il rappelle dans une heure.

Edward hocha la tête. Ernst Spitz était un vieux collègue avec lequel il avait cosigné plusieurs articles pour des revues médicales.

— Laurie, vous n'allez tout de même pas nous quitter ! dit Leonie en l'obligeant à s'asseoir près d'elle. Restez et prenez un verre avec nous. Comment mon idiote de fille vous traite-t-elle ? A-t-elle enfin recouvré la raison ?

Nadia serra les dents, irritée par le fait que sa mère ne comprenne pas pourquoi elle n'avait pas immédiatement accepté de se remettre avec lui. Leonie, qui toute sa vie durant était passée d'un homme à un autre en laissant une traînée de malheur dans son sillage, estimait que c'était là une conduite normale.

— J'y travaille, répliqua Laurie. Elle se fait désirer. Je finirai bien par parvenir à mes fins.

Nadia se raidit. La confiance en soi de Laurie l'irritait aussi.

— Je sors avec quelqu'un d'autre ce soir. Je suis invitée à dîner.

Et il se pourrait que cela se termine par une nuit torride...

Cette dernière phrase, elle ne la prononça pas à haute voix, quoiqu'elle le souhaitât du fond du cœur.

— C'est Jay ? Parfait.

Laurie déboucha la vodka et s'en servit un fond, qu'il allongea de jus d'orange.

— Je t'avais dit de le faire. Il faut qu'il cesse de t'obséder.

— Qui est ce Jay ? Oh, c'est celui qui a perdu son frère ?

— Et qui a un tableau de chasse encore mieux garni que Jack Nicholson, renchérit Laurie.

— C'est ce qui fait toute la séduction chez un homme, dit Leonie avec un frisson de plaisir. On ne peut pas résister à un mauvais garçon.

Nadia se demanda ce qu'elle avait fait pour mériter ça. C'était décidé, elle coucherait avec Jay ce soir !

— Ne sommes-nous pas censés parler de Tilly ?

Mais sa mère poussa Laurie du coude en lui glissant :

— Les mauvais garçons sont tellement plus excitants. À propos, poursuivit-elle en s'adressant à Clare, et ton ami si méchant ? Comment s'appelle-t-il, déjà ? Piers ?

Clare se raidit. Parmi les personnes présentes, Leonie était la seule qui ne fût pas au courant de son éphémère grossesse.

— Ah, enfin ! Voici James, lança Miriam avec un soupir de soulagement en entendant la porte d'entrée se refermer.

Ça va être chouette, tout va être super, se répétait Tilly en regagnant l'intérieur de la maison. C'est ce qu'avait dit sa mère, qui n'avait de cesse de lui rappeler quelle existence merveilleuse l'attendait, d'autant qu'elle aurait une compagne de jeu du même âge.

— C'est exactement ce dont Tilly a besoin, avait-elle expliqué à James. Tamsin et elle vont former un duo idéal.

L'expression n'était pas mal trouvée, étant donné les talents de voleuse à l'étalage de Tamsin, à ceci près que Tilly avait plutôt peur. La dernière fois qu'elles s'étaient rendues ensemble dans un grand magasin, elle n'avait découvert les CD glissés dans son sac par Tamsin qu'une fois rentrée à la maison.

Cependant, il fallait voir le bon côté des choses. Bon gré mal gré, elle allait partir habiter Brighton et il y aurait de bons moments. Par exemple, Tamsin et elle pourraient se baigner à la mer, se prêter des vêtements, des chaussures, et parler ensemble de trucs de filles.

En outre, elle allait vivre avec sa mère, qui en avait *très envie*. L'avantage avec Leonie, c'était qu'il était inutile de se demander si elle lui offrait de partager son toit parce qu'elle se sentait coupable, ou obligée de quoi que ce soit : elle était imperméable à la culpabilité.

Bon. Les glaçons, maintenant.

Elle s'affairait dans la cuisine quand on sonna à la porte. Tilly rattrapa un glaçon en fuite, le jeta dans l'évier, s'essuya les mains sur son short et alla ouvrir.

Un inconnu se tenait à la porte.

Du moins, il lui semblait ne pas le connaître, encore que son visage eût quelque chose de vaguement familier...

L'inconnu devait avoir environ l'âge d'Edward et, malgré la chaleur, portait un costume d'apparence luxueuse, une chemise bleu foncé, une cravate à rayures ainsi que des chaussures brillantes comme des miroirs. Bien qu'il n'ait pas une bible sous le bras, Tilly le soupçonnait d'être venu prêcher la bonne parole.

— Salut, hasarda-t-elle en serrant le seau à glace contre sa poitrine.

— Salut. Je viens voir Miriam Kinsella. Est-elle là ?

Donc, ce n'était pas un mormon venu les convertir aux voies du Seigneur. Qui était cet homme dont le visage lui disait vaguement, mais certainement quelque chose ?

— Elle m'attend. Miriam et moi sommes de vieux amis, expliqua l'inconnu, charmeur, comme s'il devinait son hésitation.

Toujours interdite, Tilly se rappela néanmoins les bonnes manières.

— Elle est dans le jardin. Veuillez attendre ici, je vais la chercher.

Tout en parlant ainsi, elle se demanda si c'était la bonne conduite à adopter. Fermer la porte au nez d'un vieil ami était horriblement grossier. Mais si elle le priait d'attendre dans l'entrée et si cet homme était un voleur qui essayait de s'introduire à l'intérieur en abusant de la confiance de ses victimes ? Le temps que Miriam arrive, il aurait fait main basse sur l'argenterie.

Comme s'il cherchait à la soustraire à ce dilemme, l'inconnu proposa :

— Ne serait-il pas plus simple que je vous suive jusqu'au jardin ?

— D'accord.

Soulagée, Tilly songea que c'était en effet la meilleure solution. Ces derniers temps, on déplorait une recrudescence des vols dans le secteur. Cet homme n'avait certes pas la tête de l'emploi, mais le problème avec les cambrioleurs, de nos jours, c'était précisément qu'ils n'avaient plus la tête de l'emploi.

Elle ouvrit la marche. L'inconnu s'arrêta près de la baie vitrée. Près de lui, Tilly contempla le tableau qui s'offrait à leurs yeux. La scène avait tout d'une aimable réunion de parents et d'amis goûtant dans la décontraction, un verre à la main, une magnifique fin d'après-midi d'été. Laurie dit quelque chose, qui fit éclater de rire tout le monde autour de la table ovale. Nadia remplissait des verres. Leonie, qui tenait le récipient d'olives sur ses genoux, en jeta une à Laurie.

— C'est elle. Elle est restée exactement la même, murmura le visiteur qui contemplait Miriam en secouant la tête.

— Depuis combien de temps ne l'avez-vous pas vue ? s'enquit Tilly.

— Cinquante-deux ans.

Bigre ! Plus d'un demi-siècle. Cela remontait à l'époque du noir et blanc.

Une fraction de seconde plus tard, par association d'idées, elle se rappela où elle avait déjà vu cet homme.

— Allons, dit ce dernier en l'entraînant doucement. Il est temps d'aller saluer tout le monde.

53

— Qui Tilly nous amène-t-elle encore ? dit Nadia, la main en visière.

— P'pa, c'est encore un de tes collègues égarés ? fit Laurie.

— C'est la première fois que je le vois, protesta Edward. Probablement un de ces démarcheurs qui cherchent à vendre des vérandas.

Miriam leva les yeux et eut un coup au cœur. Non, ce n'était pas possible, cela ne pouvait être vrai…

Et pourtant si.

D'abord, elle crut défaillir. Elle avait l'impression qu'on lui avait prélevé le cœur pour le plonger dans de l'eau glacée. Depuis des mois, elle se préparait psychologiquement à cette éventualité, et maintenant que la chose se produisait, elle se rendait compte qu'elle était désespérément démunie.

L'homme se plaça devant elle et la salua d'un signe de tête avec un léger sourire.

— Miriam.

— Charles.

Horriblement consciente que tous les regards étaient braqués sur elle, Miriam tendit la main au visiteur. Mais Charles, ignorant son geste, se pencha et l'embrassa sur les deux joues. Puis, se redressant, il déclara d'un ton dégagé :

— Inutile de prendre ces airs apeurés : je ne suis pas armé.

Miriam repoussa le siège qu'elle venait de quitter.

— Nous devrions peut-être parler en privé.

— Je préfère le faire ici, au grand jour, pour ainsi dire. J'estime que ta famille a le droit de savoir. Tu ne crois pas ?

— De quoi s'agit-il ? fit sèchement Edward.

— Je n'en ai pas envie, protesta Miriam, toute pâle.

— Je n'en doute pas, mais en ce qui me concerne, j'y tiens.

— Tu ne peux pas faire irruption ici comme cela et...

— Je n'ai pas fait irruption ici. J'ai été invité à entrer par cette charmante jeune personne.

Tilly était à l'agonie.

— En outre, il me semble que ma venue n'a rien d'une surprise, puisque je te l'ai annoncée. Dans ma dernière lettre.

Miriam se souvenait de cette lettre, qu'elle avait jetée sans même la lire. Une politique de l'autruche complètement inutile, mais elle n'avait pu faire autrement, à ce moment-là.

Elle ferma les yeux et secoua la tête.

— Je meurs de curiosité ! s'écria Leonie. Allons-nous rester ainsi tout l'après-midi, ou une âme charitable va-t-elle nous délivrer de ce suspense insoutenable ?

Silence.

— Je vous en prie. Avant que je ne me consume entièrement de curiosité... insista Leonie, cajolant Charles.

— La ferme, soupira Miriam.

— Je me nomme Charles Burgess. Miriam et moi nous sommes mariés en 1950.

— C'est vrai, m'man ? dit James en posant son verre.

Miriam fit oui de la tête.

— Eh bien, reprit James, je ne vois pas ce qu'il y a de si terrible. Le divorce est une chose courante.

— En effet, admit Charles. Mais le problème, voyez-vous, c'est que Miriam et moi n'avons jamais divorcé.

— Mais... attendez : cela est impossible ! Mes parents se sont mariés en 1952. J'ai vu les photos de leur mariage. C'était deux ans seulement après...

— ... notre mariage, acheva Charles Burgess. Mariage qui n'a jamais été annulé par un divorce. Ce qui, je le crains, fait de votre mère une femme bigame.

Personne ne broncha. Une volute de poussière de charbon passa paresseusement au-dessus des bouteilles et des verres. Une abeille se posa sur la table, explora brièvement une petite flaque de vin renversé avant de repartir.

Soudain, un éclat de rire rompit le silence. Leonie se mit à frapper des mains.

— Excusez-moi, mais c'est si drôle que je ne trouve plus mes mots. Miriam, ma belle-mère, bigame ! Elle a laissé tomber son mari, a filé et en a épousé un autre !

— Leonie ! l'avertit James.

— Mais tu ne vois pas ? C'est trop drôle. Je veux dire : cela remonte à cinquante ans, donc tout le monde s'en fiche pas mal. Mais... la bigamie ! Quand je pense à toutes les réflexions qu'elle m'a faites pendant toutes ces années.

— En vérité, je ne m'en fiche pas du tout, intervint Charles Burgess.

— Allons. C'était il y a un demi-siècle. Vous n'allez pas en faire toute une histoire.

En regardant ses mains, Miriam s'aperçut que celles-ci tremblaient. Par défi, elle saisit son verre et le vida d'un trait.

— J'ai épousé Miriam parce que je l'aimais. Je croyais que nous nous aimerions mutuellement, dans la richesse ou la pauvreté, jusqu'à ce que la mort nous sépare. Lorsque j'ai prononcé ce serment, je le pensais vraiment.

Miriam ne pouvait le regarder en face. Elle aussi avait prononcé ce serment en toute sincérité. Sa rencontre avec Charles Burgess, alors qu'elle était âgée de dix-huit ans, avait été une expérience brûlante. Ils avaient vécu une histoire d'amour passionnée et, entre des candidates innombrables, c'est elle qu'il avait choisi d'épouser. Le problème étant que, même marié, les femmes avaient continué de le poursuivre de leurs assiduités. En particulier Pauline Hammond.

La belle et chasseresse Pauline Hammond, secrétaire particulière et grande admiratrice de Charles. Quand Miriam les avait surpris ensemble, ce vendredi-là, quelque chose était mort en elle. Certes, bien des rumeurs, des allusions et des avertissements lui étaient parvenus, qu'elle avait ignorés de son mieux, dans l'espoir que ces bruits retomberaient d'eux-mêmes. Mais au fond elle savait de quoi il retournait, car parfois il est des vérités que l'on sait, tout simplement. Quelque chose s'était cassé, ce vendredi-là. Avec Charles, il en irait toujours ainsi. Même marié, un coureur de jupons ne changeait jamais.

Toute la jalousie qu'elle avait ressentie à l'époque resurgissait à présent, dévorante. Cela faisait cinquante ans que Miriam n'avait rien ressenti de semblable, ne s'étant plus jamais exposée à revivre une telle situation. Mais, à présent, elle en avait presque le goût amer dans la bouche. C'était ce sentiment qui s'était emparé d'elle par ce sombre après-midi glacé où, folle de douleur, elle était retournée précipitamment chez elle avec l'intention de prendre la fuite. Et si elle avait réussi à faire souffrir Charles ne fût-ce qu'un dixième de ce qu'elle avait souffert, alors tant mieux.

En moins d'une heure, elle avait fait ses bagages et disparu. Qu'il aille se faire voir. Elle voulait tourner la page sur ce mariage et commencer une nouvelle vie, ailleurs. Elle n'avait pris la peine de lui laisser un mot que pour éviter que la police ne l'accuse de meurtre. Cela ne l'aurait certes pas dérangée, mais l'ennui, c'est que la police aurait préalablement effectué des recherches poussées pour la retrouver…

— Un soir, je suis rentré du travail et elle avait disparu, déclara Charles à l'assemblée. Ainsi qu'une jolie somme d'argent. Tu n'aurais pas dû faire ça, Miriam. C'était vraiment mesquin.

— Ah ! se délecta Leonie. Bigame *et* voleuse !

— Pourquoi ? intervint Miriam. Nous étions mariés. Cet argent nous appartenait à tous les deux.

À ceci près, il fallait bien le reconnaître, que cet argent était surtout celui de Charles. Bien qu'elle ait contribué de son mieux aux revenus du ménage, il gagnait beaucoup plus qu'elle. Mais était-ce sa faute ? D'ailleurs, elle n'avait emporté que deux mille livres ; ce n'était pas comme si elle l'avait laissé sur la paille.

— Tu as détruit ma vie. Je n'ai pas cessé de te chercher. Je t'aimais, Miriam, et pourtant tu as osé me faire cela. Partout où j'allais, dès que je voyais une brune au loin, je croyais que c'était toi. Mais je me trompais à chaque fois. Et chaque fois que je croyais avoir réussi à t'oublier, un événement imprévu me ramenait à toi. Au fait, la vidéo du mariage t'a plu ?

Miriam n'avait plus la force de parler.

— Quelle vidéo ? demanda James.

— Elle est là-haut dans le grenier. Cachée dans une valise, fit Tilly d'une toute petite voix.

À l'exception de Miriam, tout le monde se retourna vers cette dernière, qui se ratatina sur son siège en contemplant ses ongles rongés.

— Tu te rappelles Gerry Barker, notre garçon d'honneur ? Il avait apporté une caméra pour filmer la réception.

Il poursuivit, s'adressant à la cantonade :

— Une semaine plus tard, il était appelé sous les drapeaux. Il est revenu dix-huit mois plus tard, après le départ de Miriam, avec ses bobines de film. Je ne pleure jamais ; mais quand j'ai visionné ce film, j'ai pleuré.

— Comme c'est touchant. Pauline Hammond a-t-elle pleuré, elle aussi ?

— Miriam, il ne s'est jamais rien passé entre cette fille et moi. Ni avant, ni après ton départ. Jamais.

— Je vous ai vus, ce vendredi-là. Je suis venue à ton bureau dans l'après-midi et je t'ai vu avec elle. Je vous ai observés par la porte vitrée, Charles.

— Vraiment ? Est-ce que nous faisions l'amour sur le bureau ? Excusez-moi, dit Charles à l'intention de Tilly, mais cela a son importance.

— Tu la tenais dans tes bras. Elle s'accrochait à toi et tu la serrais contre toi. Tu l'as embrassée dans les cheveux.

— Je m'en souviens. Elle venait de recevoir un coup de fil de l'hôpital lui annonçant la mort de sa mère. Elle était effondrée. Sa mère avait été renversée par une voiture. J'ai emmené Pauline à l'hôpital. Je t'aurais tout expliqué en rentrant à la maison. Mais je n'ai rien pu te dire, car tu étais partie.

Miriam n'arrivait plus à respirer. Cette étreinte lui avait pourtant semblé d'une tout autre nature.

— C'est vrai ?

— À cent pour cent. Je ne te mentais jamais à l'époque, et je ne te mens toujours pas. J'ai passé dix ans à te chercher. Et pendant ce temps-là, tu étais avec un autre homme et dépensais mon argent. Tu t'es remariée... voyons... dix-huit mois plus tard ? Tu n'as pas perdu de temps. Et depuis combien de temps vis-tu ici exactement ?

Le visage décomposé de Miriam lui apprit ce qu'il voulait savoir.

— C'est donc cela : cinquante ans. Belle maison. Très jolie. Aujourd'hui, elle doit bien valoir... dans les sept cent cinquante mille livres. Tu as toujours eu bon goût. C'est donc à cela qu'a servi l'argent ?

Miriam le savait : elle aurait dû louer les services d'un tueur à gages.

— C'est pour cela que tu es venu ? Pour réclamer ton argent ? C'est tout ce qui t'intéresse ?

Miriam réfléchissait à toute allure. Pas question qu'il mette la main sur cette maison. D'une manière ou d'une autre, elle le rembourserait. Combien faisaient aujourd'hui deux mille livres de l'époque ? Cent mille livres ? Bonté divine, Edward l'aiderait-il ?

— Reconnais que je n'ai jamais attaché d'importance à l'argent. En outre, ma demeure d'Édimbourg est deux fois grande comme celle-ci. Je me suis très bien débrouillé tout seul.

— Alors ?

— Bien que tu aies détruit ma vie, je n'ai jamais cessé de t'aimer. Ma femme est morte il y a deux ans. Donc, nous sommes tous deux libres de prendre un nouveau départ. Je veux que tu reviennes, Miriam. Tu m'aimais autrefois. Je t'apprendrai à m'aimer encore.

— Ta femme est morte ? Donc, tu as divorcé de moi ?

— Au bout de sept ans, je t'ai fait déclarer morte.

Voyez-vous ça, songea Miriam.

— Vous ne pouvez pas débarquer comme ça et lui dire que vous voulez qu'elle revienne, s'écria Laurie. Vous n'avez pas le droit !

« Pourquoi pas ? Tu l'as bien fait, toi », faillit rétorquer Nadia.

— Bien sûr que je le peux. Nous sommes dans un pays où les gens sont libres.

— Mais Miriam n'est pas libre. Elle a quelqu'un, reprit Laurie en désignant Edward, qui restait interdit. Il s'agit de mon père. Miriam et lui sont... en couple.

Ce n'était pas tout à fait exact, pensa Miriam avec regret. S'ils formaient un couple sur le plan émotionnel, rien ne les unissait physiquement, ainsi que Laurie le savait parfaitement.

Charles Burgess hocha la tête.

— Docteur Welch, je présume ? Je vous ai vu photographié dans le journal en compagnie de Miriam. Mais vous n'êtes pas mariés. Si vous l'étiez, je ne me serais pas permis de venir.

— Mais ils sont ensemble, insista Laurie. Depuis des années.

— Il est d'autant plus surprenant, dans ce cas, qu'ils ne se soient jamais mariés.

— Cela ne vous regarde pas, rétorqua Laurie. De toute façon, vous perdez votre temps. Miriam n'a que faire de votre proposition.

— Qu'en savez-vous ? Tout ce que je demande, c'est qu'elle me donne une chance de le découvrir. Je suis à Bristol pour la semaine et suis descendu au Swallow Royal. Miriam, j'aimerais que tu te joignes à moi pour le dîner de ce soir. Je crois que tu me dois bien ça.

— Et si elle vous dit non ? gronda Laurie, ce qui lui valut un coup de pied sous la table de la part de Nadia.

— Dans ce cas, c'est très simple : je vais droit à la police. Miriam sera arrêtée et accusée de bigamie et de vol, ce qui sera très humiliant et pourrait avoir des conséquences fâcheuses. Faites-moi confiance, je ferai en sorte qu'il y ait un procès. Et elle pourrait finir en prison.

Tilly ouvrit des yeux grands comme des soucoupes.

Charles Burgess s'adressa à Edward avec un haussement d'épaules.

— Je regrette, mais Miriam est ma femme. Du moins, elle était ma femme. C'est moi qui l'aie eue le premier.

Enfin, Edward se leva, lissa d'une main le devant de sa chemise et parla.

— Je vous en prie. Vous avez parfaitement raison. Voilà des années que je lui demande sa main, et elle m'a toujours dit non. Il semble que j'aie perdu mon temps.

— Edward ! s'écria Miriam. Tu n'as pas le droit...

— J'en ai parfaitement le droit, au contraire. Peut-être attendais-tu qu'un événement comme celui-ci se produise. Je n'en sais rien. Maintenant, si vous voulez bien m'excuser...

— C'est complètement dingue, lâcha Laurie quand son père fut parti.

Sérieusement éprouvée, Miriam regarda Charles.

— Je crois que tu ferais mieux de partir, toi aussi.

— Je viendrai te chercher à dix-neuf heures trente.

Tout le monde avait les yeux braqués sur Miriam et attendait qu'elle l'envoie promener.

Mais les choses n'étaient pas aussi simples.

— Bien. À dix-neuf heures trente.

Elle soutint son regard qui n'avait, chose remarquable, pratiquement pas changé après toutes ces années.

— C'est du chantage, marmonna Laurie.

Charles, qui allait partir, se retourna avec un grand sourire.

— Peut-être, mais étant donné les circonstances, c'est de bonne guerre, vous ne trouvez pas ?

Leonie le raccompagna jusqu'à la porte. Quelques instants plus tard, elle réapparut dans le jardin en criant :

— C'est bon, il est parti !

Miriam se mit à trembler et, comme elle se sentait incapable d'affronter sa famille, alla se réfugier dans la cuisine sous prétexte de chercher une autre bouteille de gin.

Leonie y était déjà et venait d'allumer la bouilloire.

— Quel renversement de situation ! Cela vous a fait quoi de le revoir ?

— Question stupide.

Le ton sec de Miriam cachait le tourbillon d'émotions auquel elle était en proie.

— Qui l'eût cru ? Surtout venant de vous. Bigame ! Et voleuse, de surcroît !

— Leonie, ça suffit.

— Et ce pauvre vieil Edward qui se demande toujours pourquoi vous refusez de l'épouser. Vous avez vu comment il a posé sa main sur son cœur en se levant ? L'espace d'une seconde, j'ai cru que la même chose allait se reproduire. Vous ne trouvez pas que ç'aurait été une ironie du sort ?

— Voulez-vous bien baisser d'un ton ?

— D'accord, d'accord. Je disais simplement que ç'aurait été une incroyable coïncidence, c'est tout. D'abord Josephine, ensuite Edward… Qu'un membre de la famille Welch meure, ce n'est pas de chance, mais que deux personnes meurent, là, ça devient carrément suspect.

— Leonie, la ferme !

— Allons, ne vous énervez pas. Je n'arrive pas à croire que vous n'ayez jamais rien dit à Edward. Ce n'est pas comme si vous l'aviez fait exprès. D'ailleurs, quand on y songe, il est aussi coupable que vous dans cette affaire.

La porte de la cuisine s'ouvrit brusquement, découvrant Laurie et Nadia, pâle comme un linge.

— Quelle est donc cette chose dont elle n'arrive pas à croire que vous n'en ayez jamais parlé à Edward ? demanda calmement Laurie.

54

Nadia fut obligée de s'asseoir. Elle n'en croyait pas ses oreilles. Avec l'aide de Leonie – et aussi parce qu'elle n'avait plus vraiment le choix –, Miriam déballa toute l'histoire. S'il n'était un secret pour personne que les parents de Laurie n'avaient pas formé le plus heureux des couples, nul n'avait jamais soupçonné l'étendue des talents destructeurs de Josephine. Rendre Edward malheureux avait été la seule joie de cette dernière, ce qui ne l'empêchait pas de jouir du statut d'épouse d'un éminent neuropsychiatre. Bien décidée à ménager les apparences, elle avait tout bonnement refusé d'envisager le divorce. Edward, au bout du rouleau, avait fini par chercher le réconfort auprès de Miriam. Comme on pouvait s'y attendre, quelques mois plus tard, ils étaient tombés amoureux l'un de l'autre, et une liaison discrète avait commencé.

— Pas suffisamment discrète cependant, reconnut Miriam. Elle a fini par tout découvrir. (Et ce, à sa plus grande honte, à cause d'une boucle d'oreille en émeraude retrouvée par Josephine dans le lit d'Edward.) C'est pourquoi Josephine m'a demandé de venir chez elle, un jour qu'Edward était au travail. Nous étions dans le jardin et elle m'a fait une scène. C'était épouvantable. Elle me criait dessus, devenait de plus en plus rouge, hurlait que j'avais détruit son mariage, me traitait de tous les noms. Comme je l'avais bien mérité, je ne disais rien, ce qui la rendait d'autant plus furieuse. Alors... ô, mon Dieu... alors brusquement elle a manqué d'air, et ses mains se sont crispées sur sa poitrine pendant une seconde, peut-être moins. Puis elle s'est effondrée par terre et tout était fini. Elle était morte. J'ai vérifié. Je ne pouvais rien faire pour elle.

Les yeux pleins de larmes, Miriam marqua une pause, sans pouvoir affronter le regard de Laurie.

— Puis Leonie est arrivée. Elle était venue chez nous et attendait que Tilly rentre de l'école, quand elle a entendu les cris de Josephine. Elle est venue voir ce qui se passait et a tout entendu. Nous avons appelé la police et je lui ai fait promettre de ne jamais parler à personne de cette querelle. Je ne voulais pas qu'Edward se sente encore plus malheureux. J'ai raconté aux ambulanciers que Josephine m'avait invitée à admirer son jardin... Il est vrai qu'au début, j'avais cru que telle était la raison de son invitation...

Nadia était sous le choc, le visage de Laurie n'était plus qu'un masque. James d'abord, puis Tilly et Clare avaient entre-temps rejoint la cuisine et écoutaient, incrédules.

Enfin, Miriam parvint à trouver le courage de regarder Laurie en face.

— Je regrette.

Il ne dit mot. Nadia sentit ses propres ongles s'enfoncer dans ses mains. Un silence de mort régnait dans la cuisine.

Leonie en profita pour s'écrier :

— Mais ce n'est pas comme si elle l'avait fait exprès ! Une crise cardiaque comme celle-là peut arriver n'importe quand. D'ailleurs, Miriam est rongée par la culpabilité. Voilà pourquoi elle n'a jamais épousé Edward – ce qui d'ailleurs, à mon avis, est complètement ridicule...

— J'avais du respect pour vous, dit Laurie à Miriam. Comme tout peut changer en un jour… Il vaudrait mieux que quelqu'un aille voir mon père. Je ne trouverais pas normal, figurez-vous, qu'il soit le dernier à l'apprendre. Voulez-vous que j'aille lui expliquer dans quelles circonstances exactes sa femme est morte ?

Miriam ferma les yeux et secoua la tête.

— Non. Je vais le lui dire moi-même.

— Sortons d'ici, déclara Laurie quand Miriam eut traversé la rue et que Leonie fut partie avec Tilly pour Brighton.

— Vous n'allez pas me laisser toute seule, protesta Clare. Je peux venir avec vous ?

Laurie fit semblant de réfléchir, puis répondit :

— Comment faut-il te dire que la réponse est *non* ?

— Bon, je sors. Je vais voir Annie, annonça James, qui agitait nerveusement ses clefs de voiture.

— Croise les doigts, dit Clare.

— Pourquoi ?

— Annie ne voudra peut-être plus de toi lorsqu'elle apprendra que le mariage de tes parents est nul et non avenu, ce qui fait de toi un enfant illégitime…

Laurie conduisait comme un fou sur les routes étroites, et Nadia dut se cramponner à son siège. Dans les environs de Winterbourne, il s'arrêta devant un hôtel de campagne envahi par la glycine.

— Pardon, mais je me voyais mal dormir chez moi ce soir. Ça te va ?

Nadia hocha la tête et lui pressa la main. Elle se sentait terriblement désolée pour lui.

— J'aurais dû acheter l'une de ces maisons.

Il avait fait une offre pour la maison de Clarence Gardens, mais Jay ne voulait pas baisser le prix.

— C'est un comble d'être obligé de descendre à l'hôtel pour avoir un peu la paix… Je n'arrête pas de revoir cette scène, tu sais. Ma mère en train de se quereller avec Miriam. Quand quelqu'un meurt, tu vois la scène, tu te la repasses, encore et encore. Et maintenant, on dirait que je vais être obligé de tout recommencer.

— Allons, viens voir s'il y a une chambre pour toi.

— Tu ne vas tout de même pas me laisser seul ? Je préférerais que tu restes. Je sais que ce n'est pas très drôle, mais… j'ai vraiment besoin de compagnie.

Nadia compatissait de tout cœur. Laurie, de toute évidence, passait un sale moment. Comment l'abandonner après une telle journée ? Elle leva les yeux vers la façade de l'hôtel, couleur miel.

— Tu crois qu'ils vendent des brosses à dents ?

— Allons prendre une chambre. Je suis crevé. Franchement, je n'ai envie que d'une chose : me coucher.

Bien entendu, cette déclaration s'avéra un gros mensonge. Ce que Laurie voulait vraiment, c'était coucher *avec elle*.

Or, étant donné les circonstances, songea Nadia lorsque ce fut terminé, comme aurait-elle refusé ?

Il avait besoin d'être réconforté, de se faire remonter le moral. Du contact intime et rassurant d'un autre corps.

En outre, le célibat n'était pas une chose saine pour les filles non plus.

Allongée sur le dos, elle reprenait son souffle en contemplant le plafond.

— Tu vois ? murmura-t-il contre son épaule. J'étais sûr que tu saurais me faire du bien.

Quand il posa à nouveau sa bouche chaude et douillettement familière sur la sienne, elle s'abandonna à ce pur plaisir. Leurs corps s'entendaient à merveille, comme d'habitude. Chacun connaissait les goûts et les aversions de l'autre. Faire l'amour avec Laurie avait toujours été quelque chose de magique.

Soudain, elle se rendit compte qu'il la fixait.

— Qu'y a-t-il ?

— Rien. Es-tu heureuse que nous soyons venus ici ?

— Tu veux dire que tout cela était prémédité ? Aurais-tu fait semblant d'être bouleversé ?

— Bien sûr que non. Je n'avais rien prémédité, je le jure. Mais, je l'avoue, dès que je me suis garé devant cet hôtel, je me suis dit que c'était peut-être la chance de ma vie.

Nadia sourit, elle aussi.

— Et je suis tombée dans le panneau.

— Allons, tu m'as fait attendre suffisamment longtemps. Je commençais à m'inquiéter, je t'assure. Et maintenant, j'ai deux choses à te dire.

— Vas-y.

— Je t'aime...

Il l'embrassa à nouveau.

— ... et j'ai sacrément faim.

— Il y a un restaurant au rez-de-chaussée, dit Nadia en se débattant, tandis qu'il fourrait son nez dans l'endroit le plus chatouilleux de son cou.

— La barbe. Il faut se rhabiller. Et on n'a pas le droit de faire l'amour entre chaque plat. Je trouve plus prudent de nous faire monter quelque chose.

— Nous risquons moins de nous faire verbaliser, concéda Nadia.

Quand il eut commandé leur dîner, Laurie contempla le combiné encore dans sa main.

— Je devrais appeler p'pa, pour voir comment il va. Mais je n'en ai pas le courage. Pas ce soir.

— Alors ne l'appelle pas.

Nadia saisit le téléphone et composa son propre numéro.

— Ce sont des adultes. Laissons-les régler leurs problèmes... Salut, c'est moi. Y a-t-il des morts ? Bon, parfait. Oui, Laurie va bien aussi. Nous sommes descendus au Hutton Hall. Il a besoin de prendre un peu de recul. Nous rentrons demain, d'accord ? Appelez-moi en cas d'événement grave.

— Mais en cas d'événement grave seulement. Pour tout vous dire, nous préférerions ne pas être dérangés, ajouta Laurie qui s'était emparé du combiné.

À l'autre bout du fil, Clare poussa un cri de ravissement.

— Espèce de salaud ! Tu es nu, je parie. Je l'entends à ta voix.

— Libre à toi de penser ce que tu veux. Je ne peux malheureusement pas divulguer une telle information.

— Vous l'avez enfin fait. Il était temps !

— Je sais. Heureusement, ça valait le coup d'attendre.

D'attendre... d'attendre... Oh, flûte !

— Hé, fit Laurie comme Nadia essayait de s'échapper. Où vas-tu ?

Il la rattrapa par la taille. Elle venait juste de se rappeler que son portable était resté dans son sac et que Jay avait promis d'appeler. Avec tous ces événements, elle l'avait complètement oublié.

— Je veux juste vérifier si je n'ai pas de message sur mon portable.

Mais comment y en aurait-il puisque, son téléphone étant à moins de deux mètres, elle l'aurait entendu sonner si Jay l'avait appelée ?

— Peut-on savoir de qui tu attends un appel ?

— De personne.

En fin de compte, il valait plutôt mieux qu'il n'ait pas appelé. Elle aurait été obligée de décliner son invitation. De l'avis général, courir vers un homme alors qu'on vient de quitter le lit d'un autre n'était pas très comme il faut.

— Tu as couché avec lui ?

— Avec qui ?

Mais comment s'y prenait-il pour lire dans ses pensées ?

— Allons, tu sais parfaitement de qui je veux parler. Ton patron. Celui avec lequel je t'ai conseillé de coucher.

Nadia secoua la tête. Avec les yeux de Laurie posés sur elle, heureusement qu'elle n'avait pas besoin de tergiverser.

— Non.

— Tant mieux. Ça me fait plaisir.

Elle aperçut l'heure sur la montre de Laurie.

— Miriam est en compagnie de Charles Burgess, à l'heure qu'il est. Je me demande comment ça se passe…

Laurie la repoussa sur les oreillers.

— Cessons de nous faire du souci pour les autres. Concentrons-nous sur nous deux.

Le téléphone de Nadia n'était pas dans son sac. En déambulant dans le jardin pour ramasser les reliefs de la fête, Clare, qui avait vaguement commencé à empiler verres et assiettes, entendit soudain la sonnerie familière et aperçut l'appareil dans l'herbe, sous la table.

Tout lui semblant préférable au fait de jouer les serveuses, elle abandonna ses verres et répondit.

— Allô ?

— Enfin ! Voilà une heure que je laisse des messages. Pourquoi ne m'avez-vous pas rappelé ?

— Parce que ce n'est pas Nadia à l'appareil. Vous avez l'immense privilège de parler à sa merveilleuse et ô combien plus talentueuse sœur ! Et ce, bien que vous ne le méritiez aucunement, étant donné que vous n'avez acheté aucun de mes sublimes chefs-d'œuvre. Voyez comme je suis magnanime et prête à vous pardonner.

— Justement, j'y ai repensé aujourd'hui. Nous pourrions peut-être conclure un arrangement. Pourrais-je parler à Nadia ?

— Elle n'est pas là. Il est arrivé un tas d'événements étranges aujourd'hui, vous n'en croiriez pas vos oreilles. Bref, Nadia est partie avec Laurie passer la nuit dans un hôtel chic à la campagne. Elle a appelé tout à l'heure depuis leur chambre, et permettez-moi de vous dire qu'ils n'étaient pas en train de feuilleter la Bible. À quelle sorte d'arrangement pensiez-vous ?

Il y eut un silence. Puis Jay demanda :

— Pardon ?

— Vous disiez que nous pourrions conclure un arrangement. Pourriez-vous entrer dans les détails ? Il s'agit d'une sorte d'avance ?

— Oui, mais…

— Génial ! J'ai toujours su que vous aviez du goût. Écoutez, je ne fais rien de particulier ce soir. Pourquoi ne passeriez-vous pas pour bavarder un peu et m'expliquer votre idée ?

— Eh bien, euh…

— Allons, tout le monde est sorti et j'ai horreur de rester seule. Et si vous êtes bien sage, je vous dirai tout sur la bigamie de Miriam.

55

— Et voilà, conclut Clare lorsqu'elle eut fini de révéler l'affaire dans ses moindres détails à Jay Tiernan. Qui l'eût cru ? Miriam, le Robin des Bois de Bristol ! Sauf qu'elle n'a volé les riches que pour remplir ses propres poches. Je brûle de voir comment elle va se sortir de ce pétrin. Un autre verre ?

— Non, merci. Je ne peux pas rester.

Jay secoua la tête, et Clare se demanda pourquoi elle n'avait jamais été frappée par la séduction qui émanait de lui. Ou plutôt, elle s'en était bien aperçue, mais à l'époque cela n'avait pas d'importance. D'abord, parce qu'elle avait Piers. Ensuite, parce qu'elle était enceinte. Puis, étant donné l'attitude ambiguë de Nadia envers Jay, elle appliquait la règle selon laquelle on ne doit pas envisager de s'engager dans une relation avec un homme sur lequel sa propre sœur a potentiellement des vues.

Du moins, si l'on tenait à conserver une certaine intégrité physique...

Or, à présent que Nadia avait enfin pris une décision et choisi Laurie, cette règle devenait caduque. Avec ses yeux noisette, Jay Tiernan était carrément beau. Et c'était beaucoup plus son type d'homme que celui de Nadia.

— Et maintenant, à votre tour. De quel genre d'avance s'agit-il ? dit-elle en remplissant son propre verre à l'aide d'une des bouteilles oubliées sur la table du jardin.

Jay se cala sur son siège et passa une main dans ses cheveux.

— Eh bien, Nadia m'a dit que vous faisiez des portraits.

— En effet.

— Êtes-vous douée ?

— Vous ne manquez pas de culot ! Un peu, que je suis douée !

— Bon. J'ai besoin d'un portrait. C'est une sorte de tradition familiale. Ma mère a fait faire un portrait d'Anthony et moi lorsque nous étions bébés, et je me demandais si vous pourriez faire ce genre de choses. Mon neveu est né ce matin. C'est le fils de mon frère.

Clare hocha la tête d'un air compréhensif.

— Nadia m'a raconté. Comment va Belinda ?

— Plutôt bien, étant donné les circonstances. Et le bébé est incroyable. Alors, qu'en pensez-vous ? Pourriez-vous travailler d'après photos, ou pensez-vous que ce serait trop...

— Venez, suivez-moi. Je vais vous montrer quelques-unes de mes productions, dit-elle en se levant.

Une fois dans sa chambre, elle lui mit entre les mains ses carnets de croquis.

— C'est très bon, reconnut Jay. La seule chose qui me chiffonne, c'est qu'il est possible que Belinda ne soit pas chaude pour ce projet. J'aimerais lui faire la surprise, mais certaines personnes n'aiment pas exposer le portrait des membres de leur famille. Ce que je veux dire, c'est que je serais plus qu'heureux de payer ce portrait cinq cents billets, mais que je ne voudrais pas qu'elle se sente obligée de l'accrocher chez elle uniquement parce qu'elle saura combien il a coûté.

Tout en parlant, il avisa près de la fenêtre le chevalet sur lequel Clare avait laissé son dernier tableau en cours.

— Très joli, commenta-t-il.

Aux trois quarts fini, ce tableau, qui représentait une fête foraine, était selon elle l'un de ses meilleurs.

— Je vais l'intituler *Faisons un tour*. Écoutez, j'ai une proposition à vous faire. Je pourrais vous faire ce portrait à l'huile ou à la gouache pour cinq cents unités, mais ce n'est pas le meilleur moyen d'obtenir quelque chose de vraiment ressemblant. Quant à l'aquarelle, c'est toujours un peu fade. Un dessin au crayon vous donnera un bien meilleur résultat, dit-elle en lui montrant un croquis de Tilly lisant un livre, recroquevillée dans la balancelle. Pourquoi ne pas choisir cette solution ? De cette façon, si Belinda ne raffole pas de ce portrait, elle n'aura pas à se sentir coupable, car il ne vous aura rien coûté.

— Pourquoi ne me coûterait-il rien ? Je tiens à vous payer.

— Non. Je ferai ce dessin pour rien. De sorte qu'il vous restera tout plein de votre bel argent pour acheter l'un de mes magnifiques tableaux.

— *Faisons un tour,* par exemple ?

— Je dirais plutôt, faisons affaire.

— D'accord. Marché conclu.

— Vous ne serez pas déçu.

Clare frôla le bras de Jay et en frissonna de plaisir. Puis elle referma son carnet de croquis et le jeta sur le lit.

Si nous fêtions cela en nous arrachant mutuellement nos vêtements et en nous lançant dans des étreintes débridées ?

Du moins, c'est ce que son regard suggérait. Sa bouche, sur un mode plus sage, proposa :

— Si nous levions notre verre pour fêter ça ?

— Je préfère m'abstenir. Il faut que je rentre, dit Jay avec un sourire qui semblait décliner à regret son offre muette.

Devant la porte d'entrée, Clare s'arrêta. Bon, s'il n'était pas question de coucher ensemble, cela n'empêchait pas de s'embrasser. Juste pour amorcer la conversation, pour ainsi dire.

Comme elle tendait le bras pour ouvrir la porte, elle sentit son court corsage remonter, dévoilant un peu plus son buste. Le tirer vers le bas eut pour conséquence d'offrir un affriolant aperçu de la naissance de ses seins bronzés et de son soutien-gorge fuchsia. Elle s'adossa à la porte ouverte en adressant son sourire le plus tentateur à Jay, qui allait être obligé de se frotter contre elle pour sortir.

— À bientôt, dit-il. Je passerai vous apporter les photos d'ici à quelques jours.

— C'est un plaisir de faire affaire avec vous.

Clare releva le visage, juste assez pour lui permettre de déposer un baiser sur ses lèvres entrouvertes.

Mais ce salaud n'en fit rien.

— Dites à Nadia que je l'appellerai demain, conclut-il en se frayant adroitement un passage au ras du nombril dénudé de Clare.

— Je le lui dirai. Mais si elle s'est enfermée dans une chambre d'hôtel avec Laurie, Dieu seul sait quand elle reviendra.

La salle de restaurant de l'hôtel était l'un de ces endroits chic et feutrés où l'on se parle en murmurant, tout en prenant soin de ne pas faire tinter ses couverts dans l'assiette. La clientèle, elle aussi, avait un côté feutré, une mise élégante, et appréciait le cadre en silence.

Ce n'était pas l'endroit pour faire une scène, ce qui rassurait grandement Miriam. En apercevant son reflet sur les murs recouverts de miroirs, elle songea au beau couple que formaient Charles et elle. Qui eût deviné, à les voir déguster leur repas, la raison qui les amenait ici ?

— Pourquoi souris-tu ? s'enquit-il.

— Oh, tout cela me laisse songeuse. Si nous avons l'air d'un couple ordinaire, moi la femme bigame et toi l'époux que j'ai quitté il y a cinquante ans, imagine quels secrets doivent cacher tous ces gens.

— Tu n'as jamais eu l'air d'une femme ordinaire, protesta Charles en reposant sa fourchette. Tu n'as absolument pas changé. Parle-moi de celui que tu as épousé. Quel genre d'homme était-ce ?

Quel genre d'homme avait été Robert Kinsella ?

— Un homme bien, sûr. Je savais qu'il ne me laisserait jamais tomber. Il me plaisait et c'est pourquoi je l'ai épousé. Puis j'ai appris à l'aimer. Il était tendre et loyal. Ce fut un époux merveilleux. Et toi ?

— Moi aussi, j'ai été un époux merveilleux. Mais tu ne m'as pas fait confiance.

Miriam esquissa un sourire. Maintenant que la famille n'était plus là pour les regarder, il était plus facile de se détendre.

— Je voulais savoir quel genre de femme tu avais épousée.

— Tout le contraire de toi. Une femme bien, sûre. Je savais qu'elle ne viderait pas notre compte en banque pour prendre la fuite.

Touché.

— Lui as-tu été infidèle ?

— Jamais. Je ne t'aurais pas été infidèle non plus, Miriam. Quand tu es partie, j'ai eu envie de mourir. Tu m'as déchiré corps et âme. La seule raison qui m'a empêché de me tirer une balle dans la bouche, c'est que je continuais d'espérer ton retour. Puis je me suis remarié, mais ce n'était pas la même chose. Il n'y avait pas cette étincelle. Ma femme a toujours su qu'elle n'était qu'un pis-aller. Pauvre Emily : elle a vécu dans la crainte de toi. Elle redoutait qu'un jour tu n'apparaisses à notre porte, surgissant de nulle part pour livrer notre vie au chaos.

— C'est exactement ce que tu m'as fait cet après-midi.

— Je sais. Ce n'était pas prévu, mais je suis heureux que les choses se soient passées ainsi, devant ta famille. Cela s'appelle rétablir l'équilibre. Tu ne pouvais espérer t'en tirer à bon compte, après m'avoir fait ce que tu m'as fait.

— Je me demande si Edward me pardonnera jamais…

— Je me demande si j'ai envie qu'il te pardonne. Qui se soucie de ce qu'il pense ? Miriam, je suis sérieux, dit Charles en lui prenant la main. Je sais que j'ai soixante-douze ans, des cheveux grisonnants, des articulations qui commencent à faire des leurs, mais en cet instant, j'ai vingt-deux ans…

Il lui prit la main et la plaqua sur sa poitrine, contre sa chemise amidonnée.

— Là-dedans, rien n'a changé. Lorsque je t'ai vue tout à l'heure, mon cœur s'est mis à battre plus vite. Et c'est encore le cas en ce moment même. Tu n'es pas mariée à Edward. Mais moi, tu m'as épousé. En disparaissant, tu as commis une erreur monumentale, et je crois que tu l'as compris. Je crois même que tu commences à éprouver des regrets.

Tes grands yeux bruns te trahissent. Tu n'as jamais pu me cacher quoi que ce soit.

— Sauf moi-même. Ainsi qu'une somme rondelette.

Ce rappel eut pour effet de le faire éclater de rire, et de leur faire momentanément oublier à tous les deux que ce qu'il venait de dire était bigrement vrai.

Comme Robert, son deuxième mari, Edward était charmant, bien élevé : c'était un authentique gentleman de A à Z. Mais, auprès de lui, elle ne ressentait pas ce qu'elle ressentait ici, en compagnie de Charles. Elle croyait pourtant avoir réussi à le lui cacher, mais dans sa jupe de soie noire, elle bouillait comme une jeune fille de vingt ans.

— Alors ? Me trompé-je ? fit-il sans lui lâcher la main.

L'avantage, quand on a soixante-dix ans, c'est qu'on n'a plus à craindre de rougir. Cela n'était plus arrivé à Miriam depuis des dizaines d'années.

— Lorsque je t'ai quitté, j'ai tout fait pour t'oublier. Bien qu'anéantie, je m'efforçais de penser que j'étais mieux sans toi. Je n'ai pas eu une existence malheureuse. Robert était un homme merveilleux. J'ai une famille formidable. Je sais que je n'ai pas toujours rendu les choses faciles à Edward, mais nous avons été heureux ensemble, vraiment.

Mis à part l'épisode au cours duquel sa femme avait découvert leur liaison et était tombée raide morte dans ses bras... Mis à part, aussi, le fait que pour se punir, elle n'avait plus jamais accepté de coucher avec Edward.

— Je n'ai pas envie que tu me parles de ton bonheur passé. Seul l'avenir m'intéresse. J'ai soixante-douze ans. Qui sait combien de temps il nous reste encore ? J'ai envie de passer le restant de mes jours auprès de toi.

— Mais enfin, Charles, n'as-tu donc pas suffisamment souffert ?

Miriam sourit à travers des larmes soudaines. Dire que sa vie aurait pu être tout autre. Si elle n'avait pas rencontré Robert Kinsella, elle n'aurait pas donné naissance à James...

— Je n'ai jamais cessé de t'aimer, insista-t-il.

De nouveau, Miriam avait dix-huit ans, son cœur battait comme un fou, des sensations étranges lui nouaient l'estomac. Personne d'autre ne lui avait jamais fait éprouver cela. Seigneur, qu'avait-elle fait à ce pauvre Charles ? Convaincue qu'il avait une liaison avec Pauline Hammond – et ce, en grande partie à cause de Pauline elle-même –, elle n'avait jamais songé qu'elle avait peut-être commis une terrible, une effroyable erreur.

Que faire à présent ? Une chose était sûre : Edward ne voudrait plus jamais entendre parler d'elle, après ce qui s'était passé aujourd'hui.

— À quoi penses-tu ? demanda-t-il.

Bonne question. Elle pensait que, peut-être, Charles méritait qu'elle lui accorde une seconde chance ; qu'elle devait tenter d'effacer le mal qu'elle lui avait fait.

Mais en serait-elle seulement capable ?

— Comme c'est bon de te revoir, Charles, murmura-t-elle d'une voix cassée par l'émotion.

Il sourit et des rides plus profondes se dessinèrent au coin de ses yeux.

— Ce n'est rien à côté du plaisir que j'ai à te retrouver, très chère.

56

— T'as pas le droit de me dire ce que je dois faire : t'es pas ma mère !

— Et je suis foutrement heureuse de ne pas l'être, sale mioche pourrie ! Mais j'ai parfaitement le droit de t'interdire de voler dans mon sac.

— Je te déteste !

— Pas autant que moi !

La violente querelle qui avait éclaté entre Leonie et Tamsin s'était poursuivie ainsi quelques minutes ; les insultes fusaient de part et d'autre dans une dangereuse surenchère qui, Tilly en était convaincue, allait finir par des gifles. Apeurée, elle avait dû rester en retrait pour observer la scène. Finalement, Brian était rentré et avait entraîné sa fille, furieuse et cramoisie, dans sa chambre.

Vingt minutes plus tard, il en ressortait avec elle et l'obligeait à présenter ses excuses à Leonie.

— Cette enfant traverse une période difficile, avait plus tard confié cette dernière à Tilly, en la déposant à la gare.

Puis, prenant sa fille dans ses bras :

— Peu importe, ma chérie : tout ira tellement mieux quand tu habiteras ici. Lorsque tu seras là pour la surveiller, tout sera différent.

Tel n'était pas l'avis de Tilly. Tamsin ne l'avait jamais écoutée. L'avenir à ses côtés lui faisait peur, et elle ne cessa pas un instant d'y songer durant le voyage de retour.

Et voilà : le moment était venu de faire ses bagages et ses adieux. Samedi matin, Leonie viendrait la chercher, refermant ainsi le chapitre de sa vie à Bristol…

Quelqu'un allait-il la regretter ?

Probablement non. Pour le moment, tout le monde semblait avoir largement de quoi s'occuper. Ainsi que le lui avait fait remarquer Leonie avec une satisfaction certaine, même si les autres faisaient bonne figure et se prétendaient parfaits, il ne fallait pas les croire : au plus profond d'eux-mêmes, ils cachaient de honteux secrets.

Surtout Miriam, pour la plus grande joie de Leonie.

Le train pénétra dans la gare de Temple Meads et s'arrêta dans un crissement de freins. Tout en regardant à travers la fenêtre sale, Tilly se demanda si quelqu'un était venu la chercher. La veille au soir, elle avait pris soin de préciser l'heure de son arrivée à Clare. Apparemment, cette dernière n'avait pas saisi le message.

Tant pis.

Elle hissa son sac sur son épaule et se fraya un chemin jusqu'à l'arrêt de bus. La pluie commençait à tomber, les nuages gris semblaient s'accorder avec son humeur. Elle avait faim – mais pas assez pour aller faire la queue au buffet de la gare et s'acheter un beignet rassis vendu à prix d'or. Une fois…

Elle poussa un cri. Deux mains lui couvraient les yeux. Pivotant sur elle-même, elle découvrit Cal qui lui souriait.

— Tu m'as fait une de ces peurs ! Comment as-tu su que j'étais là ?

— J'ai appelé chez toi ce matin. Ta sœur m'a dit quel train tu prenais. Je voulais t'attendre sur le quai, mais le bus a eu du retard. J'ai cru que je t'avais ratée…

Oh, Cal, très cher Cal. Comme il allait lui manquer, lui aussi. De peur de se mettre à pleurer ou de dire quelque chose de terriblement gênant, Tilly lui offrit un visage rayonnant. Pas question de passer ses derniers jours à Bristol à geindre et à pleurnicher : c'était le plus sûr moyen de s'assurer que Cal soit pressé de la voir partir.

— Je t'ai rapporté un morceau de rocher de Brighton.

— Tu n'aurais pas dû, fit-il d'un air grave comme elle lui tendait la relique en question avec la solennité qui s'imposait.

— Pourquoi pas ? Tu le vaux bien.

— Je voulais dire que tu aurais pu trouver mieux. Je mérite mieux qu'un caillou foireux – aïe !

Elle venait de le frapper avec le caillou.

— Viens, allons chez moi. Tu es libre aujourd'hui ?

— Je suis à ton entière disposition, plaisanta-t-il.

Tilly détourna vivement le regard, avant que ses larmes ne jaillissent. À aucun prix, sous aucun prétexte, elle ne devait pleurer.

Lorsqu'ils arrivèrent à Latimer Road, tout le monde était sorti.

Hormis Harpo, bien sûr, qui accueillit Tilly par des gloussements suivis d'un long sifflement.

— Tu regardes trop la télé, le gronda-t-elle.

— Oui, ma bonne dame, répliqua l'animal en lui mordillant amoureusement les doigts tandis qu'elle lui offrait du raisin.

— Eh, ne pleure pas, il ne cherchait pas à te faire mal, dit Cal en venant à elle.

— Ce n'est pas Harpo. C'est juste… Ô, mon Dieu… je n'ai pas envie de partir. J'aime trop cette famille. Je n'ai pas envie d'aller vivre à Brighton.

— T'as une chouette culotte. Dommage que t'aies pas de plus jolies fesses, fit Harpo du haut de son perchoir.

— J'aime même Harpo, bien qu'il soit bête comme ses pieds.

— Ça, c'est vrai. Il a tort à propos de tes fesses.

Agenouillé près d'elle, Cal décolla les mains de Tilly de son visage baigné de larmes.

— Allons, arrête. Il n'y a pas de quoi pleurer.

C'était bien la preuve de la bêtise masculine, songea Tilly. Parce que, justement, il y avait vraiment de quoi. Et comme pour le prouver, les larmes jaillissaient de ses yeux, son nez commençait à couler et à ronfler de façon disgracieuse, comme une tondeuse rétive au démarrage. Doucement, Cal repoussa ses fins cheveux blonds de son visage.

— Tu n'es pas obligée de partir, si tu n'en as pas envie. Ils ne peuvent pas te forcer à t'en aller. Tu n'as qu'à leur dire ce que tu ressens. Si cela te met dans cet état, ils voudront bien que tu restes.

Tilly secoua la tête. C'était vrai, mais cela ne suffisait pas. Qu'ils lui *permettent* de rester, la chose était sûre, car c'étaient de braves gens. Mais ils n'en souhaiteraient pas moins qu'elle s'en aille.

D'ailleurs, sa mère avait vraiment envie qu'elle vienne vivre à Brighton. Elle ne pouvait laisser tomber Leonie.

Elle se frotta les yeux et renifla bruyamment.

— Je pars.

Comme elle jetait un regard désespéré autour d'elle, ses yeux se posèrent sur le bar. Que faisaient les gens, en général, lorsqu'ils traversaient un sale moment ? Au moindre signe de tension, pratiquement tous les adultes de sa famille trouvaient le réconfort dans une bouteille. Peut-être cela l'aiderait-il à se sentir mieux.

— Qu'est-ce qu'il y a ? s'enquit-il en la voyant regarder dans le vide comme un zombie.

— Buvons quelque chose.

— Je vais chercher à boire. Seven Up ou Pepsi ?

— Non, une vraie boisson.

Tilly quitta le sofa et se dirigea vers le bar vitré. Il y avait encore d'autres bouteilles à la cuisine, mais, pour commencer, porto, cognac, whisky, Cointreau et liqueur au rhum et au café suffiraient. Elle tendit un verre à Cal.

— Allez, voyons ce que ces trucs ont de si génial.

— Tu es sûre ? hésita Cal.

— Absolument. C'est pratiquement notre dernière soirée ensemble mais, surtout, fais comme si de rien n'était. Tu n'es pas obligé de boire, si tu ne veux pas.

Quelle cochonnerie que le whisky. Une véritable horreur. Cela vous brûlait la bouche, faisait tousser et avait un goût exécrable. Le cognac aussi. Quel individu sain d'esprit pouvait avoir envie d'ingurgiter des trucs pareils ?

Quant à la liqueur au rhum et au café, ce n'était guère mieux. Tilly allait abandonner quand Cal lui avait expliqué que sa mère la buvait avec du lait. L'adjonction de lait avait considérablement amélioré la saveur de ce breuvage, qui s'était mis à ressembler à une sorte de milk-shake à la chicorée. Le porto n'était pas mal non plus, doux, sucré, avec un goût de jus de raisin concentré. C'était encore meilleur avec de la limonade.

Tout comme le Cointreau, d'ailleurs.

Vers huit heures du soir, le monde commençait à tourner sérieusement autour d'eux.

— Je comprends maintenant pourquoi les gens boivent...

Tilly rit de sa propre diction, à la fois chargée et précise.

— Je me sens déjà mieux. Mes genoux me font drôle. Et toi, est-ce que tes genoux te font drôle ?

— Mes genoux vont bien. Mais mes mains sont trop ! J'ai l'impression d'avoir des régimes de bananes à la place des doigts. Oh, j'ai failli laisser tomber la bouteille. Tiens, elle est vide... Ça va pas contrarier ta grand-mère qu'on ait fini le Cointreau ?

— Nooon. C'est fait pour être bu. Ce serait dommage de laisser passer la date de péremption. De toute manière, elle en a plein d'autres. Tu n'as pas l'impression d'avoir la langue bizarre ?

Cal prit le temps d'étudier la question.

— J'ai l'impression d'avoir la langue de quelqu'un d'autre. Et toi ?

— Moi aussi. P't-êt'qu'elles ont procédé à un échange quand on f'sait pas attention ? Tu as la mienne et j'ai la tienne. Ça te va si j'emporte ta langue à Brighton avec moi ?

Tilly se mit à agiter la langue en riant à gorge déployée. À présent, elle se sentait rudement mieux, même si elle avait la langue d'un autre dans la bouche.

Soudain, ils sursautèrent en entendant une voiture rouler sur le gravier de l'allée.

— V'là quelqu'un.

Dans sa hâte à cacher la bouteille de Cointreau vide, Tilly fit tomber son verre de porto. Désemparée, elle contempla le verre brisé et la tache de liquide qui s'agrandissait sur le tapis.

— Ils vont piquer une crise… Aïe !
— Où est-ce qu'on pourrait se cacher ?
— Saletés de tables ! Pourquoi faut-il qu'elles aient des coins ? Non, pas sous le canapé, ils vont te voir.

Dehors, des portières de voiture claquèrent.

— Vite, passons par la porte du jardin… on sautera par-dessus le mur…

Sauter s'avéra un terme inexact, puisqu'il évoquait une élévation sans effort, dans le style aérien d'une gazelle. Ce ne fut qu'après avoir dûment tâtonné, trébuché et grimpé, que les deux compères finirent par tomber de l'autre côté du mur couvert de lierre, avec la grâce d'un couple d'hippopotames.

Du moins les bouteilles étaient-elles intactes.

— Qu'est-ce que c'est que ce foutoir ? s'exclama Nadia qui de toute évidence venait d'entrer dans le salon.

Puis, haussant la voix pour s'adresser à Tilly qu'elle croyait réfugiée à l'étage :

— Tilly, c'est toi qui as fait ça ? Descends immédiatement !

De l'autre côté du mur, Tilly et Cal rampaient en ricanant, dissimulant leur butin – à savoir une bouteille de crème de cerise et un vieux porto – sous leurs tee-shirts. Ils descendirent la rue et s'éloignèrent de la maison.

À neuf heures, il faisait nuit noire et les bouteilles étaient vides. Tilly, qui commençait à trembler, se rendit compte qu'elle s'était remise à pleurer. Cela n'avait pas cessé de toute la soirée : tantôt elle éclatait de rire avec Cal, à propos de tout et de rien, tantôt elle touchait le fond du désespoir et voulait mourir. Si boire vous mettait dans cet état, ce n'était peut-être pas si génial que ça, tout compte fait.

— Ils me détestent, sanglota-t-elle en s'essuyant, une fois de plus, sur son tee-shirt.

— Mais non, y te détestent pas, fit Cal en lui tapotant la main.

— J'ai sali leur tapis. Ils ont hâte de se débarrasser de moi.

Tilly ne s'était jamais sentie si seule et si mal aimée.

— Je suis une gêne et… Où vas-tu ? T'as encore envie de vomir ?

— Je sais pas.

Cal se redressa et se pencha par-dessus la rambarde du pont.

— J'aimerais bien que ça se décide…

— Vomir ou ne pas vomir, voilà la question, proclama Tilly.

Si elle n'éprouvait pas la moindre nausée, sa tête en revanche tournait, tournait, tournait… comme sur certains manèges à la fête foraine. Lorsqu'elle fermait les yeux, c'était pire encore. Du moins les bouteilles étaient-elles vides. Entre ce qu'ils avaient bu et ce qu'ils avaient renversé, il n'en restait plus rien. Comme elle essayait de se trouver une position confortable, elle se rendit compte que sa vessie était plus que pleine. Le problème avec les ponts de chemins de fer, c'est qu'il n'y avait jamais de W-C intégrés.

— Je ne peux pas rentrer à la maison. Ils vont m'engueuler. Je voudrais mourir…

— Ah, non ! Ah non, ah non… dis pas ça.

Cal, qui avait finalement renoncé à vomir, revint vers elle d'un pas chancelant. Dans l'obscurité, il trébucha contre le pied de Tilly et tomba lourdement, plus ou moins sur elle. À grand renfort de grimaces et de cris, elle le repoussa : ce n'était pas ce qu'il fallait à sa pauvre vessie distendue.

— Ils me détestent. Je suis sûre qu'ils vont faire la fête après mon départ. Et si je ne trouve pas des toilettes dans la seconde, je crois que je vais me faire dessus.

— Voici les toilettes, annonça cérémonieusement Cal en désignant un buisson. Vas-y, je ne regarde pas, je te le promets.

Pour qui la prenait-il ? Tilly se remit sur ses pieds tant bien que mal et se traîna jusqu'au bout du pont. Le coteau qui descendait vers la voie de chemin de fer était interdit par une clôture. Mais si elle enjambait la clôture et descendait quelques pas plus bas, elle pourrait faire pipi en paix, sans que Cal la voie ou l'entende.

Ce qui serait infiniment plus digne.

Elle escalada la grille, atterrit de l'autre côté avec un bruit sourd et se mit à l'abri près de la paroi du pont.

— Qu'est-ce que tu fais ? s'inquiéta Cal.

— Tu le sais bien. Je fais pipi discrètement, comme il sied à une dame, loin des oreilles indiscrètes. Tu ne dois pas écouter.

Elle déboutonna son short et s'installa mi-affalée, mi-adossée, contre le mur. Lorsqu'elle eut adopté une position grâce à laquelle, avec un peu de chance, sa propre urine ne l'éclabousserait pas, elle relâcha enfin ses muscles.

Quelle délicieuse sensation !

— Ça va ?

— Tu pourrais la fermer et me laisser tranquille ?

— Tu n'aurais pas dû passer la clôture.

— Fous-moi la paix. Je remonte tout de suite.

Agacée par sa sollicitude, Tilly entreprit de remonter son short – un peu mouillé, tant pis – et s'avança prudemment sur la pente rocailleuse. Sa tête tournait toujours, elle avait du mal à garder l'équilibre. L'un de ses pieds glissa sur une pierre qui bougeait. Paniquée, elle tendit la main vers le mur. Puis elle poussa un cri : elle venait de faire une mauvaise chute sur le dos.

Ensuite, ce fut l'irrésistible glissade le long de la pente rocailleuse. Sa tête heurtait le sol et rebondissait tandis qu'elle se débattait, telle une poupée désarticulée, en hurlant de peur et de douleur, jusqu'en bas.

57

Nadia passa la porte des urgences à une vitesse supersonique. Quand l'hôpital l'avait appelée, elle avait eu la peur de sa vie.

— Ma sœur est ici, c'est une ambulance qui l'a amenée, on l'a retrouvée sur une voie de chemin de fer, bredouilla-t-elle à la réceptionniste. Elle s'appelle Tilly Kinsella.

Une infirmière qui passait par là reconnut le nom.

— La petite de treize ans ? On est en train de lui faire un lavage d'estomac. Asseyez-vous, quelqu'un va venir vous voir dans quelques instants.

— Un lavage d'estomac ? Vous voulez dire qu'elle a fait une *overdose* ?

— Non, il s'agit plutôt d'un excès de boisson. Les médecins ont eu du mal à s'occuper de ses blessures : elle s'est montrée plutôt... disons, peu coopérative.

— Je ne peux pas la voir tout de suite ?

— Soyez patiente. Il y a un ami à elle, là-bas. Il est venu ici avec elle.

— Cal, dit Nadia en apercevant l'adolescent au fond de la salle d'attente.

— Je regrette, je suis tellement désolé, ce n'est pas ma faute...

Livide, débraillé et, de toute évidence, très saoul lui aussi, il poursuivit en geignant :

— Je lui ai dit de ne pas escalader cette clôture, mais elle n'a rien voulu entendre. Ensuite, elle est tombée et a atterri sur les rails. J'ai réussi à la tirer à l'écart, mais elle avait du sang sur le visage et j'ai cru qu'elle était morte. J'ai dû la laisser pour aller téléphoner à la maison la plus proche… Mais le docteur dit qu'elle n'a que des coupures et des bleus, et qu'elle va se remettre…

— Cal, Tilly n'a que treize ans. Elle ne boit jamais. Comment tout cela est-il arrivé ?

— Ce n'est pas moi qui l'y ai poussée. Tilly voulait se saouler. Elle était vraiment dans tous ses états, je n'arrivais pas à l'empêcher de pleurer. Alors elle a ouvert une première bouteille en disant que peut-être, en buvant, elle se sentirait mieux. Ce n'est pas moi qui ai eu cette idée, je vous le promets !

Tout dépenaillé et couvert de boue, Cal faisait peur à voir. Il avait les yeux rouges, empestait l'alcool et la menthe forte, avec quelques relents de vomi.

— Pourquoi était-elle dans tous ses états ? Et pourquoi pleurait-elle ?

— Parce qu'elle ne veut pas partir à Brighton. Elle n'a pas envie d'aller vivre avec sa mère, Tamsin et Brian. Elle veut rester ici, avec vous tous.

— Tu en es sûr ? Dans ce cas, pourquoi s'en va-t-elle ? Pourquoi ne reste-t-elle pas ? *Pourquoi* ne nous a-t-elle rien dit ?

— Parce qu'elle pense que vous voulez vous débarrasser d'elle.

— *Pardon ?*

Cal baissa les yeux.

— Elle pense qu'elle est de trop. Qu'elle vous gêne. Elle a dit que vous la détestiez tous. Mais moi, je lui ai dit qu'elle se trompait.

Nadia se sentait mal, hébétée.

— Vous pouvez venir voir Tilly, annonça l'infirmière.

— Je vais attendre ici, marmonna Cal, presque en larmes.

Nadia fourra la main dans sa poche et en sortit deux pièces d'une livre qu'elle glissa dans sa main.

— Va t'acheter quelque chose à boire, dit-elle en désignant un distributeur. Et contente-toi d'un Coca, cette fois.

Lorsqu'elle aperçut Tilly sur son lit étroit entouré d'un rideau, Nadia sentit sa gorge se serrer. Les draps étaient tout froissés, comme si elle avait livré combat contre les infirmières. Elle était aussi blanche que sa chemise d'hôpital, en dehors des bleus et d'une balafre de belle taille sous l'œil gauche.

Nadia déposa un baiser sur son front. Tilly ouvrit les yeux, et son visage prit aussitôt une expression navrée.

— Je suis désolée d'avoir cassé ce verre… les saletés sur le tapis…

— Arrête. Comment te sens-tu ?

Tilly s'humecta les lèvres.

— Horrible. Ils m'ont enfilé un tuyau dans la gorge. J'ai frappé l'un des médecins. J'ai un mal de tête affreux et j'ai mal au dos, et mon tee-shirt est couvert de sang et de boue. Je suppose que tu m'en veux ?

— Ne sois pas idiote. Tu m'as fait une belle frayeur, murmura Nadia en lui caressant la main. Pourquoi t'es-tu saoulée ?

Le visage de Tilly se ferma, et elle détourna la tête.

— Sans raison particulière. Juste pour voir ce que ça ferait.

— Cal est dans le couloir. Il m'a répété ce que tu lui as dit. Est-ce que c'est vrai, Tilly ? Est-ce que tu pars pour Brighton uniquement parce que tu penses que nous ne voulons plus de toi ?

Une larme coula des yeux fermés de Tilly.

— Parce que je peux te dire que c'est des foutaises ! Comment as-tu pu ne serait-ce qu'imaginer une chose pareille ? Nous t'aimons, Tilly ! Nous préférerions tous que tu restes. Tu ne le sais donc pas ?

Les larmes coulaient maintenant en abondance, jusque dans les oreilles de Tilly.

— Personne ne me l'a dit. Tout le monde avait l'air content, comme si ça leur était égal. Vous disiez tous que c'était à moi de choisir.

Nadia lui tendit un mouchoir en papier.

— Tiens, essuie tes oreilles. Ma chérie, nous étions obligés de te dire cela. Miriam nous a fait la leçon. Elle nous a interdit de pleurer et d'essayer de te persuader de rester, parce que ça n'aurait pas été honnête. Leonie est ta mère. Si tu veux aller vivre avec elle, nous devons respecter ton choix. Miriam a dit que nous n'avions pas le droit de te culpabiliser.

— Tu crois ? C'est bien vrai ?

— Bien sûr que c'est vrai ! Mais si tu n'as vraiment pas envie de partir, nous n'avons plus à nous inquiéter. Tu peux rester, tout le monde sera content.

Nadia la serra si fort contre elle que Tilly eut l'impression de revivre sa chute sur la pente rocailleuse. Une partie d'elle-même avait envie d'exploser de joie, maintenant qu'elle ne se savait plus rejetée.

Mais un obstacle demeurait.

— M'man ne sera pas contente. Elle sera effondrée. Elle voudrait que nous formions une vraie famille, Brian, elle, Tamsin et moi. Elle a dit qu'elle avait besoin que je vienne... Je ne peux pas la laisser tomber.

Nadia n'en revenait pas du souci que se faisait Tilly pour leur mère. Néanmoins, l'obstacle n'était pas insurmontable.

— Ne t'en fais pas pour cela. Je lui expliquerai tout. Laisse-moi m'en occuper.

Une demi-heure plus tard, James et Annie arrivèrent à l'hôpital. Le docteur apprit à toute la famille qu'étant donné l'intoxication par l'alcool et le fait que Tilly avait brièvement perdu connaissance à la suite de sa chute, on la garderait en observation jusqu'au lendemain.

Dehors, sur le parking, Nadia tenta de joindre Leonie au téléphone. Mais, apparemment, la ligne était coupée.

Cal la rejoignit, l'air anxieux.

— Que va-t-il se passer maintenant ?

— Deux choses. D'abord, Tilly reste avec nous, à Bristol.

— Génial ! s'émerveilla Cal, malgré sa gueule de bois. Et la deuxième chose ?

— Tes parents vont finir par se demander où tu es passé. Je te raccompagne chez toi.

Tilly fut transférée en pédiatrie, où son haleine fortement alcoolisée contrastait bizarrement avec le papier peint aux motifs de Winnie l'ourson.

— C'est pour les enfants, ici.

— Ça tombe bien : tu es une enfant, lui rappela James, alors qu'Annie fouillait dans son sac.

Finalement, elle en sortit une brosse à cheveux.

— Laisse-moi te démêler les cheveux.

Tandis qu'Annie débrouillait patiemment ses mèches emmêlées, Tilly se détendit peu à peu. James et Annie formaient un merveilleux couple ; on aurait dit qu'ils se connaissaient depuis toujours.

— J'ai gâché votre soirée.

— Tu as treize ans. Les enfants de treize ans sont là pour ça.

— Ça ne vous ennuie pas que je reste, vous en êtes certains ?

— Tilly, arrête. Tu es un membre de la famille. Ta place est parmi nous.

— Mais je ne suis pas parente avec vous. Pas vraiment. Et maintenant que tu as Annie...

— Tu es aussi parente avec moi que Nadia ou Clare. Il n'y a aucune différence. Et il n'est pas question que tu ailles vivre ailleurs. En outre, je te rappelle que je n'aurais pas Annie si tu n'avais pas été là : c'est toi qui as tout manigancé.

— Je suppose, admit Tilly en souriant.

— Sans toi, je continuerais à acheter mon journal tous les soirs chez le marchand de journaux, en me demandant qui peut bien être cette belle fille derrière la caisse.

— Désolé. Je vous ai réveillée ?

Nadia se frotta les yeux. Elle n'avait réussi à dormir qu'une heure, avant que la sonnette de l'entrée ne la tire d'un terrible cauchemar sur la crème anglaise et les trains, dans lequel elle s'accrochait à un chariot d'hôpital d'où tombait du verre brisé... Enfin, ce n'était qu'un mauvais rêve.

Jay, en revanche, était bien réel. Il était neuf heures du matin et il était là, en chair et en os, devant la porte, une enveloppe kraft à la main.

— Entrez. Je vais faire chauffer de l'eau. Ça concerne le nouveau chantier ?

— Non, ces photos sont pour Clare. Elle est là ?

À neuf heures du matin ? Il plaisantait sûrement. Clare n'apparaîtrait pas avant midi, au bas mot.

Nadia prépara le thé et admira les photos du bébé comme il se devait. Si de nombreux nouveau-nés étaient plutôt informes, Daniel, lui, avait d'incroyables sourcils, des yeux bruns immenses et une houppette de cheveux noirs à la Tintin. Clare n'aurait aucune difficulté à faire de lui un portrait reconnaissable au premier coup d'œil.

— Il est magnifique, assura Nadia.

N'est-ce pas ce qu'on dit toujours d'un bébé, même s'il ressemble à un fruit sec déguisé en singe ? Mais Daniel était réellement adorable avec ses longs cils, ses doigts délicats et son petit menton pointu.

— Merci, même si ce n'est pas le mien. À propos, vous avez une tête à faire peur.

— J'ai toutes les raisons d'être dans cet état et bénéficie d'une dispense spéciale.

Elle se laissa tomber sur une chaise en face de lui et lui conta les événements de la nuit.

— Enfin, conclut-elle, tout cela est réglé. Enfin, presque...

Elle sortit son portable et composa le numéro de Leonie. Le même message monotone lui répéta que la ligne n'était plus en service.

— Un problème ?

— Je n'arrive pas à joindre Leonie. Je vais devoir y aller pour lui expliquer ce qui s'est passé. Vous n'avez pas besoin de mes services aujourd'hui, je crois ?

— Je n'ai pas besoin de vous.

Rêvait-elle en croyant déceler comme un léger double sens dans ces paroles ?

— Où est Laurie ?

— Parti emmener son père dans le Kent, chez la sœur de ce dernier. Edward avait besoin de prendre l'air un jour ou deux, et Laurie n'a pas vu sa tante depuis des années. Miriam n'est pas rentrée, la nuit dernière. Elle n'est même pas au courant pour Tilly.

— Vous ne pouvez pas prendre le volant jusqu'à Brighton. Regardez dans quel état vous êtes.

— Merci. La flatterie vous mènera loin.

— Ce que je veux dire, c'est que vous êtes épuisée.

— Je n'ai pas le temps d'être épuisée. J'ai promis à Tilly de m'occuper de… Oh, non!

Elle eut un mouvement de recul pour éviter le café qui coulait sur ses vêtements. Une partie du liquide avait aussi éclaboussé le sol de la cuisine.

— Laissez, dit Jay en allant chercher une serpillière sous l'évier. Je vais nettoyer. Allez prendre une douche et vous changer. Lorsque vous serez prête, je vous emmène à Brighton.

— C'est vrai? fit Nadia, soulagée.

— Vous avez vu ce qui s'est passé quand vous avez voulu prendre votre tasse de café? Vous vous imaginez au volant d'une voiture?

— Vous rendrez votre femme heureuse.

— Et mettez quelque chose de correct. On dirait que vous avez dormi avec ces vêtements.

Il ne croyait pas si bien dire.

58

Le trajet vers Brighton fut synonyme de détente. Quel bonheur de ne pas être au volant ! Depuis qu'elle s'était douchée et avait enfilé une courte jupe blanche et un corsage orange à fines bretelles, Nadia ne se sentait plus dans la peau d'un vagabond. Elle s'était même offert une bonne couche de mascara et de rouge à lèvres orangé. Les Stereophonics beuglaient à la radio, elle était entre les mains d'un conducteur émérite, et ses cheveux avaient bien voulu sécher en formant des boucles, et non une informe masse frisée.

En outre, Jay n'avait pas parlé une seule fois de Laurie depuis le départ. Ni d'Andrea. Ils avaient parlé de Belinda et du bébé, de la collision survenue entre Tilly et les rails du chemin de fer, et des plans préliminaires qu'il avait faits pour Highcliff House.

Lorsqu'ils parvinrent à Brighton, il était presque midi. La pluie de la veille n'était plus qu'un souvenir et le soleil brillait dans un ciel sans nuages. Tandis qu'ils longeaient le front de mer, Nadia contempla avec envie la mer d'un bleu profond étoilé de diamants.

— Tournez à gauche là-bas. Maintenant, à droite. Jusqu'au bout. C'est cette rue.

— J'attendrai dans le restaurant italien devant lequel nous venons de passer. Rejoignez-moi là quand vous aurez terminé. Et bonne chance.

— Inutile de me souhaiter bonne chance : Leonie ne me fait pas peur.

Néanmoins, elle se prépara mentalement à devoir affronter une scène mélodramatique. Sa mère supportait généralement mal de voir ses plans contrariés.

Leonie ouvrit la porte et en resta bouche bée.

— Ma chérie, en voilà une surprise ! Tu as amené Tilly avec toi ?

— Non. Nous avons essayé de te joindre par téléphone…

— Oh, cet engin est détraqué. Tu ne vas tout de même pas me dire que tu as fait tout ce trajet parce que tu te faisais du souci pour nous ? s'enquit Leonie, non sans malice.

— Pas vraiment, non.

Nadia inspira un grand coup et la suivit à l'intérieur.

— Je suis ici parce que Tilly ne viendra pas vivre avec toi. Elle n'en a pas envie. Nous ne l'avions pas compris, car elle ne nous en avait rien dit jusqu'à cette nuit. Elle s'est saoulée et a fait une fugue…

— Tilly s'est saoulée ?

— Énormément. Elle a fini par tomber sur une voie ferrée et a failli être écrasée par un train. Elle est à l'hôpital. Mais tout va bien, elle n'a que de légères coupures et quelques contusions, et pourra rentrer à la maison dès aujourd'hui. Quoi qu'il en soit, elle a pris une décision. Ce n'est pas honnête de la pousser à partir. Je regrette, mais Tilly est heureuse à Bristol. Elle vit avec nous depuis qu'elle est toute petite et n'a pas envie d'aller habiter ailleurs.

Ouf ! Elle avait tout déballé d'un seul coup. À présent, il ne lui restait plus qu'à essuyer les transports hystériques de sa mère et à lui faire comprendre qu'elle n'avait pas parlé à la légère.

— Eh bien, dit Leonie en s'adossant au réfrigérateur. Tu parles d'une nouvelle ! Quel soulagement.

— Pardon ?

Avait-elle mal entendu ?

— Allons, ouvrons une bouteille de vin ! Après ce que je viens de vivre, je l'ai bien mérité.

Pleine d'entrain, Leonie remplit deux verres de vin.

— Je te proposerais bien d'aller déjeuner au restaurant, mais je ne peux pas m'absenter : quelqu'un doit venir réparer le téléphone. Si tu as faim, je peux décongeler une quiche.

— Je n'ai pas faim. Où est Brian ? Et... Tamsin ?

— Il est parti remmener cette petite sorcière dans le Sunderland. C'est terminé : on lui a donné sa chance, elle n'a pas su la saisir. Hier, elle s'est fait pincer par la police : elle venait de se faire prendre en train de voler à l'étalage et en est venue aux mains avec le patron du magasin. Pour Brian, c'était la goutte d'eau. Il en avait plus qu'assez d'elle. Il a appelé son ex-femme et lui a dit qu'il lui rendait bien volontiers Tamsin. Évidemment, Marilyn a fait quelques difficultés au début, mais quand il lui a dit tout ce que la petite avait fait ces derniers temps, elle a compris qu'elle devait la reprendre. Franchement, ma chérie, vivre avec Tamsin aura été un authentique cauchemar. Cette gamine est complètement incontrôlable. Si tu l'avais entendue hier soir, nous traitant de tous les noms – elle a même arraché la prise du téléphone et jeté mon lecteur de CD par la fenêtre. Si tu veux mon avis, elle a besoin d'une bonne gifle. Elle finira en prison, crois-moi.

— Dans ce cas, pourquoi tenais-tu autant à ce que Tilly vienne vivre avec vous ? fit Nadia, interdite, bien qu'elle se doutât un peu de la réponse.

— En fait, c'était une idée de Brian. Une adolescente qui tourne en rond à la maison, c'est vraiment la plaie. Tamsin se plaignait sans cesse de s'ennuyer. Brian a pensé que la présence de Tilly arrangerait les choses : Tamsin aurait eu de la compagnie, et Tilly l'aurait maintenue dans le droit chemin. Honnêtement, j'ai eu des doutes dès le début, mais l'idée semblait plaire à Tamsin. Quoi qu'il en soit, tout est bien qui finit bien. Nous n'avons plus besoin de Tilly à présent. Je mets cette quiche au four, oui ou non ?

Installé à une table en terrasse, Jay se détendait, sirotant un double espresso tout en lisant le journal. Ses cheveux noirs brillaient au soleil. Il portait une chemise noire et avait étendu devant lui ses longues jambes vêtues d'un jean crème. Il était très beau.

Comme Nadia approchait, il leva les yeux, replia son journal et retira ses lunettes de soleil.

— Ce fut rapide.

— J'ai préféré partir avant de commettre un parricide.

Nadia se laissa tomber sur une chaise en face de lui, arracha un coin du journal et se mit à le déchirer en menus morceaux.

— Ça ne s'est pas bien passé ?

— Elle est hallucinante. Figurez-vous qu'elle n'a jamais eu envie que Tilly vienne vivre avec elle. Brian et elle pensaient simplement qu'il serait utile de l'avoir comme... baby-sitter. Pouah !

Elle se rendit compte qu'elle venait machinalement de goûter l'espresso sans sucre de Jay.

— Excusez-moi, je n'ai pas fait exprès... Je n'arrive pas à croire qu'on puisse être aussi égoïste que ma mère. Elle n'a jamais pensé à quelqu'un d'autre qu'à elle-même.

— Mais les choses sont arrangées ? Tilly va rester à Bristol ?

— À tout jamais. Du moins, jusqu'à sa majorité. Ensuite, peut-être l'autoriserons-nous à quitter le nid familial.

Nadia réussit à sourire et lui narra les détails de son entrevue avec Leonie. Quand elle eut fini, Jay désigna le menu.

— Vous avez faim ?

Qu'il lui demande si elle avait envie de quiche, et elle lui plantait une fourchette dans le corps !

— Il y a autre chose que je préférerais faire, à la place.

À peine eut-elle prononcé ces mots qu'elle fit la grimace et secoua la tête.

— Désolée, ce n'est pas ce que je voulais dire...

— C'est le drame de ma vie, soupira Jay en payant son café. À quoi songiez-vous exactement ?

Nadia rougit en songeant que Brighton était la capitale britannique des week-ends en amoureux.

— Je trouve vraiment dommage d'avoir fait toute cette route et de ne pas goûter à l'eau.

Comme elle aurait aimé retirer sa jupe et son corsage pour aller se jeter dans les vagues ! Elle s'imaginait déjà folâtrant dans les rouleaux, telle une déesse. L'ennui, c'était que son soutien-gorge de dentelle noire ne pouvait pas passer pour un maillot de bain et qu'elle portait, en bas, une culotte rose de chez Marks & Spencer.

D'ailleurs, folâtrer pieds nus sur des galets glissants n'était pas chose aisée, et si la mer semblait vivifiante et tentante, elle était en réalité glaciale.

Jay avait préféré l'attendre sagement sur la plage.

— Déjà rassasiée? demanda-t-il quand elle le rejoignit, à peine deux minutes plus tard.

— Je suis complètement gelée. Et les galets me blessent les pieds.

— Eh oui, c'est l'éternel problème avec la mer : parfois, les plaisirs qu'elle vous fait miroiter ne sont pas au rendez-vous...

Durant le trajet du retour, la fatigue eut raison de Nadia. Il faisait chaud, Jay avait mis la radio en sourdine. Satisfaite de la réussite de sa mission à Brighton, elle s'endormit dans la voiture.

— Préparez-vous à affronter le comité d'accueil, dit Jay en la réveillant.

Elle aperçut Clare et Tilly sortant de la maison en courant.

— Tout est arrangé? demanda Tilly.

Nadia s'extirpa de la voiture et la serra dans ses bras.

— Tout va pour le mieux.

— M'man était fâchée?

— Déçue, mentit Nadia en échangeant un regard avec Jay. Mais elle a compris. Elle n'est pas contrariée. Et toi, comment te sens-tu?

— Franchement, la gueule de bois, c'est l'horreur. Je ne sais pas comment vous supportez ça, vous les vieux, mais je ne mélangerai plus jamais le porto, le sherry, la liqueur rhum café et le Cointreau.

— Jay, merci pour les photos, dit Clare. Elles sont formidables. Et le bébé est magnifique. J'adore ses sourcils! Un vrai Tiernan – plus tard, ce sera un bourreau des cœurs.

Était-ce une impression ou Clare était-elle en train de flirter? songea Nadia.

— Vous n'allez pas partir, protesta Clare en voyant Jay remonter dans sa voiture. Restez pour dîner, nous avons à manger pour un régiment.

— Je dois rentrer. J'ai à faire.

— Tu lui as fait peur, commenta Nadia quand la voiture de Jay eut disparu. Qu'est-ce qui t'a pris ?

Légèrement vexée, Clare haussa les épaules.

— Rien, c'était juste par politesse. De toute façon, Jay est libre, il me semble. Tu n'as plus de vues sur lui.

— Pardon ?

— Tu as Laurie maintenant. Tu as fait ton choix. Comme je le disais à Jay…

— Attends : tu as dit à Jay que j'étais avec Laurie ?

— Oui. Pourquoi ? Tu étais bel et bien avec Laurie, à l'hôtel. Tu sais, tu ne peux pas te les garder tous les deux. Nous ne sommes plus à l'époque où je n'avais même pas le droit de regarder Duran Duran à la télé, sous prétexte que Simon le Bon et John Taylor étaient à toi toute seule.

— Mais…

— Interdit de vous quereller, trancha Tilly. Rappelez-vous ce qu'a dit le docteur : j'ai besoin de calme.

59

La réception du Swallow Royal Hotel appela Charles dans sa suite, pour l'informer qu'un certain Dr Welch désirait voir Mme Kinsella.

— Tu veux que je le renvoie, chérie ? fit Charles, amusé.

— Non. Je vais lui parler.

Comme elle descendait l'escalier majestueux, elle vit Edward qui l'attendait. Grand, le dos bien droit dans son costume de tweed marron, il avait l'air sérieux comme jamais.

Quelle étrange sensation de le revoir après... combien ? trois jours ? Miriam, qui sentait son cœur battre plus vite, se redressa elle aussi au moment où elle atteignait la dernière marche.

— Edward ? De quoi s'agit-il ?

Il ne tourna pas autour du pot.

— De nous. De toi et moi, Miriam. Je suis venu te dire que si tu choisissais de rester avec Charles Burgess, tu commettrais la plus grosse erreur de ta vie.

Un peu désarçonnée par tant de véhémence, Miriam répliqua :

— Qu'en sais-tu ?

— Je le *sais*. Peut-être t'a-t-il aimée il y a cinquante ans, mais vous avez tous deux changé entretemps. Moi, je t'aime dans le présent, et c'est tout ce qui compte. Je ne cesserai jamais de t'aimer, je ne ferai jamais rien qui te blesse. Si c'est lui qui t'empêchait de m'épouser, alors cet obstacle est levé. La vie te semble-t-elle excitante auprès de lui ? Ton cœur bat-il plus vite chaque fois que tu le regardes ? Inutile de répondre : je suppose que la réponse est oui. Après tout, cela fait longtemps.

— Edward...

— Non, laisse-moi te dire ceci, poursuivit-il, une main sur le cœur. Je voudrais juste te rappeler, au cas où tu l'aurais oublié, que tel était l'effet que je produisais sur toi autrefois. T'en souviens-tu ? L'année qui a précédé la mort de Josephine, nos deux cœurs battaient plus vite chaque fois que nous nous voyions. Puis, après l'accident, tu as cadenassé tes sentiments pour moi comme on referme le couvercle d'une boîte. Tu as refusé de te rappeler ce que tu éprouvais pour moi. Et maintenant, tu passes la nuit avec un autre...

— C'est faux ! Nous avons dormi dans des chambres séparées. Je n'ai pas...

Elle sursauta au contact d'une main sur son épaule. C'était Charles, plein de confiance et, apparemment, d'amusement devant la petite sortie d'Edward. Il prit la parole d'une voix suffisamment forte pour être entendu du réceptionniste et du groupe de touristes australiens.

— Ce monsieur t'importune-t-il, ma chère ? Veux-tu que je demande aux vigiles de t'en débarrasser ?

Ce fut à peine si Miriam l'entendit. Comme d'habitude – comme toujours –, Edward avait raison. Elle l'avait aimé, follement, passionnément, jusqu'à ce jour où le couvercle de la boîte était retombé avec fracas. Quant à Edward, il l'aimait encore au point de venir jusqu'ici se déclarer en public, ce qui était absolument contraire à son caractère.

— Vous vous faites des illusions, vous savez. Tout est fini. Je suis là, maintenant, ajouta Charles.

— Voulez-vous rester en dehors de ceci ? C'est à Miriam d'en décider, pas à vous.

Écarlate, Edward semblait prêt à exploser. Miriam vit qu'il glissait progressivement la main à l'intérieur de son veston. Soit il portait une arme, soit il se massait la poitrine...

Le jardin... Josephine écarlate hurlant de colère... puis, soudain, cherchant de l'air et s'effondrant sur le sol...

— Edward ! Tu as raison, tu as toujours eu raison ! Si tu savais comme je regrette ! s'exclama-t-elle en bondissant vers lui.

Silence. Le réceptionniste, l'huissier dans sa tenue impeccable et même les touristes australiens étaient suspendus à leurs lèvres.

— Ce qui veut dire ? fit Edward en retenant son souffle.

Quand elle répondit enfin, ses yeux noirs se remplirent de larmes.

— C'est toi que je désire épouser. Si tu veux toujours de moi.

À l'autre bout du hall de marbre où le moindre bruit résonnait, un Australien murmura bruyamment :

— Comme c'est touchant. Surtout venant de *vieillards*.

Edward resserra imperceptiblement son étreinte autour de la taille de Miriam, avant qu'elle n'ait le temps de s'élancer sur les dalles de marbre pour aller régler son compte à l'Australien.

Plus près, derrière eux, Charles déclara sans s'émouvoir :

— Miriam, arrête immédiatement. Écarte-toi de lui.

Comme si Edward était une bombe humaine !

— Non, Charles, je regrette, mais j'ai fait mon choix.

— Ridicule. Tu ne peux pas faire ça. Il me suffit d'appeler mon avocat...

Elle ferma les paupières. S'il était sérieux, elle ne pourrait rien contre lui. Un procès serait une chose horrible, une véritable humiliation. Elle risquait même la prison, ainsi que l'en avait avertie le juriste qu'elle était allée consulter.

Mais Edward ne l'en aimerait pas moins, et rien d'autre ne comptait.

— Soit, fit-elle d'une voix claire. Si c'est ce que tu désires.

— Ne t'inquiète pas : j'ai bien l'intention d'aller jusque-là.

Avec un rire amer, Charles haussa la voix et s'adressa à la cantonade :

— Figurez-vous que cette femme est bigame. Et qu'elle s'est enfuie avec mon argent.

— Notre argent, rectifia-t-elle.

— Combien ? s'enquit un gros Australien en short kaki.

— En argent d'aujourd'hui ? Plus de cent mille livres, répliqua Charles.

— Au fait, intervint négligemment Edward. Je n'ai pas passé les derniers jours chez ma sœur dans le Kent. Laurie et moi sommes allés à Édimbourg.

— Vraiment ? s'étonna Miriam.

— Vraiment. Nous avons passé deux jours à la bibliothèque municipale. C'est incroyable : ils conservent les vieux journaux locaux dans une cave. Laurie et moi y avons jeté un œil.

— Qu'est-ce qu'il va encore nous raconter maintenant ? gémit un Australien.

— Chut ! gronda sa femme.

Edward se tourna vers Charles Burgess :

— Miriam m'a dit à quelle date elle vous avait quitté. Nous avons donc consulté tous les journaux parus durant la semaine correspondante. Pas une ligne sur l'accident qui aurait coûté la vie à la mère de Pauline Hammond. Ainsi que me l'a fait remarquer Laurie, on se croirait dans *X Files* : c'est comme si cet événement ne s'était jamais produit.

Charles Burgess pâlit d'un coup. Miriam, qui guettait sa réaction, faillit éclater de rire.

— C'est… c'est faux ! s'écria l'intéressé. Vous avez fait erreur.

— Je crois que nous savons tous quelle est la vérité, dit Edward.

— Tu n'as pas cessé de me mentir, murmura Miriam. J'aurais dû m'en douter. Tu as toujours été très fort à ce jeu.

— Inutile de te réjouir trop vite : cela ne m'empêchera pas de te traîner devant les tribunaux, rétorqua Charles.

Stimulée par la présence du bras d'Edward autour de sa taille, Miriam ne se démonta pas.

— Ne te gêne pas. Mais mon nom ne sera pas le seul à être traîné dans la boue. Les juges voudront savoir pour quelle raison je suis partie, et je la leur dirai volontiers. Oui, j'ai commis une erreur. J'aurais dû demander le divorce. Mais je n'avais que dix-neuf ans, à l'époque. J'ai été stupide et imprudente, certes, mais au moins je ne t'étais pas infidèle.

— Ça, c'est bien envoyé, approuva l'épouse de l'Australien en hochant énergiquement la tête.

Charles la fusilla du regard.

— En outre, ce n'est pas en me traînant devant les tribunaux que tu me reconquerras. Plus rien ne me forcera à te revenir, sache-le. Néanmoins, ce n'est pas à moi, mais à toi seul qu'appartient cette décision.

— J'ai l'impression d'avoir pris une semaine de vacances et d'avoir raté un épisode de *Coronation Street* ! s'écria Clare. À mon retour, je m'aperçois qu'il s'est passé… tous ces trucs incroyables.

Annie, qui finissait de fermer la boutique pour la nuit, sourit. Clare avait raison : qui eût cru que Miriam reviendrait avec Edward et annoncerait qu'ils allaient se marier et habiter chez ce dernier ?

Ou encore que James lui demanderait si elle voulait l'épouser et venir vivre avec lui ?

Ou, mieux encore, que Clare lui sauterait au cou en s'écriant « C'est formidable ! Je suis si heureuse pour vous ! » avec toutes les apparences d'une indubitable sincérité ?

Et pour finir, le plus inattendu de tout. Dix minutes auparavant, Clare avait fait irruption dans la boutique :

— Je viens de bavarder avec p'pa et j'ai décidé de déménager – pas à cause de vous, mais parce qu'il est temps que je me débrouille seule. J'ai vingt-trois ans, j'ai besoin de faire mes preuves, d'apprendre à me conduire en adulte.

Mais pourquoi donc Clare était-elle venue lui annoncer cela ?

— Eh bien… c'est une excellente nouvelle. Qu'allez-vous faire ? prendre un appartement dans le quartier de Clifton ?

— C'est aussi ce qu'a pensé p'pa, mais cela ne me dit rien. J'ai plutôt envie de m'éloigner de ce quartier… vous savez : ces soirées dans les night-clubs et ces bars à vin, les garçons dans le genre de Piers… Bref, en entendant Miriam demander à p'pa ce que vous comptiez faire de votre cottage, je me suis dit : « Tiens, voilà exactement ce qu'il me faudrait. » Voilà pourquoi je suis venue vous chercher. Nous allons nous y rendre tout de suite et, s'il me plaît, je vous le loue, de sorte que vous n'aurez même pas besoin de chercher un locataire de confiance!

Lorsqu'elle se fut garée devant le cottage, Clare bondit hors de sa voiture, ravie.

— C'est absolument adorable! La première fois que je vous ai vue, j'ai pensé que ce serait un endroit minable, mais, en fait, il n'en est rien!

— Merci, fit sèchement Annie.

Une fois à l'intérieur, Clare courut de pièce en pièce, complètement surexcitée. Comme la maison était minuscule, elle en eut vite fait le tour.

Annie dissimula en hâte une pile de repassage derrière le canapé et fit disparaître des magazines qui traînaient.

— Si j'avais su que vous veniez, j'aurais fait le ménage. Excusez le désordre.

— Vous voulez rire? Ce n'est rien à côté de *mon* désordre. Ici, je serai chez moi, et personne n'aura rien à redire.

Clare, aux anges, contempla la rotonde vitrée qui prolongeait le séjour.

— Je pourrai mettre mes chevalets ici. Je vais vraiment tourner la page. Plus d'alcool, plus d'hommes. Je vais me concentrer à fond sur ma peinture, la réussite de ma carrière... Si on allait voir à l'étage?

Clare était une véritable tornade qu'Annie avait du mal à suivre. La salle de bains, bien que minuscule, était propre. La chambre d'amis tenait du grand placard, mais la chambre principale avait des proportions correctes, et la vue qu'elle offrait à travers ses fenêtres garnies de vitraux plongea Clare dans le ravissement.

— Génial!

Elle ouvrit vivement la fenêtre et se pencha si violemment qu'Annie faillit l'attraper par les pieds.

— Comme c'est paisible ! On se croirait en pleine campagne ! Exactement ce qu'il me faut. Pas de distractions, de la paix et du silence à foison et... Waouh ! Qui est-ce ?

Annie se pencha pour voir qui avait ainsi attiré son attention.

— Oh, c'est Danny. Il habite l'une de ces grosses maisons qui donnent sur les espaces verts.

Comme il passait devant le cottage en faisant son jogging, Danny leva les yeux et se fendit d'un large sourire en apercevant Clare dans son corsage rouge dangereusement échancré. Sans perdre le rythme, il la salua d'un geste et continua son chemin.

— Danny LeBlanc ? Le footballeur ? Celui qui joue dans l'équipe de la City ? Il vit seul ?

— Tellement seul qu'il a fait installer une porte à tambour chez lui ! Les gazettes du coin appellent sa maison « le grand magasin ». Croyez-moi, Danny est la dernière conquête que je vous recommanderais. C'est un garçon impossible, qui n'arrête pas de jouer des tours...

— Il a une de ces paires de jambes ! C'est décidé : je m'installe ici.

— Je croyais que vous désiriez vous concentrer sur la peinture, oublier les hommes pour un moment ?

— Pour un moment seulement. Pas pour une *éternité*.

— Mais Danny LeBlanc n'est vraiment pas le garçon qu'il vous faut. Il se conduit de façon inqualifiable avec ses petites amies.

Clare eut alors ce sourire éblouissant qui trahissait une sidérante confiance en soi.

— C'est parce qu'il ne me connaît pas encore.

60

— Je n'arrive pas à y croire, s'étonna Laurie. Je pensais que tout était arrangé. Depuis... enfin, tu sais, cette nuit à l'hôtel. Je pensais que ça y était, que tu avais pris une décision.

— Je l'avais prise. Mais ce n'était pas celle que tu croyais. Ce n'est vraiment pas facile à dire, mais...

Nadia se massa les tempes. Elle aurait préféré avoir un scénario à suivre.

— Je suis désolée, mais ça ne marchera jamais. Nous ne pouvons pas nous remettre ensemble. Tout est différent.

Même si cela lui avait demandé un certain temps, elle y voyait enfin clair. Oui, tout était différent, y compris ses sentiments à l'égard de Laurie. Peut-être l'éternelle désinvolture de celui-ci concernant le travail n'y était-elle pas étrangère : apparemment, il était incapable d'élaborer le moindre plan de carrière. En outre, il y avait cette annonce parue dans le journal que Jay lui avait remise : une radio locale cherchait un expert en jardinage pour une émission hebdomadaire de questions en direct à l'antenne.

— Vous devriez essayer, je suis sûr que vous feriez un malheur, avait dit Jay.

Encouragée par ces mots, elle en avait parlé à Laurie qui avait aussitôt éclaté de rire en déclarant :

— Michel le jardinier, prends garde : Nadia va te piquer ta place !

Puis il s'était mis à tourner en dérision cette insignifiante station de radio.

C'étaient des petits détails, mais qui avaient achevé de lui ouvrir les yeux...

Le soleil, qui se couchait lentement, peignait l'horizon en rose. Ils se baladaient sur les collines. Des montgolfières, qui s'entraînaient pour un prochain festival, s'élevaient au-dessus des gorges de l'Avon. Laurie s'arrêta pour contempler un ballon en forme d'ours géant qui flottait au-dessus de leurs têtes.

— Tu as couché avec lui ?

— Qui ?

Heureusement, le soleil qu'elle avait en pleine face lui fournissait une excuse pour fermer les yeux.

— Michel le jardinier. Tu sais bien qui je veux dire.

— Non. Je ne l'ai pas fait.

— Tu vois ? Grossière erreur. Tu aurais dû.

— Peut-être, mais à la place, j'ai couché avec toi.

— Tu veux dire que tu as été déçue ?

— Tu as dit que je devrais coucher avec lui pour ne plus penser à lui, mais je n'ai pas pu. Cela ne m'aurait pas semblé... correct.

— Donc, au lieu de cela, tu as couché avec moi pour ne plus penser à moi.

— L'idée venait de toi.

— La prochaine fois, rappelle-moi d'écarter cette idée.

— Je regrette.

Nadia n'avait pas prévu de pleurer. La situation était pathétique : comment pouvait-elle se sentir bouleversée à l'idée de quitter quelqu'un avec qui elle avait déjà rompu ?

— Moi aussi. Ça me fiche un coup. Je suppose que c'est ma punition pour avoir rompu avec toi le premier.

— Peut-être.

— Si je ne l'avais pas fait, nous serions peut-être mariés à l'heure qu'il est.

— Possible.

— Donc, tout est ma faute.

— Absolument.

— Mince alors. Et dire que tu as choisi de m'amener ici pour me le dire. Moi au moins, j'ai eu la décence de t'inviter au restaurant pour rompre.

— Que vas-tu faire ?

— M'en remettre, je suppose. Cela devrait me prendre une cinquantaine d'années... Allons, ne t'en fais pas pour moi. Je suis un dur à cuire. Pour mes vingt-six ans, j'aurai repris le dessus.

S'il était capable de plaisanter, tout allait probablement s'arranger, songea Nadia, soulagée. Ils redeviendraient amis – ce qui valait tout de même mieux, étant donné que sa grand-mère allait épouser son père.

Un ballon en forme de maison approchait. Elle passa un bras sous celui de Laurie.

— Il y a un marchand de glaces, là-bas. Viens, je t'offre un Magnum.

— Tu es sûre de ne pas être pressée ? Jay n'est pas en train de t'attendre ?

— Pourquoi serait-il en train de m'attendre ?

— Tu veux dire que tu ne lui as encore rien dit ?

Un sentiment qui ressemblait horriblement à de la panique noua le ventre de Nadia. Lorsqu'elle lui ferait part de sa décision, Jay réagirait-il comme elle, le jour où elle avait gagné à la kermesse de l'école un short moulant tricoté au crochet ?

— Peut-être n'a-t-il même pas envie d'être le gagnant.

Laurie se mit à rire.

— Là, tu peux dire que tu as pris des risques. C'est ce qui s'appelle jouer son va-tout.

— Toi aussi, tu as joué ton va-tout.

Une lueur amusée et triste brilla dans les yeux de Laurie.

— Et j'ai perdu.

Andy Chapman, de l'agence immobilière, avait fait visiter Clarence Gardens à de nouveaux clients. Même si Jay ne le lui avait pas appris au téléphone, Nadia l'aurait su grâce à l'odeur d'eau de toilette qui y flottait encore quand elle entra.

Jay l'avait appelée pour lui demander de venir arroser le jardin.

— Je suis coincé à la maison, s'était-il excusé, visiblement excédé. Pourriez-vous me rendre un service ? Andy a oublié dans la cuisine une enveloppe contenant des documents à me remettre. J'en ai besoin d'urgence. Si vous pouviez me les apporter, je vous en serais reconnaissant.

Après avoir passé quarante minutes à arroser les plantes assoiffées et à nettoyer les bords de la pelouse, il était temps qu'elle se mette en quête de la fameuse enveloppe.

Elle était là, sur le plan de travail près de l'évier. Une simple enveloppe blanche format A4 contenant… son contenu.

Quelle était la différence entre l'indiscrétion et la curiosité ? Disons qu'ouvrir à la vapeur une enveloppe cachetée pouvait être considéré comme de l'indiscrétion.

Mais, fort heureusement, l'enveloppe n'était pas cachetée.

Comme elle en vidait le contenu, Nadia eut la chair de poule.

C'était de la documentation sur des maisons à vendre – ce qui n'avait rien d'étonnant, venant d'Andy

Chapman. Mais pourquoi Jay s'intéressait-il à des maisons situées dans Manchester et ses environs ?

D'autant que ces maisons n'avaient besoin d'aucune rénovation. Tout au contraire, c'étaient de grandes et belles demeures valant plus de cinq cent mille livres, anciennes, comptant cinq ou six pièces – bref, un peu du genre de celle que Jay possédait à Bristol...

Bon, inutile d'en tirer des conclusions hâtives. Il avait pu demander cette documentation à Andy pour quelqu'un d'autre. D'ailleurs, pour quelle raison aurait-il eu envie d'aller vivre à Manchester ?

Nadia se donna mentalement une gifle et remit les documents dans l'enveloppe. Elle réagissait de façon ridicule : Jay ne venait-il pas d'acheter Highcliff House ? Les travaux sur cette maison dureraient des mois, et il l'avait engagée pour la réfection du jardin. Donc, il ne pouvait pas quitter Bristol.

Et pourquoi pas, après tout ?

Canynge Road n'était qu'à deux pas. En passant devant le zoo, où une foule de vacanciers faisaient la queue, Nadia eut l'impression de se rendre chez le dentiste. En débouchant dans la rue de Jay, elle se rendit compte que ses orteils se crispaient dans ses baskets.

Ils n'avaient pas tort. Peut-être ses orteils, doués de facultés télépathiques, avaient-ils depuis longtemps compris la vérité...

Après un créneau désastreux, elle coupa le contact et essuya ses mains moites sur son jean noir. Malgré la chaleur ambiante, elle avait la chair de poule. Une pancarte *À vendre* ornait la façade de la maison de Jay. C'était donc vrai. Cela allait réellement se produire.

Elle sortit de sa voiture avec une impression de malaise, serrant l'enveloppe contre sa poitrine. Ce ne fut qu'en sonnant à la porte qu'elle se rappela avoir oublié de jeter un coup d'œil dans le miroir. Tout à l'heure, elle avait prévu de relever ses cheveux, d'essuyer son nez luisant, de se mettre un peu de brillant à lèvres. Elle devait être horrible à voir. De toute façon, il était trop tard.

Ce salaud de Jay. Elle lui aurait volontiers cassé la figure.

À propos, pourquoi n'ouvrait-il pas la porte ?

Lorsqu'il ouvrit enfin, elle comprit les raisons de sa lenteur.

— Excusez-moi... désolé... Ce truc ne voulait pas coller du bon côté... j'ai fini par comprendre que je l'avais mis à l'envers... Entrez. C'est beaucoup plus difficile que je ne le pensais.

Lui non plus semblait n'avoir pas eu le temps de se coiffer et de se mettre un peu de rouge. Tout nu, en dehors d'un change complet qui lui pendait au bout d'une jambe, le bébé pleurait dans ses bras et lui martelait la poitrine de coups de pied. Une tache mouillée révélatrice s'étalait sur la chemise en denim de Jay. Clairement révolté d'avoir été confié à un amateur aussi lamentable, Daniel envoya promener la couche d'un coup de pied.

Nadia ne put réprimer un sourire. Depuis qu'elle le connaissait, elle avait toujours vu Jay contrôler la situation. Rien ne le dépassait jamais.

Hormis, ainsi que les circonstances présentes le démontraient, quand il s'agissait d'enfiler un change complet à un bébé.

— Laissez, dit-il comme elle se baissait pour ramasser la couche. Ce maudit machin est collé de travers. Regardez où vous mettez les pieds. Il m'a fait la petite commission au moment où je le prenais, et ces espèces de perles de bain ont explosé sur le tapis.

— Laissez-moi faire, proposa Nadia en tendant les bras vers le bébé, que Jay lui remit avec un soulagement non dissimulé.

— Méfiez-vous, cet enfant est une vraie fontaine. Il a failli m'envoyer son jet dans l'œil pendant qu'il était sur le matelas à langer. J'ignorais que les bébés faisaient pipi toutes les trente secondes.

— Vous devriez vous estimer content : ils ne font pas que pipi.

Les années de baby-sitting effectuées durant ses études conféraient à Nadia une longueur d'avance. Après l'avoir couché sur le matelas à langer – blanc avec des éléphants bleus –, elle enveloppa en un clin d'œil Daniel dans une nouvelle couche. Fouillant dans un sac, elle trouva une barboteuse propre et la lui enfila d'une main experte.

Le bébé avait presque l'air déçu, comme si elle lui gâchait son plaisir. Après avoir cherché l'inspiration autour de lui, il se mit à brailler. Avisant un biberon d'eau sur la table basse, Nadia le lui glissa dans la bouche avant qu'il ne se mette à hurler à pleins poumons.

— Ce n'est pas de l'eau du robinet, j'espère ?

— Évidemment. Je ne suis pas ignorant à ce point. Enfin si, peut-être. Belinda est en train de faire ses cartons. Elle quitte Bristol. Je lui ai proposé de m'occuper de Daniel quelques heures. Je pensais qu'il dormirait, soupira Jay, désespéré.

— Les bébés dorment uniquement lorsqu'on ne s'y attend pas. C'est leur moyen à eux de nous garder en alerte. Où Belinda part-elle ?

— Dans le Dorset. Dans un premier temps, elle va louer une maison dans la même rue que ses parents.

Ne pouvait-il pas dire carrément qu'elle allait vivre à Manchester ?

3

Le bébé dans les bras, Nadia désigna l'enveloppe qu'elle avait déposée sur la table.

— Au fait, voici votre enveloppe.

— Oh, merci. Vous avez regardé à l'intérieur ?

— Non !

Pourvu qu'il ne relève pas les empreintes !

— Bon.

Nadia rougit légèrement.

— En revanche, je n'ai pu m'empêcher de remarquer le panneau *À vendre* sur votre maison. Que se passe-t-il ?

Jay mit les mains dans ses poches avec un haussement d'épaules.

— Je vends. Je n'ai plus envie de rester à Bristol.

— Que reprochez-vous à cette ville ?

— Je m'en suis lassé. Ce n'est pas aussi formidable que je le croyais.

— Alors, vous partez pour Manchester ?

Flûte.

Une lueur de triomphe apparut dans le regard brun de Jay.

— Je suppose que vous voyez à travers les objets.

— Oh, ne la ramenez pas. Tout ça n'est pas très honnête de votre part. Vous êtes mon employeur. Allez-vous m'annoncer que je n'ai plus de travail ?

— Pas du tout. J'ai parlé avec le type sur qui je l'ai emporté lors des enchères : il va me racheter Highcliff House. Je lui ai fait promettre de vous engager pour la rénovation du jardin. C'est un brave type, vous aurez plaisir à travailler pour lui. Vous voyez : mon départ ne change absolument rien pour vous. Vous conservez votre travail.

Comment un adulte soi-disant intelligent pouvait-il débiter de telles âneries ? Bien sûr que cela changeait tout pour elle ! Nadia mourait d'envie de lui jeter quelque chose à la figure – pas le bébé, de préférence.

— Cela ne semble pas vous faire vraiment plaisir, remarqua Jay.

Les yeux de Nadia la picotaient. Seigneur, faites que je ne me mette pas à pleurer, pria-t-elle.

— C'est... le choc.

— Tout va bien se passer pour vous. Vous avez votre vie ici, avec Laurie, et aucune raison d'aller vivre ailleurs. Et lorsque...

— Je ne me suis pas remise avec Laurie. Il est parti s'installer à Londres.

Devait-elle lui révéler cela ? C'était pourtant la stricte vérité. Et ne disait-on pas qu'il valait toujours mieux être honnête ?

L'honnêteté ne s'était-elle pas montrée payante, dans le cas de Miriam ?

— Parti ? Qui est à l'origine de cette décision ?

— Moi.

Tout en parlant, Nadia sentit la petite main de Daniel serrer l'un de ses doigts. N'était-ce pas l'une des sensations les plus délicieuses au monde ?

— Mais je croyais... vous deux...

— J'aurais dû faire cela depuis des semaines. Je pense que Laurie savait que cela finirait ainsi. Si je l'avais réellement aimé, je ne l'aurais pas fait mariner aussi longtemps.

— Il n'est pas le seul à avoir mariné, remarqua Jay.

Nadia baissa les yeux. Les longs cils de Daniel

s'abattirent lentement sur ses joues. Il ne tétait plus. Avec mille précautions, elle le déposa sur le canapé et le cala à l'aide de coussins. Presque aussitôt, elle regretta de s'en être débarrassée. Daniel avait été son bouclier. À présent, elle ne savait plus quoi faire de ses mains.

— Mon plan est tombé à l'eau, confessa Jay. J'avais prévu de venir vous ouvrir la porte avec Dan dans mes bras. J'étais censé respirer le bonheur et le calme ; vous auriez été terriblement impressionnée par ma capacité à m'occuper d'un bébé, sans parler du magnifique tableau que nous aurions formé, lui et moi.

Pourquoi ? Mais *pourquoi* ?

— Mais vous partez pour Manchester. Depuis combien de temps votre maison est-elle à vendre ?

— Un jour ou deux. J'ai déjà beaucoup de personnes intéressées.

Et dire qu'il avait le culot d'avoir l'air satisfait. Nadia se sentait mal. Elle avait agi trop tard.

— Je ne comprends toujours pas pourquoi vous devez déménager.

Avec cette remarque, n'atteignait-elle pas le comble du pathétique et du lamentable ?

— Rien ne me retient à Bristol. J'ai eu envie de découvrir une nouvelle ville.

Une horrible pensée assaillit Nadia.

— Andrea va-t-elle vivre avec vous ?

— Je vous en prie. Voilà des semaines que je ne l'ai revue. Une seule personne m'intéressait ici. Malheureusement, elle a passé ces derniers mois à me faire tourner en bourrique.

Nadia ne pouvait dire un mot. Faisait-il allusion *à elle* ? Et si elle se trompait ? Si elle en concluait qu'il faisait allusion à elle et qu'en réalité il veuille parler d'une autre, elle passerait pour une parfaite idiote.

— Qu'arrive-t-il à vos mains ? s'enquit-il.

En désespoir de cause, Nadia frappa l'une contre l'autre ses encombrantes mains fébriles.

— Rien. Aucune idée. Je ne sais pas quoi en faire…

Il eut un petit sourire.

— Vous savez, je peux toujours renoncer à vendre ma maison. Rien ne m'oblige à quitter Bristol.

Sur le canapé, Daniel choisit ce moment précis pour pousser un romantique et paisible petit pet dans son sommeil.

Elle éclata de rire.

— Excusez-moi. Vous parlez sérieusement ?

— J'essaie, du moins.

Jay se rapprocha, et le cœur de Nadia s'emballa aussitôt.

— Écoutez, je n'ai pas l'habitude de dire ce genre de trucs, mais vous devez bien savoir ce que j'éprouve pour vous…

Merci, mon Dieu !

— Il me faudrait peut-être davantage d'indices…

Il sourit. Puis l'embrassa.

Cela valait vraiment la peine d'avoir attendu aussi longtemps. Comme son corps chavirait de joie, Nadia comprit que c'était là tout ce qui lui avait manqué avec Laurie.

Embrasser Jay, c'était tout simplement et complètement *ça*.

Évidemment, c'était aussi sans garantie de reprise en cas de mauvais fonctionnement. Mais il fallait bien qu'il y ait une différence entre les hommes et les micro-ondes. Parfois, il fallait prendre le risque de s'engager envers quelqu'un, en espérant que tout irait pour le mieux.

— Tu ne m'as causé qu'une succession de problèmes, grommela-t-il.

— Mais à présent, j'ai tourné la page.

Nadia tremblait sous ses lèvres qui descendaient le long de son cou. Jay posa ses mains chaudes sur son ventre, à l'endroit où son chemisier sortait de son pantalon. Comme il s'aventurait un peu plus loin, pas vraiment involontairement, elle murmura :

— Promets-moi que tu vas retirer cette maison de la vente.

— Oui.

— Et que tu ne revendras pas Highcliff House à ce type.

— Tout ce que tu voudras.

— C'est mon soutien-gorge que tu es en train de dégrafer.

— Ah oui ? Désolé. Je suis terriblement inexpérimenté.

Nadia essayait de toutes ses forces de garder un tant soit peu le contrôle d'elle-même.

— Nous ne pouvons pas faire ça… Et Daniel ? haleta-t-elle.

— Il dort. Et nous ne faisons rien d'autre que ce que font tous les baby-sitters lorsque leurs clients sont hors d'état de nuire. Tu l'ignorais ? C'est pour ainsi dire la règle.

— Ah oui, je m'en souviens maintenant. Où avais-je la tête ?

Driiiiiiing.

— Quoi encore ? gronda-t-il en se retournant brusquement.

La sonnette de la porte retentit, très fort.

Sur le canapé, Daniel ouvrit les yeux. Réveillé en sursaut, il poussa un hurlement outragé et enfonça ses petits poings dans les coussins, exigeant qu'on le prenne dans les bras.

— Après tout ce temps, je croyais avoir droit à une chance, fit Jay en secouant la tête, résigné.

Mais non. À l'instant précis où quelque chose d'un tant soit peu *prometteur* menace de m'arriver, un salaud insouciant se pointe et sonne à ma porte. À ce rythme-là, je crois que nous aurons atteint l'âge de la retraite avant que…

— Tu ne crois pas que tu devrais aller voir ? dit Nadia comme on sonnait à nouveau.

Il désigna son pantalon.

— Il vaut mieux que tu y ailles. Je ne suis pas présentable pour l'instant. Donne-moi le temps de me remettre.

Nadia lui laissa le soin de prendre son neveu qui hurlait comme un forcené et gagna l'entrée. Un homme d'âge mur se tenait sur le pas de la porte, furieux.

— Jay est là ?

— À vrai dire, il est légèrement… débordé pour le moment.

Au milieu des hurlements perçants qui provenaient du salon, Nadia se demanda si elle s'était jamais sentie aussi heureuse.

— Que puis-je pour vous ? reprit-elle gaiement.

— Je suis Maurice McIntyre, j'habite juste en face. Ma maison est à vendre depuis hier.

— Tiens, quelle coïncidence !

Il venait sans doute comparer les prix.

— Et donc… ? l'encouragea-t-elle d'un sourire.

Maurice McIntyre la regarda de travers, comme s'il la prenait pour une folle.

— Écoutez, je ne sais pas à quoi joue Jay Tiernan, mais j'aimerais bien récupérer mon panneau *À vendre*.

Découvrez les prochaines nouveautés
de la collection

Amour et Destin

Des histoires d'amour riches en émotions déclinées en trois genres :

Intrigue ***Romance d'aujourd'hui*** ***Comédie***

Le 3 juin ***Romance d'aujourd'hui***

Un cœur sauvage

de Robin Wells (n° 6831)

Celeste hérite par hasard d'une maison en Louisiane, mais aussi d'une véritable ménagerie qu'elle s'engage à garder. L'idée lui vient de créer un zoo. Ce pourrait être l'endroit idéal pour les pique-niques en famille, les anniversaires... Rand, son voisin, souhaite acheter cette propriété et tente par tous les moyens de la dissuader de s'y installer. La maison est vétuste, il n'y a guère d'enfants dans les environs et tout cela va lui coûter très cher. À Celeste de prouver à cet homme séduisant qu'il se trompe et que là se trouve leur destin...

Le 10 juin ***Intrigue***

Rattrapée par son passé

de Mariah Stewart (n° 7307)

Simon Keller, journaliste, pense tenir le scoop du siècle : Graham Hayward, ancien président des États-Unis, a une fille illégitime ! L'enjeu politique est considérable puisque le fils de Graham convoite la Maison blanche. Simon décide alors de ne dévoiler ce secret qu'à l'enfant cachée. Mais il n'a pas tout prévu : la fillette, Dina, est devenue une belle et brillante jeune femme. Et depuis qu'elle connaît la vérité, le danger rôde : elle est victime d'un malade bien décidé à l'éliminer...

Le 24 juin ***Comédie***

Alex & Nick... et Simon aussi

de Amanda Lees (n° 7308)

Alex est dans tous ses états : elle craque pour Nick, beau gosse célibataire au passé de baroudeur qui a écumé l'Extrême-Orient. Mais voilà, Nick emménage chez Simon, le meilleur ami d'Alex, photographe de renom résolument gay. Et, bien entendu, Simon est fou de son nouveau colocataire. Non, décidément, Alex n'a aucune chance d'attraper cet Apollon dans ses filets...

Ce mois-ci, retrouvez également les titres de la collection

Aventures et Passions

Le 5 mai

Libre à tout prix de Lisa Kleypas (n° 6990)

Angleterre, XIXe siècle. Depuis deux ans, Lord Radnor recherche en vain sa promise, Charlotte Howard. Furieux, il engage Nick Gentry, réputé dans toute l'Angleterre pour son talent de chasseur de criminels. Nick est persuadé de réussir cette mission dans les plus brefs délais. Mais lorsqu'il rencontre la jeune femme et comprend que son futur époux est un homme vil, il décide de ne pas la ramener. Radnor n'aura alors qu'une envie : venger l'affront qu'il a subi...

Le 13 mai

La dette de Kiera de Lisa Jackson (n° 6991)

Angleterre, XIIIe siècle. À la veille de son mariage avec un inconnu – Kelan, baron de Penbrooke –, Elyn demande à sa sœur, Kiera, de l'aider. Elle souhaite passer une dernière nuit avec son amant. Kiera doit la vie à sa sœur et accepte à contrecœur cet échange d'identité le temps de la cérémonie et de la nuit de noces. Mais, le lendemain, Elyn ne revient pas et Kiera ne sait comment avouer la vérité à ce mari si séduisant...

Le 21 mai

Le seigneur arrogant de Iris Johansen (n° 4477)

XVIe siècle, Craighdu : une île au nord de l'Écosse. Kate frissonne en contemplant ce paysage désertique et glacé. Comment pourra-t-elle vivre ici, reléguée au bout du monde sur ordre de la reine ? Son futur époux, Robert, appartient au clan MacDarren. Farouches seigneurs, redoutables écumeurs des mers, pirates à l'occasion, hostiles à la couronne d'Angleterre. Et s'ils n'ont pas d'enfant, il la renverra au bout d'un an, comme la loi écossaise le lui permet !

Les amants de la savane de Patricia Waddell (n° 6992)

Afrique du Sud, XIXe siècle. Olivia hérite d'une petite pension de famille au beau milieu de la savane. Contre l'avis de tous, elle fait ses valises et part. Arrivée à Cape Town, elle rencontre Quinn, qui accepte de l'escorter mais pas à n'importe quel prix. Ils seront seuls, à pied, au milieu d'une nature hostile pendant trois semaines de voyage. Le tarif sera donc d'un baiser par jour !

ainsi que les titres de la collection

Escale Romance

De nouveaux horizons pour plus d'émotion

Le 5 mai

Dernière croisière

de Ève Saint-Benoit (n° 6918)

Angela Rose va interviewer l'acteur glamour Michael Jones sur son somptueux bateau ! Oui, mais elle doit se faire passer pour l'autre, la célèbre journaliste qui s'est cassé la jambe. Et si Michael comprend qu'elle n'est pas qui elle prétend être, c'est la catastrophe ! Angela n'a qu'un souhait : poursuivre la croisière avec cet homme charmant et pourtant, à tout moment, le yacht peut repartir sans elle...

La maison du mensonge

de Laurence Brunner (n° 6919)

De retour d'un reportage en Amazonie, Samuel fait la connaissance du richissime La Sierna. Il lui propose une fortune en échange d'un service : retrouver sa nièce, Kora, qui a quitté la maison familiale du Venezuela pour vivre en France. Sous une fausse identité, il se fait engager par le quotidien où Kora travaille. Envoyés sur l'île de Chevrey pour une chronique, ils partagent de doux moments intenses et intimes. Samuel pourra-t-il cacher longtemps qui il est vraiment ?

Un amour en eaux troubles

de Liza Murray (n° 6910)

Le commandant de *L'Alysé* tend la main à Bonnie et se présente en lui souhaitant la bienvenue à bord. La voix est chaude, mais le regard glacial. Kent s'est vu imposer la présence de cette journaliste à bord de son bateau. Et quelle journaliste ! En jupe et talons hauts pour un reportage sur les baleines grises ! Si cet homme s'arrête à ça, tant pis pour lui... D'accord, Bonnie n'a rien d'une écologiste militante, mais elle est professionnelle. Et elle ne se laissera pas intimider par cet océanographe dédaigneux et méprisant.

6986

Composition Chesteroc Ltd
Achevé d'imprimer en France (Manchecourt)
par Maury-Eurolivres
le 13 avril 2004.
Dépôt légal avril 2004. ISBN 2-290-33638-6

Éditions J'ai lu
84, rue de Grenelle, 75007 Paris
Diffusion France et étranger : Flammarion